Jonathan Hönes

Die Zauberin von Nesthalf

JONATHAN HÖNES - wurde 1996 in Tübingen geboren. Im Alter von 16 Jahren schrieb er seinen ersten Roman. Schon immer zeichnete er fiktive Landkarten, welche die Grundbausteine seiner Werke sind.

JONATHAN HÖNES

DIE ZAUBERIN VON NESTHALF

ROMAN

VAJONA

Dieser Titel ist auch als E-Book erschienen.

Die Zauberin von Nesthalf

Copyright
© 2024 VAJONA Verlag
Alle Rechte vorbehalten.
info@vajona.de

Druck und Verarbeitung:
FINIDR, s.r.o.
Lípová 1965
737 01 Český Těšín
Czech republic

Lektorat: Madlen Müller
Korrektorat: Désirée Kläschen
Umschlaggestaltung: Julia Gröchel,
unter Verwendung von Motiven von Rawpixel und selbstgemalten Designs
Satz: VAJONA Verlag, Oelsnitz

ISBN: 978-3-98718-296-9

VAJONA Verlag
Carl-Wilhelm-Koch-Str. 3
08606 Oelsnitz

PROLOG

Der Witwer

Ein Witwer war ein Jäger. Genauer gesagt jagte er Hexen, weshalb er im Volksmund auch Hexenjäger genannt wurde. Die Barden dichteten seine Klinge zu einem erbarmungslosen Begleiter, der unersättlich das magische Gewebe seiner Beute verschlang. Der Witwer schrieb seinen Namen mit dem Lorbeersaft der zauberhaften Frauenzimmer, die er mit dem Handwerk des Zimmermanns zur Stube eines Knaben renovierte. Nachdem das Inkognito vom Haupt des Neugeborenen fiel, wurde es mit gebrautem Nektar gestillt und wuchs zu dem heran, was es niemals sein wollte: ein Experte der Hexenjagd.

Jarachel war ein solcher Witwer. Er war einer der wenigen, denen das schwarze Notenblatt der Kaiserin auf dem Rücken brannte und die unter ihrer Zustimmung dem Volke das Flötenspiel vortrugen. Sozusagen war er dem Proletariat ein Barde, den das singende Werkzeug des Todes auf all seinen Reisen begleitete. Dieses Instrument wurde stetig erreichbar vom Träger seines Sattels gehalten, wenn es zum Spiel einer höheren Oktave rief, um dem geschärften Metall eine zauberhafte Mahlzeit anzurichten.

Doch ohne die Macht seiner gewundenen Schlange war Jarachel nur ein gewöhnlicher Mensch mit einem Armreif von fragwürdiger Herkunft. Das goldene Schmuckstück verlieh ihm die Gabe zum unbedenklichen Verzehr von giftiger Alchemie und lagerte die daraus resultierenden Ressourcen in seinem genährten Kornspeicher.

An jenem Morgen erreichte der beurkundete Witwer die karge Provinz Nesthalf. Die gleichnamige Metropole siedelte seit mehreren hundert Jahren an den Linien des Omerions: dem Travlirschen Meer. Nesthalf war das Zentrum der Fischerei und der schnellste Fluss für Kiemenwesen ins Inland. Für den Export zahlten die nassen Jäger nur eine Silbermark pro Fuhre an den Grafen. Trockene Fallensteller aus der Provinz wurden hingegen mit zwei Silbermarken versteuert. Den größten Anteil dieser Spenden warf der Graf in den Tonkrug, der die Wachtürme von Nesthalf stützte. Dieser zweistellige Betrag war im Königreich markant und unter den Provinzen einmalig. Ein weiteres Quantum erwarb der Kaiserin ein neues Gewand aus den fernen Ländern hinter dem Omerion oder abseits der Grenzen Tamaliens'. Die restlichen Münzen wurden unmittelbar in der Nähe des Hafens verstreut und nur wenige gewannen den Wettlauf in die Stadtmitte.

An den Zügeln führte Jarachel seinen beschlagenen Transportwagen den Weg hinunter in das grasländische Nesthalfer Tal. Seine geschliffene Flöte begab sich vom Sattel auf die Reise zu seinem Werkzeuggürtel, der mit den effizientesten Instrumenten für das Metier des Witwers ausgestattet war. Jeweils zwei gebraute Substanzen. Ein Paar Vex Magina zur Wiederherstellung und zwei Azvus Avral zur Stärkung, tödlich für jeden anderen. Ein silberner Dolch für verfluchte Hexen sowie ein entzündlicher Keil für Waldhexen. Das Inventar der wesentlichen Reinigungswerkzeuge wurde aus einem Excoriminator zur Entfernung des Liebesapfels, einem Oculaufer für die opportune Desorientierung und einem Thoraxspranger mit der Folge einer Beruhigung des Atems zusammengestellt. In einer kleinen Tasche ruhte eine Viole mit dem Lebenssaft einer Wyvern und wartete auf den Moment, in dem der Auftrag des Witwers scheiterte.

Die Welt von Jarachel war grau und dämmerte, je mehr gebrauten Nektar er trank. Umso heller wurde sein Antlitz für das aufmerksame Augenmerk an den Höfen vom Wegesrand. Ob getränkt in Skepsis, Furcht oder Bewunderung, keines dieser Augen konnte der Witwer unterscheiden. Für ihn waren alle Gefühle in derselben Farbe gemalt. Dies zeigte sich auch am Nesthalfer Osttor, dem begehrten Schauplatz der meisten Augenpaare des Landes.

»Ihr mit dem dichten Bart und dem langen Haar. Ihr seid als Nächster dran«, sprach ein Wachmann der Garnison zu ihm und wies den Reisenden mit einer Handbewegung an, näherzutreten.

Jarachels Schuhwerk löste sich von den Fersen fremder Sohlen und nahm damit die Einladung zum Kontrollposten an. Seinem knabenartigen Gegenüber schien das polierte Fischwappen der Nesthalfer Garde einem pflegebedürftigen Kunstwerk gleichzusetzen, um Glanz und Anerkennung zu präsentieren.

»Fremder, verratet mir Euren Namen und nennt Euer Begehren, weshalb ausgerechnet Nesthalf Euch Obdach gewähren soll«, sprach der Knabe mit dem Federkiel zwischen den Fingern.

Die Buchstaben, welche das Pergament zeichneten, waren von jungfräulichen Händen, befähigt durch die Handschrift des Grafen, geführt.

»Du bist neu vor den Toren?«, fragte Jarachel rhetorisch und faltete einen geöffneten Brief auf, der den kaiserlichen Schiffbruch auf dem weichen Wachsmeer erlitten hatte. »Hier. Ich bin der angeforderte Witwer, Jarachel von Dornwiesen. Mein Handwerk wurde im Auftrag des Grafen Gudwig von Nesthalf und im Namen ihrer kaiserlichen Majestät erwünscht«, beglaubigte er mit dem entfalteten Dokument des ansässigen Grafen und der hoheitlichen Lizenz zum Musizieren.

»Sehr wohl, mein Herr. Wir wurden in Kenntnis gesetzt, dass ein beglaubigter Experte anreisen würde. Die Garde wird Euch zur Residenz des Grafen begleiten«, antwortete er und senkte den Kiel zum trockenen Grund.

Das Witwern im Auftrag einer Grafschaft und deren Exekutoren wurden nicht in das Protokoll der Stadt eingetragen. Das ersparte dem Herrn der Mauern einige goldene Mark der jährlichen Steuern.

Am Amtssitz der Hafenstadt untersagte der Graf seinem Gast eine ausreichende Erholung. Zu Hofe war derartiges Verhalten unsittlich, es sei denn, die Herren empfanden die Gesellschaft eines Witwers dringlich oder unumgänglich. Der Graf von Nesthalf war Stammkunde bei Knabentischlern, aber er war kein resignierter Mann und mied die höfischen Gepflogenheiten. »Es ist mir und der ganzen Stadt ein wahrhaftig wichtiges Anliegen, wenn Ihr uns Eure wertvollen Dienste erweist, gelobter Jarachel von Dornwiesen«, erfüllte des Grafen Stimme das Kontor.

»Sehr wohl. Meine Begleiter sind durstig und ich auch«, sprach Jarachel, nachdem ihm das Blatt vom Mund gefallen war. »Sagt mir einfach, wo es ist und was es ist, dann werde ich die Jagd beginnen.«

Der Graf sortierte einige Unterlagen und las, ein Lorgnon half dabei: »Unsere Erkenntnisse sprechen vom Hof der Isards am Rand des Urads. Verschleiert ist die Sippe unter dem Mantel einer Bauernfamilie. Jedoch wurden uns von den umliegenden Höfen magische Kräfte eines weiblichen Familienmitgliedes mit langen Ohren kundgetan.«

»Also reden wir hier von einer Hexe. Was denkt Ihr? Um welche Art von Hexe handelt es sich?«, fragte der Witwer.

»Es gibt Beobachtungen, dass eines der Weiber zahlreiche Besuche des Waldes vornehme und die Ernte ihrer Familie damit eine geringe Jugend erlebe. Wer jedoch von diesen Gestalten die Hexe ist, verbirgt sich in der Dunkelheit. Dies solltet Ihr in Gegenwart Eurer Witwerkunst selbst herausfinden.«

»Also eine Waldhexe?«, reimte sich Jarachel zusammen. »Dann benötige ich meinen heißen Keil, den Excoriminator und eine Dosis Vex Magina. Das ist demnach ein Preisaufschlag von vierzig Mark.«

Der Graf stimmte mit einem Apfel in der Kehle zu: »Dann sei es so. Nesthalf wird sich Eure Dienste erkaufen. Jedoch gibt es von unserer Stadt noch eine Bedingung. Ich weiß, dass ein Witwer für gewöhnlich die Beute im verdeckten erlegt, aber es ist wichtig, dass die Schafe den gefallenen Wolf erblicken. Demnach soll es einen Aufruf zur Hexenjagd geben, was Euch aber nur visuell beeinträchtigen wird. Natürlich sollt Ihr Euer wertvolles Handwerk ungehindert verrichten können.«

Jarachel zeigte sich einverstanden und sprach: »Wenn das Euer Wunsch ist, will ich diesem nachkommen. Also ruft Eure Bienen zur Honigsuche und lasst uns mit dem Witwern beginnen.«

Außerhalb des Bienenstocks sammelten sich die Arbeiter auf Geheiß ihrer Königin. Sie bereiteten ihre heißen und kalten Stachel für die bevorstehende Honigsuche vor. Jarachel behielt ihre Spitzen aufmerksam im Blick. Vor dem heroischen Völkerlied der Kaiserin waren es die Witwer, welche von dreizackigen Stacheln oder den entzündeten Brennhölzern gejagt wurden. Der Unterschlupf der Hexen war ein Karnickelbau, der in die Grenze des Urads hineinragte, wo die Äste ihn verschleierten. Die Bienen kreisten um das Loch, während die Königin ihren Furor übertönte.

»Hier spricht Graf Gudwig von Nesthalf. Wir haben den Hof der Isards umstellt. Zeigt uns freiwillig die Hexe, die euren Unterschlupf genießt, oder spürt den scharfen Verstand des Witwers!«

»Hasen verlassen ihren Bau nicht, wenn der Fuchs nach ihnen ruft«, erklärte Jarachel dem Grafen zur gegenwärtigen Gegebenheit und rieb den entzündlichen Keil über seinen stählernen Begleiter.

Das Metall goutierte die Hitze eines Schmelzofens und färbte sich nach dem Vorbild des Sonnenuntergangs. Die Fuchskrallen gruben den Tunnel zum Bau und die Bienen summten bekräftigend. Die harmlosen Karnickel flohen vor seinen brennenden Zähnen, doch die tapferen öffneten ihre Pfoten und schlugen nach dem Schwanz des Fuchses. Es brannte sich der Kiefer in ihr Fleisch und riss es zu den Leblosen. Das Hasenweibchen schützte ihre Nesthocker aussichtslos vor den Klauen des Raubtiers, doch bevor das Monstrum ihre langen Löffel krümmte, fragte es: »Du weißt, warum ich hier bin, Bäuerin. Ich suche sie, ich suche die Hexe von Nesthalf. Wer ist es?«

Das Weib sprach zu ihm. Ihre Stimme zitterte: »Ich bin es, ich bin die Hexe. Nimm mich gefangen, aber verschone meine Jünglinge.«

»Für Hexen ist eine Tribulation zu schwach«, antwortete Jarachel dem Weib und witwerte mit einem Streich.

Den Knaben und das Mädchen ließ er unbeachtet zurück. Das Vex Magina beträufelte seine Lippen, nachdem er aus dem Karnickelbau trat, wo die Trophäe seiner Jagd an den Löffeln gezogen ausgebreitet wurde.

»Das ist sie, das ist die Hexe von Nesthalf. Der Witwer hat sie getötet und uns gerettet. Brennt ihre Hütte nieder!«, surrten die Bienen und stachen ihre glühenden Stachelspitzen in den Bau. Die Tunnel verengten sich und Erde verschüttete das Heim. Die Bienen brachten die geerntete Polle zum Stock und kochten sie zu Honig.

»Ich danke dir, Witwer«, sprach der Graf zu ihm. »Du hast unserem Heim einen großen Dienst erwiesen, indem du die

Hexe getötet hast. Jetzt können die Bewohner wieder ruhig schlafen. Komm nach der Verbrennung an mein Anwesen. Dir winkt eine beträchtliche Honorierung zu.«

Der Graf ließ Jarachel allein an dem brennenden Bau stehen. Der Witwer vernahm eine ungewohnte Schwäche und bemerkte die Abwesenheit seines goldenen Armreifs. Die Anwesenheit des Karnickelmädchens entging ihm jedoch nicht. Es war geradeso im Alter, den Bau auf den Hinterpfoten zu verlassen, und hockte jetzt haarlos vor ihm. Und da war sie. Die gewundene Schlange schmiegte sich um ihre Pfote.

»Gib mir den Armreif. Sofort«, forderte Jarachel laut und zeigte dem Karnickelmädchen die brennende Klaue.

Dieses senkte den Kopf und einen Schritt entfernt überrollte den Witwer eine Druckwelle, die ihn mit einem Donnerschlag zum Freudenmädchen machte. Seine Sinne verloren den Ursprung der Energie, denn dieser huschte als Lichtschimmer an den Rand des Urads und folgte einem namenlosen Pfad hinter das Holz.

Die Zauberin

Ein Zauberer war ein Nutzer der arkanen Künste. Er eignete sich die Magie auf unterschiedlichen Wegen an. Während sich der Geselle akribisch dem schwierigen Studium widmete, floss dem jüngst Geborenen die arkane Energie im Rebensaft der Älteren zu. Wem der Gedanke an diese außergewöhnlichen Mächte gefiel, aber magisches Geblüt sowie die pekuniären Mittel für den Lehrweg fehlten, war gezwungen, mit einem mächtigen Wesen zu verkehren. Unter einem bindenden Vertrag mit vagen Dekreten gewährten diese den Eintritt in die Schulen der Magie. Von diesen Schulen gab es insgesamt acht: die Schulen der Bannzauber, der Beschwörung und der Illusion, die Schulen der Hervorrufung, der Verwandlung sowie der Erkenntniszauber, Verzauberung und der Nekromantie. Obwohl jeder Zauberspruch einer dieser verschiedenen Schulen zugeteilt war, besaßen sie auch Gemeinsamkeiten. Der arkane Nutzer war bei vielen Zaubern an eine verbale Formel gebunden. Andere Sprüche benötigten somatische Malereien und manchmal war eine materielle Habe nötig, um die Magie in ihre Wirkung zu bringen. Die Kombination dieser Komponenten und die damit verbundene Aufbringung machte die Magie zu ihrem eigenen komplexen Mysterium.

In Pepritin waren solche arkanen Nutzer nur Gestalten einer alten Legende. Das kleine Dorf war nicht weit entfernt von Insengborn, einer der größeren Städte im Königreich Rilidid. Abseits der großen Wege und Landstraßen lebten hier drei Dutzend Familien der Halblinge in Ruhe und Frieden, abgeschirmt von den politischen Korruptionen der Grafen und des Königs im Land.

Ein Halbling war eigentlich nur ein Fabelwesen der Menschen, die sich abends mit Geschichten über das kleine Volk belustigten. Ihr richtiger Name war Hinnd. Da die Hinnd aber Humor besaßen, ließen sie sich von den Menschen auch weiterhin so nennen, denn immerhin waren sie nicht nur halb so groß, sondern auch halb so langweilig und halb so böse.

Die Bewohner von Pepritin waren heute früh auf den Beinen, denn es war der erste Tag des ersten Herbstmonats und somit ein Feiertag. Die Hinnd liebten Feste. Dafür waren nicht allein die vielen guten Speisen oder der üppige Verzehr von Braugetränken verantwortlich. Auch die familiäre Zusammenkunft und die unterschiedlichen Attraktionen zogen jeden Hinnd zur Fete. Fremde Reisende kritisierten des öfteren die Anlässe dieser vielen Feiern. Angestoßen wurde zu Geburtstagen, bei Besuchen von Verwandten, Hochzeiten und zu anderen festgelegten Feiertagen. Vor wenigen Monaten hatte ein Hinnd sogar den Umstand gefeiert, dass der träge Apfelbaum in seinem Vorgarten endlich die gewünschten Blüten bekommen hatte.

Jedenfalls war an dem heutigen Tag der Sommer vorüber und die Hinnd begrüßten den Herbst mit einem Fest und dafür mussten noch einige Vorbereitungen getroffen werden.

Die Keltererfamilie Rebenpflug mit ihren vier erwachsenen und zwei jungen Kindern kümmerte sich um den Aufbau der Festzelte. Der Himmel war heute zwar wolkenlos, doch die Begrenzung machte das Zusammensitzen gemütlicher. Die Kleinfamilien Habichtbau und Goldgram stellten Tische und Stühle auf und fegten die ersten Herbstblätter vom Festplatz. Für das Anrichten des Büffets und Geschirrs waren die Astgebers zuständig. Die Familie Kurzfuß übernahm die Aufgabe, den Festplatz mit einer herbstlichen Dekoration zu schmücken und leuchtende Girlanden aufzuhängen.

Das war zumindest die Aufgabe für Ysilda. Sie war das zweitjüngste Mitglied der Familie Kurzfuß, aber definitiv das größte. Sie war sogar so groß, dass sie jeden Hinnd im Dorf mindestens um das Doppelte überragte. Schon in jungen Jahren konnte sie auf die anderen Bewohner herunterblicken und wurde deshalb von den Kindern ausgegrenzt und zu deren Belustigung zur Schau gestellt. Dazu kam auch, dass ihre Ohren viel zu groß waren und außergewöhnlich spitz zuliefen. Ihr ungewöhnliches Aussehen tolerierte nur ihre eigene Familie und die ihrer Freundin, Junachel.

Junachel war das einzige Kind der Hinndfamilie Ankrim, welche vor einigen Jahren aus den südlichen Ländern nach Pepritin gekommen und daher mit ihrem dunkleren Teint selbst sehr auffallend war. Zudem führten sie noch einen Buchladen mit abenteuerlichen Werken. Da die Hinnd ihre Geschichten üblicherweise mündlich tradierten, war dies eine wahre Rarität.

Ysildas Mutter, Faniel, besaß eine Weberei, in der sie mit ihren beiden Töchtern feinste Stoffe herstellte. Ihr Vater, Crin, und ihre beiden älteren Brüder, Knut und Finn, verkauften die fertige Ware auf dem Marktplatz von Pepritin und manchmal auch an reisende Händler aus der Stadt Insengborn.

Die Ankrims waren der Familie Kurzfuß beim Dekorieren behilflich und vermieden den Augenkontakt mit anderen vorbeilaufenden Hinnd, welche mit der Hand ihre grinsenden Münder verdeckt hielten, während Ysilda unbeholfen den Abschluss der Girlande an einem sechs Fuß hohen Pfahl befestigte.

»Das wäre dann geschafft. Ich danke dir, meine Liebe«, lobte Faniel ihre Tochter und trat ein paar Schritte zurück, um das Gesamtbild der Dekoration zu begutachten.

»Ich denke, wir sind hier fertig«, meinte Crin zufrieden und blickte in die Sonne. »Ruht euch noch ein wenig aus, dann können wir gemeinsam zu Mittag speisen. Ich freue mich schon auf den gebackenen Nachtisch«, erklärte er den Familien und schaute dann zu seiner Frau.

»Ich werde es anrichten«, antwortete sie auf den knurrenden Magen ihres Mannes, nahm den Korb mit den dekorativen Blumen vom Tisch und lief den Weg entlang zu ihrer Behausung.

»Wir sehen uns nachher«, sagte Karvin, Junachels Vater, und folgte den anderen, welche hinter Faniel zum Bau gingen.

Ein Bau war für die Hinnd der Name ihrer Behausung. Sie errichteten den kleinen Teil ihres Zuhauses gerne auf großen Grashügeln. Darunter wurden die wichtigen Zimmer in die Erde gegraben. Einige versteckte Tunnel führten dann aus dem Bau nach draußen. Das gab den Hinnd-Schutz und das wohlbefindliche Gefühl von Nähe, welches sie mit ihrer

Heimat verband.

»Hast du keinen Hunger?«, fragte Junachel Ysilda, welche argwöhnisch den tuschelnden Hinnd nachschaute, die unter vorgehaltener Hand an ihr vorbeiliefen, und dabei kein Anzeichen gab, sich zu bewegen.

»Nein, mir ist der Hunger vergangen. Gehen wir lieber dorthin, wo uns keiner sieht«, sagte sie und nahm ihre Freundin an die Hand.

Die beiden jungen Hinnd ließen den Festplatz hinter sich und folgten der größeren Straße von Pepritin hinaus auf die Felder. Diese gehörten der Familie Räucherfell, welche auch das Getreide erntete und daraus am Mühlbach Mehl herstellte. Das Mehl wurde dann an die Bäckerei der Hamlings verkauft, die es in ihrer Stube und auf dem Marktplatz als Brot verkauften. Am Straßenrand wuchsen schöne Obstbäume auf einer grünen Wiese, und da dieser Ort außerhalb des Dorfes war, war er der beste Platz, um ungestört zu sein. Nur ab und zu kamen ein paar Reisende vorbei.

»Schön wie immer hier«, meinte Junachel zufrieden und setzte sich ins Gras unter einen Baum. »Pass auf, dass du dir den Kopf nicht stößt.«

Ysilda zog belustigt die Mundwinkel hoch und setzte sich neben sie. Junachel bemerkte häufiger Witzeleien über ihre enorme Körpergröße, aber schließlich waren sie befreundet und Ysilda wusste, dass diese Sprüche nicht ernst gemeint waren.

»Weißt du, was ich mich frage?«, meinte ihre Freundin, während sie verträumt über die Felder blickte und ihre dunklen Augen am letzten sichtbaren Punkt der Straße verharrten.

»Warum wir jedes Mal auf das Grundstück der Räucherfells' kommen, wenn ich wieder alleine sein will?«, antwortete Ysilda lachend.

»Diese Überlegung habe ich schon längst aufgegeben. Du kannst mir sowieso keine klare Antwort darauf geben, aber immerhin finde ich es wunderschön hier. Nein. Ich frage mich, was hinter diesem Feld und hinter den Weinbergen der Rebenpflugs ist. Was ist außerhalb von Pepritin und wie sind die Leute dort?«

Ysilda wusste, worüber Junachel reden wollte. Sie schwärmte für den Gedanken, in die Lande hinauszuwandern und die Welt zu erkunden. Diese Vorstellung war für die meisten Hinnd jedoch eine schaurige Mär. Die Hinnd liebten ihre Heimat und die traute Gesellschaft der anderen Familien. Sie wollten ein ruhiges und sorgenfreies Leben, abgeschieden von der düsteren Welt außerhalb von Pepritin und dem Umland der Karnickelebene.

Es gab nur zwei Gründe, warum ein Hinnd seine Heimat verlassen würde. Junachels Grund war der einfachste. Sie wollte das sanfte Leben hinter sich lassen und Abenteurerin werden. Der andere Grund, weswegen jemand seinen Bau, seinen Hof und seine Familie zurücklassen würde, wäre eine Bedrohung für diese. Wenn das alles in Gefahr wäre, dann würde sogar der heimischste Hinnd sein Zuhause verlassen und Ysilda kannte nur zwei, die das in Pepritin getan hatten. Ihr Onkel, Bertin, und sein Vater, Hamil Fruchtfuß, waren vor über vierzig Jahren hinaus in die Welt gereist, um das Dorf zu retten.

Was der genaue Grund dafür gewesen war, das wussten nur

die Älteren und diese sprachen nicht gern über die beiden. Vielleicht war dies auch einer der wenigen Gründe, weshalb Bertin sein Leben als Abenteurer nach dieser Aufgabe fortgeführt hatte und nur selten ins Dorf reiste. Danach hielt er sich für die nächsten fünf oder zehn Jahre wieder irgendwo in der Außenwelt auf. Sein altes Zimmer in der Behausung der Kurzfuß', was früher natürlich den Fruchtfuß' gehört hat, stand ihm aber trotzdem immer offen.

»Ysilda? Hey, bist du noch anwesend?«, fragte Junachel und zupfte an ihrem Kleid, sodass das Mädchen aus ihren Gedanken gerissen wurde.

»Ja, ich höre dir zu«, gab sie zurück und merkte, wie sich ihre Wangen röteten. »Willst du wirklich dein jetziges Leben und deine Familie vollständig hinter dir lassen und jeden Tag aufs Neue überrascht werden, was hinter alldem steckt? Vielleicht wirst du damit unglücklich.«

»Eine Überraschung wird diese Reise bestimmt und es wird vermutlich eine Enttäuschung und gleichzeitig eine Freude, aber unglücklich werde ich nur, wenn du nicht mitkommst und bei mir bist«, sagte Junachel mit Ysildas warmer Hand fest in ihrer.

Ysilda schaute ihr in die kastanienbraunen Augen und sie erwiderte den Blick. Doch dann wurde ihre Ruhe durch das Rumpeln eines Karrens gestört und beide blickten die Straße hinunter nach Pepritin und dann zu der Bogenbrücke, die über den Weg führte, der neben der Mühle der Räucherfells aus dem Dorf führte. Ein Gespann mit einem dunklen Pferd trabte den gepflasterten Weg entlang. Die Räder quietschten, und als der überdachte Holzwagen näher kam, erkannte Ysilda den darauf sitzenden Hinnd, der ihn zum Dorf beförderte. Ein summendes Lied auf den Lippen und den kühlen Fruchtmost in der Kehle erkannte sie ihren Onkel, Bertin Fruchtfuß.

Das letzte Mal, als sie ihn gesehen hatte, war auf den Tag genau vor fünf Jahren an ihrem fünfzehnten Geburtstag gewesen. Die grauen Haare hatten sich seitdem vermehrt und seine Gesichtszüge waren deutlich älter geworden. Die tiefe Narbe auf seinem blinden Auge trat zwischen den Falten hervor. Auch der riesige Bernhardiner begleitete ihn wieder und saß ruhig neben ihm auf dem Gefährt. Bertin zog sanft an den Zügeln, und als die Räder zum Stehen kamen, blickte er zu den Mädchen hinunter.

»Das ist aber schön, wenn einen die Familie sogar vor dem Dorf empfängt. Freut mich, dich zu sehen, Ysilda. Ich hätte dich beinahe nicht erkannt«, begrüßte er sie mit seiner warmen Stimme und stieg zu ihnen herab.

»Onkel Bertin, ich hatte nicht erwartet, dass du uns besuchst«, sagte Ysilda, nachdem sie sich runtergebeugt hatte, um ihn in die Arme zu nehmen.

»Ich habe einen Brief an deine Mutter geschickt. Vermutlich hat sie wieder vergessen, es euch zu erzählen. Aber ich konnte doch den zwanzigsten Geburtstag meiner Nichte nicht verpassen. Du weißt ja, der zwanzigste Geburtstag ist der wichtigste bei uns Hinnd, denn ab heute bist du erwachsen, Ysilda.« Er lächelte und sah dann zu dem großen Hund, welcher immer noch faul auf dem Karren ruhte. »Einohr, wir sind angekommen, schau mal, wer hier ist.«

Der Hund öffnete seine müden Augen, sprang schwerfällig vom Wagen und begann zuerst damit, die Mädchen zu umkreisen, zu beschnuppern und schließlich abzulecken. Soweit Ysilda wusste, hatte Bertin ihn immer nur mit Käse gefüttert und deswegen musste ihre Mutter beim letzten Besuch die Speisekammer verriegeln, da sich der Hund sonst Zugang verschafft hätte.

»Und du bist auch noch hier? Ich hatte erwartet, dass es dich schon längst in die Außenwelt gezogen hätte. Du warst davon doch immer so begeistert«, fragte er freundlich an Junachel gewandt.

»Nein. Ich bin immer noch da. Es ist wirklich schwer, Pepritin zu verlassen. Es ist, als würde ich hier festgehalten werden und nie wegkommen.«

»Manchmal geht es schneller, als man denkt, und meistens kommt es unerwartet«, meinte Bertin wissend und schien an etwas zu denken. »Aber genug davon. Ich habe eine lange Reise hinter mir und ich freu mich darauf, die anderen der Familie wiederzusehen. Also, begleitet mich doch ins Dorf«, erklärte er und nahm die Zügel des Pferdes in die Hand.

Einohr folgte seinen Schritten und gemeinsam liefen sie entlang der Straße über die Felder zum Bau der Kurzfuß'. Dieser war auf einem grasgrünen Hügel am äußeren Rand des Dorfes errichtet. Ein gepflasterter Weg führte durch den überwachsenen Gartenzaun zur kleinen Hütte ganz nach oben, wo der gediegene Kräutergarten duftete und das herbstliche Obst an den Bäumen reifte.

»Bertin? Schön, dich zu sehen, das ist ja eine Überraschung, dass du kommst«, rief Crin freundlich, der mit Junachels Vater auf der Bank vor dem Haus saß. Beide rauchten an ihren Pfeifen. »Kinder, Fenia, kommt raus, Onkel Bertin ist da«, rief er ins Haus hinein, nachdem er aufgestanden war, und begrüßte dann seinen Schwager mit einer Umarmung.

Die gesamte Familie kam aus dem Bau und begrüßte den Hinnd. Fenia umarmte ihren Bruder mit einem Kochlöffel in der Hand, den sie wohl vergessen hatte abzulegen, Bertins Hund sprang von seinem Platz und begrüßte alle auf seine eigene Art. Über seinen Besuch schien die ganze Familie erfreut zu sein. Nur Junachels Eltern sahen ihn skeptisch an. Ysilda wusste, dass sie ihn nicht leiden konnten. Dies lag vermutlich daran, dass er Junachel schon in ihren jungen Jahren mit seinen Geschichten von Abenteuern begeistert und ihre Faszination bestärkt hatte, hinaus in die Welt zu reisen – und das wollten ihre Eltern überhaupt nicht.

»Warum hast du uns denn nicht Bescheid gegeben, dass du kommst? Wir hätten dein Zimmer hergerichtet und dir auch eine Mahlzeit vorbereitet«, fragte Crin und nahm Kaya, seine jüngste Tochter, auf den Arm, die sonst von Einohrs Zunge komplett abgeleckt worden wäre.

Bertin runzelte die Stirn, tauschte einen Blick mit seiner Schwester und Fenia schien sich an etwas zu erinnern: »Stimmt, ja. Ich habe völlig vergessen, es euch zu sagen. Bertin hat mir geschrieben, dass er uns zum Herbstfest besuchen kommt und mit uns feiern will. Ich war so mit den Vorbereitungen beschäftigt und hatte so viel um die Ohren, dass ich es wirklich vergessen habe.«

Bertin nahm einen Ausdruck an, den Ysilda weder deuten konnte noch jemals bei ihm gesehen hatte, und antwortete: »Um es genau zu nehmen, bin ich eigentlich nur wegen Ysildas zwanzigsten Geburtstag hier. Du weißt ja, dass das ein wichtiger Tag ist«, erklärte er seiner Schwester und sah sie an, als wollte er sie an etwas erinnern.

Ysilda schaute von ihrem Onkel zu ihrer Mutter, die wohl den Faden gefunden hatte und mit offenem Mund überlegte, was sie sagen sollte. Die unangenehme Stimmung hatte mittlerweile jeder bemerkt und niemand sagte ein Wort.

»Ja, richtig«, stotterte Fenia. »Der zwanzigste Geburtstag. Ja, das ist der wichtigste. Es ist schön, dass du dir zu diesem Anlass den Aufwand machst und extra nach Pepritin reist. Kommt, lasst uns hineingehen und essen, sonst wird es noch kalt«, schloss sie in Gedanken versunken ab und betrat den Bau.

Ysilda merkte, dass sie nicht die Einzige war, die nicht verstand, was hier vor sich ging. Auch den anderen stand die Ratlosigkeit ins Gesicht geschrieben. Allerdings versuchte, sich keiner etwas anmerken zu lassen, und zusammen betraten sie die Behausung.

Das obere Stockwerk bestand aus zwei Räumen: dem Eingangsbereich mit Garderobe und dem Esszimmer mit Küche, von wo aus man durch die Fenster den größten Teil von Pepritin sehen konnte. Eine schmale Treppe führte dann nach unten zu den anderen Zimmern, die in den Hügel eingebaut waren. Darunter befanden sich die Schlafzimmer, das Bad, die Webstube, in der die Familie ihre Stoffe herstellte, die Speisekammer und der Mostkeller, der mittlerweile nur noch als Lagerraum diente.

Früher, als hier noch die Familie Fruchtfuß mit Bertins Vater Hamil gelebt hatte, stellten sie den beliebten Fruchtfußmost her. Dieses Getränk war ein altes Familienrezept, das nur noch von Bertins und Fenias jüngerem Bruder und ihrer weiteren Schwester hergestellt wurde, welche aber nicht mehr in Pepritin wohnten, sondern in andere nahegelegene Dörfer auf der Karnickelebene gezogen waren. Bertin selbst hatte keine Kinder und auch keinen Partner. So etwas ließ das Abenteuererleben anscheinend nicht zu. Somit war Fenia die Einzige der Geschwister, welche in Pepritin geblieben war und den Bau für ihre Familie übernommen hatte.

Nachdem alle ihren Platz an dem großen Esstisch gefunden hatten, richtete Fenia das Mahl an. Die Vorspeise war eine einfache Suppe, die so gut wie immer schmeckte. Danach servierte sie einen köstlichen Eintopf mit verschiedenen Gemüsesorten aus dem Garten, welchen sie mit passenden Kräutern gewürzt hatte. Zum Abschluss gab es noch süßes Gebäck, das sie von dem riesigen Hund fernhalten musste, der während dem Anrichten danach schnappte.

Das Mittagessen war für die Hinnd nur das zweitgrößte Mahl am Tag. Angefangen bei Tagesbeginn stand erst einmal das einfache Frühstück auf dem Speiseplan. Das Vormittagsvesper und das Mittagessen folgten gleich darauf. Bei den meisten Familien wurde dann stimmungsabhängig am Nachmittag noch Gebäck oder Tee serviert. Am überragendsten war jedoch das Abendessen, denn der Abend war die Festzeit und das, worauf sich ein Hinnd jeden Tag am meisten freute. Zu dieser Zeit war jeder fertig mit seinem Tagesgeschäft und konnte sich auf die familiäre Gesellschaft und eben vor allem auf das ausgiebige Abendmahl freuen.

Während des freudigen Schlemmens wurde Bertin mit Fragen von Kaya über seine Abenteuer durchlöchert. Für junge Hinnd war es einfach nur unvorstellbar, die Heimat zu verlassen und eine Reise durch die Wildnis mit unbekanntem Ziel zu beginnen. Bertin antwortete meist immer sehr mild und weniger so, als wären seine Abenteuer eigentlich ziemlich gefährlich und wagemutig gewesen. Die gelassenen Antworten schienen vor allem Junachels Vater zu stören, der aber nichts dazu sagte, sondern nur griesgrämig den Geschichten zuhörte. Seiner Meinung nach hätte Bertin wohl mehr die Gefahren hervorheben sollen, die solch eine Reise mit sich brachte.

Nachdem die Familien gegessen hatten und satt waren, stand Crin als Erster auf und streckte sich mit einem zufriedenen Ton, woraufhin er meinte: »Ein Schläfchen würde jetzt guttun. Das Essen war wie immer hervorragend, Liebling, aber es war auch anstrengend, das alles zu verzehren. Mein Magen braucht jetzt eine ausgiebige Ruhepause.«

Fenia stemmte wütend die eingezogenen Knöchel in die Hüften und gab ihrem Mann einen leichten Klaps mit dem Tuch, das sie gerade zum Abwischen des Tisches benutzt hatte. Im Anschluss knüllte sie den Stoff zusammen, warf das Bündel vor seine nackten Füße und meinte: »Dann kannst du wenigstens mal deine Krümel wegwischen und den Abwasch machen, es sei denn, du bewegst deinen faulen Hintern aus meiner Stube und hilfst unten auf dem Festplatz.«

»Ist schon gut. Ich gehe schon«, versprach Crin und hob schützend die Hände über den Kopf.

Er gab seiner Frau einen Kuss und öffnete die Tür des Baus. Mit Karvin und seinen Jungs im Schlepptau lief er durch den Garten und folgte dem Randstein des Weges hinunter zum Aufbau.

»Und du bleibst wie immer hier und gehst erst am Abend zum Fest?«, fragte Fenia Bertin, während sie mit Junachels Mutter anfing das Geschirr zu spülen. Bertin sagte nichts. »Dann kannst du wenigstens dein Zimmer durchkehren. Als ich das letzte Mal dort unten war, bin ich sofort wieder rausgerannt, da ich vor Husten keine Luft mehr bekommen habe«, warf Fenia ihm vor und sah, dass Bertin überlegend zu Ysilda schaute, die ihm gegenübersaß. »Liebes, wollt du und Junachel euch nicht den übrigen Tag freinehmen und erst am Abend zum Fest kommen? Du hast heute Geburtstag und ich finde, du solltest ein wenig Zeit für dich haben. Ich bin mit den ganzen Vorbereitungen schon überfordert und weiß nicht, wie ich das alles bis zum Abend schaffen soll. Aber das soll dich heute nicht berühren. Ihr könnt ja schon mal überlegen, was ihr heute Abend anziehen wollt. Ysilda, du hast ja so schöne Kleider.«

Ysilda nickte ihrer Mutter stumm zu und ging, ohne zu zögern, mit Junachel die Treppe hinunter in den unterirdischen Bereich des Baus. Tatsächlich war sie über den unerwarteten Entschluss ihrer Mutter verwundert. Noch nie war sie von dem Aufbau des Herbstfestes entbunden worden, nur weil es gleichzeitig auch ihr Geburtstag war. Aber eigentlich war das auch unwichtig. Sie war auf jeden Fall froh, dass sie Zeit zu zweit verbringen und den anderen beschäftigten Hinnd aus dem Weg gehen konnten.

»Und du hilfst mir jetzt, Bertin«, hörte Ysilda von oben, als sie die letzte Stufe überquerte und dann im übrigen Teil des Baus stand.

Ab hier musste Ysilda den Kopf einziehen und geduckt

laufen. Die unterirdischen Räume waren niedriger als die oberen. Die Holzwände stützten den Bau vor der drückenden Erde des Hügels ab und kleine Klappen verdeckten die nach draußen führenden Tunnel. Ysilda besaß nach ihren Eltern das größte der insgesamt sechs Schlafzimmer. Allerdings war es auch nicht viel größer als die Zimmer ihrer Geschwister und den meisten Platz nahm vor allem ihr verlängertes Bett ein. Das eigene Zimmer war ein wertvoller Rückzugsort, wenn man mal alleine sein wollte. Als ein Ort für vier Augen bot es sich aber auch an.

Das alte Zimmer von Bertin war das einzige im Bau, das die Kinder nicht betreten sollten. Als sehr junge Hinnd hatten sie diese Regel heimlich gebrochen und manchmal hinter der Tür rumgeschnüffelt. Da es dort allerdings nichts Besonderes gab, hatten die Kinder das Interesse schnell verloren.

In Ysildas Zimmer setzte sich Junachel auf das Bett und wartete darauf, dass ihre Freundin den Kleiderschrank öffnete. Nachdem sie das gemacht hatte, suchte Ysilda drei Kleider aus, die in die engere Auswahl kamen.

»Dann zeig mal, was du zu bieten hast«, meinte Junachel neugierig, sprang vom Bett und half Ysilda beim Anziehen.

Das erste Kleid war einfarbig und dunkelblau. Ansonsten war es schlicht und hatte nichts Besonderes an sich.

»Wirkt irgendwie trist. Passt zu deiner allgemeinen Stimmung, aber ich bin wirklich dagegen, dass du dieses heute trägst, also fällt es schon einmal raus«, sagte Junachel bestimmend und bereitete das nächste Kleid vor. »Zu banal. Du siehst aus, als würdest du damit jeden Tag im Garten arbeiten«, meinte sie weiter und schüttelte unzufrieden den Kopf, nur um das nächste Kleid zu kritisieren, das am Hals und an den Hüften eng geschnürt war. »Servil«, war Junachels einziger Kommentar dazu, woraufhin sie ihr aus dem Stoff half. »Das war alles? Mehr hast du dir nicht ausgesucht?«, fragte sie vorwurfsvoll und trat selbst an den Schrank.

Nachdem sie ein wenig gesucht hatte, holte sie ein Kleid heraus, das Ysilda schon längst vergessen hatte. Durch das dunkle Rot wirkte es warm. Die weiten Ärmelabschlüsse bereiteten ein bequemes Tragegefühl und der weite Ausschnitt, die offenen Schultern sowie die geschwungene Bestickung sorgten dafür, dass die anderen Kleider in seinem Schatten verschwanden.

»Eminent und auf eine provokative Weise erotisch. Das sind die Werte, die ich an dir schätzen würde. Ich weiß zwar, dass du lieber versteckt bleiben willst und am besten gar nicht auffällst, um den anderen ja nicht deine vollkommene Schönheit zu zeigen, da sie dich ja vexieren könnten. Aber das ist nicht einfach nur der erste Tag des Herbstes. Nein. Es ist auch dein Tag und deswegen trägst du jetzt das und wirst mir keine Widerworte geben.«

Ysilda wusste, dass sie sich nicht wehren konnte. Wenn es wieder einmal darum ging, dass sie lieber unsichtbar sein und nicht auffallen wollte, wurde Junachel sehr eloquent. Sie würde so lange auf sie einreden, bis Ysilda überzeugt war.

»Na gut, du hast ja recht. Ich würde es auch tragen, wenn da nicht ein Problem wäre«, gab sie zu und deutete dann auf den rechten Taillenbereich des Stoffes, der vollständig aufgerissen war.

Ysilda erinnerte sich an das unglückliche Missgeschick, das

ihr passiert war, als sie das Kleid das letzte Mal getragen hatte. Abgesehen davon, war der damalige Tag sehr unglücklich verlaufen und bei den wieder aufkommenden Erinnerungen, die sie eigentlich verdrängt hatte, wurden ihre Augen feucht.

Junachel bemerkte das und nahm ihre Hand. Ysilda spürte ihre Wärme und eine unerwartete Energie, die sich in ihr ausbreitete. Je mehr sie versuchte das Gefühl zu ignorieren, desto eher wurde ihr schlecht und sie bekam das Verlangen, sich zu übergeben. Als das vermeintliche Erbrechen sie überkam, spürte sie, dass die gesammelte Energie aus ihr heraus über ihre Hand zu dem Stoff strömte und die Nähte des Kleides wie durch eine unsichtbare Hand bewegte, sodass sie sich wieder zusammenfügten.

»Wahrhaftig ein Déjà-vu. Ähnlich wie das letzte Mal, als du dieses Gewand getragen hast, nur dass heute keine Wohnräume dafür abbrennen müssen«, witzelte Junachel und blickte staunend und völlig ungläubig auf den selbstflickenden Stoff.

Es war nicht das erste Mal, dass Ysilda so etwas Unglaubliches erlebte. Schon häufiger waren irgendwelche merkwürdigen und unerklärlichen Dinge in ihrer direkten Nähe geschehen, sodass sie meist dafür verantwortlich gemacht wurde. Dazu gehörten teilweise lustige Momente, manche waren sehr peinlich und andere so schlimm, dass Ysilda sie lieber verdrängt hätte. Sie selbst schob es auf den Zufall, und, dass sie einfach Pech hatte, dort zu sein, wo etwas schiefging. Interessanterweise kündigten sich solche Situationen immer mit dieser kräftigen und aus dem Nichts kommenden Energie an und entweder wurde ihr dabei schlecht oder sie bekam den Reiz zu niesen.

»Sieh es mal so, immerhin kannst du dich jetzt nicht mehr rausreden und ich glaube, dass ich dieses Mal nicht verletzt werde. Also zumindest habe ich noch alle Gliedmaßen und meine Beine kann ich auch noch spüren«, scherzte Junachel, die schon mehrere dieser Momente miterlebt hatte.

Nachdem entschieden war, was Ysilda anziehen würde, bereiteten sich die Mädchen weiter auf den Abend vor. Junachels dunkle Haare wurden von ihrer Freundin zu einer aufwendigen Flechtfrisur geflochten, die nur mit vielen Haarnadeln gehalten werden konnte, da sie sonst zu glatt waren. Ysilda erhielt eine halboffene Frisur, bei der ihre Ohren frei waren, was Junachel unbedingt so wollte. Abschließend suchten die beiden noch schönen Schmuck aus, den sie später bei der Feier tragen wollten.

»Ich sollte jetzt besser nach Hause gehen und mein Festkleid aus dem Schrank holen. Du kannst dich freuen, ich habe schon ausgesucht, was du am liebsten an mir magst«, erklärte Junachel oben im Garten, als es später geworden war, und lief den Hügel hinunter nach Hause.

Es war kurz vor der Feier und die Sonne verschwand langsam hinter den weiten Karnickelebenen. Ysilda überprüfte noch einmal ihr Aussehen im Spiegel. Obwohl Junachel sie vorhin überzeugt hatte, fühlte sie sich in diesem Aufzug doch ziemlich unwohl. Ohne Frage veränderte die Aufmachung ihr Äußeres in etwas Schönes und stand sehr im Gegensatz zu ihrer alltäglichen Erscheinung. Ysilda sah sich selbst bei großen Feiern lieber im Hintergrund, aber so war sie auffälliger als je zuvor.

Sie schloss ihre Augen und wandte sich vom Spiegel ab. Danach verließ sie das Zimmer, stieg die Treppe hoch und verriegelte hinter sich den Bau. Die Wärme des Tages war nicht mit der Sonne gewandert und somit streifte ein angenehmer Luftzug über ihre nackte Haut. Versteckt hinter dem dunklen Schleier sangen zirpende Tiere ihre Abendlieder und immer mal wieder raschelte ein Strauch in der Umgebung.

»Puh. Du bist noch da. Entschuldige bitte, dass ich so spät komme, ich war zu sehr mit meinem Äußeren beschäftigt und habe dabei die Zeit vergessen«, keuchte Junachel außer Atem, während sie hinter den Büschen in Ysildas Blickwinkel hervorkam und hastig die Treppen des Weges erklomm.

Oben blieb sie vor ihr stehen und stützte ihr Gewicht auf die Knie. Junachel hatte tatsächlich ihr schönstes Kleid ausgesucht. Es war smaragdgrün und dem von Ysilda in seiner Freizügigkeit beinahe ebenbürtig mit der Ausnahme, dass Junachels Dekolleté bedeckt war und sich die breiten Träger am Nacken hielten, sodass der Stoff eng ihren Hals umschloss. Dazu trug sie unterhalb jeder Schulter jeweils einen hellen Armreif, der durch ihren dunklen Teint hervorgehoben wurde.

»Schön siehst du aus«, meinte Ysilda, während Junachel langsam wieder zu Atem kam, und legte die Hand auf ihre pulsierende Schulter.

»Ich wusste, dass du das sagst. Aber jetzt lass uns nach unten gehen, sonst verpassen wir noch den Anfang«, antwortete sie zur einen Hälfte lachend, zur anderen keuchend, nahm dann Ysildas Hand und zusammen gingen sie die Treppen hinunter auf den beleuchteten Festplatz zu.

Von der Sonne blitzte nur noch der letzte Schein über die Karnickelebene, bis sie dahinter unterging und die Nacht das Land eroberte. Die Straßen von Pepritin waren wie leer gefegt. Alle Hinnd waren bereits beim Fest, das schon von Weitem durch sein buntes Laternenlicht und die Gesellschaft seiner Besucher erkennbar war. Als die beiden näher kamen, erregte Ysildas außerordentliches Aussehen sofort die Aufmerksamkeit der Feiernden, die auch hier hinter vorgehaltener Hand zu tuscheln anfingen und nicht gerade unauffällig in ihre Richtung deuteten.

»Bleib ganz ruhig. Du siehst wunderschön aus und das ist auch richtig so. Ich bin mir sicher, der Neid verdreht sich in ihren alten Bauerntrachten und herauskommen nur giftgrüne Worte, die dich aber nicht zu interessieren haben und uns wenig brüskieren sollten«, meinte Junachel ernst und schaute zu Ysilda hoch, die bemerkte, dass ihre Wangen wieder abkühlten.

»Ja, du hast recht«, antwortete sie zustimmend und drückte ihre Hand fester, wodurch sie ermutigt wurde und den Festplatz betreten konnte.

Die Feier war so stimmig und farbenfroh wie jedes Jahr. Im Zentrum saßen die Familien an langen Tischen und gaben sich ausgiebig der Völlerei hin. Auf einem Podest spielte der Hinnd Bardir Honigstolz auf seinem charismatischen Dudelsack und stampfte dazu abwechselnd mit den Füßen auf das Holz, sodass ein dumpfer Rhythmus entstand, während die anderen Musiker ihn mit Flöten und Schlaginstrumenten begleiteten. Gleich daneben wurde an der Bar Bier und Wein für die anstehenden Gäste ausgeschenkt, die im Anschluss an das Büffet traten und ihre hungrigen Mägen mit einem überfüllten Teller zufriedenstellten. Etwas weiter außerhalb konnten die Besucher selbst gesammelte Blätter und Zweige vorbeibringen, die dort zu einem Haarkranz oder anderem Schmuck verflochten wurden, welchen die Hinnd dann aufsetzten, um auf diese Weise den Herbst zu empfangen. Auf der anderen Seite wurde die Jahreszeit mit einer weiteren Tradition begrüßt. Hier durfte jeder Bewohner eine Kerze aus Bienenwachs anzünden, was Glück und Sicherheit für die Familie bringen sollte.

In dem ganzen Trubel musste Ysilda erst suchen, bevor sie ihre Familie fand. Ihre Mutter, ihr Vater und ihre Geschwister standen an der Schlange zur Bar. Bertin hingegen saß auf einer Bank und kraulte seinen großen Hund hinter dem Ohr. An seinem Gurt war ein schwerer Hammer befestigt. Soweit Ysilda wusste, hatte er diese Waffe irgendwo auf seinen früheren Heldenreisen erlangt und eigentlich hielt er ihn auch nur in greifbarer Nähe, wenn er wieder abreiste.

»Und? Siehst du sie?«, fragte Junachel, während sie sich lang zu machen versuchte, aber inmitten der ganzen Hinnd nichts sehen konnte.

»Ja. Da drüben sind deine Eltern«, meinte Ysilda und deutete in die Richtung von Karvin und Namelia, die zwar am gleichen Tisch wie Bertin saßen, aber einen großen Abstand zu ihm hielten. »Es scheint so, als ob sie dir bereits etwas zu Essen geholt haben und auf dich warten.«

»Wenn es für dich keine Umstände macht, dann versuch ich schon mal, mich zu ihnen durchzudrängen. Wir sehen uns gleich«, meinte Junachel und bahnte sich einen Weg durch die Menge.

Ysilda hatte es dabei einfach. Die meisten Hinnd gingen ihr wie immer aus dem Weg, da niemand von solch einem Hünen zertrampelt werden wollte, daher erreichte sie ihre Familie schnell und mit Leichtigkeit.

»Da bist du ja«, sagte ihre Mutter und erschrak kurz. »Ich habe dich fast nicht wiedererkannt, meine Kleine. Du siehst, na ja, anders aus als sonst, aber sehr hübsch.« Sie überlegte sichtlich und wurde dabei rot im Gesicht.

»Was hast du denn vor, Ysi? Es sieht doch nicht nach dem aus, was ich denke? Mit deiner Größe erreichst du das sowieso nicht«, spottete Knut und deutete auf ihr ausgefallenes Gewand.

Die beiden Brüder lachten hämisch und richteten sich so weit auf, wie ihre Köpfe es zuließen.

»Jetzt ist aber Schluss. Hört auf, bevor ihr überhaupt anfangt«, schimpfte Fenia schnippisch und hob warnend den Zeigefinger, was die beiden Brüder augenblicklich zum Schweigen brachte.

Nachdem ihre Teller befüllt waren und die Flüssigkeit in den Krügen über den Rand schwappte, ließen sie sich am Tisch neben Bertin nieder.

»Ich habe dir eine gegrillte Keule und etwas von dem Eintopf mitgebracht. Natürlich auch etwas vom Most, den du so gerne magst«, sagte Fenia zu ihrem Bruder und tischte das Mahl vor ihm auf.

»Most? Nur eine schlechte Nachahme aus dem Bau der Rebenpflugs. Es ist schade, dass du einen Weber geheiratet hast. Unser Vater, Hamil, hätte den Fruchtfußmost bestimmt gerne in Pepritin weiterhin hergestellt«, überlegte Bertin, nachdem er einen Schluck genommen hatte und sich dann seinem Essen widmete.

»Du hättest auch hierbleiben können, aber in die Welt hinauszuziehen und das Leben mit spaßigen Abenteuern zu verbringen, erschien dir offenbar sinnvoller. Wahrscheinlich wäre unser Vater dir dann nicht aus Sorge gefolgt und vermutlich noch hier«, antwortete Fenia und nahm einen Bissen von ihrem Mahl.

»Das ist wahr. Aber während der eine vom süßen Wind der Heimat wieder zurückgetragen wird, wird der andere von ihm davongeweht. Dieser lässt ihn dann nicht mehr zurück«, sprach Bertin, nachdem er den Humpen geleert hatte, und schaute dabei auffällig zu Ysilda, die nicht wusste, wie sie mit dem Blick umgehen sollte.

»Das reicht jetzt. Langweile die Kinder nicht wieder mit deinen Geschichten«, unterbrach Fenia den Kontakt und verwickelte Bertin in eines ihrer Familiengespräche, in dem sie über die alten Zeiten sprachen.

Nachdem sie die ersten Teller geleert hatten, stand die Familie auf und holte sich Nachschub. Ysilda wollte gerade mit ihnen gehen, doch dann wurde sie von Bertin aufgehalten.

»Bevor du eine weitere Platte beladen kannst und dich der Völlerei und dem Gesaufe unserer Gesellschaft vollständig hingibst, würde ich gerne noch deinem klaren Verstand meine Stimme widmen«, meinte Bertin und sah sie freundlich an.

»In Ordnung. Worum geht's?«, fragte Ysilda und setzte sich wieder hin, um ihrem Onkel gespannt zuzuhören.

»Reden wir nicht hier darüber. Es ist nicht so, dass nüchterne Ohren uns hören, aber das wachsame Auge deiner Mutter bereitet mir Sorgen«, erklärte er, stand auf und sah sich aufmerksam um.

Ysilda folgte ihm und alleine, nur mit Bertins Hund, verließen sie den Festplatz und traten zum Bau der Kurzfuß'. Ihr Onkel führte sie wortlos hinunter in den Wohnbereich und blieb dann direkt vor seinem Zimmer stehen. Er nahm den Türgriff in die Hand und zog daran. Ysilda begann sofort zu husten, als ihr eine Staubwolke direkt ins Gesicht schlug und alles hinter dem Türrahmen in einen rauchigen und undurchdringlichen Schleier hüllte.

»*Expellere Magica*«, sprach Bertin bestimmt und formte mit seiner offenen Hand drei große Kreise, wodurch der Schleier augenblicklich verschwand und die Sicht auf sein Zimmer frei gab.

»Was war das?«, fragte Ysilda erstaunt, immer noch hustend, und hielt sich den Handrücken vor den Mund.

»Das ist nur ein kleiner Trick, damit niemand während meiner Abwesenheit in meinem Zimmer herumschnüffelt oder Sachen entfernt, die hierbleiben sollen«, erklärte Bertin und ging durch die Tür.

Ysilda folgte ihm skeptisch und ließ die Tür hinter sich ins Schloss fallen. Bertins Zimmer war im Grunde leer. Nur die alten Möbel standen noch an ihrem Platz und boten Halt für Spinnenweben. An der linken Wand war das Bett aufgestellt, worauf sich Einohr sogleich begab, um es sich dort auf den

Decken bequem zu machen. Ansonsten gab es einen großen Kleiderschrank und einen einfachen Schreibtisch mit einem Hocker. Darunter hatte Bertin sein Gepäck verstaut. Ysilda konnte zwischen der ganzen Zeltausrüstung und einigen Vorräten die Einzelteile einer silbernen Plattenrüstung erkennen. Ein schweres Kettenhemd lag auf einem grob zusammengefalteten Wams. Die Schulterpanzer und die Brust waren grazil verziert und der Helm besaß Ohren sowie einen ausgearbeiteten Kiefer, dessen Gebiss dem eines Hundes ähnelte.

»Schön hast du es hier«, meinte Ysilda aufgesetzt, während sie sich umsah, und hielt die Hände unsicher vor dem Körper zusammen, da sie sich fehl am Platz fühlte. »Über was wolltest du denn mit mir sprechen?«

Bertin bot ihr den Hocker an, auf den sie sich dankbar setzte, lehnte sich dann an den Tisch und verschränkte nachdenklich die Arme. Er atmete einmal tief durch und erzählte dann: »Wie ich dir bereits bei meiner Ankunft erklärt habe, bin ich nicht wegen der Herbstfeier nach Pepritin aufgebrochen. Der Grund, aus dem ich hier bin, ist dein zwanzigster Geburtstag, Ysilda. Der Zwanzigste ist der Tag eines jeden Hinnd, an dem er als erwachsen zählt. Und aus diesem Grund solltest du auch endlich die Wahrheit über dich selbst erfahren.«

»Die Wahrheit?«, fragte Ysilda ein wenig bestürzt und konnte sich nicht vorstellen, was ihr Onkel damit meinte.

Doch bevor dieser fortfahren konnte, öffnete sich hinter ihnen die Zimmertür und Ysilda erkannte ihre Eltern und Junachel.

»Ich habe geahnt, dass ihr hier seid. Was macht ihr hier unten? Ihr sollt doch das Fest genießen und nicht zurückgezogen im Bau und dieser Kammer verweilen«, meinte Fenia und trat ein. Als sie die Situation verstand, wurde sie auf einmal kreidebleich: »O nein, Bertin, geht es jetzt etwa los?«, fragte sie überstürzt, kniete sich vor Ysilda auf den Boden und nahm ihre Hand.

»Geht was los?«, fragte diese genervt und verwirrt zugleich.

Sie bemerkte, dass ihre Mutter feuchte Augen bekam und das sonst entspannte Gesicht ihres Vaters starr wurde.

»Junachel, ich glaube, es ist besser, wenn du draußen wartest«, bat Fenia sie.

Junachel schmälerte ihre Lippen und ihre Augenlider verengten sich. Sie wechselte mit Ysilda einen Blick, ging dann wortlos durch die Tür und verschloss diese.

»Am besten fahre ich einfach fort«, meinte Bertin ruhig und räusperte sich. Er lehnte sich wieder an den Tisch und sah Ysilda ernst an: »Vor genau neunzehn Jahren bin ich von einer meiner Reisen zurück nach Pepritin gekommen und wollte das Herbstfest mit unserer Familie feiern. Genau zur Grenze des Nesthalfer Tals auf den Karnickelebenen bemerkte ich ein kleines Mädchen am Straßenrand. Es war nicht viel älter als ein Jahr und hatte nichts an sich, dass seine offenen Wunden verbergen konnte. Das verwahrloste Kind setzte ich auf meinen Wagen und versorgte es. Das Einzige, was es sagen konnte, war sein Name. Nachdem ich die Gegend nach der Familie abgesucht und Vorbeiziehende befragt hatte, ob sie jemanden kannten, der soeben sein Junges verloren hatte, brachte ich das wehrlose und stumme Kind nach Pepritin und übergab es an meine Schwester Fenia, die es mit Fürsorge und Liebe aufzog und bis heute unter ihrem Dach in deinem Zimmer schlafen ließ, Ysilda.«

Ysilda verstand, was er sagte. Sie sah ihre Mutter an, der die Tränen jetzt über die Wangen liefen und die ihre Hand so sehr drückte, dass es wehtat. Ihr Vater wurde nun auch blass und blickte wie erstarrt auf den Boden. Für sie selbst löste sich die Vertrautheit mit dem Heim, in dem sie stand, dem Dorf, in dem sie aufgewachsen war, und ihrer eigenen Identität in vergehenden Nebel auf. Sie fühlte sich belogen und fehl am Platz. Es traf sie hart in der Brust und mehr denn je fühlte sie sich wie ein Außenseiter, der hier nicht willkommen war.

»Und warum war ich damals ganz alleine dort und wie bin dahin gekommen?«, fragte Ysilda, nachdem sie ihre Stimme wiedergefunden hatte und sich niemand anderes traute, ein Wort zu sagen.

»Das weiß ich nicht. Ich vermute, dass dein Blut aus der großen Hafenstadt Nesthalf stammt. Das ist eine Metropole an der Westküste des Königreichs Rilidid. Da die Bürger dort nur Menschen sind, sollte dir nun einiges klar werden.«

Ysilda war mit einem Schlag bewusst, dass Bertin recht hatte. Sie war also gar keine Hinnd. Das, was sie ihr ganzes Leben angenommen hatte, war falsch und ergab damit auf einmal einen Sinn.

»Wie ihr alle bestimmt schon des Öfteren festgestellt habt, passieren um Ysilda einige unerklärliche Dinge. Auf meinen Abenteuern habe ich gelernt, wie man die reine arkane Energie erkennt, und in diesen Momenten warst du von ihr immer umgeben, Ysilda. Daher gehe ich davon aus, dass in den Adern deiner Vorfahren magisches Ahnenblut floss und an dich vererbt wurde. Aber es kann ebenso sein, dass diese Energie zufällig oder auch willentlich Besitz von dir ergriffen hat. Egal wie. Es bedeutet auf jeden Fall, dass du eine Zauberin bist.«

Crin lachte gekünstelt und verschluckte sich dabei fast. Wahrscheinlich weil er nicht wusste, ob das ernst gemeint war oder ein Scherz sein sollte.

»Eine Zauberin? Ich? Wieso kann ich dann nichts Nützliches mit dieser Kraft anfangen, sondern werde nur von unfreiwilliger Zerstörung geplagt?«, fragte Ysilda unsicher und hoffte, dass Bertin eine Lösung für sie hatte.

»Das liegt daran, dass arkane Kraft enorm mächtig ist und nur in geübten Fingern kontrollierbar gemacht werden kann. Du zauberst bisher unbeabsichtigt, womöglich aus starker Emotion oder überschüssiger Energie. Um deine Mächte zu kontrollieren, braucht es langes Lernen und einen arkanen Fokus, der deine Magie bündelt. Und deswegen habe ich auch ein Geburtstagsgeschenk für dich«, erklärte Bertin, schob den Tisch zur Seite und trat an die Wand.

Dort drückte er mit der flachen Hand gegen ein Holzbrett, was sich daraufhin löste und ein Versteck dahinter freigab. In der Nische erkannte Ysilda einen goldenen Armreif. Das längliche Metall war vierkantig und während der Herstellung vielfach um seine eigene Achse gedreht worden. Das sonderbare Schmuckstück umkreiste mit seinen feinen Rillen einen Arm dreimal und endete an beiden Seiten mit einem kunstvollen Fuchskopf.

»Dieser Armreif war das Einzige, was du getragen hast. In den dunklen Kapiteln unserer Geschichten schenken uns solche seltenen Gegenstände manchmal Macht und retten uns das Leben, obwohl wir ihren Wert nicht kennen. Nimm ihn und trage ihn. Er gehört dir.«

Bertin trat zur Seite und gab den Weg frei. Ysilda stand zögernd auf und nahm das Armband aus seinem Versteck. Als sie es berührte, geschah weniger, als sie sich erhofft hatte. Das Einzige, was sie spürte, war die Kälte des Metalls.

»Es kann sein, dass das Bündeln deiner Magie nicht allein durch den arkanen Fokus möglich gemacht wird. Es erfordert Übung, damit du zaubern kannst. Aus diesem Grund werde ich dich unterrichten und noch so lange in Pepritin bleiben, bis du die Grundlagen gelernt hast, um dich selbst weiterzubilden.«

»Jetzt aber mal ganz langsam, Bertin«, sagte Fenia auf einmal und richtete sich auf seine Augenhöhe auf. »Das ganze Gespräch war sehr viel für Ysilda und vielleicht solltest du ihr dafür erst einmal Zeit geben, anstatt sie jetzt auch noch mit deinen merkwürdigen Zaubertricks zu überfordern. Schließlich ist das eine vollkommen neue Situation für unsere ganze Familie und wir werden alle Zeit der Welt dafür nutzen, damit niemand von uns unglücklich wird.«

Ysilda lachte hämisch und stand auf: »Mein ganzes Leben lang habt ihr mich angelogen und so getan, als ob alles normal ist und wir eine glückliche Familie sind. Glaubt ihr etwa, es hat mich glücklich gemacht, die Hinnd zu sein, von der man Abstand halten muss, damit man nicht übersehen und zu Brei zertreten wird? Für die alles zu klein war und die komischerweise Gebäude und anderes in Brand gesteckt hat, ohne eine glaubwürdige Erklärung dafür zu haben? Das alles waren bedrückende und teilweise wirklich peinliche Erlebnisse, über die ich nicht mehr nachdenken will. Ich dachte, irgendetwas stimmt mit mir nicht, und das ist sogar mal keine Lüge. Ich bin wohl wirklich anders und ihr glaubt jetzt ernsthaft noch, dass ich die Wahrheit über mich nicht verkrafte und deswegen Bertins Angebot zum Üben ablehne, jetzt, da ich eine Lösung für all diese Probleme habe?« Ysilda wurde immer lauter und ihre Augen füllten sich dabei mit Tränen.

Frust breitete sich in ihr aus und sie spürte wieder das Pulsieren in ihren Adern. Der Boden begann zu beben und Staub rieselte von der Decke. An der Wand bildete sich mit einem knackenden Geräusch ein Riss und ein Holzbalken brach heraus, sodass sich das Zimmer mit Erde füllte. Ysilda wollte ihre Wut fallen lassen, doch sie konnte sie nicht unterdrücken. Die ganzen Emotionen waren einfach zu viel.

»*Expellere Magica*«, murmelte Bertin erneut und formte wieder drei große Kreise mit seiner Hand, woraufhin das Beben verstummte und Ruhe einkehrte.

»Du hast recht. Aber wir selbst waren mit der Situation überfordert und wussten nicht, was wir tun sollten«, sagte Fenia verängstigt und wollte ihre Hand auf Ysildas Schulter legen, aber zog sie weg.

»Verschwindet. Ich will euch nicht mehr sehen«, meinte Ysilda weinend und vermied den Augenkontakt mit ihren Eltern.

»Ja. Das sollten wir tun. Du brauchst bestimmt noch ein wenig Zeit«, antwortete Fenia zustimmend und ging mit Crin zur Tür. »Ich liebe dich, mein Kind«, sagte sie zum Abschluss und verließ den Raum.

»Ich würde mich selbst nicht als der Richtige für so einen Moment einschätzen, daher werde ich dich jetzt auch verlassen, Ysilda, und dich jemand Geeignetem übergeben. Wir sehen uns dann morgen«, erklärte Bertin und verließ, gefolgt von seinem riesigen Bernhardiner, ebenfalls das Zimmer.

Ysilda hielt die Augen fest auf das Versteck in der Wand gerichtet und fühlte, wie eine weitere Tränenflut ihre Lieder passierte und an ihren Wangen entlanglief. Dann spürte sie das Vertrauen zwischen ihren Fingern und schaute hinunter zu Junachel, die ihre Hand hielt und mit einem verständnisvollen Lächeln zu ihr hinaufblickte.

»Ich ...«, fing Ysilda mit gurgelnder Stimme an, aber ihre Freundin schüttelte den Kopf und wies sie mit einem Finger auf den Lippen an zu schweigen.

»Du musst mir nichts erklären. Ich habe an der Tür gelauscht und alles mitbekommen und beinahe wurde ich von einem herunterfallenden Holzbalken erschlagen, du mächtige Zauberin«, sprach sie und lachte dabei so, als würde sie sich über etwas freuen. »Ich wusste, dass du was Besonderes bist und nicht nur so eine gewöhnliche langweilige Hinnd, wie es hier zu viele im Dorf gibt. Ich weiß, dass du am liebsten mit einem von denen tauschen würdest, um normal zu sein, aber das bist du nicht. Du bist viel mehr, vor allem für mich, und deswegen liebe ich dich.«

Junachel nahm sie in die Arme und drückte sie fest. Ysilda wurde es warm ums Herz und das geborgene Gefühl löschte die Tränen der Wut. Sie kniete sich herunter, sodass sie ihrer Freundin in die Augen sehen konnte. Junachel legte ihr die Hand auf die Wange und befreite sie von deren Feuchte. Das Gleiche tat sie mit Ysildas Lippen, diesmal nur ohne ihre Hand.

»Sollen wir jetzt wieder zum Fest gehen?«, fragte Ysilda, nachdem sie beruhigt war und sich von diesem intimen Moment gelöst hatte.

»Was? Ich habe jetzt nicht erwartet, dass du jetzt noch Lust auf das Fest hast. Aber wenn ich es mir recht überlege, bin ich mir sicher, dass dir ein freier Kopf und etwas Alkohol guttun werden. Wir haben uns ja schließlich nicht umsonst so aphrodisisch gekleidet«, verkündete Junachel und zeichnete mit ihren Handflächen Ysildas Kurven nach. »Mir gefällt übrigens dein neuer Armreif«, bemerkte sie und deutete auf das Fuchsarmband, das Ysilda am rechten Arm trug.

Nachdem sie den Bau verlassen und den Festplatz wieder betreten hatten, setzten sie sich an einen freien Platz, abseits ihrer Familien. Das Bedürfnis nach Speis und Trank war den feiernden Hinnd noch nicht vergangen und daher kam Junachel kurze Zeit später mit zwei großen Mostkrügen an ihren Tisch zurück und stieß mit Ysilda an. Der fruchtige Geschmack und der benebelnde Alkohol taten ihr gut und nach drei weiteren Krügen erreichte sie die Euphorie.

»Ich darf doch bestimmt dabei sein, wenn du morgen von deinem Onkel das Zaubern lernst?«, fragte Junachel während dem Trinken zuversichtlich und deutete auf Bertin, der alleine an einem Tisch saß, auf dem er seinen schweren Hammer abgelegt hatte, seinen Hund hinter dem einen Ohr kraulte und sich dabei betrank.

»Ja, natürlich. Vielleicht brennt wieder ein Bau nieder, aber was soll's, in der Vergangenheit habe ich das auch überlebt«, antwortete Ysilda beschwipst und nuschelte dabei.

»O ja, das wird bestimmt aufregend«, meinte Junachel erfreut, bei der der Alkohol eine geringere Wirkung hatte, da sie ziemlich trinkfest war.

»Und weißt du, vielleicht bleibe ich dann gar nicht mehr in Pepritin. Ich könnte ja Bertin in die Außenwelt folgen und das langweilige Leben hinter mir lassen«, lallte Ysilda weiter und kippte beinah vom Hocker.

Junachels Ausdruck wurde schlagartig ernst, sie wollte gerade etwas sagen, als die Musiker ihre Instrumente absetzten und die Festbesucher ihre Blicke auf das Podest richteten. In den Vordergrund trat Barnier Gusseisen, der älteste Hinnd des Dorfes und Sprecher des Rates. Er war so alt, dass er sich ohne seinen Gehstock nicht mehr auf den Beinen halten konnte, aber trotzdem bei klarem Verstand war.

»Wenn ich mein altes Augenpaar über diese Feier richte, sehe ich die fröhlichen Bewohner von Pepritin, die hier miteinander lachen, Speis und Trank genießend zu sich nehmen und ohne Einschränkung der verwilderten Außenwelt das sein können, was sie sein wollen: Glückliche Hinnd!«, begann er seine Rede und die Zuhörenden stimmten ihm pfeifend zu und gaben Beifall. »Dies ist mein einhundertsiebenundvierzigstes Herbstfest und noch nie habe ich so glückliche Hinndfamilien wie heute gesehen ...«

»Das hat er schon letztes Mal gesagt«, flüsterte Junachel in Ysildas Ohr und kicherte dabei mit der Hand vor dem Mund.

»Es gab Zeiten, da war dies nicht der Fall. Die Älteren von uns haben sich mit aller Kraft dafür eingesetzt, dass wir heute bedenkenlos feiern können, und so soll es auch weiterhin bleiben«, sprach Barnier weiter und erhielt wieder die Zustimmung der Gäste. »Aber bevor ich mich der Danksagung an unsere freiwilligen Helfer widme, möchte ich meine Worte noch an unsere Ahnen richten, die den Grundstein für dieses schöne Dorf mit dem Namen Pepritin gelegt haben und uns dies alles erst ermöglichten«, fuhr der Alte schließlich fort, senkte dann unerwartet seinen Kopf und wurde weiß im Gesicht.

Ein unheilvolles Rauschen durchströmte das Gelage und es wurde von einem Moment auf den anderen bitterlich kalt. Die Hinnd schreckten auf, als sich ein silberner Nebel zwischen ihren Füßen ausbreitete und sich dann zu einzelnen Rauchschwaden zusammenzog. Die Schleier begannen zu wirbeln und erschufen neblige Kreaturen mit vier Beinen und einem Schweif. Die Hinnd gerieten in Panik und fingen verängstigt an zu schreien. Die silbernen Rauchkreaturen nahmen die Gestalt eines sehr großen Fuchses mit leuchtend roten Augen an. Die Raubtiere hasteten zielgerichtet und zähnefletschend durch die angsterfüllte Menge und stießen jeden zur Seite, der den Weg zwischen ihnen und ihrer Beute versperrte. Ysilda lief es eiskalt den Rücken hinunter, als der Armreif sich fester um ihr Handgelenk schlang und anfing zu pulsieren. Sie erkannte, dass sie die Beute war.

Die furchteinflößenden Wesen hasteten auf sie zu, und als sie direkt vor ihr standen, setzte das erste zum Sprung an. Ysilda blickte erstarrt in das reißzahnbesetzte Maul der Bestie, hörte im allerletzten Moment einen knirschenden Schlag und sah einen goldenen Lichtblitz. Das Wesen wurde seitlich von ihr weggeschleudert, und als es am Boden aufkam, verschwand es.

»Zurück!«, befahl Bertin, der auf einmal neben ihr stand und seinen schweren Hammer, mit dem er das Monster gerade vernichtet hatte, zurückschwang.

Die umstehenden Hinnd wichen nach hinten, als die anderen Füchse ebenfalls bissige Geräusche von sich gaben, nach vorne jagten und dabei einige von ihnen umwarfen. Bertin stellte sich ihnen wie eine Mauer breitbeinig gegenüber und schwang seinen Kriegshammer. Das Monstrum zerschmetterte die Nebelkreaturen und nach jedem Schlag leuchtete es in einem goldenen Glanz auf.

Doch Bertin konnte nicht alle aufhalten. Es waren zu viele. Sie hetzten außerhalb seiner Reichweite an ihm vorbei und direkt auf Ysilda zu. Diese wich erschrocken zurück, und als einer der Füchse sie ansprang, umklammerte sein Gebiss ihr rechtes Handgelenk und riss sie zu Boden. Ysilda schrie und heulte vor Schmerz, als sich die Reißzähne immer tiefer in ihr Fleisch bohrten und der Fuchs versuchte, gewaltsam das Armband von ihrem Arm zu reißen. Auf dem Rücken liegend, drückte sich Ysilda mit den Füßen am Boden nach hinten und lag jetzt unter dem Tisch. Junachel kam ihr zur Hilfe und wollte den Fuchs von hinten packen, aber ihre Hände glitten einfach nur durch den schleierhaften Körper.

»*Perniciosius Undam*!«, rief Bertin bestimmt und ein donnernder Schlag knallte über den Festplatz.

Eine gewaltige Energie breitete sich von ihm aus, die Ysilda aber nicht berührte, sondern an ihr vorbeizog. Die Füchse heulten bei den Worten auf, verflüchtigen sich schließlich zu silbernem Rauch und verschwanden. Ysilda atmete schnell und starrte erschrocken auf ihr verwundetes Handgelenk, aus dem Blut herausströmte und im Stoff ihres Abendkleides versickerte. Sie würgte und übergab sich, was ihren Alkoholpegel senkte und ihren Verstand wieder klarer machte.

»Alles in Ordnung bei dir?«, fragte Bertin, als er unter den Tisch kam und seinen Hammer am Boden ablegte.

Er half ihr hervor und bemerkte ihre blutende Wunde. Der Hinnd hielt ihren Arm, deutete dann mit dem Zeigefinger ein Dreieck an und sprach klar die Worte: »*Sanare Vulnera.*«

Ysildas Schmerz verschwand augenblicklich und sie sah auf die Wunde, die sich von selbst schloss. Bertin und Junachel unterstützten sie beim Aufstehen und sie richtete ihren Blick auf die unter Schock stehenden Hinnd.

»Mein Kind, geht es dir gut?«, rief Fenia verzweifelt und rannte so schnell sie konnte zu ihr, um Ysilda in die Arme zu nehmen.

»Ja, mir geht es gut, jetzt lass mich los«, meinte sie genervt und drückte ihre Mutter von sich weg. Sie ließ es zu und hielt wieder Abstand, sodass ihre Tochter zu Atem kommen konnte.

»Was waren das für Kreaturen, die aus dem Nebel kamen und Ysilda angriffen?«, fragte Junachel direkt an Bertin gewandt.

»Ich glaube, dass würden wir alle gerne wissen«, kam eine Stimme hinter Fenia zum Vorschein, woraufhin sich die Hinnd sogleich umdrehte und den Blick auf Barnier Gusseisen freigab.

Der Alte humpelte auf seinem Gehstock zu der Familie.

Seine weißen Haare waren ganz zerzaust und die buschigen Augenbrauen unterstützten den Zorn, welcher ihm im Gesicht stand, das langsam wieder Farbe annahm.

»Kommt ins Gebäude der Ältesten. Wir berufen eine sofortige Ratssitzung ein, mit euch allen«, gab er zum Verständnis und schloss damit die Familien Kurzfuß sowie Ankrim und vor allem Bertin mit ein.

Nachdem sich alle im Ratsgebäude eingefunden hatten, stand Barnier auf und richtete den Blick auf die anderen vier alten Mitglieder, bevor er sprach: »Aus aktuellem Anlass haben wir uns hier versammelt, um zu klären, wie es zu dem Vorfall an unserem alljährlichen Herbstfest kommen konnte«, fing er an und schaute dann auffordernd zu Ysilda und ihren Eltern. »Ysilda, bitte erkläre dich. Diese Kreaturen sind erschienen, als du wieder zurück zum Herbstfest gekommen bist, und sahen auch nur dich als Ziel an. Andere hätten dabei ernsthaft verletzt werden können, ganz zu schweigen davon, dass unser wunderschönes Fest ruiniert wurde. Wie wir alle wissen, ist es schließlich nicht das erste Mal, dass du für ungewöhnliche Ereignisse verantwortlich bist, und jetzt, da du erwachsen bist, hast du ab sofort auch die volle Verantwortung für deine Taten zu tragen. Kannst du uns also dieses Mal bitte in einer vernünftigen Art und Weise erklären, was passiert ist?«

Ysilda schluckte und antwortete mit ängstlicher Stimme: »Nein, ich habe ebenfalls keine Ahnung, was passiert ist und warum diese monströsen Füchse mir mein Armband vom

Leibe reißen wollten.«

»Wie ich es erwartet habe, hast du also keine vernünftige Erklärung für deine Taten«, stellte Barnier enttäuscht fest und setzte einen kalten Blick auf. »Dann wirst du wie gesagt auch mit voller Verantwortung dafür aufkommen müssen und den Schaden, den du angerichtet hast, wiedergutmachen.«

»Sie hat doch gar nichts gemacht. Ysilda ist nicht der Täter, sie ist die Geschädigte, und wenn Eure wirren Gedanken tatsächlich von den eigenen Worten überzeugt sind, dann tretet bitte aus dem Rat zurück und kümmert Euch in den letzten Tagen Eures alten Lebens lieber darum, dass Euer Verstand wieder klar wird«, protestierte Junachel laut und stand von ihrem Hocker auf.

Ihre Eltern blickten sie entsetzt an und hielten sie zurück, als sie weiterreden wollte. Barnier richtete seine wutentbrannten Augen auf sie.

»Karvin, ich hätte doch erwartet, dass Ihr Eurer Tochter ein wenig mehr Anstand beigebracht hättet, nachdem wir Euch in unserem Dorf so herzlich aufgenommen haben. Aber es fällt mir auch auf, dass sie immer anwesend ist, wenn Ysilda etwas angestellt hat. Wahrscheinlich stecken sie beide unter einer Decke, nur dass Junachel nie erwischt wird«, murmelte er und fuhr fort: »Da ich schlimmen Strafen abgeneigt bin, werdet ihr noch glimpflich davonkommen. Ich denke, als Erstes solltet ihr den Festplatz wieder so herrichten, wie er zuvor war, und dann entschuldigt ihr euch bei jeder einzelnen Familie, deren Frieden ihr heute Abend gestört habt ...«

»Wenn ich etwas anmerken darf«, unterbrach ihn Bertin ruhig und kraulte seinen Hund am Kopf. »Ysilda und auch

Junachel trifft bei diesem Vorfall keine Schuld. Eine Bagatelle wie diese trifft man außerhalb von Pepritin jeden Tag. Dennoch weiß ich, dass die Hinnd hier von sanftem Gemüt sind, und deswegen nehme ich alle Schuld, die heute Abend angefallen ist, auf mich. Ich war es, der Ysilda das Armband geschenkt hat und ganz genau wusste, dass es dunkle Kräfte besitzt und gefährlich ist.«

Barnier schaute Bertin angespannt an. Als Bertin Blickkontakt zu Ysilda aufnahm, schüttelte diese den Kopf, aber Bertin lächelte sie freundlich an.

»Nun gut, dann sei es so«, beschloss Barnier und wartete auf das zustimmende Nicken der anderen Ratsmitglieder. »Bertin, Ihr seid in Pepritin nicht mehr willkommen. Ihr habt den Frieden und die Harmonie an einem unserer wichtigsten Feiertage gestört und zahlreiche Hinnd in Gefahr gebracht. Brecht sofort auf und nehmt dieses dämonische Ding mit«, sagte er klar und deutete auf den Fuchsarmreif an Ysildas Arm.

»Das kann ich leider nicht«, antwortete Bertin gelassen und lehnte sich mit hinter dem Kopf verschränkten Armen in seinem Stuhl zurück. »Das Armband ist von gewaltiger Macht und arkaner Energie. Es lässt sich nur von demjenigen tragen, der es bändigen kann, und meine magische Kraft reicht dafür nicht aus«, erklärte er und wandte sich dann direkt zu seiner Nichte. »Ysilda, im dunkelsten Kapitel deiner Geschichte hast du dieses mysteriöse Armband gebändigt und ihm deine Macht aufgezwungen. Dessen bin ich mir sicher, wie auch immer es dazu kam, dass du es von einem anderen mächtigen Wesen erhalten hast. Jetzt, da du dich wieder mit dem Schmuckstück vereinen konntest, sucht der ursprüngliche Besitzer nach dir.

Die suchenden Füchse waren nur eine Vorhut dessen, was noch alles kommt. Aus diesem Grund musst du das Armband weit ins Königreich Vereda bringen und es dem Arkanen Tribunal übergeben. Die Zauberer dort werden wissen, was zu tun ist. Wenn du dieser Aufgabe nicht nachkommst, dann wird Pepritin von mehr Kreaturen heimgesucht werden. Bitte beschütze dein Heim, du bist dafür bestimmt.«

Ysilda blickte in ihren Schoß. Niemals hätte sie gedacht, dass sich ein Leben von einem Moment auf den anderen so schnell ändern konnte. Sie war sich jetzt sicher, dass sie niemals nach Pepritin gehört hatte, und verstand, dass sie fortgehen musste.

»Nein. Bertin, du kannst unsere Tochter nicht einfach so wegschicken. Nicht jetzt, nicht bei all dem, was heute geschehen ist. Lass mein Kind bei mir, hier, in Sicherheit«, flehte Fenia ihren Bruder an und begann wieder zu weinen.

»Ich muss es tun«, sagte Ysilda entschlossen und blickte ihre Eltern an. »Ihr habt Bertin gehört. Wenn ich nicht fortgehe und das Armband zu diesem arkanen Ort bringe, dann werden immer mehr dieser schrecklichen Kreaturen kommen und das Dorf Stück für Stück zerstören.«

»Aber warum denn du, kann das niemand anderes tun?«, sagte ihre Mutter hilflos.

»Weil es meine Bestimmung ist. Ich gehöre nicht hierher, und das weißt du. Ich muss gehen«, beschloss Ysilda sicher.

»Und ich werde mit dir kommen. Das ist endlich meine Chance, dieses Dorf zu verlassen und die Welt zu sehen«, freute sich Junachel und nahm Ysildas Hand, die daraufhin lächelte.

»Das kommt überhaupt nicht infrage. Du bist nicht einmal volljährig und bleibst genau da, wo ich dich im Auge behalten kann«, rief Karvin und Ysilda bemerkte, dass sie ihn noch nie so ernst gesehen hatte. »Die Welt da draußen ist voller Gefahren und glaube nicht, dass ich das Leben meiner einzigen Tochter aufs Spiel setzen werde. Das habe ich schon einmal durchlebt und werde diesen Fehler kein zweites Mal machen, nur damit ihr einen dieser verfluchten Gegenstände, die Bertin in unser Dorf gebracht hat, entsorgen könnt.«

»Aber ...«, fing Junachel an, wurde jedoch sofort unterbrochen.

»Kein Aber. Der Abend ist für dich ab jetzt vorbei und wir gehen nach Hause. Ich will nichts mehr davon hören«, brüllte Karvin und umklammerte den Arm seiner Tochter, sodass er sie, wenn nötig, auch mit Widerstand aus dem Haus zerren konnte.

»Komm, ich helfe dir beim Vorbereiten, damit du deine Reise antreten kannst«, sagte Crin zu seiner Tochter und nahm sie liebevoll in die Arme.

Zurück im Bau verstaute Ysilda das letzte Kleidungsstück in ihrem Rucksack und schloss ihn dann. Danach zog sie die robusten Wanderschuhe über, die einst ihr Großvater, Hamil Fruchtfuß, auf seinen Abenteuern getragen hatte. In ihrer Heimat trugen die Hinnd keine Schuhe. Nur außerhalb der sicheren Siedlung trugen sie diese und waren damit als Reisende in anderen Hinnddörfern erkennbar. Ysildas Vater kniete sich neben ihr auf den Boden und stapelte Töpfe, Besteck und Geschirr geschickt zusammen, damit sie möglichst kompakt waren und an ihrem Gepäck befestigt werden konnten.

»Deine Mutter und ich sind früher häufiger hinter den Mühlbach gewandert und haben am Rande des Waldes für ein Picknick Halt gemacht. Diese Gegenstände stammen noch aus dieser Zeit und meine Fähigkeiten, sie möglichst klein zu verpacken, sind immer besser geworden und tatsächlich noch vorhanden«, erzählte Crin und übergab ihr das Bündel. »Ich glaube, jetzt hast du alles, meine Große.«

»Tut mir leid, dass ich so wütend auf euch war. Seitdem ich die Wahrheit über mich kenne, ist nichts mehr wie zuvor«, entschuldigte sich Ysilda.

»Ja, das weiß ich doch und ich kann dich ja verstehen. Du musst dich nicht für das entschuldigen, was geschehen ist. Wir werden dich immer lieben, egal wer du bist und wohin du gehst«, sagte ihr Vater und ließ die Umarmung von Ysilda zu. »Lass uns nach oben gehen und den Rest einpacken.«

Mit ihrem Gepäck lief Ysilda die Stufen des Baus hoch, wo der Rest ihrer Familie und auch Bertin warteten. Junachel durfte zum Abschied nicht kommen, da ihr Vater immer noch aufgebracht war und sie nicht aus dem Heim ließ. Diese Tatsache machte Ysilda traurig und wäre beinah ein Grund zu warten, aber sie wollte nicht riskieren, dass jemand in Pepritin wegen ihr noch einmal zu Schaden kam. Wenn Junachel volljährig war, würde sie zurückkommen und sie mitnehmen.

»Hier hast du noch etwas zu essen, ich habe dir auch deine Lieblingskekse eingepackt. Und bitte, pass auf dich auf, mein

Kind.« Fenia stopfte noch mehr Vorräte in den Rucksack ihrer Tochter.

»Sie wird es schon schaffen. Ich bringe sie bis hinter die Brücke des Baches und dann trennen sich unsere Wege. Ich muss schleunigst zu einem Treffen in Reverin«, beschwichtigte Bertin sie und wandte sich dann an Ysilda. »Hier, nimm noch meine Karte vom Kaiserreich Laraivil. Ich habe das Arkane Tribunal darauf eingezeichnet. Am besten reist du erst nach Insengborn, aber Kornwagen solltest du vermeiden. Die Hauptstadt von Rilidid ist gefährlicher als die Wildnis und jemand, der aus einem Dorf wie diesem stammt, wird schnell hinter ihren Mauern untergehen. Daher setzt du deinen Weg am besten durch das Bärental fort und nimmst dann die Straße durch den Wald Peprit in Richtung Neu Puppien. Dort solltest du dich nicht zu lange aufhalten. Sobald du das Königreich Riralien hinter dir gelassen hast, meide in Vereda die großen Städte und vor allem die Metropole Akapor, die große Hauptstadt der Kaiserin. Wenn du über Nufrin in den Wald Samhin kommst, bist du richtig und findest deinen Weg zum Arkanen Tribunal«, erklärte ihr Bertin und fuhr den Weg mit dem Finger auf der Karte nach. »Und noch etwas, Ysilda. Prahle in der Welt da draußen nicht mit deinen magischen Kräften. Die Menschen und auch andere Völker sehen in der Magie eine Bedrohung und werden entweder Angst vor dir haben oder dein Talent als Angriff wahrnehmen.«

Ysilda nickte, um ihm zu zeigen, dass sie ihn verstanden hatte. Sie verließen den Bau und traten in den nächtlichen Vorgarten, wo ihre restlichen Familienmitglieder zum Abschied bereits auf sie warteten.

»Mach's gut kleine Schwester, und komm in einem Stück wieder zurück«, lachten Finn und Knut.

»Tschüss«, sagte ihre kleine Schwester mit piepsender Stimme.

»Ich glaube, ich muss dir gar nicht sagen, wie sehr ich dich vermissen werde, mein Kind«, sagte ihre Mutter weinend. Als sie sie noch einmal fest drückte, rannen noch mehr Tränen über ihre Wangen. »Ich liebe dich, mein Kind. Das habe ich immer getan und das werde ich auch immer tun, ganz egal wer du bist und wo du bist. Mir tut es leid, was wir dir für einen Schmerz zugefügt haben. Ich hoffe, du kannst uns verzeihen.«

Ysilda blickte in ihre glasigen Augen und nickte zustimmend.

»Es wird Zeit. Wir sollten aufbrechen«, sagte Bertin und streckte Ysilda seine Hand entgegen.

Sie nahm diese und zusammen gingen sie die Treppen des Hügels hinunter und blickten ein letztes Mal hinauf zu ihrer Familie, die vor dem Bau stand und ihnen winkte.

Schweigend folgten die beiden der Straße durch das Dorf und liefen vorbei an den rauschenden Feldern bis hin zur Mühle der Räucherfells. Der kühle Wind wehte durch die Nacht und der kleine Bach plätscherte durch die Stille.

»Hinter dieser Brücke trennen sich unsere Wege und du bist auf dich allein gestellt. Reise schnell und raste so wenig wie möglich. Umso weiter du den Suchenden voraus bist, desto schwieriger wird es, deine Fährte aufzunehmen«, erklärte Bertin, als sie an dem Übergang zur Brücke stehenblieben.

»Halt! Wartet auf mich«, rief eine bekannte Stimme von hinten und Ysilda erkannte Junachel, die sich einen Weg durch die hohen Pflanzen der Felder zwang und zu ihnen stolperte.

»Was machst du hier? Ich dachte, dein Vater lässt dich nicht aus dem Haus?«, fragte Ysilda überrascht und bemerkte, dass Junachel einen voll beladenen Rucksack auf dem Rücken und einen Wanderstock in der Hand trug. Um die Füße hatte sie ein Paar alte Wanderstiefel ihrer Eltern gebunden.

»Er hat seine Meinung geändert, nachdem ich ihm erklärt habe, dass du mich brauchst und ich auch auf mich aufpassen werde, und selbst du, Bertin, kannst mich nicht davon abhalten«, sagte sie schnell und sah den Hinnd aufrichtig an.

Bertin lächelte und antwortete nicht überzeugt: »Wenn dein Vater dir das erlaubt hat, werde ich mich bestimmt nicht einmischen. Außerdem hätte ich Ysilda nie allein auf eine so lange Reise geschickt. Das ist viel zu gefährlich für einen einzelnen so jungen Hinnd und außerdem ist eine Gruppe immer stärker als jemand, der alleine ist. Also trennt euch nicht.«

»Das werden wir nicht«, versicherte ihm Junachel, womit Ysilda erleichtert und glücklich zugleich war und ihre Hand nahm.

»Ab hier werden wir jetzt verschiedene Wege gehen. Ich bin mir sicher, dass wir uns wiedersehen, aber bis dahin wird es noch eine Weile dauern. Und Ysilda, sei vorsichtig mit deiner Magie«, erinnerte er seine Nichte, nachdem sie die Brücke überquert hatten und an einer Kreuzung hielten.

»Danke für alles, Bertin«, verabschiedete sich Ysilda und umarmte ihren Onkel zum Abschluss.

»Ja, danke. Du hast es uns ermöglicht, endlich aus Pepritin zu verschwinden und die Welt zu erkunden. Wenn wir uns wiedersehen, dann berichte ich dir zur Abwechslung von unseren Abenteuern«, sagte Junachel voller Vorfreude.

»Darauf freue ich mich schon«, antwortete Bertin ehrlich und stieg lachend auf seinen Wagen, den er hinter der Mühle abgestellt hatte.

Er rief nach Einohr und der große Bernhardiner setzte sich neben ihn. Bertin zog an den Zügeln und sein Gefährt trabte den Weg entlang nach Norden. Er steckte sich eine Pfeife in den Mund und summte ein fröhliches Lied vor sich hin, bis er nicht mehr zu hören war und in der Dunkelheit verschwand.

»Dann geht es für uns jetzt auch los«, erkannte Junachel, nahm den Wanderstock in die eine Hand und behielt Ysildas in der anderen.

Die beiden Mädchen gingen den Weg entlang, der durch den Wald führte. Am Rand der Bäume hielt Junachel bei einem Wegweiser an, der in die eine Richtung nach Pepritin und in die andere nach Ingsengborn zeigte.

»Wir haben es erreicht«, sagte sie nachdenklich. »Als ganz junges Kind bin ich einmal von Zuhause ausgerissen und habe mich verirrt. Meine Eltern erzählten mir, dass sie mich an diesem Wegweiser gefunden hatten und mich davon abhielten, in den Wald zu laufen. Schon damals hatte ich diese Abenteurerlust in mir, doch ich bin noch nie weiter als bis zu diesem Ort von Zuhause weggewesen. Willst du mit mir diesen ersten Schritt in unser neues Leben wagen?«, fragte Junachel und schaute ihrer Freundin in die Augen.

Sie nickte daraufhin und zusammen stellten sie sich nebeneinander, fassten sich an den Händen und hoben gleichzeitig den Fuß. Mit einem großen Schritt überquerten sie die unsichtbare Grenze und folgten dann dem dunklen Weg mit einem überwältigenden Gefühl der Freiheit.

Nachdem sie eine Weile unterwegs gewesen waren, wurde es so dunkel, dass Ysilda kurz anhielt, um aus ihrem Rucksack die alte Laterne ihres Vaters herauszuholen, damit diese ihnen als Lichtquelle dienen konnte. Jetzt, da sie tief im Wald waren, wurde es langsam unheimlich und Ysilda war umso erleichterter, dass sie nicht allein war. Zwischen den Bäumen heulte ein schauriger Wind und stellte die Haare an ihren Armen auf. Nah an der Straße raschelte das Geäst und im Dunkeln erkannte sie immer wieder leuchtende Augenpaare.

»Ich hätte nie gedacht, dass es nachts so schaurig sein könnte. Aber hier im Wald werde ich im Moment vom Gegenteil überzeugt«, zitterte Junachel und drückte Ysildas Hand fester, die daraufhin ein knappes Lachen von sich gab.

»Du hast achtzehn Jahre lang die Vorsicht deiner Eltern ertragen und nur auf den richtigen Moment gewartet, Pepritin zu verlassen, um in die Welt hinauszuziehen, und jetzt, da der Zufall dir eine einmalige Chance gegeben hat, ist es die Dunkelheit, welche diesen Wunsch zum Scheitern bringt?«

»Nein. Es ist Schicksal«, konterte Junachel und lachte nun selbst. »Auch wenn es unheimlich ist, mich wird nichts und niemand zurück in die Heimat bringen, solange ich das nicht möchte«, machte sie sich Mut und stolzierte mit erhobenem Haupt, aber im eilenden Schritt weiter.

Eine Stunde später führte die Straße schließlich durch eine

größere Lichtung und sie gelangten auf einen kleinen Hof. Das zweistöckige Haus war hell erleuchtet und sah für einen Reisenden einladend aus. Hinter einem Gartenzaun wuchsen prächtige Kürbisse und ein bescheidenes Feld mit Möhren. Neben dem Haus stand ein leerer Stall. Ein freistehendes Gebäude dieser Größe gab es in Pepritin nur einmal, und das war das Haus des Ältestenrates. Ein Blickkontakt genügte, und beide waren sich einig, dass sie müde waren. Aus diesem Grund liefen sie auf dem kürzesten Weg zum Eingang und waren erleichtert, als sie das Tavernenschild über der Tür bemerkten. Neben einem aufgemalten Bett und einem Krug war darauf *Dicker Bauch* zu lesen.

Als sie die Tür öffneten, ertönte eine Klingel und der Wind pfiff durch den Rahmen. Hastig traten sie ein und schlossen die Tür wieder. Im Inneren war es angenehm warm und im Kamin prasselte ein Feuer. Davor lag ein großer runder Teppich und einige Sessel dienten als Sitzgelegenheit. Auf der anderen Seite befanden sich aufgebaute Tische umringt von Stühlen und ein Kronleuchter erhellte die für Hinnd niedrig geschreinerte Bar.

»Willkommen im *Dicken Bauch*. Wollt ihr etwas trinken oder direkt ein Zimmer für die Nacht?«, fragte der Wirt hinter der Theke, während er ein Glas mit einem Lappen auswischte.

Er war ebenfalls ein Hinnd und hatte einen kugelrunden Bauch. Die beiden Mädchen gingen zu der Theke und setzten sich.

»Ein Zimmer würden wir auf jeden Fall nehmen«, bestätigte Ysilda. »Und etwas zu trinken. Was habt ihr denn?«, fragte Junachel schnell, ohne dass der Wirt ihrer Freundin antworten konnte.

»Ein Zimmer kostet für die Nacht zwei silberne Mark. Darin enthalten ist noch ein Morgenmahl und ein Getränk aufs Haus«, erklärte der Wirt.

»Dann nehmen wir das«, beschloss Junachel sofort und holte aus ihrem Rucksack einen kleinen Sack, in dem sich ein paar Münzen befanden.

»Gut, was wollt ihr trinken?«, fragte der Hausherr, nahm die wenigen Münzen entgegen und verstaute sie hinter der Bar.

»Ich hätte gerne ...« Junachel überlegte, während sie den Kopf in den Nacken legte, damit sie die Karte oberhalb der Theke lesen konnte. »Gib mir den Kartoffelschnaps neliwener Art. Oder doch lieber den Daranienrum. Ach ich weiß nicht, welchen findest du besser?«, fragte sie unentschlossen und schaute den Wirt auffordernd an.

»Nimm den Daranienrum. Der wird deine Kehle nicht sofort verbrennen«, empfahl der Hinnd knapp und begann mit der Zubereitung.

Ysilda entschied sich für den schwachen Met, gebraut in Hanflaub. Für heute hatte sie bereits genug Alkohol gehabt.

»Ihr seid nicht von hier, richtig?«, fragte der Wirt, nachdem er ihnen die Getränke überreicht hatte, und putzte mit dem Lappen die Theke.

Junachel nahm einen Schluck und hustete dann. Ihre Augen begannen zu tränen und sie wurde ganz rot im Gesicht, was sie allerdings nicht daran hinderte, zu antworten: »Das trifft genau meinen Geschmack. Nicht wie das ganze milde Gesöff in Pepritin, woher wir im Übrigen kommen.«

»Interessant. Ihr seht gar nicht so aus«, überlegte der Gastgeber. »Ursprünglich komme ich auch aus der Gegend. Meine Familie, Seidelbold, hatte dort eine größere Gärtnerei, aber das hat mich nie besonders glücklich gemacht. Schließlich hörte ich, dass die Familie Fruchtfuß die Taverne zum *Dicken Bauch* verkauft und habe diesen Besitz dann direkt übernommen. Seitdem lebe ich hier zusammen mit meinem Weib und meinen Kindern.«

Junachel sah ihre Freundin an. Ysilda hatte gar nicht gewusst, dass ihr Großvater mütterlicherseits einst eine Taverne besessen hatte. Damals besaß ihre Mutter noch den Namen Fruchtfuß, bis sie Ysildas Vater aus der Familie Kurzholz heiratete und damit heute Kurzfuß genannt wurde. Die beiden Mädchen beließen es aber bei diesem einen Blick und tranken ihre Getränke aus. Danach bekamen sie von dem Wirt einen Zimmerschlüssel und gingen die Treppe nach oben. Das Zimmer war klein und es gab nur ein Bett, was nicht schlimm war, da sie zu zweit trotzdem Platz fanden und erschöpft, wie sie waren, auch schnell einschliefen.

Während Ysilda die Augen wieder öffnete, spürte sie die feste Umarmung ihrer Freundin, die sich von hinten an sie kuschelte und noch Schlafgeräusche von sich gab. Ihr Atem roch nach Alkohol. Sie erinnerte sich an wilde Träume, die von dem gestrigen Tag beeinflusst worden waren und ihr noch einmal klar machten, was sie hinter sich gelassen hatte und was vielleicht alles in den nächsten Tagen auf sie zukommen würde.

Sie rieb sich die Augen und blickte zum sonnendurchfluteten Fenster, dann befreite sie sich aus Junachels Armen. Im Anschluss lief sie tapsend über den Holzboden und setzte sich an einen Beistelltisch, auf dem sich eine Schale mit Wasser und ein alter Spiegel befanden. Ysilda tauchte ihre Hände ein, wusch sich das verschlafene Gesicht und glättete sich die verknoteten Haare. Dann holte sie einen Kamm aus ihrem Gepäck und ließ ihn durch die Strähnen gleiten.

»Und wohin reisen wir heute?«

Ysilda erschrak, als sie im Spiegel auf einmal Junachel erkannte, die sich einen Teil ihrer Haare geschnappt hatte, um sie zu einem Zopf zu flechten. Obwohl sie gestern sehr viel mehr Alkohol zu sich genommen hatte, wirkte sie dennoch ziemlich munter und schien hellwach zu sein.

»Ich weiß noch nicht genau. Bertin meinte, wir sollten über Insengborn reisen. Das müsste ungefähr zwölf Meilen von hier entfernt sein«, überlegte Ysilda und übergab Junachel den Kamm, die das Frisieren vollständig übernommen hatte.

Nachdem sie sich beide fertig gemacht hatten, packten sie ihre Sachen zusammen und gingen die Treppen hinunter. Um diese Zeit war die Taverne voller als gestern Nacht. Am größten Tisch saßen drei Zwerge mit ihren auffällig langen Bärten, die ein Kartenspiel spielten und sich dabei in einer sehr rauen Sprache unterhielten. An einer runden Tafel erkannte Ysilda zwei Gnome. Die kleinen Wesen schraubten aufgeregt an einem kleinen Metallgegenstand, an den sie winzige Zahnräder und Federn begeistert anbrachten. Am Kamin wärmte sich ein bärtiger Mann und nippte an einer Tasse Tee, während er in einem dicken Buch las.

Die beiden Mädchen setzten sich wieder an die Bar und warteten auf den Wirt. Dieser hatte sie schon erwartet und servierte ihnen eine Frühstücksplatte. Darauf befanden sich frisch gebackenes Brot, ein paar Eier sowie Käse und Wurst. Erst jetzt bemerkte Ysilda, wie hungrig sie war.

Während sie aßen, schwang die Tür zur Taverne auf und drei Männer traten ein. Ihre Köpfe waren mit Kapuzen bedeckt und ihre dicken Mäntel durchlöchert und abgenutzt. Im Gesicht des Mittleren erkannte Ysilda einige tiefe Narben und eine gebrochene Nase. Die Männer kümmerte es nicht, dass nach ihrem Eintreten die Tür offenblieb. Sie liefen gezielt zum Tresen.

»Hey, Wirt. Deine wöchentliche Zeche ist wieder fällig. Ich hoffe, du hast den Betrag schon vorbereitet, ansonsten wird er sich heute um das Doppelte erhöhen«, forderte der Mittlere, als er sich mit der einen Hand auf dem niedrigen Tresen abstütze und den Hinnd mit dem Zeigefinger der anderen bedrohte.

»Ja, natürlich, mein Herr. Ich werde es sofort holen«, antwortete dieser eingeschüchtert und ging am Tresen vorbei in ein Hinterzimmer.

Die Männer nahmen sich aus der Bar drei Krüge und befüllten sie am Zapfhahn. Ysilda versuchte sich auf ihre Mahlzeit zu konzentrieren, aber Junachel blickte zu einem der Fremden, welcher sie ununterbrochen anstarrte.

»Was glotzt du denn so blöd?«, rief sie argwöhnisch und nahm einen weiteren Bissen von ihrem Frühstück.

»Hey, Puppe, pass auf, was du sagst«, warnte sie der Mann mit seiner rauen Stimme, schlenderte um den Tresen herum und lehnte sich neben Junachel gegen die Kante. »So ein kleines junges Ding habe ich schon lange nicht mehr gesehen. Vor allem keines, das seine Zunge nicht verschluckt hat. Hast du auch einen Namen, Püppchen?«, fragte er und verringerte seinen Abstand.

»Ja, und für dich klingt der in etwa so: Halt dein Maul und verpiss dich«, rief die Hinnd und schlug ihm ins Gesicht, als er ihr zu nah gekommen war.

Ysilda senkte den Kopf und versteckte das Gesicht hinter den Händen, als der Knall hörbar durch den Raum hallte und die Aufmerksamkeit der anderen Gäste auf sie zog. Der Schurke trat einen Schritt zurück, um für einen weiteren Schlag gewappnet zu sein, und wirkte überrascht.

»So ist das also«, sagte er und trank seinen Krug in einem Zug leer. »So eine bist du also, ja? Dann werden wir mal sehen, ob deine Freundin genauso mutig ist. Hey, Wirt, bereite schonmal dein Hinterzimmer für uns vor«, rief er dem Hinnd zu, als dieser gerade mit einem Geldbeutel den Raum betrat.

Die beiden anderen Männer kamen vom Tresen zu Ysilda. Sie packten sie an den Armen und zogen sie vom Stuhl herunter. Sie begann zu schreien und spürte, wie sie an ihren Haaren rissen. Als sie den mystischen Armreif berührten, fesselte er sich eng um ihr Handgelenk und begann stark zu vibrieren. Am anderen Tisch standen die Zwerge auf und hoben beschwichtigend die großen Hände.

»Lasst die Mädchen los. Sie waren unhöflich zu euch, aber das ist es doch nicht wert«, grummelte einer von ihnen, doch schreckte zurück, als der Schurke einen Dolch zog und ihn damit bedrohte.

»Haltet Euch da raus, Zwerg. Diese Angelegenheit geht Euch nichts an«, mahnte er ihn und hatte damit Erfolg. »Los, zerrt sie ins Zimmer, da wird das Ganze erst richtig Spaß machen«, befahl der Unhold und lief an Junachel vorbei.

Diese konnte sich nicht zurückhalten und gab ihm einen schmerzhaften Tritt gegen das Schienbein. Der Mann strauchelte und verlor beinah das Gleichgewicht, konnte sich aber fangen und packte Junachel an den Haaren. Er legte seine Klinge an ihre Kehle und schrie sie an.

Ysilda merkte den Armreif immer deutlicher und auch die Männer blickten auf das Schmuckstück und spürten seine pulsierende Kraft, weshalb sie ihren Griff lockerten. Wie bei dem Drang zu niesen konnte sie die folgenden Worte aus ihrem Mund nicht unterdrücken: »*Glacias Servitutis*!«

Aus Reflex legte sie ihre drei mittleren Finger aneinander und deutete in die Richtung des Gauners. Dieser erschrak und ließ Junachel sofort los, als ein gläsernes Gebilde auf ihn zuschoss und er vor Schmerz anfing zu schreien. Als Ysilda erkannte warum, blickte sie auf seine Hände, um die sich zwei Eiskristalle gebildet hatten und knirschend festfroren. Die beiden Männer, die sie festhielten, ließen sie augenblicklich los und wichen zurück.

»Was hast du mit mir gemacht?!«, schrie der Schurke, den Tränen nahe, und sank auf die Knie, als die Eiskristalle knackend zersprangen und den Blick auf die Stummel seiner handlosen Arme freigaben.

Das Blut quoll aus den Wunden, der Mann drehte seine

Augen zur Decke und kippte seitlich auf den Boden.

»Das ist Hexerei. Erledigen wir sie«, rief einer der anderen Gauner und animierte damit seinen Kumpanen, ihre Messer zu ziehen.

Erschrocken wich Ysilda zurück und blickte auf die bedrohlichen krummen Klingen. Ihr stand die Angst ins Gesicht geschrieben und sie zitterte. Doch auch dieses Mal konnte sie nicht anders, als die offene Handfläche zu präsentieren und die Worte »*Ignis Sagitta*!« zu rufen, woraufhin eine brennende Flamme aus ihrer Hand schoss und einen von beiden im Gesicht traf.

Die Haut des Mannes fing sofort Feuer und breitete sich auf seinem ganzen Körper aus. Unter gequälten Schreien rannte er nach draußen, von wo ein lautes Platschen zu hören war, als er sich in die Pferdetränke warf. Der letzte Schurke stand jetzt verunsichert da und ließ den Blick abwechselnd zur Tür und dann wieder zu Ysilda wandern. Doch bevor er etwas tun konnte, rollten sich seine Augen nach hinten und er kippte nach vorne auf den Boden. Hinter ihm stand der Wirt und hielt einen zerbrochenen Besen in der Hand. Er atmete schwer und sah dann wütend zu den beiden.

»Wisst ihr eigentlich, was ihr angerichtet habt? Die Banditen haben mich bisher in Frieden gelassen und lediglich einen kleinen Betrag von mir verlangt. Doch jetzt werden sie nicht mehr zögerlich sein, und sobald sie aufwachen, wahrscheinlich meine Hütte abbrennen oder Schlimmeres.«

»Wir haben gerade Euer Hab und Gut gerettet. Ihr solltet ein wenig dankbarer sein«, meinte Junachel aufgebracht und trat neben Ysilda.

»Ihr mit eurer Hexerei. Ihr habt das Unheil über mein Haus gebracht und uns alle gefährdet. Mich würde es nicht wundern, wenn sich das herumspricht und die Inquisition bald Jagd auf euch macht«, drohte der Wirt.

Junachel packte feixend Ysildas Hand und deutete mit ihr in die Richtung des Hinnd, der daraufhin zurückschreckte und sich hinter der Theke versteckte.

»Hast du etwa Angst vor uns?«, fragte sie belustigt und machte mit ihren eigenen Händen irgendwelche willkürlichen Formen.

»Nein«, versuchte der Wirt ohne ein Zeichen von Ängstlichkeit zu schwindeln, was ihm aber nicht gelang. »Ich würde sagen, dass ihr jetzt von hier verschwindet. Ihr seid im *Dicken Bauch* nicht mehr willkommen.«

»Schön. Wir wollten sowieso gerade gehen«, entgegnete Junachel stolz und marschierte erhobenen Hauptes zur Tür.

Als sie an dem Wirt vorbeikam, streckte sie noch einmal ohne Vorwarnung die Finger aus und machte ein zischendes Geräusch, woraufhin der Hinnd einen angsterfüllten und hohen Schrei von sich gab und schützend die Hände über den Kopf hielt. Im Anschluss hob sie den klimpernden Geldsack auf, welchen er fallen gelassen hatte, und warf ihn auf den Tisch der Zwerge.

»Ich denke, Eure Hilfsbereitschaft hat das verdient«, entschied sie zufrieden und schlenderte hinaus ins Freie.

Ysilda wusste nicht genau, was sie von alledem halten sollte. Sie stimmte dem aufrührerischen Verhalten ihrer Freundin zu, aber erinnerte sich dann doch an Bertins Warnung, dass sie mit ihren Kräften verdeckt bleiben und vor anderen damit lieber nicht prahlen sollte. Wenigstens gab das Armband endlich wieder Ruhe und lockerte seinen festen Griff um ihr Handgelenk.

Vor der Taverne wärmte die Morgensonne ihre Haut. Neben den Ställen erkannte Ysilda den Schurken, der sich mit halbem Bewusstsein vor die Pferdetränke gelegt hatte und klitschnass wirres Zeug murmelte. Sein Gesicht und sein Oberkörper waren an den Stellen, wo sich die Flammen hineingefressen hatten, übersät von Brandwunden. Ysilda wandte den Blick von diesem grässlichen Bild ab und folgte dem Schatten eines Wagens, auf dem ein großer Käfig befestigt war. Darin saß eine niedrige Gestalt mit zwei großen Hörnern und einem kinderähnlichen Gesicht. Es hatte einen nackten Oberkörper und ein felliges Stummelschwänzchen. Seine Beine waren vollständig behaart und die Füße glichen den Hufen einer Ziege.

»Hey, ihr da. Jetzt wo die Brüder Harkshold besiegt sind, könnt ihr mich ganz einfach befreien. Ich gebe euch auch eine Belohnung«, rief die Kreatur ihnen zu und umklammerte die Käfiggitter.

»Wie viel bezahlst du uns?«, fragte Junachel und Ysilda konnte nicht erkennen, ob sie es ernst meinte.

»Alles, was ich habe«, meinte die Kreatur und zeigte dabei ihre offenen Handflächen.

»Das reicht mir«, entschied sich Junachel belustigt und schaute sich um. »Wo sind die Schlüssel von dem Käfig?«

»Da. Der Bruder Lamin hat sie«, antwortete der Fremde ungeduldig und deutete auf den Mann mit den Brandwunden, der vor Pferdetränke lag.

Junachel ging vorsichtig an den apathisch wirkenden Schurken heran und zog dann seinen Mantel hoch, um an den Schlüsselbund an seinem Gürtel zu kommen. Danach ging sie zum Wagen zurück und öffnete mit einem Klicken die Gittertür. Das Wesen sprang auf der Stelle heraus und klopfte den Dreck mit seinen Händen ab. Ysilda erkannte jetzt, dass es keinerlei Kleidung trug und abwärts der Gürtellinie bis zu seinen Huffüßen vollständig mit braunem Fell bedeckt war.

»Ah endlich. Ich glaube, länger hätte ich es in diesem schimmligen Gefährt nicht mehr ausgehalten«, meinte es mit ausgebreiteten Armen und wirkte, als ob ihm gerade noch etwas auffallen würde. »Ich bin übrigens Shep Hornsby. Ich bin ein reisender Barde und verdiene mir als Minnesänger mein Brot«, stellte er sich mit einer eleganten Verbeugung vor und neigte den Kopf zum Boden.

»Und was seid Ihr genau?«, fragte Junachel unsicher darüber, wie sie ihm diese Frage stellen sollte.

»Ein Satyr. Ja das bin ich, falls das eure Überlegung beantworten sollte. Ich habe eine weite Reise hinter mir, die ich eigentlich für neue Inspiration meiner Lieder, Gedichte und Balladen nutzen wollte, aber dann wurde ich aus nichtigen Gründen von diesem Lumpenpack gefangen genommen. Stellt euch vor, die wollten mich an die Gräfin von Nesthalf verkaufen, Marina heißt sie und sie soll zwar eine junge und grazile Blüte sein, aber gleichzeitig auch sehr streng regieren und ihr könnt euch vorstellen, dass ein freidenkender Dichter wie ich in einem eingeengten Leben keinen Sinn verspürt, sondern lieber fröhlich frei hinaus in die Welt schweift und das erzählt, was er dort gesehen hat«, sprach er hastig und ohne Unterbrechung. »Und mit wem habe ich die Ehre?«, fragte er, als er bemerkte, dass sie sich noch nicht vorgestellt hatten.

»Ysilda Kurzfuß und Junachel Ankrim«, stellten sie sich vor. »Und wo, Herr Barde, habt Ihr eigentlich Euer Musikinstrument?«

Der Barde

In erster Linie war der Barde ein Unterhaltungskünstler. Von eloquenter Schulung und mit Charme auf der Zunge geboren, war er der charismatische Antagonist der Langeweile und in Gegenwart der Kaiserin und des Adels die arrivierte Fortuna eines jeden Festes. Die Adeligen erzählten sich, dass der Künstler mit einem einzigen diskreditierenden Wort den Monarchen zum Rücktritt zwingen konnte, weswegen er am Hofe die eminente Honorierung wahrlich auf einem Silberteller serviert bekam. Der Feind der Monotonie waren seine Musikinstrumente und die harmonischen Stimmbänder. Am Ende der Tonleiter war ein Barde jedoch eines: ein Nutzer der Magie. Seine frenetische Musik ließ die zerstreute arkane Energie im Einklang fließen und formte sie zu einem Zauber, der sich dem Willen und der Überzeugungskraft seines affektierten Minnesangs unterwerfen musste und zu ihrem willenlosen Untergebenen wurde.

Im Königreich Rilidid waren die Geschichten solcher charismatischen Troubadoure nur noch Anhänge einer stygischen Fabel und niemand glaubte, dass diese besonderen Künstler allein durch ihre überzeugende Sprache hexerische Fähigkeiten beherrschen konnten. Trotz dieser Tatsache waren

Barden immer noch mit ihrem korrumpierenden Ansehen gekennzeichnet und wurden seit Jahrzehnten von den hochbegehrten Feiern am adligen Hof ausgeschlossen, was es den Musikern hierzulande erschwerte, einen deckenden Lebensunterhalt zu verdienen.

Dies musste auch der Satyr Shep Hornsby feststellen. Im Kaiserreich Laraivil wurden Satyrn von der Gesellschaft ausgestoßen und als perverse Halbmenschen angesehen, die nicht einmal den Anstand besaßen, sich angemessen zu kleiden. Ihnen wurden die Wollust und Völlerei nachgerufen und sie waren in den Augen der Bischöfe mit einem Teufel im Bunde. Tatsächlich liebten Satyrn Feiern und lüsterne Gelage. Ihre Heimat war eine felsige Wüste im Land Tamalien, worüber sich eine steile Bergkette zog. Das warme Klima ermöglichte das Wachstum für fruchtreiche Bäume. Die zurückkehrenden Reisenden berichteten über das Reich und die prunkvollen Siegesfeiern eines Wettkampfs, welcher zur Ehrerbietung der Götter alljährlich stattfand und die Champions zu Volkshelden aufsteigen ließ.

Über diese Feiern waren alle Geschichten jedoch schon geschrieben, alle Lieder komponiert und Balladen gedichtet. Sheps Bardentum war aber noch jung und es war an der Zeit, die Welt aus allen Perspektiven kennenzulernen. Mit einer inspirierenden Reise wollte er sich vom Dasein eines marginalen Minnesängers erheben und würde am Ziel forthin hinablächeln, wenn Pilger zu seiner Geburtsstätte reisten, am Fuße seiner Denkmäler aufsahen und die Geschichten der magischen Lyra in seinem Arm verkündeten. Sie würden die Erzählung eines begabten jungen Barden mit dem Namen Shep

Hornsby lesen, der ihnen in diesem Moment auf einer Tafel an einem der Monumente die Legende des größten Barden aller Zeiten vermittelte.

Am Abend erreichte der Satyr die Stadttore von Insengborn. Die Straße von der großen rilididischen Hauptstadt Kornwagen hatte am Ende nur noch durch den unebenen Wald geführt und so lange gedauert, dass seine Hufe den Tränen nahestanden. Es war an der Zeit, eine gemütliche Taverne aufzusuchen, sich dort auszuruhen und im Anschluss den Besuchern seine Künste gegen eine Gage vorzutragen.

Shep passierte die Küste des Waldes und trabte die steinige Straße hinauf zur Stadtmauer. Auf der einen Seite des Weges duftete es süßlich nach einer Imkerei, während die Fischer auf der anderen Seite ihre Netze einzogen und den Fang zum Feierabend in Kisten verstauten. Der Müller blockierte das Wasserrad und nahm das letzte Kornbündel der Bauern für diesen Tag entgegen. Die Knechte versammelten sich vor den Toren und trafen sich dann hinter den Mauern mit den Handwerkern, die sie zu den Kneipen und Schenken begleiteten, wo sie ihren restlichen Abend mit lustigem Spiel und Trank bis zur Nachtruhe verbrachten.

Zwischen den vielen Arbeitern fiel Shep durch sein Äußeres auf und wurde von der Stadtmiliz am Tor zu einer Kontrolle angehalten.

»Ihr da, Ziegenmensch, bleibt stehen!«, rief ihm eine der Wachen zu und deutete mit seinem Finger auf den Satyr.

»Ich darf doch wohl sehr bitten«, antworte Shep empört und trat mit erhobener Nase an den Wachposten heran. »Ich bin ein Satyr und nicht im Entferntesten mit einer Ziege oder irgendetwas anderem, das Hufe hat, verwandt.«

»Wie dem auch sei. Warum erfleht Ihr Einlass nach Insengborn und wer seid Ihr?«, fragte der Mann schulterzuckend und erkannte die Lyra in Sheps Händen. »Du bist doch nicht etwa einer dieser Minnesänger, welche erst die Leute mit ihren Liedern verzaubern und dann bestehlen, oder etwa doch?«

»Nein, Natürlich nicht«, antwortete Shep und räusperte sich. »Ich trage Euch vor, wer ich bin«, deklamierte er und begann auf seiner Lyra zu spielen:

*»Einst vor den Toren
ein junger Barde sang
und Einlass erbat,
doch da wurde jemand zornig,
und das war der Wachmann.*

*Man nennt mich Shep Hornsby,
und das ist die Geschichte,
wie ich in unholder Art
nach Insengborn kam*

*Nach einem weiten Weg
will ich doch nur sagen:
Lasset mich in die Stadt.
Ich werde in der Taverne um Einlass bitten
und dort auf Euch warten.*

*Man nennt mich Shep Hornsby,
und das ist die Geschichte,*

*wie ich in unholder Art
nach Insengborn kam ...«,*

begann er ausholend zu singen, doch wurde von dem Wachmann unterbrochen, welcher sich die Ohren zu hielt: »Schon gut. Hör damit auf. Du darfst eintreten, aber mach bloß keinen Ärger.«

»Sehr wohl, mein Herr«, verneigte sich der Satyr und trat an ihm vorbei, um das Stadttor zu passieren.

Insengborn war eine belebte Stadt. Obwohl die Nachtstunden begonnen hatten und die Weiber auf das Heim und die Kinder achteten, waren die Straßen gefüllt mit den Männern, welche nach der harten Arbeit die Kneipen aufsuchten, um sich zu betrinken.

Shep floss mit dem Strom und kam so über die Hauptstraße ins Innere des Zentrums. Die Häuser waren hier eng aneinandergebaut und schmale Gassen und Treppen führten in die gehobenen Viertel. Auf einem großen Platz blickte er hinauf zu einem mächtigen Kirchturm, der im roten Sonnenlicht einen großen Schatten auf den gepflasterten Boden warf. Inmitten des Schattens war ein großes Podest mit einem Scheiterhaufen errichtet, auf dem gerade eine neue Nachricht verkündet wurde.

»Hört, ihr Bewohner von Insengborn! Das gestrige Attentat auf Graf Umbold ist fehlgeschlagen. Der Angreifer konnte von der Miliz festgenommen werden und befindet sich nach wie vor in Gewahrsam der Stadt. Die Exekution wird in wenigen Tagen vollstreckt. Sollte jemand Hinweise auf die Hintergründe des Angriffs haben, wird er angehalten, diese sofort

beim Wachhaus zu melden.

Des Weiteren verweigert das Königreich Mitrizien immer noch die Tributzahlungen an das Kaiserreich. Ein Krieg steht kurz bevor. Wenn dies der Fall ist, dann wird das Kaiserreich das Land der Mitrizier dem Erdboden gleichmachen. Aus diesem Grund hat ihre kaiserliche Majestät die Steuerabgaben für das Königreich Rilidid um ein Achtel erhöht. Familien, die mindestens einen Mann in das Heer der Kaiserin beordern, wird diese Steuer nicht betreffen.

Zu guter Letzt wird die bisherige Belohnung für die Festnahme einer Hexe verdoppelt. Auf Geheiß des Bischofs wurde die Miliz aufgefordert, der steigenden Häresie und Hexerei den Garaus zu machen, und daher soll die Quote für hexerische Ketzer einen pro Woche betragen.

Im Namen der Kaiserin Alexandra, Vereinigerin der sieben Königreiche von Laraivil, Usurpatorin des Reiches und Herrin des Stabes von Akapor. Möge Gott eurer Seele gnädig sein.«

Der Herold rollte das Pergament ein, aus dem er soeben vorgelesen hatte, und stieg die Treppen des Schafotts herunter. Die Menge teilte sich schlagartig und Shep wurde zurückgedrängt, wobei er fast hinfiel.

»Macht Platz für Graf Umbold von Insengborn. Macht Platz, Gesindel!«, befahl ein Mann, der einem großen Gassenhauer folgte.

Auf Hüfthöhe wurde das mächtige Schwert von links nach rechts geschwungen, damit der Pöbel sich vor ihm teilte und eine Straße bildete. Shep musste nicht raten, wer von den Männern der Graf war. Er war der Dickste mit den teuersten

Gewändern und umgeben von seiner wachsamen Leibgarde.

»Wie maliziös«, sprach der Satyr zu sich selbst und blickte noch kurz dem Grafen hinterher, ehe sich die Menge zerstreute und ihrem Weg zu den Schenken widmete.

Shep folgte dem großen Trubel und kam schließlich an einer Taverne mitten in der Stadt an. Drinnen wirkte sie wie ein gemütliches Stübchen. Auf dem dunklen Holzboden waren genügend Tische für die vielen Gäste aufgestellt und im Kamin wärmte ein helles Feuer. Die Besucher stießen an und lachten, während sie Würfel rollten und Brettspiele spielten. Als Shep das Gasthaus betrat, zog er die Blicke auf sich. Doch davon ließ er sich nicht beirren und ging erhobenen Hauptes an die Bar.

»Darf ich dir was zu trinken anbieten, Ziegenmann?«, fragte der Wirt, als er ihn bemerkte und seinen Schnauzbart zwirbelte.

»Natürlich, ich darf doch sehr bitten«, antwortete der Satyr und streckte seine Hufe aus, als ihm auffiel, dass er sich gerade auf Augenhöhe mit dem Tresen befand.

»Was darf es denn sein? Ein Glas Milch schenk ich hier nicht aus. Da solltest du morgen vielleicht lieber zu den Käsereien vor der Stadt gehen«, lachte der Mann laut über seinen eigenen Witz.

Shep schaute ihn empört an und kletterte auf einen Hocker: »Sehe ich wirklich so aus, als würde Euer Alkohol jungfräuliche Lippen beim Verzehr benetzen? Nun denn, reichet mir den härtesten Schnaps, den Ihr habt, und lasset mich kosten, sodass Ihr von dem Knaben aufsehen könnt und einen Mann erblickt.«

Der Wirt hob ungläubig die Augenbrauen und servierte ihm mit einem herausfordernden Schulterzucken einen Krug: »Dornwieser Kartoffelschnaps. Das ist das Härteste, was wir hier zu bieten haben.«

Shep hob den Krug und blickte in die dunkle Flüssigkeit. Kleine Dampfwolken stiegen auf.

»Auf Euer Wohl und das meine«, prostete er dem Mann zu, hob den Krug und trank ihn in einem Zug leer.

Es floss wie Wasser in seinen Magen und breitete dort seine alkoholische Wirkung aus. Shep merkte sofort, wie ihm ganz warm ums Herz wurde und sich seine Wangen röteten. Er leckte sich mit der Zunge die Lippen sauber und schmeckte den Rest des hochprozentigen Schnapses.

»Ich muss sagen, mehr habe ich nicht erwartet, aber ich habe schließlich auch schon Schlechteres getrunken. Wie wäre es also mit einem weiteren Krug?«, forderte er und stellte das Gefäß mit einem Knall auf dem Tresen ab, woraufhin der Wirt ihn unbeeindruckt ansah und ihm ein neues Getränk servierte.

»Wenn wir schon dabei sind. Ich bin momentan ein wenig knapp bei Kasse. Wie wäre es also, wenn ich Euch mit meinen bardischen Künsten bezahle und noch mehr Besucher in dieses Etablissement locke?«

»Tut mir leid, aber ich habe bereits einen Barden für heute Abend engagiert«, lehnte der Wirt ab und deutete auf einen auffällig gekleideten Mann, der auf einem Sessel vor dem Kamin saß und eine Geige stimmte.

»Na warte. Das werden wir ja noch sehen«, meinte Shep, trank den zweiten Krug leer und hastete mit seiner geschulterten Lyra auf den Troubadouren zu. »Hey, du! Mir kam zu

Ohren, dass dein Gedudel heute Abend diese Taverne und das sensible Gehör seiner Besucher ruinieren wird.«

Der Barde blickte von seinem Musikinstrument auf und sah Shep an. Danach stand er auf, machte sich groß und antwortete von oben herab: »Das hast du gut erkannt, Ziegenjunge. Hast du etwas dagegen?«

»Ja, allerdings. In dieser Taverne ist nur Platz für einen Barden und daher fordere ich dich zum Duell heraus. Der Gewinner darf hier heute Abend seinen Unterhalt verdienen und der Verlierer zahlt die Getränke der anwesenden Gäste«, beschloss Shep schnell und verschränkte erwartungsvoll die Arme.

»Gut. Wenn das so ist«, stimmte der andere Barde zu, stolzierte zu den Tischen der Besucher und hob stolz die Arme. »Hört, hört, Ihr Bürger von Insengborn! Das Duell zweier Barden steht bevor. Stimmt für den besseren Minnesänger ab und die Zeche Eures Trankes wird von der Börse des Verlierers getragen!«

Die Trinkenden jubelten laut und schlugen mehrmals ihre Krüge auf den Tisch. Shep trat neben seinen Gegenspieler, zeigte dem Publikum stolz seine Lyra und begann den Musiker zu necken: »Ich muss schon sagen. Respekt, Barde, noch nie hat es einer gewagt, den großen Shep Hornsby zum Duell herauszufordern. Ihr müsst mutig sein, oder ist das nur eine bornierte Ausrede, weil Ihr Euch heute Abend wieder nicht traut, Eure Jungfräulichkeit an ein hübsches Mägdelein zu verlieren?«, verkündete Shep polemisch und sah den Barden triumphierend an.

»Damit Ihr wisst, gegen wen Ihr heute verlieren werdet:

Man nennt mich Mauritius den Glorreichen. Außerdem wäre ich an Eurer Stelle noch froh, das Jungfernhäutchen zu besitzen. Ich hörte, Satyrn ficken mit Ziegen!«, versuchte er die Zuschauer einzustimmen, was ihm auch unter Gelächter gelang.

Shep spielte wenige Töne auf seiner Lyra: »Also bitte, das weiß doch jeder«, konterte er und tat die Anschuldigung mit einer Handbewegung ab. »Eure Offensive ist wirklich fatigant. Aber interessanterweise habe ich es letzte Woche wieder mit einer getrieben, und wenn ich mich noch richtig erinnere, sah sie aus, als wäre sie Euch aus dem Gesicht geschnitten. Ich glaube, es war Eure Mutter!«

Die Gäste lachten unterhalten und trommelten laut mit den Fäusten auf die Tische, sodass niemand bemerkte, dass Sheps Kontrahent kurz mit den Augenlidern zuckte und dann aus dem Nichts eine blutende Nase bekam. Er wischte das Blut mit dem Handrücken weg und begann auf seiner Geige ein stürmisches Lied zu spielen. Seine Tonkunst brachte die Zuschauer in Stimmung, und als er mit seinem markanten Gesang begann, erzählte er von den lokalen Legenden und Balladen. An einer günstigen Stelle unterbrach ihn Shep und spielte ein heroisches Lied auf seiner Lyra, in dem er von den großen Helden aus seiner Heimat erzählte. So ging das Duell hin und her, und als am Ende der wahre Troubadour gewählt wurde, siegten die begehrten Sagen, die die Gäste bereits kannten und unbedenklich mitsingen konnten.

»Gut gespielt«, schloss der Siegerbarde im Anschluss ab, nachdem die Leute ihre Krüge schnell austranken und an der Bar noch mehr Alkohol bestellten.

»Scheiß drauf«, meinte Shep einverstanden und gab ihm die Hand. »Es war mir eine Ehre, gegen Euch anzutreten. Erst dachte ich, dass Euer Spieltalent mit degoutantem Mist gleichzusetzen sei, aber da habe ich mich geirrt. Bevor ich mich in meine Pleite stürze, trinken wir etwas zusammen?«

»Es wäre mir ein Vergnügen«, meinte der andere und zusammen ließen sie sich Getränke servieren und stießen an.

Am nächsten Morgen erwachte Shep, weil ihn eine Fliege an der Nase kitzelte. Als er sich umsah, erkannte er, dass er sich in einem Schlafzimmer befand. Er lag unter einer Decke auf einem Bett und nachdem er sich umdrehte, erschrak er. Neben ihm lag ein junger Mann. Er war ein hübscher Bursche, ihm jedoch völlig fremd. Nachdem der Satyr einen Blick unter den Bettstoff geworfen hatte, erkannte er, dass der Knabe splitternackt war, und versuchte, sich zu erinnern, wie sie beide hierhergekommen waren. Aber er konnte sich nur Bruchteile der gestrigen Nacht ins Gedächtnis rufen. Es war zumindest sehr viel Alkohol und Musik im Spiel gewesen, so viel konnte er noch sagen.

Shep zog sich die Decke vom Leib und schaute sich im Zimmer um. Ein übler Gestank quälte seine Nase, und als er in einen Eimer neben dem Bett blickte, erkannte er Erbrochenes. Er hielt sich die Nase zu und suchte seine Habseligkeiten. Im Zimmer waren sie jedoch nicht und daher hastete er hinaus in den Flur und schlich die Treppe hinunter.

Zumindest befand er sich in derselben Taverne, welche die

gestrige Nacht zu einer rauschenden Feier gemacht hatte. Allerdings waren einige Stühle zerbrochen und mehrere Tische lagen umgeworfen auf dem Boden. Der ganze Innenraum roch nach verschüttetem Alkohol und endlich erkannte Shep auf einem Sessel seine Sachen. Auf leisen Sohlen trabte er über den Holzboden und packte dann seinen Rucksack auf die Schultern. Er wollte gerade nach seiner Lyra greifen, als er hinter sich eine Stimme hörte.

»Da bist du ja endlich! Du hast dir in dieser Nacht einiges zu Schulden kommen lassen. Mein Gasthaus ist deinetwegen verwüstet und abgesehen von diesem Schaden musst du noch all die spendierten Getränke und das gemietete Zimmer bezahlen!«, rief der Wirt, welcher sich versteckt am Kamin in Stellung begeben hatte und zornig einen alten Schürhaken in die Hand nahm.

»Was, ich? Ich glaube, da musst du dich irren. Ich habe doch nicht einmal Geld bei mir«, versuchte sich Shep mit unschuldiger Miene rauszureden, doch das machte den Wirt noch aggressiver.

»Ich werde dir alle Knochen brechen, sodass sogar noch deine Enkelkinder als Krüppel zur Welt kommen. Entweder du bezahlst mich oder ich hetz die Miliz auf dich!«, schrie der Wirt und holte mit dem Schürhaken aus.

Shep tauchte erschrocken unter dem Schlag hindurch und flüchtete zur Tür. Leider glitt ihm dabei seine Lyra aus der Hand, aber als er sie aufheben wollte, schlug ihm der Wirt auf die Finger.

»Hey! Stehen bleiben. Ich mach dich kalt!«, rief er, als der Satyr ihm entwich und zur Tür hinaussprang.

Shep rannte, so schnell er konnte, und nachdem er den wütenden Mann abgehängt hatte, blieb er in einer engen Gasse stehen, verschnaufte mit den Händen auf den Knien und versteckte sich hinter einigen Lagerkisten. Das war knapp gewesen. Beinah wäre er als Kalb auf einem Drehspieß geendet.

Bevor er sich aber überlegen konnte, wie er wieder in den Besitz seiner Lyra kam, bemerkte er aus den Augenwinkeln drei Gestalten mit Kapuzenmänteln, die direkt auf ihn zukamen. Shep war erleichtert, denn keiner von ihnen war der Wirt, der ihn bis hierher verfolgt hatte.

»Du bist also der große Shep Hornsby. Wir haben dich gestern in der Taverne spielen gehört und erkannt, dass du ein ganz besonderer Barde bist«, schmeichelte ihm einer und zog seine Kapuze herunter.

»Ja, das ist richtig. Meine Künste sind denen eines gewöhnlichen Barden weit überlegen«, meinte er erschöpft und richtete sich stolz auf. »Und Ihr seid?«

»Das ist unwichtig. Wichtig ist nur, dass Gräfin Marina von Nesthalf nach Euren magischen Kräften verlangt. Ein Barde, der allein durch eine verbale Beleidigung seinem Kontrahenten eine blutige Nase verschaffen kann, ist genau das, was sie für ihre Pläne benötigt.«

»Interessant«, überlegte Shep und wollte nach seiner Lyra greifen, als ihm wieder einfiel, dass er sie zurücklassen musste. »Ihr schmeichelt mir. Doch ich befürchte, dass Gräfin Marina einen anderen Barden engagieren muss. Ich bin kein Söldner und suche in diesem Reich nur nach Inspiration. Daher muss ich Eurem bestimmt großzügigen Angebot mit Dank und

Ablehnung entgegentreten. Sodann, meine Herren, ich empfehle mich«, sagte Shep geziert und wollte gerade mit einer Verbeugung davongehen, als einer der Männer ihn am Arm festhielt.

»Das war kein Angebot«, meinte er und versetzte dem Satyr einen kräftigen Schlag auf den Hinterkopf, der alles um ihn herum zum Drehen brachte, sodass er bewusstlos auf den kalten Boden fiel.

Die Zauberin

»Und das war die Geschichte des großen Shep Hornsby, wie er unfreiwillig auf diese, sagen wir Idylle, kam und euch jetzt von seinen bisherigen Abenteuern berichtet«, erzählte der Satyr zu Ende, nachdem er sich auf der einsamen Lichtung umgesehen und das passende Wort dafür gefunden hatte.

»Ich denke, das war eine geeignete Darbietung Eurer selbst. Ich werde sie nicht mehr so schnell vergessen. Aber meine Freundin und ich haben noch eine weite Reise vor uns und müssen etwas beim Arkanen Tribunal abgeben. Demnach würde ich Euch bitten, uns nicht weiter aufzuhalten«, entschied Junachel hastig, ging an dem Satyr vorbei und kletterte auf den Pferdewagen der Brüder Harkshold.

»Moment, Moment«, rief Shep schnell und stellte sich mit ausgebreiteten Armen vor das Reittier. »Wenn es noch ein weiter Weg zu diesem arkanen Was-auch-immer ist, dann solltet ihr auf jeden Fall erst mal eure Reiseausrüstung verbessern. Soweit ich das nämlich sehe, sieht diese eher spärlich aus. Die nächste Stadt, welche zufällig Insengborn ist, hat einen großen Markt und da könnt ihr euch Zelte, Proviant und was ihr sonst noch braucht besorgen, und wenn ihr ohnehin dort Halt macht, könntet ihr mich auch gleich mitnehmen. Zu dritt reisen wir sicherer und ich kann auch meine Lyra von diesem gierigen Halsabschneider zurückholen. An den Toren wollt ihr wegen mir bestimmt nicht in Schwierigkeiten geraten, aber ich verkleide mich einfach, und wenn wir angekommen sind, trennen sich unsere Wege wieder. Wie wäre das?«, bot er an und blickte dabei mit großen Augen hoch zu Junachel.

Diese vermied den Sichtkontakt mit dem ziegenartigen Wesen und sah zu Ysilda, welche die Entscheidung treffen sollte.

»Ich glaube, es kann nicht schaden, ihn mitzunehmen. Außerdem hat er die Straßen schon einmal gesehen und weiß vielleicht, wie wir am schnellsten dort hinkommen«, antwortete sie und nickte zustimmend.

»Wenn die Zauberin das sagt, dann ist es so«, antwortete Junachel und rutschte zur Seite, sodass der Barde aufsitzen konnte.

»Ihr werdet es nicht bereuen. Das versichere ich euch«, freute er sich und schaute die beiden Mädchen abwechselnd an. »Warum wollt ihr beiden eigentlich zu diesem Arkanen Tribunal? In ganz Laraivil kursieren Gerüchte, dass es dort gefährliche Hexenmeister und Dämonenbeschwörer gebe und der Ort von einem düsteren Forst umgeben sei, wo Waldelfen hinter den Bäumen lauern und Reisende überfallen.«

»Das habe ich dir doch schon erklärt. Ysilda besitzt dieses magische Armband mit unbändigen Zerstörungskräften, und das müssen wir dort abgeben, und außerdem ist sie eine Zauberin«, entgegnete Junachel, als wäre dies das Gewöhnlichste auf der Welt und deutete dabei auf das Schmuckstück.

»Wie auffallend und so im Gegensatz zu Euren Äußerlichkeiten«, dichtete Shep und streckte die Hand aus. »Darf ich es mir ansehen?«

Ysilda wollte eigentlich nicken und es ihm reichen. Doch dann erinnerte sie sich, was passiert war, als die Gauner das Metallband berührt hatten, und warnte ihn davor: »Lieber nicht. Das Armband ist gefährlich und ich weiß noch nicht ganz, wie es genau funktioniert«, erklärte sie dem Satyr, der daraufhin seinen gestreckten Arm wieder zurückzog und sich damit zufriedengab.

»Beeindruckend. Wisst ihr, ich bin auch ein Magier, also das heißt, ich kann auch zaubern«, prahlte er stolz und räusperte sich, um ein Lied anzustimmen, aber Junachels Lachen hielt ihn davon ab.

»Du? Ein Barde, der zaubern kann? Das ist wirklich lustig, aber bitte, zeig uns doch ein paar von deinen magischen Tricks«, forderte sie ihn amüsiert auf und fiel vor lauter Gackern fast vom Wagen.

»Ohne meine Lyra kann ich das nicht. Deswegen muss ich nach Insengborn und sie diesem geizigen Wirt abnehmen«, erklärte sich Shep, aber Junachel schüttelte vergnügt den Kopf, drückte ihm die Zügel in die Hand und lehnte sich dann entspannt auf dem Karren zurück, der daraufhin ins Rollen kam und hinter dem *Dicken Bauch* der Straße in Richtung Insengborn folgte.

Auf der Fahrt erzählten sie dem Satyr von Pepritin und den Ereignissen während der Herbstfeier. Shep hörte gespannt zu und schrieb dabei einige Notizen auf eine Schriftrolle, von denen er eine ganze Sammlung in seiner Gürteltasche transportierte. Vor allem interessierten ihn aber die Hinnd und deren großzügige Feiern sowie ihre fidele Lebensart.

Die weitere Reise verbrachte der Satyr damit, leise Lieder vor sich hinzudichten und dabei mit den Händen im Takt auf das Holz zu trommeln. Junachel wirkte nach einiger Zeit davon ein wenig genervt. Doch Ysilda gefiel der Rhythmus, und als Shep einige heroische Zeilen über ein fernes Hinnddorf namens Pepritin verfasste, bereitete es ihr sogar Freude, ihm zuzuhören.

Auf diese Weise kam ihnen der Weg nicht besonders lang vor und nach wenigen Stunden erkannten sie hinter den Bäumen die Stadttore von Insengborn. Noch nie hatte Ysilda solch hohe Gebäude gesehen und konnte daher ihre Augen nicht mehr von den mächtigen Zinnen und massiven Wachtürmen abwenden.

»Es ist nun der Moment gekommen, einen Satyr in eine vertrauenserweckende Maid zu verwandeln«, kündigte Shep an und öffnete seinen Rucksack.

Zum Vorschein kam ein zerknittertes Gewand, das einem kleinen Mädchen gehören könnte, und eine blonde Perücke mit langen Locken. Nachdem er die Sachen angezogen hatte, befestigte er die Haare noch mit einem weißen Kopftuch, das die Hörner und seine markanten Gesichtszüge verdeckte.

»Diese Verkleidung hat mir schon mehrmals weitergeholfen. Und? Wie sehe ich aus?«, fragte er mit einer übertrieben hohen Stimme.

»Für was bitte hast du diese Aufmachung noch benutzt?«,

stellte Junachel entsetzt als Gegenfrage und betrachtete die fragliche Gewandung.

Shep räusperte sich und wollte ihr eine Antwort geben. Doch dann wurde er ganz rot im Gesicht, als er merkte, worauf sie hinauswollte, und beließ es lieber bei einem Schweigen. Er gab seinem Äußeren den letzten Schliff, indem er die größten Falten aus dem Kleid strich und seine falschen Haare entzwirbelte. Danach nahm er wieder die Zügel und fuhr den Wagen vor die Stadttore.

»Halt«, forderte sie ein Wachmann auf und hob die Hand. »Warum erbittet Ihr Einlass nach Insengborn und wer seid Ihr?«, fragte er streng und winkte mit einer Handbewegung Verstärkung heran, die den Wagen genau unter die Lupe nahm.

»Meine Mutter hat den weiten Weg von Hanflaub auf sich genommen, um in Insengborn einzukaufen. Der Winter kommt bald und die Preise in Kornwagen sind in letzter Zeit gestiegen, aber die Vorräte müssen trotzdem ins Haus«, entgegnete Shep mit seiner schrillen Stimme und deutete auf Ysilda, die daraufhin verlegen grinste.

Der Wachmann hob eine seiner Augenbrauen und blickte das vermeintliche Mädchen misstrauisch an. Er begutachtete das Gespann und fragte dann: »Ihr habt ein seltsames Gefährt für einen Einkauf, junge Maid. Warum habt Ihr einen Käfig darauf? Das Gemüse wird Euch sicherlich nicht davonlaufen.«

»Der Käfig dient zur Abwehr von Banditenüberfällen auf der Reise und außerdem lässt es sich so leichter Hühner transportieren«, log Ysilda schnell und legte die Hand auf Sheps Schulter, die sie wie bei einer guten Tochter tätschelte.

»Oh. Verzeiht mir. Es war bestimmt eine gefährliche Reise bei diesen ansteigenden Überfällen. Kommt in unsere Stadt und fühlt Euch sicher hinter den starken Mauern. Ihr werdet einen ausgezeichneten Aufenthalt ins Insengborn haben. Euren Wagen könnt Ihr direkt hinter den Stadttoren abstellen. Dort wird die Miliz auf ihn aufpassen und darauf achten, dass ihn niemand stiehlt«, erklärte der Wachposten und machte eine dezente Verbeugung.

»Sehr wohl, mein Herr. Ich werde Euch bei Eurem Vorgesetzten empfehlen, falls ich mit diesem ins Gespräch kommen sollte«, meinte Ysilda und gab Shep einen heimlichen, aber schmerzhaften Stoß mit dem Ellenbogen in die Rippen, sodass dieser den Wagen durch das Tor in die Stadt führte.

Als sie den Durchgang passiert hatten, sahen sich die drei an und nickten einander zufrieden über ihre gelungene Zusammenarbeit und die geglückte Täuschung zu. Der Satyr steuerte die Räder auf einen Platz, an dem schon viele Pferdewagen warteten, und stieg dann von dem Gefährt ab.

»Das wars dann. Ihr habt mich in die Stadt gebracht und hier trennen sich also unsere Wege. Ich werde dann mal meinen Charme spielen lassen und dem Wirt meine Lyra abnehmen«, erklärte Shep sein Vorhaben und richtete die blonden Kunstlocken erneut. »Der große Markt ist gleich da vorne. Dort solltet ihr alles finden, was ihr für die weitere Reise benötigt.«

»Machs gut und viel Erfolg«, verabschiedete sich Ysilda und winkte dem Barden zu, woraufhin dieser sich umdrehte und in der überfüllten Straße verschwand.

»Ich bin mir nicht ganz sicher, ob ich ihn vermissen werde«, überlegte Junachel, während sie das Pferd kraulte und dann neben ihre Freundin trat. »Wie dem auch sei. Schauen wir uns den Markt an«, beschloss sie, nahm Ysilda an der Hand und zusammen folgten sie den Leuten, welche ebenfalls in Richtung des Marktes liefen, um dem Warenverkauf beizuwohnen.

Insengborn war größer, als es sich Ysilda jemals vorgestellt hatte. Pepritin war im Gegensatz tatsächlich nur eine geringe Ansammlung von kleinen Behausungen am Straßenrand. Reisende Händler hatten ab und an von dieser Stadt im Osten hinter dem Marrit berichtet. Nachdem sie die Ortschaft aber nun mit eigenen Augen wahrnehmen konnte, verwarf sie ihre vorherige Auffassung von Größe, deren Maß sie gar nicht begreifen konnte und ihre Vorstellungen völlig übertraf.

Auf dem Marktplatz tummelte sich eine unüberschaubare Menge an Bürgern, um das vielfältige Angebot zu nutzen, zu handeln und zu feilschen. Ansässige Geschäftsmänner verkauften lokale Waren und Bauern boten Gemüse, Obst und Getreide an. Zwischen dem schmackhaften Geruch von frischem Brot kitzelten exotische Gewürze die kulinarischen Geruchsknospen, welche von heimatfernen Importeuren feilgeboten wurden. An einem hervorgehobenen Stand bot eine Kaufmannsflotte mit dem Namen *Die westdaranische Handelskompanie* teure und vor allem sehr seltene Waren aus fernen Ländern an.

Ysilda und Junachel hielten sich lieber ein wenig abseits des wohlhabenden Angebots und suchten einen der kleineren Marktstände auf, der Werkzeuge und auch kleine Zelte verkaufte.

»Seid gegrüßt, meine Maiden. Wenn Ihr gute und trotzdem

günstige Ware für Euren Hof sucht, seid Ihr bei Yoriks Jägerwerk genau richtig«, riet der Kaufmann freundlich und zeigte ihnen einige Gegenstände in seiner Auslage.

»Nicht direkt«, meinte Junachel interessiert und ließ ihren Blick über den Marktstand fliegen. »Eigentlich suchen wir nur nach Ausrüstungsgegenständen für eine weite Reise und ein kleines Zelt wäre von Vorteil«, überlegte sie mit dem tippenden Finger an der Wange und untersuchte das robuste Ausstellungsstück eines Unterschlupfs.

»Da habe ich genau das Richtige für Euch beide«, bot der Kaufmann überzeugt an und präsentierte ihnen eine Tasche.

Darin befanden sich verschiedene nützliche Werkzeuge. Die Tasche konnte nach dem Gebrauch einfach eingerollt und geschickt transportiert werden. Der Inhalt bestand unter anderem aus einem kleinen Feuerzeug, das zusammen mit einem speziellen Stein Funken erschaffen konnte, einem einklappbaren Spaten und einem langen Messer mit einer gezackten Rückenseite. Das kleine Zelt, das er ihnen anbot, reichte für sie beide vollkommen aus und überzeugte vor allem darin, dass man es schnell zusammenfalten und platzsparend im Rucksack lagern konnte.

»Das alles nehmen wir«, entschied sich Junachel begeistert und zahlte dem Händler acht Mark für die ganzen Sachen, der sich daraufhin höflich bedankte und ihnen einen schönen Tag wünschte.

Zufrieden flanierten sie weiter über den Markt und kauften haltbare Reisevorräte und zusätzliche Wasserschläuche. Des Weiteren konnte Junachel nicht an einem Stand mit Branntwein vorbeigehen, ohne eine Flasche mit sogenanntem daranisch korrumpierten Rum für zwei Mark zu kaufen und gleich einen Schluck zu probieren. Offenbar war es guter Alkohol und wärmte anscheinend den Bauch wohlig auf. Nachdem die Mädchen an einem Angebot für schöne Gewänder und extravagante Trachten rilididischer Art stehen blieben, bemerkte Ysilda, wie ihr auf die Schulter getippt wurde. Sie drehte sich um und sah ein bekanntes Gesicht.

»Hey! Ich brauch eure Hilfe. Schnell, folgt mir«, flüsterte Shep, der immer noch als Mädchen verkleidet war, und zog sie hinter einen Verkaufsstand, wo sie niemand hören konnte. »Hier kann ich offen sprechen«, meinte der Satyr und vergewisserte sich, dass ihm niemand gefolgt war.

»Was willst du denn?«, fragte Junachel argwöhnisch.

Der Barde legte einen Finger auf den Mund und erzählte dann: »Also, mit dieser Verkleidung habe ich es tatsächlich in das Schankhaus geschafft und konnte dem Wirt einige Fragen stellen. Der hat mich glücklicherweise nicht erkannt, wollte mir aber zuerst den Zutritt verwehren, weil ich zu jung aussähe. Deswegen habe ich so getan, als ob ich mich verlaufen hätte und auf meinen Vater wartete, der bei ihm angeblich regelmäßig trinkt. Auf jeden Fall habe ich schließlich nach irgendwelchen Besonderheiten in letzter Zeit gefragt und er hat mir von meiner schundhaften Nacht erzählt. Ich habe herausgefunden, dass der Vorfall bei der Miliz gemeldet wurde und diese nach mir sucht. Meine Lyra wurde dann bei der Wache abgegeben und liegt wohl in einer Kammer in einem Kerker.«

»Das ist ungeschickt«, brachte es Junachel auf den Punkt und biss sich auf die Lippen. »Dann wünsch ich dir mal viel Erfolg«, verabschiedete sie ihn und wollte sich gerade abwenden, aber Shep hielt sie zurück.

»Jetzt wartet doch mal. Ich brauche dringend eure Hilfe. Sonst sehe ich meine Lyra nie wieder und kann dann meinen Traum, eines Tages zum heroischen Volkshelden und Minnesänger aufzusteigen, streichen«, bettelte er und machte wieder diesen überzeugenden Ausdruck.

Junachel verdrehte die Augen, aber konnte der Bitte nicht standhalten: »Also gut. Wir helfen dir, aber das ist das letzte Mal.«

»Danke! Ihr werdet es nicht bereuen, das sage ich euch«, verkündete er zufrieden und nahm sie in die Arme. »Ich weiß auch schon ganz genau, wie wir das anstellen«, meinte er und lief hastig los.

Die beiden folgten dem Satyr. Er führte sie vom Marktplatz runter und brachte sie zum Stadtrand, wo das Wachhaus direkt an der Stadtmauer errichtet war. Von außen wirkte es wie ein mächtiges Bollwerk. Die Mauern bestanden aus sorgfältig aufeinandergesetzten Steinziegeln und die Fenster waren mit dicken Metallstäben verriegelt.

»Jetzt zu meinem Plan«, begann Shep zu erklären und gestikulierte dabei mit seinen pelzigen Händen. »Wir gehen gleich zu dritt in das Wachhaus und fragen nach einem Portemonnaie, das einer von uns verloren hat, und vielleicht wurde es hier ja abgegeben. Du, Junachel, wirst die Wachen mit deinem jugendlichen Charme betören, und wenn sie abgelenkt sind, schleichen sich Ysilda und ich zu den beschlagnahmten Gegenständen, die beim Kerker verwahrt sind, und holen dann meine Lyra zurück. Danach kommen wir einfach ungesehen wieder heraus und gehen dann. Und für alle Fälle«, fiel Shep noch ein und kramte aus seinem Rucksack zwei Äpfel, die er sich dann unter das Kleid stülpte und somit eine voluminöse Brust formte.

»Klingt irgendwie borniert, aber auch nach einem vergnüglichen Zeitvertreib. Meine Eloquenz wird diesen Wachen noch bis in ihre feuchtesten Träume folgen«, motivierte sich Junachel, hob das Haupt und streckte die Brust nach vorn.

»Perfekt. Genauso hatte ich mir das vorgestellt«, stimmte Shep enthusiastisch zu, stolzierte direkt zum Wachhaus und öffnete die Tür.

Innen gab es nur wenig Kerzenlicht, der dunkle Holzboden und die kalten Steinwände sorgten für ein düsteres Ambiente. In dem Vorraum standen einige Stühle für die Wartenden und hinter einem vergitterten Tresen befand sich eine Tür, die zum Herzstück der Wache führte. Junachel ging vor und läutete eine Klingel. Nach kurzer Zeit erschien ein Bediensteter der Miliz und trat hinter das Gitter.

»Kann ich Euch helfen?«, fragte er und sah die Drei mit einem abschätzenden Blick an.

»Durchaus. Meine Schwester hier hat ihre Börse verloren und vielleicht war ein anderer Bürger so nett und hat sie bei ihnen abgegeben«, meinte Shep mit seiner hohen Stimme und deutete dabei auf Junachel.

»Das kommt eher selten vor, aber vielleicht habt Ihr Glück. Wie sieht die Börse denn aus?«, erkundigte sich der Wachmann und Junachel trat näher heran, während sich Ysilda und Shep unauffällig in den Hintergrund begaben.

Die junge Hinnd stützte ihren Ellenbogen auf den Tresen und spielte an ihren Haaren herum: »Sie war ziemlich groß und aus dunklem Leder«, sprach sie selbstsicher und leckte sich über die Lippen.

»Und wo habt Ihr sie verloren?«, fragte der Wachmann verlegen weiter.

Junachel machte eine schnelle Bewegung und ließ dann ihre Tasche fallen: »Wie ungeschickt von mir«, spielte sie ihm vor und ging einen Schritt zurück. »Das ist mir gestern vor der Residenz meines Mannes auch passiert. Bei so einem wohlhabenden Adligen mit einem rundlichen Körper und nur wenig Sinn für Befriedigung verblassen so manche Gelüste. Das kennt Ihr sicher nicht. Bei solch einem breiten Rücken und den kräftigen Armen reißen sich die Weiber bestimmt die Kleider vom Leib und streiten sich darum, wer zuerst von Eurer ausdauernden Männlichkeit kosten darf«, liebäugelte sie mit ihm und beugte sich langsam nach vorne, um die Tasche aufzuheben, womit sie einen freien Ausblick auf ihr Dekolleté offenbarte.

Der Wachmann errötete und richtete dann seinen gezielten Blick wieder auf ihr Gesicht.

»Bei so einem Anblick wird mir ganz heiß«, sprach Junachel weiter, nachdem Shep ihr mit einer Geste das Zeichen gab, dass sie sich beeilen und überzeugender sein sollte, woraufhin sie ihre Hand an die Stirn legte, die Augen dramatisch verdrehte und mit einem lauten Stöhnen zusammenbrach.

Ysilda wollte sofort aufspringen und ihr zur Hilfe eilen, doch Shep hielt sie kopfschüttelnd am Arm zurück. Der Wachmann erschrak, kam augenblicklich hinter dem Tresen hervor, öffnete mit seinem Schlüsselbund die Gittertür und kniete sich dann neben Junachel, während er an ihrer Schulter rüttelte.

»Alles in Ordnung? Aufwachen«, sprach er zu ihr und rüttelte energischer, aber Junachel spielte ihm weiterhin die Ohnmacht vor.

Shep nickte stumm zu Ysilda und geduckt schlichen sie hinter dem Rücken des Wachmanns durch die offene Gittertür und in den abgesicherten Bereich. Der Satyr nahm den Griff der nächsten Tür in die Hand und öffnete leise den Durchgang. Dahinter befanden sich mehrere Tische und Sitzbänke sowie eine kleine Küche. Zu ihrem Glück war dieser Teil der Wachstube unbesetzt und daher kamen sie mit Leichtigkeit nach hinten zu den Verliesen. Hier war es noch düsterer als im Eingangsbereich und es roch unangenehm nach Seiche. Im Eck lehnte ein Wachmann schnarchend auf einem Stuhl und hatte den Kopf in den Nacken gelegt. Neben ihm auf dem Tisch zwischen zwei Krügen lagen einige Münzen, ein Geldsack und aufgedeckte Spielkarten.

»Schnell! Die andere Wache ist momentan vermutlich noch am Abortieren, wir müssen uns beeilen«, flüsterte der Barde zu Ysilda und schlich vorsichtig an den vielen Kerkertüren entlang.

»Wenn ihr Wertsachen sucht, dann müsst ihr dort in der Truhe nachschauen«, erklärte ein Mann, welcher hinter einem der Gitter saß und sie durch die dicken Metallstäbe genau beobachtete.

Seine Kleidung war schäbig und sein blonder Bart wirkte, als hätte er ihn schon lange nicht mehr gepflegt. Er strich seine langen Haare aus dem Gesicht, setzte sich mit den Knien an das Gitter und umklammerte es mit den Händen.

»Ihr seid aber ganz schön laut. Den einen Fuß vor den anderen und dann immer leise vorwärts, sonst weckt ihr Kapitän Schnarchkönig noch auf«, belehrte er sie ungefragt, weswegen Shep genervt stehen blieb und beschwichtigend die Arme hob.

»Könntet Ihr bitte ruhig sein, Fremder? Sonst erwacht der Kapitän noch Euretwegen, und das würde uns beiden jetzt sehr ungelegen kommen. Ich muss etwas Wichtiges zurückholen, was mir gehört.«

»Und bestimmt ist dieser Gegenstand nur zufällig hier bei den Asservaten gelandet?«, überlegte der Gefangene und schaute ihnen weiterhin gespannt zu.

Shep schlich weiter, kniete sich dann vor die Truhe und öffnete sie. Er warf einige Dinge wie große Messer, Dolche und Diebeswerkzeuge heraus, bis er schließlich seine Lyra wieder in der Hand hielt.

»Ja! Ich habe sie. Lass uns schnell von hier verschwinden«, freute sich der Satyr und wollte gerade umkehren, als die Eingangstür so heftig aufgestoßen wurde, dass es im Wachhaus nicht zu überhören war, und ein wütender Wachmann mit Junachel im Griff und gezogenem Schwert hereintrat.

Shep richtete sich selbstbewusst auf und breitete seine Brust aus. Er stützte die Handflächen in die Taille und schaukelte mit der Hüfte. Ein dumpfer Ton war zu hören, als die Äpfel unter dem Kleid herausrutschen und schließlich über den Boden rollten.

»Hoppla!«, erschrak der Satyr und sah verlegen aus.

Der Wachmann schlug mit einem ohrenbetäubenden Schrei Alarm, weshalb der Zellenwächter aus den Träumen gerissen aufsprang und seinem Verbündeten auf der Stelle zur Hilfe eilte. Bedrohlich kamen sie näher und Ysilda wich nach hinten aus.

»Ich kann euch hier rausbringen. Schnell! Den Schlüssel, wirf ihn rüber«, rief der Mann im Kerker zu Junachel, die sich daraufhin mit einem schmerzhaften Tritt gegen das Schienbein der Wache befreite, gleichzeitig den Schlüsselbund an seinem Gurt entwendete und ihn zu den Gittern warf.

Der Fremde fing ihn gekonnt auf und befreite sich sofort. Bevor die Wachen reagieren konnten, hielt er schon einen der Dolche vom Boden in der Hand und schleuderte ihn in ihre Richtung. Die Klinge flog schneidend durch die Luft, traf ihr Ziel am Hals und zwang es zur Aufgabe.

»Für Graf Umbold!«, rief die übrige Wache und holte mit dem Schwert aus, was der ehemals Gefangene mit einem simplen Ausweichmanöver konterte.

Das Armband befreite Ysilda aus ihrer Starre und zwang sie, die Arme zu heben und mit den Handflächen eine unsichtbare Kugel zu formen, was von ihren Worten begleitet wurde: »*Glacias Tegumentum!*«

Ein gefrorenes Geschoss raste auf ihren Kontrahenten zu, und als es ihn traf, gefror sein ganzer Körper zu einem Eisblock, er konnte sich nicht mehr bewegen und ließ das Schwert fallen.

»Das war unerwartet«, meinte Shep überrascht und starrte die Zauberin eingeschüchtert, fast angsterfüllt an.

»Ganz egal, was das war. Wir sollten schleunigst verschwinden, uns hat bestimmt jemand gehört«, meinte der Fremde und ging wieder an die Truhe. Aus dem Behälter zog er einen dunklen Kapuzenmantel, einen Bogen mit befiederten Pfeilen sowie eine Provianttasche heraus und hob mehrere Dolche und die Werkzeugtasche vom Boden auf. »Kommt, ich weiß, wie wir hier rauskommen«, rief er und ging zur letzten Zelle, wo sich eine Falltür befand.

Ysildas Blick traf den von Junachel, als sie auf dem Spieltisch den vollen Geldbeutel entdeckte und diesen mit einer unmerklichen Handbewegung einsteckte. Im Anschluss trat sie hinter dem Fremden zur Falltür, welcher den passenden Schlüssel am Bund gefunden hatte und diese öffnete. Ysilda wusste nun, woher der widerliche Geruch kam, und hielt sich die Nase zu, während sie über eine Leiter in die Kanalisation kletterten und Shep als Letzter die Falltür schloss.

»Haltet euch an den Händen und folgt mir«, kam es im Stockfinsteren von vorne und hintereinander liefen sie dem ekelhaften Gestank des Rohres nach, der Ysilda schließlich zum Erbrechen brachte.

Als sie endlich wieder frische Luft bekamen, standen sie vor den Stadtmauern, wo sich die Kanalisation in den Fluss Inseng ergab. Die Sonne stand jetzt an ihrem niedrigsten Punkt und der kühle Nachtwind wehte über die Gräser. Der Unbekannte breitete seine Arme weit aus, richtete seine Sicht zum Himmel und drehte sich lachend um sich selbst.

»Und das alles nur wegen einer blöden Lyra. Und jetzt haben wir auch noch einen Verrückten dabei«, zweifelte Junachel und sah zu dem Mann hinüber, der jetzt seine Arme entspannt fallen ließ und vor sie trat.

»Ich verdanke Euch meine Freiheit, Ihr edelmütigen Helden«, bedankte er sich ehrlich mit gehobener Stimme und verbeugte sich großzügig vor ihnen. »Ohne Eure Hilfe hätte ich es nie aus dem Kerker geschafft.«

»Ihr habt einfach so jemanden umgebracht«, warf ihm Junachel vor und hielt den Blick auf den Dolch an seinem Gürtel gerichtet.

»Glaubt mir. Er hat es verdient«, antwortete der Mann kalt und sah sie dann wieder freundlich an. »Mein Name ist übrigens Mercer, der Marder von Mitrizien. Ich muss mir eingestehen, dass unser erstes Treffen nicht gerade vorteilhaft für unsere Bekanntschaft war, aber ich versichere Euch, dass ich zu Unrecht meiner Freiheit beraubt wurde.«

»Warum hat man Euch eingesperrt?«

Der Schurke

Der Schurke war ein Meister der Täuschung. Er hatte keinen Namen und auch kein Gesicht. Seine Arbeitgeber waren Aristokraten mit dem nötigen Kleingeld. Während sich der Dieb im Verborgenen am Reichtum des Adels bediente, überzeugte der Betrüger durch sein habgieriges Vokabular den Käufer von der Qualität seiner minderwertigen Ware und schnappte ihm mit seinen trickreichen Langfingern unbemerkt die Wertgegenstände vor der Nase weg. Der Wortschatz eines Meuchelmörders war hingegen karg. Für ein politisches Attentat aus dem Hinterhalt war auch der faire Kampf ein Fremdwort und verwehrte ihm die Entlohnung durch seinen hochgeborenen Auftraggeber. Doch egal wie unterschiedlich ein Schurke seine ausgezeichnete Geschicklichkeit, die imponierende Redekunst oder seine beständige Heimlichkeit auch einsetzte – am Ende nutzte er jeden erdenklichen Trick, um seinen Kontrahenten zu täuschen.

Einer dieser Schurken war der Dieb Mercer. Das Stehlen begleitete ihn schon sein ganzes Leben. Mit fünfzehn Jahren wurde der gesetzlose Junge in den versteckten Diebesring von Marderfell aufgenommen und in den Fähigkeiten eines Langfingers, wie dem reibungslosen Schlösserknacken, dem unbemerkten und trickreichen Taschendiebstahl und dem stillen Schleichen, unterwiesen.

Die Meister der Gilde nutzten die geschickten Finger ihrer Mitglieder, um große Einbrüche in den Residenzen der Adligen zu leiten und die Vielzahl der Jahrmarktsbesucher im Gedränge von ihren Gelbörsen zu erlösen.

Die Bekanntheit der kriminellen Organisation reichte so weit, dass manche Adlige ihre Arbeitnehmer für die öffentliche Denunzierung von Grafen oder angesehenen Bürgern engagierten, welche daraufhin schon bald zum Rücktritt aus ihrem Amt gezwungen waren, da in der Stadt die Gerüchte von belastenden Schreiben und unsittlichen Mätressenherrschaften kursierten. Das Prinzip war einfach. Wer zahlte, der konnte seinen Rivalen aus dem Weg räumen.

Hinter dem gesamten Geschäft war natürlich auch die Miliz von Marderfell her und zahlte den Bürgern eine gute Summe für jede nützliche Information. Doch Bestechungsgelder und ernsthafte Drohungen ließen die Mehrzahl an wissenden Zungen verstummen und ohne konkrete Hinweise würde das sichere Gildenversteck und der darin verborgene Reichtum niemals gefunden werden.

Daher war es das Wichtigste, dass man bei seinen Tätigkeiten nicht erwischt wurde und unter keinen Umständen unbedacht über die Gilde sprach. Verräter hatten nur ein kurzweiliges Leben und nicht gerade das, was man unter einem schönen Tod verstand.

Aber daran hatte Mercer noch nie gedacht. Die Gilde wurde schnell zu seiner neuen Familie und schon bald waren seine hinreichenden Fingerfertigkeiten dafür verantwortlich, dass er in ihre obersten Ränge aufstieg und ihn die Stadt mit dem Pseudonym *der Marder von Mitrizien* sowie dem Kopfgeld von einhundert Goldmark ehrte. Aus diesem Grund war er der Auserwählte für einen Auftrag der mitrizianischen Königin, Elizmere.

Seit der kaiserlichen Annektierung Mitriziens standen in den fortlaufenden Jahren immer wieder Uneinigkeiten und Konflikte bevor, welchen die Mitrizier schlussendlich nachgaben. Nachdem aber König Erlenmaul vor sechs Monaten verstarb, erlangte seine Tochter Elizmere die Herrschaft über das mitrizianische Volk und veranlasste die Rücknahme der Steuerabgaben an das Kaiserreich, was viele als einen aggressiven Schritt bemängelten. Das war auch das, was die Kaiserin darunter verstand, und so ließ sie das Kriegslager der sechsten Armee an den Grenzen Mitriziens errichten.

Ein Krieg stand also kurz bevor und daher gewann die Gilde zum ersten Mal seit ihrer Gründung an Legitimität durch einen Monarchen und wurde beauftragt, eine versiegelte Botschaft an einen Verbündeten in der Stadt Insengborn im fernen Königreich Rilidid zu übergeben. Mitrizianische Kuriere wurden an den Grenzen sofort abgefangen und daher war ein Dieb, dessen Name unter dem Schutz des Inkognitos stand, der ideale Mann für diese Aufgabe.

Insengborn war mit dem Anbruch des heutigen Tages schon in der Ferne zu sehen. Mercer hatte seinen nächtlichen Lagerplatz an diesem Morgen früh abgebaut, damit er die Mauern noch vor der Mittagszeit erreichte. Die gesamte Reise hatte ihn neun Tage gekostet und daher war der Dieb erleichtert, als er endlich das Stadttor von Insengborn erblickte.

Auf der vollen Straße drängten sich Bergarbeiter mit ihren Warenwagen zwischen dem reisenden Volk hindurch und Handelskarawanen aus fernen Reichen, die von der Stadtmiliz genau unter die Lupe genommen wurden, schlossen sich dem Trubel vor dem Tor an.

Um seine Anonymität zu wahren, war es für Mercer aber unabwendbar, den Zugang unbemerkt zu durchqueren. Aus diesem Grund wartete er auf die richtige Gelegenheit. Und diese kam auch. Eine bis an die Zähne bewaffnete Söldnertruppe versammelte sich unter dem Torhaus und die Wachen waren mit der Auflistung ihrer Waffen schwer beschäftigt. Ein wenig geduckt hastete Mercer durch eine Ansammlung von Narren und schlich dann unbemerkt zum Tor. Zwischen den ganzen Reisenden fiel er nicht weiter auf, und als der Moment gekommen war, schlich er heimlich hinter einem abgelenkten Wachmann vorbei und verschwamm dann mit der dichten Menge, die der Straße hinter den Mauern zum Marktplatz folgte.

Diesen Trick hatte er schon häufiger bei Taschendiebstählen angewandt. Es gab immer einen Moment, in dem der Kontrahent nicht auf sein Portemonnaie achtete, und das war die passende Gelegenheit, um ihn von seinen Lasten zu befreien. Danach musste man sich nur noch eine Menschenmenge suchen und konnte in ihrem Schutz unbemerkt entkommen. Selbst wenn der Diebstahl kurz darauf bemerkt wurde, konnte der Täter nicht mehr bestimmt werden. In organisierten Marktdiebstählen hatten auch schon bereits Mitglieder der Gilde die Rolle der vorbeiziehenden Bürger gespielt und waren natürlich zufällig zum richtigen Zeitpunkt erschienen.

Auf dem Marktplatz war es laut und die geschäftigen Händler hatten ihre Aufmerksamkeit vollständig auf den Verkauf gelegt. Die Börsen klimperten an jedem Stand und Mercer sah das Glänzen der Münzen in den Lederbeuteln. Nach einer so langen Reise hatte er sich ein schmackhaftes Mahl sehr wohl verdient und irgendein nobler Bürger würde bestimmt nichts dagegen haben, wenn er ihm diesen Gefallen spendierte.

Daher schaute der Schurke durch das Getümmel und fand auch schon seinen Wohltäter. Ein korpulenter Herr, welcher erhobenen Hauptes über den Markt flanierte und den Eindruck erweckte, als würde ihm die Stadt gehören. An der Rückseite seines Gürtels hing der prallvolle Münzbeutel. Es war so einfach und aus diesem Grund war er schlechthin der perfekte Gönner für eine ausgesprochene Mahlzeit.

Gezielt folgte Mercer dem Mann, bis er nah an seiner rechten Ferse war und gab ihm dann mit der Handfläche einen leichten Stoß auf die gegenüberliegende Schulter, während er mit der anderen Hand den Geldbeutel unter dem Gürtel herauszog und dann zur Seite im Getümmel verschwand. Der Junker schaute nur in die Richtung, aus der er gestoßen wurde, und als er dort keinen Schuldigen sah, führte er seine Existenz als Flaneur fort.

So schnell kam Mercer an Geld und genoss so ein unbeschwerliches Leben. Während die einen hart für ein paar Mark am Tag arbeiten mussten, bediente er sich an den Almosen der Aristokraten und war daher froh um ihr Bestehen.

Nachdem der Gauner das Diebesgut sicher unter seinem Mantel versteckt hatte, sorgte er für einen großen Abstand zu seinem Lehnsherrn und folgte seiner Nase, die bereits die

Fährte eines lukullischen Geruchs aufgenommen hatte. Halt machte sie vor einem Gourmetverkauf, der wahre Gaumenschmäuse anbot. Auf einem Feuer drehten die Metzger ein saftiges Spanferkel. Daneben wurden Gänse geschlachtet und als Braten zubereitet. Würste hingen an einem Faden und der Duft eines schmackhaften Hirschgulaschs regte die Geschmacksknospen an. Mercer knurrte der Magen und daher trat er näher und sprach einen der Metzger an: »Wieviel kostet ein Stück des Ferkels?«, fragte er und konnte das zarte Aroma schon schmecken.

Der Metzger unterbrach seine Arbeit und legte das Hackbeil ab. »Vier Mark das Pfund«, antwortete er.

Mercer zog den erworbenen Geldbeutel hervor und öffnete diesen. »Dann lasst mich mal sehen, wie viel ich dabeihabe. Sechsundzwanzig Mark, drei Königskronen und sogar eine Kaiserkrone. Mein Weib hat es wohl wieder gut mit mir gemeint«, witzelte er und zählte das Geld ab. »Hier, das sollte genügen.« Er überreichte dem Fleischer die wertvolle Kaiserkrone, woraufhin dieser nur widerwillig das viele Rückgeld auf dem Tisch ausbreitete. »Oh, ich sehe gerade, dass das Rückgeld sehr voluminös wird. Hier, nehmt doch lieber die Königskrone, dann muss ich Euch nicht um so viele Münzen erleichtern«, kam Mercer ihm aus gespielter Höflichkeit entgegen und tauschte die beiden Kronen aus, wobei er das Wechselgeld unbemerkt verschob.

Der Metzger machte einen verwirrten Eindruck und zählte das übrige Geld ab, das er dann zurück unter den Tresen legen wollte. Aber Mercer lenkte ihn erneut mit einer weiteren Frage über das Hirschgulasch ab und so vergaß der Fleischhauer die

Münzen, die auch weiterhin außerhalb seiner Wahrnehmung auf der Ablage verweilten. Nachdem er zur Feuerstelle trat, um Mercer das wohlverdiente Mittagsmahl anzurichten, strich dieser mit seiner Elle einmal über den glatten Tisch und schob die restlichen Markstücke unbemerkt in seine Tasche.

»Ich danke Euch für dieses schmackhafte Fleisch und wünsche Euch auch weiterhin einen erfolgreichen Tag«, verabschiedete er sich, nachdem er seine Ware erhalten hatte, und kehrte dem Metzger schnell und zufrieden den Rücken zu.

Nachdem der Betrüger wieder mit der Menge verschmolzen war, zählte er sein hart verdientes Gehalt. Wenn man die Kronen vom Junker in silberne Markstücke umrechnete, hatte er von diesem insgesamt einundneunzig Mark erhalten. Von dem Trickdiebstahl und dem übrigen Rückgeld zählte er sechsundvierzig Münzen. So lagen seine Tageseinnahmen bei einhundert und siebenunddreißig Mark sowie einem Pfund Spanferkel, und das alles bei einer Arbeitszeit von gerade mal einer halben Stunde.

Nach all diesen Umständen suchte sich Mercer einen sonnigen Platz auf den Stufen eines Monuments zu Ehren der Kaiserin und genoss am Fuße der höchsten Aristokratin die zarten Fasern des spendierten Ferkels.

Als ihm das Tier schließlich im Magen lag, erhob er sich von den Treppen und verließ den Marktplatz in ein nobleres Viertel. Die Wegbeschreibung führte ihn zu einer Schneiderei, welche Gewänder für Bälle und gehobene Gesellschaften herstellte. Die versiegelte Botschaft sollte in diesem Geschäft abgegeben werden, was auch der Grund war, dass Mercer es betrat. Von innen wirkte die Schneiderei viel größer und die

Kleidungsstücke sahen ohne den matten Glanz des Schaufensters viel hochwertiger aus.

»Wollt Ihr etwas Bestimmtes kaufen oder Euch nur umsehen?«, begrüßte ihn eine Verkäuferin hinter der Ladentheke.

»Mez Vengsuard, ad volud«, sprach er im alten Mitrizianischen, was so viel bedeutete wie: »Das Königreich ist unser«, und kam näher zum Tresen.

»Od mez val mathit orris«, antwortete sie und vervollständigte somit das Credo mit dem Satz: »Und das soll auch so bleiben!«

»Ich habe eine wichtige Nachricht von Königin Elizmere. Ihr seid also die geheime Verbündete in Rilidid? Gebt mir Euren Stempel, dann verschwinde ich auch ganz schnell wieder«, sprach Mercer und überreichte die Botschaft ihrem Empfänger.

»Wartet noch kurz«, meinte das Weib und öffnete das Siegel, damit ihre Augen schnell über die geschriebenen Buchstaben gleiten konnten. »Es scheint so, als wäre Euer Auftrag hier nicht zu Ende.«

Mercer zog die Augenbrauen zusammen, putzte sich mit dem Zeigefinger das linke Ohr und sagte dann: »Ich habe mich wohl verhört. Der Auftrag bestand darin, Euch diese Botschaft zu überbringen. Für Eure politischen Interessen bin ich nicht der Richtige und deswegen werde ich jetzt wieder zurück nach Mitrizien aufbrechen und meine Entlohnung von der Königin holen.«

»Das könnt Ihr natürlich machen. Zweihundert Goldmark stehen Euch rechtmäßig zu. Aber was wäre, wenn dieser Wert verdreifacht würde und der Marder von Mitrizien dafür einen Tag länger in Insengborn bleiben müsste?«, bot das Weib an.

Mercer war hin- und hergerissen. Zum einen war die ursprüngliche Entlohnung schon ein großzügiges Angebot der Königin und mit diesem sollte sich ein Schurke zufriedengeben. Doch die Gier übermannte ihn, denn eine Goldmark war eben das Zehnfache einer gewöhnlichen Silbermark und mit sechshundert Goldmark konnte er sich mehr als ein Jahr wohlhabend ernähren.

»In Ordnung. Um was für einen Auftrag handelt es sich?«, fragte er ungeduldig und spürte, wie sich einige Schweißperlen auf seiner Stirn bildeten.

»Euer Ziel ist Graf Umbold von Insengborn. Der Mann hat in der Vergangenheit eine Begegnung mit der Königin gehabt und kennt die Mängel von Cobaltkap und Lichtenfels. Außerdem ist er ein wahrer Vasall der Kaiserin und übt Druck auf den rilididischen König zur Mobilisierung einer Invasionsarmee für Mitrizien aus. Aus diesem Grund soll er aus dem Weg geräumt werden, und das sollte für den Marder von Mitrizien ein Kinderspiel darstellen. So steigt Ihr vom einfachen Dieb in den Rang eines Meuchelmörders oder besser gesagt Grafenmörders auf. Das Wichtigste ist nur, dass es so schnell wie möglich passiert. Wie Ihr das anstellt oder ob Ihr dabei erwischt werdet, ist Eure Sache. Was meint Ihr dazu? Nehmt Ihr den Auftrag an?«

Mercer ließ sie nicht lange auf die Antwort warten und stimmte zu. Zu dieser Tageszeit hielt sich der Graf üblicherweise an den teuren Marktständen auf, und das sollte die passende Gelegenheit sein, das wohlhabende Leben zu beenden.

Ein wenig später hatte Mercer seine Ausrüstung vorbereitet und eine Beschreibung des Grafen verinnerlicht. Innerhalb einer Menschenmenge würde er ihn von hinten unbemerkt mit einem Dolch erstechen und dann aus der Stadt fliehen. Daher warf er seinen weiten Kapuzenmantel über, versteckte die Dolche griffbereit darunter und ging wieder zum Marktplatz.

Es war inzwischen Nachmittag und der Schatten des hohen Kirchturms fiel auf die Verkaufsstände herab. Der Platz war nicht mehr so voll wie am Vormittag, weswegen Mercer keine Schwierigkeiten hatte, von einer höheren Position sein Ziel ausfindig zu machen. In Begleitung einer Dienstmagd schlenderte der Graf am teuren Angebot von Schmuck und seidenen Stoffen vorbei und grüßte die erhabeneren Bürger auf dem Weg. Mercer erkannte keinerlei Leibgarde, weshalb es ein einfaches Attentat werden sollte.

Heimlich näherte er sich dem Aristokraten, bis ihr Abstand zueinander nur noch wenige Fuß fasste. Mercer ließ den Umhang über seinem Arm fallen und zog die Kapuze über das Gesicht. Als der Graf in Richtung des gütigen Metzgers flanierte, dessen Gastfreundschaft Mercer heute schon erleben durfte, umgaben den Dieb einige Knechte, die Fleisch für ihre Herren einkauften. Da sie alle zum Metzger wollten, nutzte Mercer die Gelegenheit und ging mit ihnen zum Marktstand.

Der Graf war nicht mehr weit entfernt und verhandelte mit dem Fleischermeister. Der passende Moment war gekommen. Unter seinem Mantel zog Mercer den Dolch hervor, zwängte sich durch die Knechte und hob die Klinge, bereit zum tödlichen Stoß.

»Da ist der Betrüger! Vorsicht Graf Umbold, hinter Euch!«,

rief der Fleischhauer erschrocken und verhinderte damit das Attentat.

Der Graf wandte sich sofort von seinem Mörder ab und entging so dem tödlichen Stich in den Nacken. Der Metzger schnappte sein Hackmesser und sprang über den Tresen. Die Miliz wurde sofort herbeigerufen. Mercer nutze die letzte Gelegenheit für das Attentat und warf den Dolch in Richtung des Grafen, bevor dieser die Flucht ergreifen konnte. Die Klinge traf ihr Ziel, doch ein metallenes Geräusch verriet, dass der Aristokrat unter seiner Robe geschützt war. Das Attentat war fehlgeschlagen, die Wachen entwaffneten Mercer und legten ihm am Boden Fesseln an, während er mit Füßen getreten wurde.

»Bringt den Mörder sofort ins Gefängnis und besorgt mir auf der Stelle eine Eskorte«, befahl der Graf und stellte sich schützend hinter die Miliz.

Mercer wurde vom Marktplatz gezerrt und in eine Zelle der Wache gesperrt. Dort bewachte ihn ein engstirniger Mann, der die meiste Zeit im Dienst schlief und dabei laut schnarchte. Jedoch stellte er sich schließlich auch als sein Folterknecht heraus, und während Mercer glühende Eisen unter die Füße gehoben wurden, sollte er Informationen über seinen Auftraggeber verraten.

»Gesteht, oder spürt die Schmerzen dieser unersättlichen Hitze an Euren Fußsohlen«, forderte ihn der Folterknecht immer wieder auf.

Die Zauberin

»Ich habe ihnen natürlich nichts gesagt. Wer die Gilde verrät, der muss auch mit den Konsequenzen rechnen«, beendete Mercer seine Geschichte.

Es war mittlerweile ziemlich dunkel geworden. Während der Erzählung hatten sich die vier abseits der Stadtmauern bewegt und standen jetzt außer Sichtweite der Wachposten am Waldrand des Marrit. Der Inseng floss hier ruhig in Richtung Südwesten und hinter den weiten Wiesen sank die orangene Sonne auf ihren niedrigsten Punkt.

»Das fasst Euer Wesen wohl lapidar zusammen. Aber jetzt kann ich Euren Zorn gegen Kapitän Schnarchkönig nachvollziehen, auch wenn es nicht so klug war, das Attentat direkt vor dem Metzgerstand auszuführen«, überlegte Junachel.

»Danke. Ich wusste, ihr würdet es verstehen«, antwortete Mercer zufrieden, nachdem er über den letzten Satz nachgedacht hatte. »Und ihr seid nur in das Gefängnis eingebrochen, um diese Laute zu stehlen?«

»Es ist eine Lyra und ja, die beiden Hinnd haben mir dabei geholfen«, stellte Shep klar und strich dabei vorsichtig mit den Fingern über das Musikinstrument.

»Hinnd also?«, fragte Mercer sich selbst und begutachtete

dabei Ysilda. »Ich wusste gar nicht, dass manche von euch so groß werden können.«

»Manchmal kommt sowas vor. Vor allem bei uns in Pepritin gibt es da viele Ausnahmen«, schwindelte Junachel schnell, bevor Ysilda etwas dazu sagen konnte, und nahm dann ihre Hand.

»Verstehe«, gab Mercer wenig überzeugt zurück, aber setzte dann eine andere Miene auf. »Wie dem auch sei. Wie heißt ihr eigentlich und wohin wollt ihr jetzt, nachdem ihr von der ganzen Stadt als Verbrecher gesucht werdet?«

»Ich bin Junachel Ankrim und das ist Ysilda Kurzfuß. Wir sind auf dem Weg zum Arkanen Tribunal. Ysilda muss dort einen magischen Gegenstand abgeben. Und der Satyr heißt Shep Hornsby, er ist ein Barde«, stellte sie alle vor und deutete jeweils auf die entsprechende Person.

»Das Arkane Tribunal«, wiederholte Mercer und strich dabei mit zwei Fingern über seinen Bart. »Magier haben doch immer einen gewissen Reichtum und unbezahlbare Artefakte, oder liege ich da falsch?«

»Denkt nicht mal daran«, warnte ihn Junachel.

»Nein, natürlich nicht. Das wäre unangebracht, einfach so in die größte und wohlhabendste Gilde der Magie einzubrechen und den Zauberern die Wertsachen vor ihrer Nase abzunehmen. Das sollte man auf jeden Fall unterlassen. Da aber mein letzter Auftrag so misslungen ist, sollte ich auf meinen Namen Acht geben und für eine Weile untertauchen, bis dieser Vorfall in Vergessenheit geraten ist. Außerdem habt ihr mit eurer magischen Aktion bestimmt viel Aufmerksamkeit erregt. Daher würde es mich nicht wundern, wenn die Inquisition von

Rilidid wieder die Hexenjagd eröffnet. Ich kann euch vielleicht helfen, dass kein Witwer eure Fährte aufnimmt und ihr ungestört zum Tribunal weiterreisen könnt. Also, was sagt ihr?«

Ysilda überlegte. Bertin hatte ihr die Anweisung gegeben, möglichst schnell zu reisen, bevor die Suchenden sie und das Armband aufspüren konnten. Mercer machte den Eindruck, als wäre er der perfekte Begleiter, um sie sicher und unbemerkt durch die Städte zu bringen. Er war zwar zweifelsohne ein Gauner, aber Ysilda traute ihm, schließlich hatte er ihnen geholfen, aus dem Gefängnis zu entkommen.

»Ich weiß nicht so recht«, meinte Junachel und sah Ysilda zweifelnd an.

»Doch. Ich finde, das ist eine gute Idee. Begleitet uns zum Tribunal und beschützt uns vor diesen Witwern und allen anderen Gefahren, die folgen werden«, entschloss sich Ysilda und schenkte Mercer ein zustimmendes Lächeln.

»Na gut. Wenn die Zauberin das sagt, dann werde ich nicht dagegen halten«, erklärte Junachel überstimmt.

»Perfekt. Ihr werdet von mir nicht enttäuscht sein. Das Kaiserreich denkt zwar, dass das Tribunal schon seit langer Zeit verlassen ist, aber in Mitrizien haben die Aristokraten immer noch Kontakt mit den Zauberern. Daher kenne ich sogar den Weg zu seinem angeblichen Standort und da dieser zur Hälfte auf der Straße nach Mitrizien liegt, kann ich euch ohne große Umstände dort hinführen«, bot Mercer an und wollte loslaufen, als sich der Satyr zu Wort meldete.

»Und was ist mit mir? Ihr habt mir geholfen, meine Lyra zurückzuholen. Dafür bin ich euch auf ewig dankbar. Das würde ich gerne in die Tat umsetzen und euch ebenfalls begleiten. Ihr habt selbst schon erwähnt, dass es sicherer ist, wenn wir in einer größeren Gruppe reisen«, erinnerte sie Shep.

Junachel erhaschte Ysildas gutmütigen Ausdruck und sagte dann: »Wenn es sein muss. Offenbar werde ich wieder überstimmt, auch wenn wir uns eigentlich einig waren, dass dies das letzte Mal war. Also dürft Ihr uns ebenfalls begleiten, aber ich warne Euch: Wenn Ihr uns noch einmal in solch eine Bredouille bringt, dann war es das.«

»Das wird natürlich nicht mehr vorkommen«, versicherte Shep ihr und spielte ein paar Töne auf seiner Lyra. »Darauf habe ich schon lange gewartet. Ein heroisches Abenteuer mit einer mystischen Zauberin, einem magischen Artefakt und zwei kampferprobten Komparsen, die sie begleiten. Und ich, der Meisterbarde Shep Hornsby, wird über ihre Abenteuer aus erster Hand berichten. Damit werde ich mich weit von den anderen philiströsen Barden abheben, denn es ist ruhmreicher, eine Geschichte zu erleben, als eine Geschichte am Leben zu halten ...«

»Dann sollten wir das Gerede beenden und aufbrechen«, unterbrach Junachel seinen Singsang. »Mir ist nicht ganz wohl dabei, dass wir noch so nah an der Stadt sind. Außerdem können wir unseren Wagen nicht mehr zurückholen. Deswegen sollten wir uns umso mehr beeilen.«

»Kommt mit. Ich kenne in der Nähe eine schöne Waldlichtung, die ein außergewöhnliches Versteck und ein gutes Nachtlager bietet. Außerdem können wir dort unsere Sachen in einem kleinen Bach waschen. Der Kanalisationsgeruch stinkt bis zum Himmel«, empfahl ihnen Mercer und lief in Richtung der Bäume.

Die vier stiegen durch das dichte Gebüsch und mussten dabei besonders auf herausragende Wurzeln achten, welche sich als hervorragende Stolperfallen herausstellten. Inzwischen hatte die Dunkelheit den Tag vollständig verdrängt und die dichten Baumkronen ließen nur wenig vom schimmernden Mondlicht hindurch. Als der Wald nach einiger Zeit lichter wurde, war ein beruhigendes Plätschern zu hören.

»Hier ist es. Ich hoffe, ich habe euch nicht zu viel versprochen«, präsentierte Mercer den Lagerplatz und überquerte mit einem kleinen Sprung den Bach.

»Das wird schon gehen. Schließlich wollen wir hier nur eine Nacht bleiben«, meinte Ysilda zufrieden und ließ ihren Rucksack auf einer ebenen Fläche fallen.

Sie öffnete die Tasche und breitete die in Insengborn gekaufte Zeltplane aus. Junachel half ihr dabei und gemeinsam errichteten sie den Unterschlupf für die Nacht. Im Anschluss verstauten sie ihr Gepäck darin und rollten ihre Schlafsäcke aus. Mercer und Shep sammelten trockene Stöcke und Zunder für eine Feuerstelle und nach kurzer Zeit war ein gemütliches Biwak entstanden.

Nachdem Ysilda das Holz mit ihrem erworbenen Feuerzeug entzündet hatte, setzten sie sich alle darum und genossen die Wärme. Junachel erhitzte einige Vorräte für ein schmackhaftes Essen und Shep spielte auf seiner Lyra ein leises Lied und dichtete dabei eine Geschichte über einen gerissenen Dieb, der dem Charakter von Mercer sehr ähnelte. Dieser erzählte ihnen hingegen ein wenig über die sumpfige Gegend vom Königreich Mitrizien und die Blaue Stadt, Cobaltkap.

»Jetzt bin ich echt müde«, gähnte Junachel lang, streckte die

Arme weit aus und nahm einen letzten Bissen. »Es ist am besten, wenn wir jetzt schlafen gehen. Morgen wird ein langer Tag«, stellte sie fest, stand dann auf und öffnete den Zelteingang.

Ysilda und Shep stimmten ihr zu und wollten ihr gerade folgen, als Mercer sich ihnen in den Weg stellte.

»Wartet. Ihr wollt doch jetzt nicht alle schlafen gehen?«, fragte er erstaunt.

»Doch, genau das hatten wir vor«, antwortete Shep gähnend und wollte sich an ihm vorbeidrängen, doch der Dieb hielt ihn zurück.

»Die erste Regel für einen Rastplatz inmitten der Einöde lautet: Niemals ohne eine Wache schlafen gehen. Wenn ihr das einhaltet, dann habt ihr den Vorteil einer großen Reisetruppe verstanden. Stellt euch mal vor, wir schlafen alle gleichzeitig und Banditen überfallen uns oder Schlimmeres. Dann sind wir völlig wehrlos und sie haben leichtes Spiel mit uns. Versteht ihr das?«

»Klar und deutlich«, rief Shep übertrieben und Ysilda vermutete, dass diese Antwort nicht allzu ernst gemeint war.

Sie gab Mercer aber recht und hielt das für eine vernünftige Strategie. Während einer von ihnen für zwei Stunden auf das Lager aufpasste, konnten die anderen drei ihren erholsamen Schlaf finden. Danach wird gewechselt, sodass jeder einmal Wache halten muss.

Während ihrer Schicht musste Ysilda zugeben, dass sie dabei nicht ganz aufmerksam bleiben konnte und wirklich müde wurde. Daher begann sie die magischen Worte zu wiederholen, die sie während dem Zaubern gesagt hatte, aber sie hatten keine Wirkung.

Nachdem ihre Wache das Ende erreichte, war es an der Zeit, Shep aufzuwecken. Der Satyr löste sie nur widerwillig ab. Endlich konnte sich Ysilda in das Zelt zurückziehen und sich in den Schlafsack legen. Zu dritt war der kleine Unterschlupf bedauerlich eng und bot leider keine Möglichkeit zur Intimität, was Ysilda ziemlich unangenehm fand. Aber sie war so müde, dass sie nur die Augen zu schließen brauchte, um in einen erholsamen Schlaf zu fallen.

Kurze Zeit später nahm Ysilda eine sanfte Berührung an ihrem Rücken wahr. Sie lag auf dem Bauch, den Kopf in die Arme gebettet. Unter sich spürte sie die wohlige Wärme ihrer Bettrolle und öffnete verschlafen die Augen.

»Guten Morgen. Ich fürchte, du hast schon genug geschlafen. Es ist Zeit, aufzustehen«, flüsterte Junachel ihr zärtlich ins Ohr und küsste sie auf die Wange.

Daraufhin beendete sie ihre gefühlvollen Streichbewegungen und trat aus dem Zelt. Ysilda richtete sich müde auf und streckte die Arme von sich. Die rötlichen Sonnenstrahlen schienen durch den schmalen Spalt vom Zelteingang und verrieten ihr, dass es noch sehr früh am Morgen war. So hatte sie sich das Abenteuer tatsächlich nicht vorgestellt und wäre am liebsten noch ein wenig liegen geblieben. Trotzdem zog sie ihre nackten Füße unter dem wärmenden Schlafsack hervor, schlüpfte in die kalt gewordenen Schuhe ihres Großvaters und legte die übrigen Kleidungsstücke über das wenige, was sie zum Schlafen getragen hatte.

Vor dem Zelt, zwischen den dichten Bäumen, war es noch dunkel und der frische Tau am Boden glänzte im Schein der Morgensonne. Aus der ausgebrannten Feuerstelle stieg grauer Rauch in den roten Himmel, und als Ysilda den Satyr erblickte, sagte dieser nur mürrisch: »Morgen. Ich sehe, Ihr habt genauso schlecht und vor allem wenig geschlafen wie ich. Ich hoffe, dass dieser Zustand nicht von langer Dauer ist, denn das schadet gewiss unserem Äußeren.«

Ysilda wusste nicht, was sie antworten sollte, und blieb beim Anblick von Mercer hängen. Dieser kniete vor ihrem Gepäck auf dem feuchten Boden und stöberte hektisch in ihren Rucksäcken herum.

»Alles in Ordnung?«, fragte Junachel gähnend, als ihr die Szenerie ebenfalls auffiel. Sie trat an Mercer heran, um seinen Blick in Augenhöhe aufzufangen.

»Nein. Nichts ist in Ordnung. Irgendjemand hat unsere Sachen durchsucht und vielleicht auch etwas entwendet.«

»Ich bin es nicht gewesen«, meinte Shep schnell und hob unschuldig die Hände über seine Hörner.

»Das denke ich auch gar nicht«, entlastete ihn Mercer und schüttelte dann Junachels Rucksack aus. »Wie ich es mir dachte«, erkannte er schließlich, nachdem er etwas aus der Tasche zog, wovon Ysilda genau wusste, dass es dort nicht hineingehörte. »Es war nur ein blöder Feenstreich«, erkannte der Dieb sichtbar erleichtert und packte den Gegenstand dann in seine eigene Tasche.

»Was für ein Streich?«, fragte Shep verwirrt und bohrte mit dem kleinen Finger in seinem Ohr herum.

»Ein Feenstreich«, wiederholte er, strich mit der Fingerkuppe über einen von Junachels Bechern und zeigte ihnen, dass daran glitzernder Staub klebte. »Das ist der klare Beweis, dass sich heute Nacht Feen in unser Lager geschlichen haben und es offenbar für lustig hielten, wenn sie unsere Sachen vertauschen. Deswegen war diese Habe von mir in einer fremden Tasche. Einer von euch hat nicht aufmerksam genug aufgepasst.«

»Ich kann es nicht gewesen sein. Schließlich habe ich heute Nacht keine einzige Fee gesehen, die sich heimlich in das Lager geschlichen hat«, stellte der Barde klar. »Ich war sogar so aufmerksam, dass ich weitere Zeilen für ein neues Lied komponieren konnte. Diese trage ich euch später natürlich gerne vor.«

Ysilda wusste nicht ganz, wie sie Mercers Ausdruck auf diese Antwort deuten sollte. Nachdem er aber seine Hand vor den Augen wieder sinken ließ und feststellte, dass nichts abhandengekommen war, öffnete er einen der konservierten Vorräte und begann zu essen. Die anderen entschieden sich für ein stärkendes, aber bescheidenes Frühstück und Ysilda begann, mit ein wenig Heimweh an ihr Zuhause zu denken.

In Pepritin hatte ihre Mutter jeden Morgen für die ganze Familie ein Festmahl zubereitet. Schon in der Frühe war sie losgezogen, um frische Eier vom Hof der Familie Harzfell zu holen und diese dann entweder als Spiegeleier, Rühreier, selten aber auch hartgekocht anzurichten. Dazu gab es immer gebratenen Schinken, Wurst und Käse, frische Beeren und etwas Obst für jeden. Einmal in der Woche wurden auch die Ankrims eingeladen, um an dem ausgiebigen Mahl teilzunehmen.

Nach dem Essen bauten sie den Lagerplatz ab, räumten ihre umgestülpten Rucksäcke wieder ein und führten die Reise durch den Marrit fort. Nachdem das Plätschern des Baches verstummt war, fielen die warmen Sonnenstrahlen durch die dichten Baumkronen und ließen den Morgentau bis zu seiner Verdunstung anmutig glitzern.

Sie erreichten einen schmalen Trampelfpfad, der abseits der Hauptstraße durch den Wald führte. Zwischen dem dichten Geäst war das Rascheln eines Tieres zu hören, etwas weiter entfernt war die Anwesenheit von größeren Kreaturen wahrzunehmen. Doch um welche es sich dabei handelte, war nur schwer zu sagen, denn Sheps Gesang übertönte die meisten Laute und verscheuchte alle Wesen in der Nähe. Der Satyr besaß wirklich für jede Gelegenheit eine geeignete Arie in seinem Repertoire. Diesmal schien es ein fröhliches Wanderlied darzustellen. Junachel und Ysilda lachten manchmal dazu, wenn er Mercer darin als diebischen Kobold und Figuranten einer mächtigen Zauberin beschrieb. Nachdem sie aber einige Stunden gewandert waren, wurde es langsam langweilig und auch Shep murmelte nur noch einzelne Zeilen vor sich hin. Da der Satyr nun ruhig war, vernahm Ysilda ein merkwürdiges Sirren, das ganz nah sein musste.

»Hört ihr das auch?«, fragte sie die anderen und bemerkte, dass Mercer vor einem dichten Busch in Deckung gegangen war und mit gestrecktem Hals Ausschau hielt.

»Das kommt von dort vorne. Folgt mir«, flüsterte er leise und drückte das Gestrüpp mit dem Fuß knirschend nieder, damit die anderen hinter ihm herlaufen konnten.

Der schmale Waldweg führte geradeaus, bis er auf einer

Lichtung endete und sie auf einen runden Turm sahen, der mitten im Marrit stand. Das Bauwerk war mindestens zehn Meter hoch und hatte ganz oben ein konkaves Ziegeldach. Es war kein Eingang zu sehen, und als Ysilda nach oben zu den Fenstern sah, wusste sie, wodurch das Sirren verursacht wurde. Mehrere Schwerter, Beile, Küchenmesser und andere scharfe Werkzeuge flogen im Uhrzeigersinn um den Turm und schnitten dabei durch die Luft.

»Kuriosität und Wut und das in einem Anblick«, rief Shep und trat einen Schritt vor, um das Spektakel besser beobachten zu können.

Je näher er kam, desto schneller surrten die Klingen im Kreis und der eingeschüchterte Satyr zog es vor, Abstand zu halten.

»Irgendetwas geht hier nicht mit rechten Dingen zu«, brachte Mercer es auf den Punkt und formte seine Hände zu einem Trichter vor dem Mund. »Ist da jemand? Könnt Ihr mich hören?«, rief er laut zu einem der Fenster hinauf.

Dahinter erkannte Ysilda eine Gestalt. Ihr Gesicht kam näher an die Öffnung und schaute dann zu ihnen herunter. Es war ein junger Mann mit einer auffälligen Robe und einem spitzen Hut auf dem Kopf.

»Wir können Euch hören. Bitte helft uns, wir sind hier oben gefangen«, rief er zu ihnen herunter und im Hintergrund waren noch zwei andere Umrisse zu sehen.

»Wer seid Ihr, was ist mit Euch passiert und wie können wir helfen?«, rief Junachel hoch und trat nach vorne, um besser sehen zu können.

»Kommt nicht näher, es ist gefährlich. Ich bin Juland Weithil, ein Lehrling des Verwandlungsmagiers Tanitor Haferkorn. Der Meister ist für ein paar Stunden weggegangen, um Vorräte in der Stadt zu besorgen, und wir wollten die Zeit nutzen und haben ein wenig experimentiert. Eigentlich wollten wir ihn beeindrucken, aber einer unserer Verwandlungszauber ist furchtbar schiefgegangen und jetzt sind alle scharfen Gegenstände im Turm zum Leben erwacht und umzingeln uns. Wir kommen hier nicht raus, ohne zu Hackfleisch verarbeitet zu werden. Wenn der Meister das sieht, gibt es Ärger.«

»In Ordnung, Juland. Wir kümmern uns drum. Schließlich haben wir auch eine Zauberin dabei. Ysilda Kurzfuß, sie ist die mächtigste Magierin, die es gibt«, prahlte Junachel und schenkte ihrer Freundin einen stolzen Blick.

»Wirklich? Das wäre großartig. Ich bitte Euch aber, dass Ihr den Vorfall nicht beim Arkanen Tribunal meldet. Ansonsten können wir unsere folgenden Semester dort vergessen«, rief der Lehrling herunter.

»Natürlich nicht«, antwortete Junachel schnell, aber dann fiel ihr noch etwas ein. »Aber unter der Bedingung, dass ihr Lehrlinge uns noch einen Lösungsvorschlag nennt, wie man solch einen Zauber auflöst. Wenn ihr das wisst, wird Meisterin Ysilda dem Tribunal nichts verraten, denn schließlich habt ihr dann bewiesen, dass ihr noch zu guten Zauberschülern werden könnt«, schwindelte Junachel und zuckte arglos mit den Schultern, als die anderen sie vorwurfsvoll ansahen.

»Ja, in Ordnung«, rief Juland unsicher herunter und trat weg vom Fenster. »In der letzten Lehrstunde habe ich diese Schriftrolle angefertigt. Um den Zauber zu lernen, brauchen wir sie eigentlich für die nächste Stunde, aber ein Verlust dieses Pergaments ist einfacher zu erklären als das Chaos hier«, schlug er vor und deutete auf die fliegenden Gegenstände.

»Dann mal her damit«, rief Junachel und streckte die Hände nach oben.

Die Schriftrolle flog durch das Fenster und vorbei an den scharfen Klingen, die die kurze Anwesenheit des Pergaments nicht beachteten, und landete schließlich in Junachels Hand. Sie rollte das Papier aus und zeigte Ysilda den Inhalt. Diese war im ersten Moment ein wenig überfordert von den komplizierten Symbolen und verwirrenden Schriftzügen, aber nach kurzer Zeit fand sie sich zurecht. Der Zauber nannte sich *Expellere Magica* und Ysilda erinnerte sich, dass Bertin diesen Zauber vor seinem Zimmer angewandt hatte, um es vom Staub zu befreien. Weiterhin war auf der Schriftrolle eine Anweisung für die somatische Bewegung zu finden und dass der Zauberspruch ausgesprochen werden musste. Nach der Beschreibung entfernte der Spruch bei Erfolg alle Magie von bereits bestehenden Zaubern.

Ysilda nahm die Rolle in die Hand, stellte sich fest auf den Boden und blickte nach oben zu den scharfen Werkzeugen. Sie formte mit der Hand drei große Kreise und sprach dabei klar: »*Expellere Magica*!«

Die magische Kraft aus der Spruchrolle wurde durch ihre Worte entzogen und Ysilda spürte die Macht der Magie, welche auf die Gegenstände wirkte und sie stoppte. Wie aus dem Nichts blieben sie mitten in der Luft stehen und fielen ins Gras. Oben im Turm jubelten die Lehrlinge, Mercer und Shep sahen sie stolz an und klopften ihr auf die Schulter. Doch der Beifall verstummte schnell, als Ysilda eine Stimme hinter sich hörte.

»Das war wirklich beeindruckend, aber leider auch sehr unnötig«, sprach der fremde Mann, der plötzlich hinter den Abenteurern stand und nach oben zu seinem Lehrling im Turm blickte.

Er war ziemlich alt und unter seiner Kapuze verbargen sich graue Haare. In der Hand hielt er einen Weidenkorb mit einigen Einkäufen.

»Da ist man einmal auf dem Markt und dann verursachen deine Lehrlinge solch einen Unfug. Ich bin übrigens Meister Tanitor, Hochzauberer der Verwandlungsmagie. Wie ich sehe, seid Ihr eine junge Zauberin. Woher kommt Ihr?«, fragte er, nachdem er seinen Unmut geäußert hatte, und wandte sich dann Ysilda zu, der er sofort einen freundlichen Blick schenkte und die Hand reichte.

»Mein Name ist Ysilda und wir sind auf dem Weg zum Arkanen Tribunal. Wir müssen dort einen magischen Gegenstand abgeben, der enorme Kräfte besitzt.«

»Interessant. Ich würde an Eurer Stelle jedoch nicht jedem so bereitwillig davon erzählen. Ich war Euch gegenüber im Hinblick auf meine magische Identität nur so offen, da ich Euch ebenfalls als Zauberin erkannt habe und nicht bezweifle, dass Ihr ebenso einen Bogen um die Inquisition macht. Aber achtet beim allgemeinen Pöbel auf Eure Offenheit. Nicht viele schätzen die Nützlichkeit der Magie und fürchten lieber ihre Macht«, erklärte der Zauberer und murmelte mit dem Blick zur Turmmauer einige Worte, woraufhin sich der Stein teilte und eine Tür entstand. »Kommt doch mit rein. Dort könnt Ihr mir mehr erzählen und Euch ein wenig ausruhen«, bot er ihnen höflich an und folgte einer schmalen Wendeltreppe in die oberen Stockwerke.

Hinter der letzten Stufe befand sich ein gemütliches Zimmer mit einem dunklen Holzboden. In einem Kamin prasselte ein wärmendes Feuer und davor standen einige bequem aussehende Sessel auf einem dicken Teppich. Gegenüber der Feuerstelle erkannte Ysilda ein kleines Laboratorium. Dampfende Substanzen blubberten in glänzenden Gläsern und manchmal zischte etwas über einer blauen Flamme.

»Nur zu. Setzt Euch«, forderte Tanitor sie auf, was Shep sich kein zweites Mal sagen ließ. Sofort beanspruchte er den Sitz mit dem weichsten Kissen und drückte den Kopf gemütlich in die Lehne.

»Ganz langsam. Es gibt genügend für alle«, meinte Mercer kopfschüttelnd, breitete sich dann ebenfalls auf einem Sessel aus und überschlug entspannt die Beine.

Der Zauberer klatschte zweimal in die Hände, wodurch ein schwebender Silberteller aus der Küche flog und auf einem kleinen Beistelltisch zum Stehen kam. Auf der Platte waren Kekse und heißer Tee angerichtet. Mercer sah den Satyr herausfordernd an. Dieser verstand die Warnung, nahm zwei Kekse und eine der Tassen. Ysilda und Junachel lachten und bissen in das Gebäck. Es schmeckte köstlich und erinnerte ein wenig an die Leckereien von zu Hause.

In diesem Moment waren Schritte auf der Treppe zu hören und die drei Lehrlinge kamen herunter. Sie stellten sich demütig nebeneinander vor dem Meister auf und blickten schweigend zum Boden.

»Und? Habt ihr eine Erklärung für diesen Unsinn?«, fragte

der Zauberer streng und sah jeden einzeln an.

»Es tut uns außerordentlich leid, Meister. Wir wollten die Zeit, die Ihr auf dem Markt verbracht habt, nutzen, um unser Wissen zu erweitern, und daher hat Juland vorgeschlagen, dass wir die Aufgaben für die nächste Stunde schon im Voraus lösen könnten«, meinte einer der Lehrlinge, welchen Ysilda als einen Marp erkannte.

Marps waren katzenähnliche Wesen, die für ihre Kletterkünste und leisen Pfoten bekannt waren. Ysilda hatte früher ein Kinderbuch besessen, in dem es eine ganze Reihe Geschichten zu den Marps und ihren Abenteuern gab.

»Sei ruhig, Schwarzer Mond«, meinte Juland zu dem Marp und gab ihm einen leichten Stoß gegen das Schienbein, doch dann sah er wieder auf den Boden. »Ja, er hat recht. Das war meine Idee und deswegen sollte auch ich dafür bestraft werden. Schwarzer Mond und Peron haben damit nichts zu tun.«

Tanitor schwieg und schien nachzudenken: »Die Schuld liegt durchaus nicht bei dir alleine. Ich schätze es, dass du als Ältester deine Mitschüler vor den Folgen des missglückten Allotrias schützen willst, aber euch trifft die Schuld alle gleichermaßen. Ich will noch einmal darüber hinwegsehen und verzeihe euch unter der Bedingung, dass solch ein Unsinn unter meinem Dach nichts verloren hat. Eure Aktion hätte auch schwerwiegende Schäden anrichten können. Eure Haushaltsdienste werden in dieser Woche verdoppelt und damit soll alles dann gut sein«, beendete der Zauberer seine Ansprache und widmete seine Aufmerksamkeit wieder seinen Gästen.

»Einen sehr beeindruckenden Turm habt Ihr hier«, lenkte

Junachel ab und biss in ihren Keks.

»Das ist alles, was mir von meinem damaligen Stand geblieben ist«, antwortete Tanitor, setzte sich auf den letzten freien Sessel und nahm sich eine Tasse Tee. »Früher war ich der Stadtmagier von Insengborn und meine Verwandlungskräfte waren am königlichen Hof von Rilidid sehr gefragt. Aber nachdem damals die Usurpation der laraivilschen Königreiche durch die jetzige Kaiserin gelungen war, hat sich das Vertrauen zu den Zauberern geändert und nun lebe ich hier zurückgezogen in meinem Turm und unterrichte nur noch die wenigen, die ich für das Arkane Tribunal in der Verwandlungskunst ausbilden soll, bis sie weiterziehen und ihre Ausbildung bei den Meistern der Akademie fortsetzen können.«

»Wo wir gerade davon sprechen«, warf Mercer dazwischen und strich sich über den kurzen Bart. »Was genau ist dieses Arkane Tribunal?«

»Grundlegend ist es die oberste Schule der magischen Künste, auch Akademie der Zauberei genannt, und Heimat der hochrangigsten Magier von Laraivil. Die mächtigsten Meister der arkanen Geschichte haben dort studiert und gelehrt, aber mittlerweile ist dies alles in Vergessenheit geraten und die Aristokraten halten den arkanen Zirkel für aufgelöst«, erklärte Tanitor.

»Ich denke, das entspricht nicht der Wahrheit?«, fragte Mercer rhetorisch. »Dann sind die Zauberer wohl dazu bestimmt, dieses Schmuckstück von Ysildas Arm zu nehmen«, schloss der Schurke und zeigte auf den Reif.

»Darf ich es mal sehen?«, fragte Tanitor und untersuchte es aus der Nähe, als Ysilda ihren Arm hob. »*Deprehendere Magi-*

ca«, murmelte der Meister und strich mit vier Fingern am Schmuckstück entlang, ohne es zu berühren. »Das ist sonderbar. Es scheint so, als würde darin viel Energie pulsieren, jedoch kann ich die magische Ursache dafür nicht erkennen. Als wäre etwas anderes für diese Kraft verantwortlich. Möglicherweise eine unentdeckte und höchst komplexe Art der Magie.«

»Und das ist schlecht?«, fragte Junachel verunsichert.

»Nicht direkt. Ich muss zugeben, das Ding beunruhigt mich. Wo hast du das her?«, fragte er Ysilda.

Sie überlegte und fasste die Geschichte von der Hinndfeier und Bertins Auftauchen zusammen. Sie erzählte ihm auch, dass Bertin sie einst mit dem Reif am Arm gefunden und ihn seitdem für sie aufbewahrt hatte.

»Bertin Fruchtfuß. Irgendwoher kenne ich diesen Namen«, überlegte Tanitor, aber kam zu keinem Schluss. »Jedenfalls solltet ihr diesen Gegenstand unbedingt zum Tribunal bringen. Wenn euch jemand helfen kann, dann die Magier dort. Und haltet unbedingt den Weg ein, den dein Onkel vorgeschlagen hat. Wenn ihr das Bärental durchquert habt, dann folgt der Straße nach Neu Puppien. Es wäre das Beste, wenn ihr die Stadt umgehen könntet, da sie das Hauptquartier der Inquisition ist. Aber die Wälder und Ebenen außerhalb der Mauern sind heimgesucht von Banditen und anderen gefährlichen Kreaturen, weshalb die Metropole ein Knotenpunkt des Handels geworden ist. Leider kontrolliert das Königreich Vereda auch alle Reisenden bei den Grenzbrücken des Anvirs, weswegen ihr den Armreif nicht unbemerkt über den Fluss bringen könnt und oberhalb des Gewässers entlangmüsst. Der übrige Weg sollte aber weniger gefährlich sein, solang ihr keinen Halt in Akapor, der Hauptstadt ihrer Kaiserlichen Hoheit macht.«

»Wir werden es überleben, und wenn nicht, dann ist unsere Geschichte wenigstens in den Liedern des Satyrs festgehalten«, lachte Junachel amüsiert und nippte genüsslich an ihrer Tasse.

Die restliche Zeit entspannten sich die beiden Mädchen vor dem Feuer, redeten über die weitere Reise und die Abenteuer, die sie noch erleben würden. Shep verfasste dabei mit leiser Dichterstimme einige Zeilen und Mercer spielte geübt mit einem seiner Dolche. Der Zaubermeister zog sich irgendwann zurück in sein Laboratorium und noch mehr Kekse wurden ihnen auf dem fliegenden Silbertablett serviert.

Nach kurzer Zeit kehrte er mit einer kleinen Holzkiste zum Kamin zurück, stellte sie offen auf den Tisch und holte einige Dinge heraus. »Damit eure weitere Reise zum Tribunal unbeschwert verläuft, habe ich noch einige nützliche Dinge, die ich euch mitgeben möchte«, erklärte er und zeigte ihnen einen kleinen Sack aus samtig weinrotem Stoff, bestickt mit winzigen Perlen. »Das ist ein verzauberter Beutel. Man nennt sie auch Beutel der Ewigkeit. Verstaut darin alles, was durch seine Öffnung passt, und ihr werdet merken, dass sein Inneres so viel Platz bietet wie ein ganzes Zimmer. Stülpt ihn nur nicht um, sonst verteilt sich der gesamte Inhalt dort, wo ihr gerade steht. Ich vertraue ihn der Zauberin an. Ysilda, du kannst darin wichtige Gegenstände und deine wertvollen Utensilien zum Zauberwirken verbergen.«

»Ich danke Euch, Meister«, erwiderte sie, als Tanitor ihr den Beutel überreichte und sie diesen an sich nahm.

»Des Weiteren übergebe ich dir dieses Zauberbuch. Darin sind die wichtigsten Sprüche für Zauberanfänger niedergeschrieben. Im Inhaltsverzeichnis habe ich dir eine Liste beigelegt. Darauf siehst du die einfachsten Zauber, die jeder Magier beherrschen sollte. Am besten übst du die Sprüche auf der weiteren Reise, sodass du sie bis zu deiner Ankunft am Arkanen Tribunal beherrscht.«

Ysilda nickte und warf einen Blick in den Folianten.

»Das nächste Geschenk überreiche ich eurem Späher, Mercer«, redete der Magier weiter und gab dem Dieb ein paar schlichte Stiefel. »Dies sind elfische Schuhe. Die Machart sorgt für einen beinah lautlosen Gang und lässt Euch sicher ein Versteck aufsuchen, in dem Ihr verweilen könnt, bis Eure Feinde weiterziehen.«

Mercer nahm die Schuhe entgegen, aber selbst er konnte seine Zufriedenheit nicht verbergen.

»Für Junachel habe ich einen kleinen Trank der Heilung. Die darin vermischten Zutaten können leichte und auch etwas größere Wunden verschließen und werden euch sicherlich irgendwann nützlich sein«, versprach Tanitor und überreichte ihr ein kleines Fläschchen mit einer roten Flüssigkeit. »Und zu guter Letzt der Satyr«, sprach der Zauberer weiter und gab ihm einen schlichten Ring in die Hand. »Für dich habe ich einen Beschützerring, der seinen Träger vor feindlichen Angriffen verteidigen wird.«

»Diesen bekomm ich wohl, weil ich am verletzbarsten bin«, witzelte Shep, aber merkte schließlich, dass der Zauberer ihn genau deswegen auch ausgewählt hatte. »Nun, ich danke Euch trotzdem und werde Eure Großzügigkeit in meine Komposition einfließen lassen«, sagte der Satyr und nickte dem Zauberer zu.

»Nutzt die Gegenstände weise und passt immer auf euch auf, besonders mit diesem Armband in eurem Besitz«, warnte sie der Meister.

»Das werden wir«, versicherte ihm Junachel und erhob sich zum Aufbruch. »Und wir werden das Tribunal erreichen.«

Die vier schulterten ihre Sachen und der Zauberer begleitete sie die Treppen hinunter. Die drei Lehrlinge verabschiedeten sich und gingen wieder ihren täglichen Aufgaben nach. Vor dem Turm bedankten sie sich noch einmal und setzten ihre Reise fort.

Mercer führte sie wieder an und verursachte mit seinen neuen Stiefeln keinen einzigen Laut am Boden. Lediglich die Äste, die er zur Seite drücken musste, um durch den Wald zu kommen, raschelten. Ysilda füllte alles Wertvolle in den verzauberten Beutel und spürte das schwere Buch in ihrem Rucksack.

Nach wenigen Minuten lichtete sich der Wald und bald hatten sie auch diesen Reiseabschnitt hinter sich gebracht. Vor ihnen erstreckte sich jetzt eine weite Ebene, die langsam hinunter in ein großes Tal führte. Weit und breit war kein Baum zu sehen. Den einzigen Schutz boten die großen Felsen, die vereinzelt zwischen den Weiten des purpurroten Heidekrauts und der hohen Gräser standen.

»Willkommen im Bärental. Genau vor mir befindet sich der äußerste Rand des Königreichs Rilidid. Wenn wir die Grenze überwinden, sind wir in Riralien«, erklärte ihnen Mercer und präsentierte die neue Umgebung mit seiner offenen Hand. Nach diesen Worten stieg er über die unsichtbare Linie und marschierte leichtfüßig weiter über die nächste Heidekrautwiese.

Der Weg war schwer zu bewältigen und gefährlich. Entweder blieb Ysilda mit den Füßen im hohen Gras hängen oder sie stolperte über einen der kleinen und versteckten Steine und brach sich fast die Haxen. Hinzu kam auch noch, dass ihr mit jedem weiteren Schritt klarer wurde, wie weit das Ende ihrer Reise noch entfernt war und dass sie nach diesem monumentalen Tal noch einen langen Weg vor sich hatten. Nach einiger Zeit brannten ihre Schenkel vom Abstieg und sie benötigte eine kurze Pause. Shep und Junachel nahmen diesen Vorschlag dankbar an und setzten sich erschöpft auf den Boden. Nur Mercer stellte sich auf einen Felsen und hielt das Tal mit seinen scharfen Sinnen im Blick.

»Du willst einem armen Satyr nicht zufällig den Zaubertrank für Heilung anbieten. Ich glaube, den könnte ich jetzt brauchen«, flehte Shep außer Atem und streckte begierig die Hand nach Junachel aus.

»Nein. Ich glaube nicht, dass dieser dir hierbei hilft«, antwortete sie ebenfalls schwer atmend und wischte sich den Schweiß von der Stirn.

»Wäre auch zu schön gewesen«, keuchte Shep und legte den Kopf, alle viere von sich gestreckt, auf dem Gras ab.

Ysilda kramte aus ihrem Rucksack einen Wasserschlauch heraus und überreichte ihn Junachel, nachdem sie selbst einen Schluck getrunken hatte. Diese nahm ihn dankbar entgegen, leerte ihn in einem Zug und sah dann zu Mercer, der seine

Spähposition aufgab und elegant am Felsen hinabglitt.

»Weiter unten habe ich eine Höhle gefunden. Dort können wir übernachten. Ich möchte nicht ungeschützt unter freiem Himmel schlafen und außerdem liegt der Unterschlupf auf einer ebenen Fläche«, schlug der Dieb vor und zog Shep am Arm nach oben.

»Wenn es unbedingt sein muss«, erwiderte dieser, stellte sich mit letzter Kraft auf seine Hufe und schulterte sein Gepäck.

Die Reisenden folgten ihrem Bergführer den steilen Hang hinunter. Ysilda schätzte es sehr, dass er einen halbwegs begehbaren Pfad ausgesucht hatte, an dem man nur wenig klettern musste. An den schwierigen Stellen stützte er sie und sorgte für einen sicheren Halt.

»Wohl an, die Dame. Noch diesen Hang hinunter, dann haben wir unseren Rastplatz erreicht«, sagte Mercer mit überzogener Schmeichelei und half der Zauberin an der Hand über den letzten Abstieg.

Shep verdrehte die Augen und rutschte den Rest des Weges hinunter, wobei er sich das Knie aufschürfte. Seine Klagen wurden überhört, da Mercer den Mädchen das Gepäck abnahm und vor dem Höhleneingang ablegte. Danach zündete er eine Fackel an und beleuchtete den Unterschlupf.

»Das sieht gut aus. Der vordere Teil ist auf jeden Fall leer. Hinten ist ein schmaler Durchgang, aber da würde ich meine Zeit nicht mit Suchen verschwenden. So wie es scheint, hat hier schon lange kein Bär mehr gehaust«, sagte der Dieb seinen Reisekameraden.

»Warum denn ausgerechnet ein Bär?«, fragte Junachel.

»Da früher viele Bären hier gelebt haben, nennt man diese

Schlucht Bärental. Mittlerweile sind die Biester aber weitergezogen. Ich vermute, dass irgendetwas sie vertrieben hat. Wahrscheinlich die Jäger in der Umgebung«, erklärte er der Hinnd.

Zusammen räumten sie ihr Gepäck in die Höhle und errichteten mit den Zeltplanen eine gemütliche Sitzfläche. Junachel kümmerte sich um das Lagerfeuer, der Rest schnitt das Gemüse aus den Vorratspaketen für einen Eintopf und machte danach die Schlafsäcke bereit. Draußen brach die Nacht herein, und nachdem sie sich von dem langen Marsch ausgeruht und ihre Mägen gesättigt hatten, gingen sie hinaus, um den Sonnenuntergang zu beobachten, der die trockenen Gräser in ein leuchtendes Rot tauchte.

Während Shep und Junachel die Reste für den nächsten Tag verpackten, setzte sich Ysilda auf einen niedrigen Felsen und schlug den magischen Almanach auf. Tanitors Zauberliste beinhaltete fünf Zaubersprüche, die sie lernen sollte. Dazu gehörte der Zauber *Magus Manus*, welcher eine durch Magie beschworene und fliegende Hand erschuf und leichte Dinge heben oder auch Türen öffnen konnte, sowie der Zauber *Deprehendere Magica*, mit dem man arkane Energie in der nahen Umgebung wahrnahm, und *Magus Armis*, was eine unsichtbare Rüstung gegen schwere Angriffe verlieh. Für diesen Spruch musste der Zauberwirker ein Stück Leder in der Hand halten, während er seine magische Handbewegung machte. Fortgesetzt wurde die Auswahl mit dem Hervorrufungszauber *Magica Jaculum*. Dieser erschuf drei Geschosse aus rein magischer Energie und schleuderte sie, ohne dass der Zaubernde genau zielen müsste, auf einen oder mehrere

Gegner, um sie zu verletzen. *Scutum* war der ideale Konterzauber gegen diesen Angriff, da er einen unsichtbaren Schild vor den Zaubernden legte und magische Geschosse sowie andere physische Angriffe abwehrte.

Ysilda entschied sich zuerst für das Studium des Angriffszaubers *Magica Jaculum*, damit sie sich bei einer feindlichen Konfrontation wehren konnte und nicht wieder unkontrolliert mit irgendwelchen Eisgeschossen und anderen Zaubern um sich warf. Die Formel musste deutlich ausgesprochen werden und bei der Ausführung mussten die drei mittleren Finger auf das Ziel gerichtet werden, das dann automatisch getroffen wurde. Um den Zauber mächtiger zu machen, musste sie einen weiteren Finger hinzufügen, dadurch wurde ein neues Geschoss erschaffen. Jedoch war das Ysilda für den Anfang zu kompliziert, sie musste erst einmal die Grundlagen des Spruches verstehen, um überhaupt irgendetwas hervorbringen zu können.

Akribisch setzte sie sich mit der Formel des Zaubers auseinander, und nachdem sie überzeugt war, sich alles eingeprägt zu haben, stand sie auf und suchte sich einen Heidelbeerstrauch vor der Höhle als Ziel aus. Sie konzentrierte sich auf die Formel, aber genau in dem Moment, als sie sprechen wollte, stellte sich Shep zwischen sie und den Busch und pflückte die blauen Früchte.

»Stör ich grade?«, fragte er, nachdem er Ysilda bemerkte und erkannte, dass sie ihn etwas vorwurfsvoll ansah.

»Nein. Natürlich nicht«, beschwerte sich Junachel laut aus dem Hintergrund und zerrte Shep am Arm weg, während dieser versuchte, noch weitere Beeren zu pflücken. »Du siehst doch, dass Ysilda das Zaubern übt, also verschwinde«, schimpfte die Hinnd und trat mit dem klagenden Satyr aus Ysildas Blickwinkel, womit diese von neuem beginnen musste, ihre Konzentration auf den Zauber zu fokussieren.

»*Magica Jaculum! Magica Jaculum! Magica Jaculum!*«, wiederholte sie dreimal und formte dabei den somatischen Ablauf.

Aber es geschah nichts, sie spürte keinen arkanen Fluss in ihrem Körper. Als würde sie die Worte nur so dahinsagen und dabei mit der Hand wedeln, stand sie da ohne Ergebnis. Sie wiederholte die Zauberformel, diesmal etwas energischer. Aber wieder wirkte der Zauber nicht.

»Du musst deine gesprochenen Worte mehr fühlen. Wir Barden überzeugen allein mit unserer Stimme die uns umgebende arkane Kraft und zwingen sie zur Umwandlung in einen Zauber. Wir versteifen uns weniger auf die Genauigkeiten«, warf Shep ein und spielte einige Noten auf seine Lyra.

Sofort spürte Ysilda einen Schmerz in der Nase und merkte, dass sie blutete.

»Tut mir leid, das wollte ich nicht!«, rief der Satyr überrascht, legte schnell sein Instrument zur Seite und drückte der Zauberin ein Taschentuch in die Hand, womit sie das Blut auffangen konnte. »Du siehst, so schwer ist es nicht. Ungewollt habe ich meine Worte und die Musik meiner Lyra dafür genutzt, dass die allgegenwärtige Magie dich durch Aufwühlung deines inneren Grimms verletzt«, berichtete Shep und gab ihr ein weiteres Tuch, nachdem das erste vollgesaugt war.

Ysilda zeigte dem Barden mit ihrem Blick, dass diese Lehren nicht gerade motivierend waren. Junachel befeuchtete einen

Waschlappen mit Wasser und legte ihn dann ihrer Freundin in den Nacken. Die angenehme Kühle ließ die Blutung schnell stoppen, und nachdem sie ihr Gesicht gewaschen hatte, trat sie wieder an den Strauch und übte weiter.

»Magica Jaculum! Magica Jaculum«, sprach sie enttäuscht und ließ dann ihre drei angespannten Finger sinken.

»Klappt es nicht?«, fragte Mercer, der neben sie trat und auf den Heidelbeerstrauch blickte.

»Nein. Das siehst du doch. Nichts klappt. Ich bekomme den Zauber einfach nicht hin. In Insengborn habe ich es doch auch geschafft, und ohne zu wissen, was ich tue«, antwortete Ysilda barsch und setzte sich verzweifelt auf den Boden.

Mercer ging neben ihr in die Hocke und sagte: »Ich bin zwar kein Zauberer, aber ich weiß, dass Lernen ein langer und anstrengender Weg ist. Niemand war vor seiner Geburt ein Meister und keiner kann sich Fähigkeiten über Nacht aneignen. In Insengborn, schätze ich, ist es der magische Armreif gewesen, welcher durch dich seine Macht entzündet hat und somit die Wachen beseitigen konnte. Mach dir keine Gedanken über deine Fertigkeiten, Ysilda. Auf der längsten Straße findet man die meisten Fußspuren.« Damit beendete Mercer das Gespräch und klopfte ihr auf die Schulter, woraufhin er auf einen Felsen stieg und die letzten Sonnenstrahlen hinter dem Horizont betrachtete.

Die Zauberin sah ihm hinterher und fühlte sich durch seine Worte aufgemuntert. Sie versuchte den Spruch noch mal und erkannte, dass ihr zumindest der Ablauf einfacher erschien und sie nicht mehr darüber nachdenken musste.

Nach einiger Zeit hatte die Dunkelheit das Tal eingeholt

und die Kälte breitete sich aus. Die Reisenden zogen sich zurück in die Höhle und legten um das wärmende Feuer ihre Schlafsäcke aus. Mercer übernahm die erste Wache und schnitzte mit seinem Dolch an einem Stock. Ysilda wickelte sich warm ein und schenkte Junachel zum Schlafen ein zufriedenes Lächeln. Danach schloss sie ihre Augen und fiel in einen erholsamen Schlummer.

»Hey, aufwachen. Du bist dran«, weckte sie eine Stimme nah am Ohr und etwas rüttelte an ihrer Schulter.

Verschlafen öffnete sie die Augen und blickte Shep an. Der Satyr kniete neben ihr und schüttelte sie noch einmal: »Los. Ich bin müde und du musst die Wache für mich übernehmen«, informierte er sie und ging dann zu seinem Schlafsack, in den er sich sogleich einkuschelte, um mit dem Rücken zum Feuer einzudösen.

Ysilda zwinkerte kurz. Dann richtete sie sich verschlafen auf und gähnte. Außerhalb des Schlafsacks war es kalt, daher stülpte sie schnell ihre Wanderschuhe über die Füße und wärmte sich am Feuer. Draußen vor der Höhle war es stockfinster, weshalb Ysilda nichts erkennen konnte. Sie beobachtete ihre Verbündeten. Shep lag seitlich und nah an der Wand und murmelte ein undeutliches Gedicht, in dessen Takt er mit dem Kopf nickte. Junachel lag regungslos auf dem Bauch, hatte ihr Gesicht in den Armen vergraben und gab keinen Laut von sich. Mercer hingegen lag schief auf dem Rücken und umklammerte den Dolch neben sich, während er unruhig zappelte. Er hatte sich genau vor den Gang gelegt, welcher tiefer in die Höhle führte.

Nach mehreren Minuten spürte die Zauberin die Müdigkeit und nickte beinah ein. Sie dachte nach und das Einzige, was ihr in den Sinn kam, um sich wach zu halten, war noch einmal einen Blick in die Zauberformel von *Magica Jaculum* zu werfen. Sie zog das Buch heraus und suchte sich einen säulenähnlichen Felsen als Ziel. Mehrmals flüsterte sie die Worte des Zaubers und zeigte mit den drei Fingern auf den Stein. Dieser Ablauf kam ihr schon so natürlich vor, dass sie gar nicht mehr darüber nachdenken musste, aber stattdessen einen magischen Fluss in ihren Adern spürte. Doch dieser endete vor ihren Fingerspitzen. Sie wiederholte die Zauberformel, diesmal lauter. Die vorherigen Worte des Barden erinnerten sie daran, den Fokus auf das Gesprochene zu legen, und daher sprach sie klar: »*Magica Jaculum*!«

Ihre Finger vibrierten, als sie in einem blauen Licht aufleuchteten und sich drei geisterhafte Geschosse bildeten, die mit einem ohrenbetäubenden Knall auf den Stein prallten. Die Felsspitze zersprang, Gesteinsbrocken und kleine Kieselsteine flogen durch die Höhle und donnerten gegen die harten Höhlenwände. Ysilda duckte sich und hielt die Hände schützend über den Kopf. Mercer sprang plötzlich auf und zog kampfbereit seinen Dolch aus der Scheide. Shep wurde von einem Stein getroffen und ließ einen schmerzvollen Schrei los. Junachel zog den Schlafsack schützend über sich.

Nachdem der Steinhagel vorbei war, steckte Mercer seine Klinge wieder ein und trat wütend auf Ysilda zu. Doch bevor er sie anschreien konnte, bemerkte er etwas im hinteren Teil der Höhle.

»Kommt zu mir und seid dann ganz ruhig«, befahl der Dieb und machte sich hinter einem Felsen klein.

Ysilda stockte der Atem, als sie vernahm, dass sich im Dunkeln etwas bewegte. Hinter dem Felsen stampfte ein großes Wesen ins Licht und schleifte seine scharfen Krallen über den Stein. Die Bestie stand auf vier Beinen und hatte einen gefiederten Bärenkörper. Sein Kopf ähnelte dem eines gigantischen Kauzes, der den Schnabel aggressiv schnappen ließ. Es füllte den ganzen Höhlengang aus und schätzte seine Gegner mit seinen gelben Augen ein.

»Nicht«, befahl Mercer ruhig, doch Shep entließ einen schrillen Schrei aus seinem Hals und rannte so schnell er konnte aus der Höhle. »Lauft! Weg hier!«, brüllte Mercer und eilte dem Satyr hinterher.

Der Kauzbär richtete sich auf die Hinterbeine und sprang genau an die Stelle, wo gerade noch Ysilda und Junachel gestanden hatten, und schnappte mit seinem gewaltigen Schnabel nach ihnen. Ysilda rannte um ihr Leben, raus aus der Höhle und in die Dunkelheit. Die vier verstreuten sich in alle Richtungen und verloren sich dabei aus den Augen.

Weit hinten heulte der Kauzbär auf und seine grauenvolle Stimme hallte durch das Tal. Ysilda rannte immer weiter, die Angst verlieh ihr Ausdauer. Doch dann stolperte sie über einen Stein und flog mit dem Gesicht voraus in das Gras. Benommen blieb sie einen Moment liegen. Als ihr die gegenwärtige Lage wieder klar wurde, sprang sie schnell auf die Beine und versteckte sich hinter einem Felsbrocken. Während sie Ausschau nach dem Monster hielt, spürte sie, dass ihr Knie aufgeschürft war und ihr Handgelenk sehr schmerzte. Aber das war gerade nebensächlich. Sie wollte unter keinen Umständen als Abendessen eines Kauzbären enden und wartete daher geduldig ab.

Als nach einiger Zeit nichts von dem Biest zu erkennen war, hörte sie ihren Namen und erkannte in der Dunkelheit die Umrisse ihrer Verbündeten. Niemand schien verletzt zu sein. Sie machte sich bemerkbar und ging ihnen entgegen.

»Da bist du ja. Geht es dir gut?«, fragte Junachel und nahm sie in die Arme.

»*Lux*!«, sang Shep und seine Hand leuchtete in einem hellen Licht auf, sodass sie die nahe Umgebung wahrnehmen konnten.

Ysilda wäre es lieber gewesen, wenn er es dunkel gelassen hätte. Betroffen blickte sie in erschöpfte und fragende Gesichter und bemerkte, dass sie die Einzige mit einer Verletzung war.

»Ich denke, wir haben heute alle etwas über Vorsicht gelernt«, stellte Mercer ernst fest und rückte seinen Mantel zurecht.

»Was war denn das für ein Monster?«, fragte Junachel.

»Das war ein Kauzbär. Eine starke Bestie, die uns alle in Stücke gerissen hätte. Wir können froh sein, dass er uns nicht unbemerkt überrascht hat. Also vielleicht war Ysildas Aktion sogar die bessere Wahl«, antwortete der Schurke.

»Jetzt weiß ich, warum man diesen Ort Bärental nennt«, lachte Junachel und überlegte dann. »Aber wie kommen wir jetzt an unsere Sachen?«

»Keine Sorge. Kauzbären meiden das Sonnenlicht. Daher

werde ich bei den ersten Strahlen mit meinen lautlosen Elfenstiefeln in die Höhle schleichen und unsere Sachen herausholen, sodass wir schleunigst weiterreisen können und das Bärental durchqueren. Für meine Mühe gönne ich mir eine Extraportion unseres nächsten Abendessens. Irgendwie verspüre ich jetzt die Lust, Wild zu jagen«, deutete Mercer an und schlenderte langsam in Richtung der Höhle, wo er geduldig wartete, bis die Nacht vorbei war, und schließlich unbemerkt ihr Gepäck nach draußen brachte.

Das morgendliche Licht erhellte das Bärental und gegen Mittag überquerten sie auf der tiefsten Ebene die Straße, welche Kornwagen und West Falien verband. Nach einem stärkenden Mahl stiegen sie das Tal auf der anderen Seite wieder hinauf. Immerhin war Riralien nicht so hoch gelegen wie Rilidid, daher fiel ihnen der Anstieg leichter als der vorherige.

Gegen Abend war der anstrengende Weg endlich überwunden und das weite Tal lag hinter ihnen. Das rote Abendlicht fiel vom dunklen Himmel und ließ die Felsen und Gräser weit unten glitzern, bis es hinter dem Horizont im Westen nicht mehr zu sehen war. Mercer entschied sich für einen Lagerplatz auf einer nahe gelegenen Wiese kurz vor dem Peprit. Durch diesen Wald führte die Hauptstraße nach Neu Puppien.

Nachdem das Biwak fertiggestellt war, hielt Mercer sein Versprechen und ging mit seinem Bogen auf die Jagd. Junachel kümmerte sich um das Feuer und kontrollierte wie mittlerweile jeden Abend ihre Vorräte auf Vollständigkeit und Mängel. Shep tat das, was ihn als Barden auszeichnete, und Ysilda übte noch einmal den Zauber *Magica Jaculum* und stellte fest, dass sie ihn beherrschte. Danach setzte sie sich mit dem Schildzauber *Scutum* auseinander und begann diesen zu erlernen.

Innerhalb einer Stunde kam Mercer wieder zurück und hatte tatsächlich ein erlegtes Reh auf den Schultern, das er zu Junachel ans Feuer brachte. Er zeigte ihr, wie das Fleisch aus dem Tier herausgeschnitten wird und die Eingeweide vom Essbaren getrennt werden. Das Wild schmeckte hervorragend und nach dieser wohltuenden Mahlzeit war ein erholsamer Schlaf alles, was den Tag beendete.

Die weiteren Tage verliefen ereignislos. Langsam hatten sie sich aneinander gewöhnt und jeder wusste, was an einem neuen Zeltplatz zu tun war. Mercer kannte sich auf der Landkarte am besten aus und führte sie mit diesem Wissen sicher über die Straße durch den Peprit zur nächsten Stadt.

An den Abenden sprach er viel mit Junachel und unterrichtete sie schließlich in der Kunst des Schleichens und Versteckens, nachdem sie ihr Interesse daran bekundet hatte. Die Hinnd schien es dabei sehr einfach zu haben, da sie klein war und sich auch hinter niedrigen Hindernissen niederlassen konnte. Umgekehrt zeigte sie dem Dieb ihre platzsparende Logistik, was ihm half, seine Sachen unter dem Umhang zu verstecken.

Der Satyr hatte sein gegenwärtiges Lied nach einigen Tagen fertiggedichtet und präsentierte es ihnen jeden Abend in einer anderen Melodie, womit es zumindest nicht langweilig wurde.

Aber er saß bereits an einem neuen Werk und schrieb eine Ballade über ihr bisheriges Abenteuer.

Ysilda bekam von alledem am wenigsten mit. Sie war vertieft in ihr Studium der Magie und arbeitete die Liste von Tanitors Zaubersprüchen ab. Da sie durch das Erlernen von *Magica Jaculum* einen Weg gefunden hatte, jeden dieser Zauber zu beherrschen, fielen ihr die anderen vier nicht schwer. Schon bald hatte sie *Scutum* erschaffen und konnte mit dem Erkenntniszauber *Deprehendere Magica* alle arkane Energien in der Umgebung, unter anderem auch auf Sheps Lyra aufspüren. *Magus Manus* hingegen war schwieriger zu erlernen, aber auch die magische Hand konnte Ysilda mit Geduld erschaffen und damit spielerisch Gegenstände aus dem Lager anheben und sie an eine andere Stelle legen, was Junachel zum Verzweifeln brachte. Zum Schluss gelang der Zauberin auch *Magus Armis*, und jedes Mal nachdem sie den Spruch gewirkt hatte, merkte sie von ihrer Verwundbarkeit kaum noch eine Spur.

Je mehr sie über Magie lernte, desto schlechter war ihr Schlaf. Das ging so weit, dass sie manchmal hochschreckte, und wirre Stimmen in ihrem Kopf flüstern hörte. Ysilda spürte dabei immer den Armreif an ihrem Handgelenk, der eine unnatürliche Hitze ausstrahlte und manchmal zu vibrieren begann. Erst wenn das Schmuckstück sich wieder beruhigt hatte und die kuriosen Stimmen verblassten, konnte sie wieder einschlafen und war sich am nächsten Morgen meistens gar nicht mehr sicher, dass sie überhaupt aufgeweckt wurde.

»Fehlt irgendwas?«, fragte Mercer Junachel vorsichtig am dritten Abend und begutachtete das Chaos, das sie durch das hastige Durchwühlen einer der Rucksäcke verursacht hatte. Sämtliche Ausrüstung hatte sie kreuz und quer hinter sich liegen gelassen.

»Nein«, antwortete ihm die junge Hinnd kurz und knapp und kramte dann weiter. »Ich habe nur festgestellt, dass wir einige Vorräte nach der letzten regnerischen Nacht nicht ausreichend getrocknet haben und sich jetzt Schimmel gebildet hat. Wenn ich das richtig einschätze, sollten wir im nächsten Dorf Halt machen und dort etwas von den Bauern kaufen. Du meintest, wir sollten nicht lange in Neu Puppien bleiben und uns in einem der Dörfer umsehen.«

»Da stimme ich dir zu«, bestätigte Mercer und überlegte mit dem Finger am Mundwinkel. »Das nächste Dorf auf unserem Weg ist Idlin. Es ist klein und für Riralien fast unbedeutend. Soweit ich weiß, gibt es dort eine Taverne und einen Müller. Allerdings besitzt die Siedlung eine Perle, und das ist die Käserei Gimblin. Dort werden die beliebtesten Käsesorten von Riralien hergestellt und nur dort gibt es den speziellen idlinischen Hartkäse zu kaufen, der sogar am hiesigen Königshof mit einer hochangesehenen kulinarischen Auszeichnung verzehrt wird und angeblich auch schon einmal eine Audienz auf dem Teller der Kaiserin hatte.«

Damit hatte Mercer die anderen überzeugt, und obwohl der Armreif so schnell wie möglich zum Arkanen Tribunal musste, war der kurze Halt in einem angemessenen Rahmen. Schließlich benötigten sie Vorräte für ihren weiteren Weg.

Nachdem die vier weiter der Straße folgten, war nach kurzer Zeit das Dorf zu sehen. Es war eins der kleinsten Dörfer, die Ysilda in den letzten Tagen durchreist hatte, und lag direkt neben einem kleinen Bach, der das große Mühlrad antrieb. Die Häuser waren schlicht und besaßen kleine Vorgärten, in denen Gemüse wuchs oder Handwerker ihre Ware zur Veranschaulichung ausstellten.

»Es ist wohl am besten, wenn wir uns aufteilen, um keine weitere Zeit hier zu verschwenden. Die eine Hälfte geht zur Mühle und kauft dort Brot und Mehl, die anderen besorgen Vorräte in der Käserei. Anschließend treffen wir uns hier wieder«, schlug Junachel vor.

»Dann gehe ich mit der Zauberin zur Käserei. Ich halte es keine fünf Minuten allein mit der frivolen Rassellaier aus«, beschloss Mercer unverfroren und lief, ohne auf den empört wirkenden Shep zu achten, direkt zu einem Geschäft.

Junachel konnte nicht verbergen, dass sie das eigentlich anders geplant hatte, aber folgte dann dem Satyr, der sich wortlos umdrehte und zur Mühle ging. Ysilda hängte sich an Mercers Fersen und betrat das Geschäft, das durch ein Schild als *Gimblins Käserei und Molkerei* erkenntlich wurde. Im Foyer erhaschte Ysilda einen würzigen Geruch und war erstaunt von den Regalen, die mit riesigen Käserädern gefüllt waren.

»Willkommen, Reisende, in der bekanntesten Molkerei von Riralien. Wenn Euch der ferne Geschmack von frischen Gewürzen aus Cirad oder lieber lokale Käsesorten, aufgebessert von heimischen Kräutern, zu mir geführt haben, dann werde ich Eurem Anliegen mit Freude beiwohnen. Mein Name ist Gimblin Zeranov, Käsemeister und Angehöriger der riralischen Handwerkerzunft Ebengut«, begrüßte sie ein kräftiger Mann mit einer tiefen Stimme hinter der Ladentheke.

»Den Giftmischern von Cirad würde ich nicht trauen, und soweit ich weiß, führt Baron Ebengut das Syndikat von Neu Puppien an«, flüsterte Mercer der Zauberin scherzend ins Ohr und schaute dann mit einem falschen Lächeln zu dem Käsehändler, als er bemerkte, dass dieser ihn gehört hatte. »Aber natürlich verkehrt Ihr nur mit seriösen Zunftmeistern. Demnach würden wir jeweils ein Viertel von verschiedenen Rädern nehmen«, beschloss Mercer und überlegte, welche Sorten in Frage kamen.

Er kam auf drei riralische Käsesorten. Den milden und sehr weichen Chergar, ein Stück vom pikanten Pepritzalm und den bitteren Gradomirer, wobei Mercer ausschließlich an ein Mitbringsel für Shep dachte. Die vierte Sorte war der ciradische Varotti, der sehr scharf und gleichzeitig süß schmeckte. Der Händler schrieb alles auf ein Stück Pergament und gab es durch ein Fenster weiter ans Lager der Molkerei.

»Ihr könnt Euch glücklich schätzen, dass ich von diesen beliebten Sorten noch welche im Angebot habe. Das Meiste haben die fahrenden Händler erworben, welche Stände auf dem diesjährigen Käsefest in Neu Puppien betreiben. Und danach ist vor wenigen Tagen eine große Truppe der Inquisition vorbeigekommen und hat sich am Rest bedient, bevor sie weiter nach Insengborn marschiert ist«, erwähnte Gimblin, nachdem er mit vier Päckchen wieder zum Tresen gekommen war.

»Was will die Inquisition in Insengborn?«, fragte Ysilda und versuchte, dabei möglichst beiläufig zu klingen.

»Der Graf von Insengborn, Umbold, hat zur Hexenjagd aufgerufen. Eine dieser Teufelsweiber soll mit ihren Schergen in das Wachhaus eingedrungen sein, um einen ihrer Adjutanten zu befreien. Dabei verbreitet sie Angst und Schrecken mit schwarzer Magie und hat sogar eine verzauberte Ziege dabei, die sprechen kann. Ein weiterer Diener soll eine verstoßene Zwergin sein, denn dieser wurde der Bart rasiert. Solch eine Geschichte hat sich schnell verbreitet und ist durch den Grafen sogar zur Inquisition von Neu Puppien durchgedrungen. Den Aufruf zur Hexenjagd hat der oberste Inquisitor, Graf Notak, befolgt und sofort eine Truppe über die direkte Straße nach Insengborn geschickt. Anscheinend soll sogar ein Witwer dabei sein«, erzählte der Händler.

Ysilda spürte, dass sie ganz blass wurde. Es sah ganz danach aus, als hätte ihr Aufenthalt in Insengborn starke Auswirkung auf die bevorstehenden Ereignisse gehabt, und jetzt war die Inquisition hinter ihr und den anderen her. Glücklicherweise hatten sie Bertins Reiseplan eingehalten und das Bärental durchquert, anstatt die Straße zu nehmen, die währenddessen von den Hexenjägern benutzt wurde.

»Das ist ja schrecklich. Eine Hexe im Wachhaus von Insengborn«, spielte Mercer dem Mann überrascht vor. »Gibt es dieses Mal auch wieder Steckbriefe zu dem Weib, welche von der Inquisition angefertigt wurden?«

»Natürlich«, antwortete der Käser und zeigte ihnen ein Pergament, das durch schwarze Tinte die Vorstellung der Inquisition von einer angsteinflößenden Hexe und ihren Begleitern absurd beschrieb.

»Ich verstehe. Das sieht tatsächlich sehr akkurat aus und ich bin davon überzeugt, dass das abgebildete Teufelsweib auf dieser Zeichnung wahrlich mit infernalischen Kreaturen Verkehr zugunsten ihrer abscheulichen Künste pflegt«, log Mercer überzeugend und gab dem Mann den Steckbrief zurück.

Daraufhin öffnete sich eine Tür, die zur Weide hinter dem Haus führte, und herein kam ein hinkender Junge mit verformten Gliedern. Der Deformierte betrat die Käserei mit zwei vollen Milcheimern, welche er neben der Theke abstellte, und sagte dann undeutlich einige Worte zu Gimblin.

»Was ist denn wieder, Telstin? Wenn du so nuschelnd sprichst, versteh ich dich nicht«, bemängelte der Käsermeister und ließ sich dann etwas ins Ohr flüstern. »Was? Es ist schon wieder eine Kuh gestorben?«, schimpfte er und wandte sich dann wieder an seine Kundschaft, um diese abzuwimmeln, und nannte seinen Preis: »Das sind für Euch dann eineinhalb Mark.«

Mercer zog seine Geldbörse heraus, gab ihm eine Silbermark und fünf Kupfermark. Danach nahm er den verpackten Käse und drückte Ysilda zwei Viertel in die Arme. Er wollte sich gerade umdrehen, aber dann fiel ihm noch etwas ein: »Warum sterben Eure Kühe? Sind sie krank?«

»Ach, es ist nichts«, meinte er, aber Mercer ließ sich davon nicht abweisen und hielt seinen Ausdruck so lange, dass der Käser ihm eine Erklärung gab: »Letzte Woche sind plötzlich einige Rinder gestorben. Wir vermuteten erst, dass ein gewiefter Skapper dafür verantwortlich ist. Aber dann haben wir die Ursache am Wassertrog festgestellt, und als wir den Bach absuchten, konnten wir diese seltsame Pflanze finden. Die Salbenherstellerin Sakrio hat gemeint, dass es sich um eine giftige Blume handelt, die das Wasser im Fluss vergiftet hat, das wir natürlich für die Rinder gesammelt hatten. Und viele von ihnen sind wahrscheinlich immer noch krank«, erzählte Gimblin und zeigte auf eine strahlend gelbe Blume mit rötlichen Knospen und saftig grünen Blättern, die in einem verschlossenen Glas auf dem Tresen stand.

»Darf ich mir das mal ansehen?«, fragte Mercer, trat, ohne eine Antwort abzuwarten, an das Glas heran und betrachtete die Pflanze aus nächster Nähe. »Das ist eine drei Monate alte Monddistel, eine heimtückische kleine Blume, die grundsätzlich nur in Cirad wächst. In der trockenen Luft ist das Gift der Pflanze ungefährlich, aber in unseren Gewässern ist es sehr schädlich und breitet sich bei Nässe schnell aus. Dieses Exemplar kann nur absichtlich in Riralien gepflanzt worden sein. Ich vermute, jemand wollte Euer Trinkwasser oder Eure Kühe vergiften. Ich habe es doch gesagt: Die Giftmischer von Cirad«, wiederholte der Schurke seine Worte und wandte sich dann wieder an den Meister: »Ich vermute, dass ich recht in der Annahme gehe, dass unsere soeben erworbene Ware lange Zeit vor diesem Ereignis hergestellt wurde?«

»Diese Käsesorten müssen mindestens vier Monate reifen. Zu dieser Zeit waren die Kühe noch nicht krank«, antwortete der Händler ehrlich.

»In Ordnung. Somit können die Verkäufer von Neu Puppien und auch die Inquisition nur hoffen, dass sie ebenfalls älteren Käse gekauft haben«, überlegte der Dieb und ging dann zum Ausgang.

»Ihr habt aber lang gebraucht«, meinte Junachel, als die beiden wieder an ihren Treffpunkt kamen und ihr die erworbenen Vorräte übergaben.

»Ich wollte die Zeit ohne den Geigenzupfer genießen und

hab sie etwas in die Länge gezogen«, war Mercers Erklärung, die er mit zuckenden Schultern und einem hämischen Grinsen zum Satyr untermalte.

Reisebereit folgten die Gefährten wieder der Straße und ließen das Dorf hinter sich. Junachel und Shep hatten beim Müller mehrere Laibe Roggenbrot und drei Pfund Dinkelmehl gekauft. Damit konnten sie bei der nächsten Lagerstelle Teig kneten und diesen dann um einen Stock gewickelt über dem Feuer braten. Für die weitere Reise brachte das erst mal den Ausgleich zu ihren verschimmelten Vorräten.

Die nächsten Tage verliefen ohne besondere Ereignisse. Ysilda arbeitete weiterhin die Spruchliste von Tanitor ab und bemerkte, dass sie dabei immer besser wurde. Jedoch wurde sie erneut von dem kuriosen Flüstern geplagt, was sie in der Nacht wachhielt und dafür sorgte, dass sie vor lauter Müdigkeit tagträumte. Die anderen bekamen davon nichts mit. Mercer zeigte Junachel den Umgang mit kleinen Waffen und selbst Shep bemühte sich um die Verbesserung seiner Liedtexte. Irgendwann auf der Reise ließen sie den Peprit hinter sich und blickten dann auf eine weite Grasebene. Im Nordosten erstreckte sich eine gewaltige Bergkette, an welche der Wald grenzte. Mercer erklärte, dass der höchste ihrer Gipfel zum Berg Slinjek gehörte, der die zweitgrößte Anhöhe im Kaiserreich Laraivil war. Entlang der Straße erkannten sie von schon Weitem die mächtige Stadt Neu Puppien. Auf der freien Ebene zog sich die Metropole bis außerhalb der Reichweite ihres Blickwinkels.

Hohe Kirchtürme zierten den Wohlstand und die starke Außenmauer verdeutlichte ein sicheres Leben innerhalb der riralischen Hauptstadt.

»Da ist es. Das große Neu Puppien. Erbaut auf den Trümmern der alten Stadt Puppien, welche der ursprüngliche Hauptsitz des letzten rechtmäßigen riralischen Königs war. Das war, bevor die einstige Usurpatorin die Stadt während der Machtergreifung vernichtete, nach ihrem Sieg Laraivil zu einem Reich vereinte und sich im Anschluss selbst zur Kaiserin ernannte. Sie ist dem Volk ein Rätsel und heute ist Neu Puppien das Hauptquartier der Inquisition«, begann Mercer bei dem Anblick zu erzählen und wartete am Wegesrand.

»Stimmt etwas nicht?«, fragte Junachel, nachdem sie an dem Dieb vorbeigelaufen war und festgestellt hatte, dass er apathisch in die Ferne sah, vertieft in seine Gedanken.

Aus den Überlegungen gerissen, blickte Mercer auf die junge Hinnd herunter und antwortete ihr ruhig: »Mir ist gerade noch etwas eingefallen. Nachdem wir vor einigen Tagen Idlin durchreist haben, erfuhren wir doch von der Hexenjagd, die in Insengborn ausgerufen wurde. Neu Puppien ist eine sehr große und bürgerreiche Stadt und gleichzeitig auch noch der Hauptsitz der Inquisition. Ich bin mir ziemlich sicher, dass jeder Einwohner über die aktuelle Hexenverfolgung Bescheid weiß, und deshalb wird man uns trotz dieser sehr vagen Fahndungsschreiben schnell erkennen. Jemand, der in Begleitung einer sprechenden Ziege und einer bartlosen Zwergin reist, ist nun mal sehr auffällig. Leider ist Neu Puppien aber die einzige Stadt in einem großen Umkreis und wir sollten uns auf jeden Fall ausruhen, bevor wir die Grenze nach Vereda überqueren.«

»Was soll das jetzt heißen? Ich würde vorschlagen, dass wir uns verkleiden, oder sollen wir uns deiner Meinung nach lieber aufteilen und dann einzeln in die Stadt reisen?«, warf Shep ein, dem es offensichtlich langsam gegen den Strich ging, immer als Ziege bezeichnet zu werden.

»Verkleiden sollte für den Anfang die effizienteste Lösung sein. Schließlich hat das in Insengborn auch funktioniert, als ihr mich aus dem Kerker befreit habt. Bei dir reicht es vermutlich, wenn du deine Hörner verdeckst und ordentliche Schuhe anziehst. So wird niemandem die verzauberte Ziege auffallen. Sobald wir dann in der Stadt angekommen sind, sollten wir nach einer der unbeliebteren Unterkünfte suchen«, stellte der Schurke seinen Plan vor, dem die anderen überzeugt zustimmten.

Als der Vorschlag in die Tat umgesetzt wurde, übermalte Shep sein Äußeres mit der Mädchenverkleidung. Ysilda und Junachel bedeckten ihre Haare mit Kopftüchern und sahen aus wie einfache Bauernmädchen, die hinter den Mauern einkaufen gingen. Ysilda packte außerdem alles, was sie zum Zaubern benötigte, in den Beutel der Ewigkeit und verdeckte ihren Armreif mit einem Verband. Mercer hingegen öffnete seine langen Haare, zog fingerlose Handschuhe an und versteckte seine Waffen unter seinem weiten Mantel. Mit dieser Änderung ging er als armer Tagelöhner durch.

Getarnt als einfache riralische Bürger trabten sie wieder über die Straße und folgten dem Wegweiser nach Neu Puppien. Auf dem Weg trafen sie immer wieder ortsansässige Bauern und große Handelskarawanen, die unter anderem schon Wochen unterwegs waren. Die Händler trieben ihre beladenen Gefährte zum Markt, um die kostbaren Milchspeisen zum Käsefest anzubieten, und verabschiedeten sich nach einer kurzen Plauderei wieder freundlich von den vier Reisenden.

Vor dem Stadttor wurde der Abstand zwischen den vielen Anreisenden immer geringer und entwickelte sich langsam zu einem dichten Gedränge. Dies erschwerte auch die Arbeit der Miliz, deren Männer den Durchlass überwachten, aber für das zahlreiche Aufkommen von Besuchern an den Festtagen zu wenige waren, als dass sie jeden einzelnen kontrollieren konnten. Die Gendarmerie von Neu Puppien war unverwechselbar an ihrem gelben Barett und den weiten Pluderhosen erkennbar. An der Kopfbedeckung war das Wappen der Metropole aufgestickt und zu ihrem Waffengurt gehörte ein elegantes Rapier. Ein ranghöherer Gendarm trug ein rotes Barett auf dem Haupt und seine Waffe war gekennzeichnet mit einem gleichfarbigen Griff.

Die Gefährten versuchten, nicht viel Aufmerksamkeit auf sich zu ziehen. Nur Mercer schaute die Milizsoldaten direkt an, was dazu führte, dass sie seinen starrenden Blick als unangenehm empfanden und das Augenmerk gezielt in die andere Richtung setzten. Mit dieser Methode erreichten die vier ungehindert die andere Seite und fanden sich auf einer breiten Straße wieder, die direkt zum Festplatz vor einer prächtigen Kirche führte.

Obwohl die Straße an normalen Tagen vermutlich genug Platz bot, war sie heute komplett überfüllt. Die reisenden Händler schnitten mit ihren Karren eine weite Schneise durch die Menge. Lokale Handwerker und Kaufleute gingen ihren alltäglichen Geschäften nach und einfache Bürger flanierten zum

Markt oder kauften in den umliegenden Läden ein. Hinzu kam auch, dass erhabene Bürger von den Gendarmen durch das Volk begleitet wurden und sich die Menge vor dem vorderen Gassenhauer teilte.

Alles an Neu Puppien war einfach nur gewaltig. Ysilda hatte noch nie so viele Leute an einem Ort versammelt gesehen und war überrascht, zu welcher Lautstärke solch eine Menge fähig war und dass sie dabei auch noch von Herolden auf höhergelegenen Tribünen unterstützt wurde. Die Häuser waren eng aneinandergebaut, sodass man sich in den vielen Gassen leicht verlaufen konnte. Manche Gebäude waren unbeschreiblich hoch und konkurrierten fast mit den Kirchtürmen. Aber kein Gebäude konnte den Wettstreit mit der höchsten und größten Kirche gewinnen. Mercer stellte sie als die erhabene neuntürmige Kathedrale Deus Cardinalium vor und beschrieb die Grundfläche des Gotteshauses, welche teilweise größer war als manche Dörfer auf ihrer bisherigen Reise.

»Wir sollten uns von der Hauptstraße fernhalten und eine schmale Gasse nehmen. Im unteren Viertel finden wir bestimmt eine Taverne, die uns zusagt. Ich werde mich mal umhören. Überprüft auch ständig eure Wertsachen. Ich habe den ein oder anderen Taschendieb schon ausfindig gemacht, die lauern hier überall«, warnte sie der Schurke, nachdem sie zum Rand des fließenden Verkehrs gekommen waren.

Nach wenigen Minuten bekam er die Information, die er für sein Vorhaben benötigte, und folgte der Wegbeschreibung in Richtung der niederen Stadt. In kurzer Zeit war von dem lauten Trubel am Haupttor nicht mehr viel zu hören und von den zuvor prächtigen Fassaden blieben nur noch Erinnerungsstücke übrig. Die Häuser im ärmeren Teil waren stark verfallen und teilweise verlassen. Ein übler Gestank zog durch die engen Gassen, Ratten hasteten über den feuchten Boden zwischen ihren Füßen umher und schlüpften zwischen den Gittern hindurch in die Zisterne.

Ysilda war erleichtert, als sie dieses Viertel hinter sich ließen und zu einer mittelständischen Handwerkergegend gelangten, wo Mercer sie in eine bürgerliche Schenke führte. Beim Wirt bestellte er für jeden eine Unterkunft, was konkret zwei Doppelzimmer und eine Mahlzeit am Abend und am Morgen beinhaltete. Er bezahlte mit acht Mark und erwarb noch das Tagesangebot einer Grillplatte mit einem Getränk aufs Haus. Nachdem sie ihr Reisegepäck in den Zimmern verstaut hatten, setzten sich die vier Gefährten an einen runden Tisch im leeren Schankraum und stillten ihre durstigen Kehlen.

»Das tut gut. Nach dieser Reise werde ich das verdiente Bett genießen, und wer weiß, vielleicht erreiche ich noch einen Bonus, wenn ich hier am Abend für etwas Stimmung sorge und die Gäste mit einem harmonischen Lied beglücken kann«, träumte Shep vor sich hin und nahm einen großen Schluck.

»Das kannst du vergessen. Solang wir uns ein Zimmer teilen, werden auch nur zwei Personen darin schlafen.« Mercer schüttelte genervt den Kopf, bis er einen weiteren Schluck aus seinem Krug nahm.

»Was können wir noch tun, bevor wir zu Bett gehen und morgen weiterreisen?«, fragte Ysilda an die anderen gewandt.

»Es wird das Beste sein, wenn wir den Markt besuchen. Schließlich haben wir die Zeit und könnten sie nutzen, um weitere Vorräte und vielleicht auch andere nützliche Dinge zu kaufen. Jedenfalls wäre ich dafür, dass wir das Käsefest meiden. Ich habe langsam schon genug von dem Gestank in meinem Rucksack«, schlug Junachel vor und schaute dann auf zum Wirt, der die dampfende Grillplatte am Tisch anrichtete.

Nachdem der Schankmeister sich abgewandt und ihnen ein wohlschmeckendes Mahl gewünscht hatte, blieb sein Ärmel an Ysildas Humpen hängen, wodurch dieser vom Tisch rutschte und schließlich am Boden zerschellte.

»Das tut mir schrecklich leid. Ich bring Euch sofort ein neues Getränk«, entschuldigte sich der Mann.

»Das macht nichts, kann jedem Mal passieren«, nahm Ysilda die Entschuldigung freundlich an und beugte sich nach vorne, um die Scherben aufzusammeln, doch da spürte sie ein vertrautes Kribbeln in der Nase. »*Reparantes*«, rutschte es ihr heraus und ein Zwang schloss ihre offene Hand zur Faust.

Die Splitter des Humpens wurden dadurch bewegt und fügten sich an den Bruchstellen wieder zusammen. Der Wirt starrte sprachlos auf das Gefäß, das ihm Ysilda an einem Stück in die Hand drückte, wobei sie selbst nicht genau wusste, was gerade geschehen war. Schweigend nahm der Mann es entgegen und ging damit verwirrt zur Theke.

»Das gefällt mir gar nicht«, sagte Mercer scharf und trank seinen Krug in einem Zug leer. »Ich schlage vor, wir gehen schnell zum Markt, kaufen dort unsere Vorräte, holen dann unsere Sachen und verschwinden von hier. Entweder wir finden eine andere Taverne oder wir verlassen die Stadt auf der Stelle und versuchen es in einem der umliegenden Dörfer«, beendete er seinen Satz und stand schlagartig auf.

Schnell verließen sie die Schenke und folgten dem Dieb, der

hastig über die Straße Richtung Stadtmitte lief. In einer engen Straße, nicht weit entfernt von der Unterkunft, blieb er auf einmal stehen und drückte Ysilda argwöhnisch und ohne Vorwarnung gegen eine Häuserwand.

»Was hast du dir dabei gedacht? Konntest du dem Wirt nicht einfach die Scherben in die Hand drücken, anstatt ihm sofort deine Zauberkünste zu präsentieren? Wenn wir Glück haben, dann ist er so verwirrt, dass er es für unwirklich hält, aber die meisten Menschen wissen, was sie gesehen haben. Wir können froh sein, dass er der Einzige dort war und nicht sofort die Miliz oder sogar die Inquisition gerufen hat«, schrie Mercer sie aufgebracht an und schaute ihr in die Augen.

»Bleib ganz ruhig«, rief Junachel dazwischen und versuchte, den Dieb von ihrer Freundin wegzudrücken, was ihr aber nicht gelang, weswegen sie ihm einen schmerzhaften Tritt gegen das Schienbein gab.

Mercer schrie auf und taumelte auf einem Bein über die Straße, während er sich das andere mit den Händen rieb.

»Es ist der Armreif«, erklärte Ysilda mit verschränkten Armen. »Manchmal übernimmt er die Kontrolle über mein Handeln und meine arkanen Fähigkeiten, sodass immer das passiert, was ich gerade denke. Es ist dann ein innerlicher Zwang, dem ich nicht widerstehen kann.«

Mercer schien zu verstehen und stellte den Fuß wieder auf den Boden. Mit schmerzverzerrten Lippen entschuldigte er sich: »Es tut mir leid, dass ich so barsch zu dir gewesen bin, Ysilda. Ich glaube dir, dass dein Handeln keine Absicht war. Trotzdem können wir den Zwischenfall nicht mehr rückgängig machen und sollten Neu Puppien so schnell wie möglich verlassen. Es gibt keine zwei Meilen von hier einen kleinen Hof, wo Reisende für wenig Geld übernachten können.«

Ysilda nahm die Entschuldigung an und konnte Mercers Zorn verstehen. Nur Junachel behielt ihn mit festem Blick im Auge, was ihm etwas unangenehm war.

Nach wenigen Minuten hatten sie das Handwerkerviertel durchquert und liefen über den großen Hinrichtungsplatz mit dem Schafott vor der mächtigen Kathedrale. Entlang ihrer Seitenflügel waren mehrere Pranger angebracht, in denen straffällige Bürger eingeschlossen waren. Ihre Vergehen wurden gekennzeichnet mit einem offiziellen Erlass der Kirche auf davorstehenden Tafeln gezeigt, sodass ein Jeder sie einsehen konnte. Unter anderem las Ysilda zwei Mal Hehlerei und Exhibitionismus, mehrfach Unterschlagung und üble Nachrede sowie Beleidigung und auch gleichgeschlechtliche Unzucht und Nötigung. Jede dieser Aufschriften einer Freveltat war unterschrieben mit den Worten: *Deus non vult*. Auf ihre fragenden Blicke hin erklärte Mercer, dass dies einfache Vergehen seien, die mit einigen Tagen am Pranger bestraft würden. Andere Taten würden schlimmere Verfahren mit sich ziehen.

Nachdem sie den großen Platz überquert hatten, erreichten sie bald die kleine Kirche, wo der große Markt und gleichzeitig das Käsefest stattfand. Der Platz war überfüllt mit Bürgern, die durch die engen Gassen zwischen den Verkaufsständen schlenderten, um die Waren der geschäftigen Händler zu begutachten.

»Lasst uns einen Weg finden, durch den Markt zu kommen. Wenn ihr etwas braucht, sagt kurz Bescheid, damit wir anhalten können. Kauft nur das Nötigste und lasst euch nicht von den Gauklern aufhalten«, warnte Mercer und ging voraus.

Die vier schlossen sich dem Trubel an und bahnten sich einen Weg zwischen den Verkaufsständen hindurch. Es war furchtbar eng und Ysilda erinnerte sich an Mercers Warnung und achtete dauerhaft auf ihr Portemonnaie und ihren verzauberten Beutel.

Zwischen den einzelnen Marktständen spielten Barden harmonische Musik und Jahrmarktskünstler boten inmitten der Menge ihre gewagten Auftritte dar. Hinter den Tresen wurden Spezialitäten aus allen Königreichen angeboten. Natürlich durfte auch der Käse nicht fehlen und war daher an zahlreichen Ständen zu finden. Die übrigen Händler verkauften verschiedene andere Waren oder Werkzeug. Hier gab es Tischler, Gerber, Weber und Schmiede. Selten waren Gewürz- oder Seidenhändler.

Den ersten Halt machte Mercer bei einem Waffenschmied. Der alte Handwerksmeister verkaufte alles Mögliche. In der Auslage waren kleine Dolche für den armen Tagelöhner bis zum reichen Aristokraten ausgestellt. Für den Landsknecht gab es lange Speere und Hellebarden, Kampfäxte und Streitkolben. Prächtige Schilder und prunkvolle Langschwerter standen für den Adel zum Kauf. Mercer probierte einige Waffen durch und schwang sie elegant in seiner Hand. Schließlich entschied er sich für ein schmales Rapier, mit dem er eine höhere Reichweite im Gegensatz zu seinen Dolchen hatte. Dazu kaufte er noch ein Säckchen mit vier Rauchbomben und bezahlte den Einkauf mit sechs silbernen Königskronen und vier silbernen Mark.

Ein paar Marktstände weiter bekamen die Mädchen Hunger und kauften bei einem lokalen Bäcker jeweils ein Langosch. Die riralische Mahlzeit schmeckte ausgezeichnet, und während sie aßen, fiel Ysildas Blick auf ein Fahndungsplakat.

»Seht mal«, sprach sie, während sie kaute, und machte die anderen auf den Aushang aufmerksam. »*Aufgebot zur zweiunddreißigsten Hexenjagd des Jahres. Gesucht wird die Eishexe von West Rilidid, dunkelhaarig, spitzohrig, in Begleitung einer sprechenden Ziege und eines verstoßenen Zwerges. Belohnung vier Goldmark.*«

»Jetzt bist du schon die Eishexe von West Rilidid«, scherzte Junachel und klopfte Ysilda auf den unteren Rücken, da sie nicht höher kam.

»Nicht so laut«, flüsterte Mercer schnell, legte den Zeigefinger an die Lippen und schob sie von dem Fahndungsaushang weg, sodass sie ihren Einkauf ungestört und ohne verdächtig zu wirken fortsetzen konnten.

Die restliche Zeit auf dem Markt verging schnell und eigentlich kaufte nur noch Junachel weitere haltbare Vorräte für die Reise ein. Nachdem die Einkäufe erledigt waren, ging es zurück in die Taverne. Mercer wollte die Stadt augenblicklich verlassen, vor allem, nachdem er noch mehr Plakate von Ysilda, der Eishexe, gefunden hatte.

Als sie wieder im Handwerkerviertel vor ihrer Unterkunft standen, war es schon später Mittag. Der Dieb ging voraus und betrat als Erstes die Taverne. Mit dem, was sie hinter der Eingangstür vorfanden, hatte keiner von ihnen gerechnet. Im gesamten Innenraum des Hauses hatten sich zwanzig Gendarmen postiert. Frauen und Männer in dunkelblauen Kutten standen dazwischen, die Gesichter tief unter Kapuzen verborgen. Ysilda, die als Letzte die Taverne betrat, wurden sofort die Arme auf dem Rücken verschränkt, sie wurde hinter die Gendarmen gezogen und dort in Ketten gelegt. Mercer zog sein neues Rapier und war bereit, die Zauberin zu befreien.

»Lass deine Waffe fallen, Bursche. Sonst wird es dir ähnlich wie deiner Herrin ergehen«, sprach eine kalte Stimme aus dem Hintergrund.

Zwischen den vermummten Gestalten trat ein Mann hervor, dessen Kutte tiefschwarz war, von seinem Gesicht konnte man nur seinen ebenfalls schwarzen Vollbart sehen. In der Hand hielt er ein schweres Falchion, dessen Spitze er an Ysildas Kehle richtete. Neben ihm stand der Wirt, zu dem er nun hinaufblickte: »Ihr könnt jetzt gehen. Für weitere Dienste werdet Ihr nicht mehr benötigt«, befahl er und der Wirt hastete schnell die Treppen seines Gasthauses hinauf und verschloss dort die Tür.

»Wer seid Ihr?«, rief Junachel dem Mann zu und hob die Fäuste, bereit, sie im Kampf einzusetzen.

Der Mann lachte bei dem Anblick, antwortete dann: »Manche nennen mich den obersten Hexenjäger, andere nennen mich Erzinquisitor. Ich selbst nenne mich aber Graf Notak, Vizekönig von Riralien und mächtigster Inquisitor von ganz Laraivil und ich danke Euch, dass Ihr uns bei der zweiunddreißigsten Hexenjagd unserer Organisation unterstützt und sie so einfach gestaltet habt. Wenn die Teufelsweiber uns nur immer so schnell zu Füßen liegen würden. Lasst Eure Waffen fallen und widersetzt Euch nicht Eurer Festnahme, dann verschone ich vielleicht Euer Leben und gebe Euch

Gelegenheit, Eure Gräueltaten dem Bischof von Neu Puppien zu beichten.«

»Niemals«, brüllte Junachel. Aber gerade, als sie losrennen wollte, packte Mercer sie an der Schulter, zündete seine Rauchbombe und alles, was Ysilda noch sehen konnte, war der graue Rauch, der sich im ganzen Raum ausbreitete und die Umstehenden zum Husten brachte.

»Schnappt sie euch«, rief der Erzinquisitor und wandte sich dann an die wehrlose Ysilda, während sein Gefolge ausschwärmte, um die anderen zu fassen. »Keine Sorge, Hexe, deine Diener werden sich deinem Schicksal bald anschließen«, meinte er kalt, drehte sein Falchion mit der flachen Seite zu ihrem Gesicht und gab ihr einen kräftigen Schlag gegen den Hinterkopf. Ysilda wurde schwarz vor Augen. Sie spürte den Schmerz an ihrem Schädel, taumelte von links nach rechts und das Letzte, was sie wahrnahm, war der hölzerne Boden, auf den sie ihren Körper fallen ließ.

Es war feucht und kalt. Langsam öffnete Ysilda die Augen und konnte wegen der Dunkelheit nichts erkennen. Nachdem sie sich an das fehlende Licht gewöhnt hatte, erkannte sie, dass sie auf einem strohbedeckten Steinboden saß. Ihre Handgelenke waren an die kalte Wand in ihrem Rücken gekettet und zu ihrem Entsetzen stellte sie fest, dass sie völlig nackt war. Einzig und allein der magische Armreif befand sich noch an ihrem Körper. Ihre Füße zitterten und ihr Haar war nass vom Wasser, das von der Decke tropfte.

Nach wenigen Minuten hörte sie ein Quietschen und eine eiserne Tür öffnete sich. Das schwache Licht von draußen ließ sie beinah erblinden, daher konnte sie nur hören, dass jemand zu ihr hereinkam und einen Holzstuhl auf dem Boden abstellte. Nachdem die Tür wieder geschlossen wurde, setzte sich der Unbekannte.

»Gut, dass Ihr aufgewacht seid, Hexe. Ich freue mich, Eure Bekanntschaft zu machen«, sagte eine männliche Stimme, deren Gesicht von einer silbernen Maske verborgen wurde. Die Gestalt war in lange aristokratische Gewänder gehüllt.

»Wo bin ich?«, keuchte Ysilda schwach und schaute hoch zu dem Fremden, welcher sich direkt neben ihr auf den Hocker gesetzt hatte, weshalb sie die Beine eng an sich zog und sich mit den Schultern soweit es ging in die andere Richtung wandte.

»Das ist der Hexenkerker von Neu Puppien. Mehr müsst Ihr nicht wissen. Ich bin Vitus von Akapor, erster Berater der großen Kaiserin Alexandra von Laraivil und oberster Befehlshaber der judikativen Gewalt des Reiches. Ihr seid der Hexerei angeklagt und ich werde über Euch richten. Daher rate ich Euch, mir die Wahrheit zu sagen«, verkündete der Mann.

»Was ist mit meinen Freunden? Habt Ihr sie ebenfalls gefangen genommen?«, fragte Ysilda, obwohl sie nicht wusste, ob sie die Antwort hören wollte.

»Nein. Eure Begleiter sind uns entkommen. Die Inquisitoren sind auf der Suche nach ihnen«, entgegnete Vitus, was Ysildas Angst milderte. »Normalerweise unternimmt ein niederer Richter dieses Verhör. Ich war nur zufällig in der Stadt und habe gehört, dass die Eishexe gefasst wurde. Wisst Ihr, Ihr interessiert mich. Eine wahrhaftige Hexe, der man anhand Ihrer Opfer wahre Magie nachweisen kann, und dann besitzt Ihr auch noch diesen außergewöhnlichen Armreif voller arkaner Energie. Ich frage mich, wen Ihr dafür getötet habt«, sprach der Mann, beugte sich nach vorne und griff nach dem Schmuckstück.

Ysilda spürte einen Ruck an ihrem Arm, aber Vitus ließ das Metall sofort aufheulend los, als würde es glühen und schrie: »Dieses verdammte Ding! Das ist es also, weshalb die Kerkermeister es nicht von Euch entfernen konnten. Dann nehme ich es mir später, wenn das Fleisch von Euren Knochen gebrannt ist.« Der Richter lehnte sich wieder zurück und sagte dann erstaunt: »Aber das würde bedeuten, dass Ihr die verlorene Tochter der Isards seid. Demnach ist Euer Name Ysilda, die Hexe aus der Stadt Nesthalf. Es gibt einen Witwer, der nach Euch sucht und dem Ihr vor vielen Jahren etwas gestohlen habt. Ich war es, der Jarachel von Dornwiesen damals den Auftrag gab, eine Hexe von halbelfischer Abstammung nahe des Urads bei Nesthalf zu beseitigen, aber er hat Euch nicht erwischt, sondern lieber Euer Haus, Hof und Eure Familie in Brand gesteckt, anstatt Euch gezielt zu eliminieren und sieh an, jetzt seid Ihr hier, nach all den Jahren. Euer Ende wird sich aber nicht viel von dem ursprünglich Geplanten unterscheiden.«

»Ihr wisst mehr über meine Familie? Ihr habt sie ermorden lassen?«, fragte Ysilda erzürnt und rüttelte an den Ketten.

Ihr Blut kochte in den Adern, sie biss ihre Zähne so fest zusammen, dass sie knirschten. Trauer und Wut ließen sie nicht mehr klar denken und sie spürte den Armreif pulsieren, ein Schwall arkaner Energie löste sich daraufhin gewaltsam aus ihrer Hand.

Vitus machte eine ruckartige Bewegung mit seinem Arm und Ysilda fühlte, wie sich die ausgebrochene Magie des Reifs in Luft auflöste.

»Es tut mir wirklich leid, dass es deiner Familie so ergehen musste. Ich würde dir gerne noch weiteren Geschichtsunterricht geben, aber meine Zeit ist begrenzt und ich nehme mir das Artefakt einfach nach deinem Tod. Aber bis dahin beantworte bitte den Folterknechten wahrheitsgemäß die Frage, ob du weitere Hexen kennst und welche Leute du bereits verzaubert hast. Anderenfalls werden Daumenschrauben dir die Fingerknochen zermahlen und im Anschluss zerfleischt das Rattenfass deine Gedärme. Ich befinde dich übrigens der Hexerei für schuldig. Am heutigen Abend wirst du hingerichtet.« Vitus schob den Hocker zur Seite, öffnete die Tür und verließ den Kerker.

Ysilda wurde von zwei maskierten Männern aus ihren Ketten gelöst und grob in eine Folterkammer gezerrt, wo andere Gefangene unter grausamen Peinigungen ihre Unschuld leugneten.

Bevor die Zauberin überhaupt eine Frage gestellt bekam, wurde sie auf einen rauen Holzstuhl festgebunden, wo die Kerkermeister ihre Finger unter einer Daumenklammer zuschraubten, sodass ihre Augen vor Schmerz und Pein feucht wurden. Sie lasen ihr eine Liste mit Namen vor, bei denen vermutet wurde, dass sie sich ebenfalls der Hexerei verschrieben hatten. Aber umso mehr Ysilda bestätigte, dass sie noch nie einen dieser Namen gehört hatte, desto weniger wurde sie für glaubwürdiger empfunden und desto schlimmer bekam sie die Folter zu spüren.

Als ihre Finger wund und gefühlslos wurden, vollendeten die Knechte die letzte Umdrehung und ein knackendes Geräusch bezeugte, dass ihre Gelenke entzweibrachen. Sie schrie und heulte, aber die Kerkermeister schoben nur belustigt ein glühendes Eisen unter ihre Füße und lachten dabei, weil sie ihre Muskeln anspannen musste, um nicht darauf zu treten.

Nachdem sie ihr Vergnügen ausgekostet hatten, begannen sie, das Mädchen zu ohrfeigen, bis sie beinah taub wurde, und drohten dann mit dem erhitzbaren Rattenfass. Ysilda konnte nicht mehr. Die Grausamkeiten hatten sie zu Fall gebracht. Sie zitterte am ganzen Leib und konnte ihr Weinen nicht unterdrücken. Sie wollte nur, dass die Qualen ein Ende hätten, und als man ihr als letzte Warnung vor dem Rattenfass noch einmal die Liste vorhielt, nannte sie wahllos drei Namen.

»Na also. War das so schwer, Hexe? Bei dieser Androhung werden die Meisten schwach und ich bin froh drüber, denn das gibt eine übertriebene Schweinerei und das Volk hat von dem Delinquenten auch nichts mehr, woran es sich auf dem Schafott erfreuen kann«, lachte einer der Folterknechte zufrieden und schlug ihr mehrmals auf die schmerzende Schulter.

Sie legten sie wieder in Ketten und schleiften ihren tauben Körper durch den Kerker, sodass ihre Fersen vom Boden aufgescheuert wurden. In ihrer Zelle wurde sie wieder an die Wand gekettet, wo sie kraftlos hängen blieb und nur passiv spürte, dass eiskaltes Wasser über sie geschüttet wurde. Ysilda war sich sicher. Das war das Ende. Hier endete ihr Abenteuer und ihr blieb nur noch der Gang zum Schafott, bis sie diese Welt verlassen durfte und die Qualen endlich ein Ende hatten.

Nach wenigen Stunden erwachte Ysilda durch das Aufschlagen der Kerkertür. Herein kamen zwei vermummte Inquisitoren, die sie grob an den Armen packten und ihre Ketten lösten. Ein dritter Inquisitor verhüllte ihren nackten Körper mit einem schlichten weißen Leinenkleid, das wie ein Sack über sie gestülpt wurde, und fesselte dann ihre Hände mit einem Seil. Danach zogen sie die Gefangene vor die Kerkertür, wo ein weiterer Inquisitor ihre Ausrüstung in einen Beutel packte und die anderen nach draußen begleitete.

Die Abendsonne brannte am Horizont und der rote Dämmerungshimmel glühte hinter den Häusern. Der lange Schatten fiel auf den Asphalt und bildete über dem Richtplatz den hohen Kirchturm der Kathedrale ab. Ysilda und die Inquisitoren setzten sich mit ihren Habseligkeiten auf einen Karren, der durch die Stadt fuhr, wo dem Volke bereits lautstark die Exekution angekündigt wurde. Als die Wagenräder über den Schafottplatz schleiften, bemerkte Ysilda, dass sich hier Tausende von Bürgern versammelt hatten, um das Spektakel zu beobachten. In der Nähe des erhöhten Gerüstes hielt der Wagen und die Inquisitoren hoben die Zauberin herunter, um sie zum Schafott zu führen.

»Macht Platz für die Delinquentin!«, rief einer ihrer Begleiter und öffnete mit einem Gassenhauer eine Straße in der Menge.

Während sie Ysilda hindurchzogen, wurde sie von den Bürgern beleidigt, als Hexe, Hure und Teufelsweib beschimpft, angespuckt und mit faulem Obst und Mist beworfen. Die Pein stand ihr ins Gesicht geschrieben und sie begann zu weinen.

Gedemütigt wurde sie die Treppe hochgeschleift, wo sie ausrutschte und sich das Knie an dem splittrigen Holz aufschürfte. Für den Fehltritt wurde sie von den Zuschauern ausgelacht und ihre Henker zogen sie an den Armen weiter. Ein Scheiterhaufen, an dem Heu und dünnes Brennholz verteilt war, würde ihr Ende sein. Die Inquisitoren banden sie mit dem Rücken an den hölzernen Pfahl, sodass sie sich nicht fortbewegen konnte, und traten dann vom Schafott herunter. Ysilda wurde mit weiterem Geworfenen gedemütigt, bis zu dem Moment, als auf einer überdachten Empore der Erzinquisitor Notak, der kaiserliche Berater Vitus und ein aristokratisch gekleideter Mann mit einer Krone Platz nahmen. Ihre Empore sowie das Schafott wurden von den Gendarmen umzingelt.

Nachdem die Sonne tiefer sank und die Nacht den Abend verdrängte, schlug die Glocke der Kathedrale achtmal. Beim letzten Ton wurde die Menge ruhig und ein älterer Mann mit einem prachtvollen Bischofshut und der vermummte Henker mit einer brennenden Fackel in der Hand kamen die Treppe des Schafotts hinauf. Der Bischof von Neu Puppien wandte sich an die Menge und las von einer Pergamentrolle vor.

»Ysilda, Zauberin von Nesthalf und Eishexe von West Rilidid. Ihr seid angeklagt und überführt der Hexerei, Häresie und Anbetung des Teufels. Eure zahlreichen Vergehen habt Ihr dem großen Erzinquisitor Notak und damit auch Gott gestanden, weshalb das geltende Dekret Habeas Corpus restlos entfällt. Die Bestrafung für Eure Verbrechen ist der Tod durch

das Feuer. Das Urteil wird im Namen des Volkes und ihrer Kaiserlichen Hoheit Alexandra, Usurpatorin des Reiches und große Vereinigerin von Laraivil, ausgeführt. Die Flammen werden Euch reinigen und Ihr erhaltet freies Geleit, wenn Ihr dem Schöpfer gegenübertretet. Möge Gott Eurer Seele gnädig sein.«

Der Bischof trat vom Schafott herunter und stellte sich zu den anwesenden Inquisitoren. Der maskierte Henker kam zu ihr an den Scheiterhaufen, die Menge jubelte ihm zu und feuerte ihn an. Der Mann präsentierte ihr die brennende Fackel und brachte sie dann mit einem murmelnden Satz in Verbindung mit dem trockenen Heu. Schlagartig und schneller, als Ysilda es erwartet hatte, breitete sich das Feuer aus und bald stand der ganze Untergrund in Flammen.

Sie zog die Füße so weit zurück, wie sie konnte, aber das Feuer stieg immer höher. Qualm breitete sich aus und umhüllte unter tobenden Jubelschreien ihren wehrlosen Körper. Anders als vermutet konnte sie den Rauch einatmen, ohne zu husten, die Flammen berührten bereits ihre Füße, ohne die Hitze zu übertragen.

Nachdem der Schleier ihr Blickfeld verengt hatte, sodass sie niemanden mehr sehen konnte, stieg der Henker durch die Flammen zu ihr hinauf und nahm seine Kopfbedeckung ab. Ysilda erkannte dunkles Haar und ein bartloses Gesicht.

»Fürchte dich nicht. Du bist hier nicht allein. Folge mir«, sagte die unbekannte Person und sprach: »*Ferrum Custodia*!«, während sie beide Hände mit gespreizten Fingern hob und daraufhin kleine geisterhafte Schneiden um den Pfahl flogen und die Fesseln problemlos durchschnitten.

Ysilda fiel nach vorne, wurde aber von ihrem Gegenüber gestützt, welcher sie aus dem Rauch begleitete. Sobald die Menge die beiden sah, erschrak sie laut schreiend und warnte die Inquisitoren und die Gendarmen.

»Hier seht ihr es vor euren Augen, Hexerei! Schnappt euch diese beiden Ketzer und bringt sie zurück auf das Schafott!«, schrie der Erzinquisitor, als er zornerfüllt aufsprang und mit dem Finger auf sie deutete.

Die Gendarmen um den Scheiterhaufen zogen ihre Waffen, genauso wie die Inquisition. Ysilda bekam Angst, aber dann geschahen mehrere Dinge gleichzeitig. Einer der Inquisitoren hob sein Rapier und stieß es in den Rücken seines Verbündeten, der daraufhin schreiend zu Boden fiel und den nächsten nicht mehr warnen konnte, bevor dieser von hinten erdolcht wurde. Der Mörder warf etwas in die Menge, was darin explodierte und eine weitere Rauchwolke bildete, was die Sicht vom Schafott zur Empore unterbrach.

Der Mann zog seine Kapuze herunter und zum Vorschein kam Mercer, der sich Ysildas Habseligkeiten vom Wagen schnappte und ihr die Hand reichte, als sie an den Treppen war. Als die Gendarmen bemerkten, was vor sich ging, stellten sie sich ihnen in den Weg, aber ein fernes Dröhnen pfiff über den Platz und ein Pfeilhagel von verschiedenen Dächern beendete ihr Leben. Um die Überlebenden kümmerte sich die fremde Gestalt, indem sie einige Worte sprach und mit einer Handbewegung die Gegner erstarren ließ.

Ysilda wurde die Treppe hinuntergeführt. Ein unheimliches Lied lehrte die Menge das Fürchten, weshalb diese sich teilte und Shep hindurchließ. Der Satyr sorgte dafür, dass die Leute von einer bestimmten Stelle zurückwichen, wo ein Deckel den Zugang zur Kanalisation versperrte. Dieser öffnete sich sofort und zum Vorschein kam Junachel.

»Los, los, kommt, alles ist frei!«, rief die Hinnd und befahl sie mit den winkenden Armen zu sich.

Als sie den Eingang erreicht hatten, warf Mercer eine weitere Rauchbombe, welche die Sicht zu ihnen verhüllte. Junachel half Ysilda herunter auf die Leiter und zusammen schlüpften sie in das Loch. Die anderen kamen hinterher, und nachdem Shep als letzter den Untergrund erreicht hatte, schloss er den Deckel.

Ganz unten stapfte Ysilda in eiskaltes fließendes Wasser. Um sich herum bemerkte sie mehrere maskierte Männer und Frauen, die bereit waren, sie zu verteidigen.

»Hier, zieh die an«, meinte Mercer sanft, stülpte Ysilda ihre Schuhe über die Füße und stützte sie dann beim Laufen.

»Auf geht's! Wir haben es fast geschafft. Bringt sie nach draußen«, rief der Anführer, welcher sich als Henker verkleidet hatte, und rannte mit einem magischen Licht in der Hand voraus.

Der Weg durch die Kanalisation war feucht und dunkel, nach einiger Zeit kamen sie draußen an und standen vor den nächtlichen Ebenen von Neu Puppien. An einem kleinen Landweg wartete ein überdachter Karren, in den sie die Zauberin auf eine weiche Matratze legten und im schnellen Tempo losfuhren.

Ihre Freunde setzten sich neben sie. Junachel hielt ihre Hand und streichelte mit der anderen ihrer Freundin durch die Haare. Shep kramte aus ihrer Tasche den Heiltrank von Tanitor heraus und flößte ihn der schwachen Ysilda ein. Mercer hingegen hielt seinen Bogen griffbereit mit einem Pfeil gespannt und sah sich aufmerksam um, ob jemand ihnen folgte.

»Danke«, war das Einzige, was Ysilda herausbrachte, als sie spürte, wie der Trank ihre Kehle hinunterlief, ihre offenen Wunden schloss und ihre gebrochenen Finger heilte.

»Ganz ruhig. Du bist jetzt in Sicherheit. Wir fahren zum Anwesen des Illusionsmagiers, dort können wir uns ein paar Tage ausruhen und den Schutz genießen«, versprach ihr Junachel fürsorglich und drückte ihre Hand.

»Wie habt ihr mich gerettet?«, fragte Ysilda nicht ganz bei Sinnen.

Die Frage wurde von Mercer beantwortet: »Ohne den Illusionsmagier und das Syndikat von Baron Ebengut hätten wir das nie geschafft.«

Der Schurke

Stunden zuvor sicherte Mercer sein Rapier im Gürtel, packte Junachel und Shep mit einem stabilen Griff und zog sie durch den Rauch nach draußen. Sie versuchten, sich zu wehren, aber der Schurke hatte beide fest in seinen Armen. Das Gasthaus war umstellt von der Gendarmerie, und als sie die Türschwelle überquerten, holte Mercer noch eine Rauchbombe aus seiner Tasche, die nach der Detonation ihren Rückzug sicherte. Mit seinen Verbündeten schlich er an den Gendarmen vorbei und sie konnten aus ihrer Reichweite entkommen. In einer sicheren Gasse ließ der Dieb seine Begleiter los und schaute sich um.

»Was sollte das? Wieso hast du uns abgehalten, Ysilda zu befreien, und sie im Stich gelassen?«, warf Junachel ihm laut vor, aber Mercer verdeutlichte ihr mit einer Handbewegung still zu sein und sah um eine Ecke.

»Zu aller erst müssen wir uns selbst in Sicherheit bringen, bevor wir Ysilda helfen können. Die Inquisition kennt kein Erbarmen und schon gar nicht der Erzinquisitor. Zu dritt hätten wir diesen Hinterhalt nie aufgehalten, und wenn du dich selbst überzeugen willst, dann schau dir das an«, meinte Mercer und ließ die Hinnd an ihm vorbei, sodass sie zur Straße vor der Taverne schauen konnte.

Die Inquisitoren zogen Ysildas bewusstlosen Körper aus dem Gasthaus. Sie war bewegungsunfähig in Ketten gelegt und wurde zu einer eisernen schwarzen Kutsche geschleift, die von zwei großen Pferden angetrieben wurde. Nachdem die Zauberin in dem Gefährt eingeschlossen war, setzten sich die Räder in Bewegung, die Kutsche an beiden Seiten von der Gendarmerie begleitet.

»Schnell! Wir müssen ihnen hinterher und herausfinden, wo sie hinfahren«, forderte Junachel hastig und wollte gerade loslaufen, aber Mercer hielt sie an ihrer Kleidung fest und zog sie zurück.

»Sie fahren zum Gefängnis der Inquisition, und wenn du nicht auch dort landen willst, dann solltest du auf mich hören«, erklärte er ihr ruhig und überzeugend. »Ysilda wurde vom Wirt des Gasthauses der Hexerei verdächtigt. Sogar die Stadt hat davon Wind bekommen und die Gendarmerie mit ins Boot geholt, um die Inquisition bei ihrem Hinterhalt zu unterstützen. Solch eine präzise Vorbereitung und Aufwand zeugen davon, dass wieder ein Exempel statuiert wird.«

»Was für ein Exempel?«, fragte Junachel.

»Die Ergreifung einer Hexe, deren Taten bereits so bekannt geworden sind, dass die Hexenjagd von einem Witwer angeführt wird, erkennt die Inquisition als einen großen Erfolg an und dementsprechend wird die vollendete Jagd auch sehr populär gemacht und die Exekution nicht lange hinausgezögert. Das Volk soll sehen, dass keine Hexe der Inquisition entkommt. Das bedeutet, dass wir schnell handeln müssen, und ich weiß auch schon, was zu tun ist. Als Erstes müssen wir Faucan im *Rattenkeller* aufsuchen. Er ist der Wirt dieser Spe lunke dort unten«, schlug Mercer als Plan vor.

»Und dann?«, fragte Junachel ungeduldig und bezweifelte, dass das ein sinnvoller Einfall sein könnte.

Aber Mercer antwortete ihr nicht, zog stattdessen seine Kapuze tief ins Gesicht und schlich vorsichtig durch die Gassen des Handwerkerviertels. Sie liefen durch die halbe Stadt und hielten sich dicht im Gedränge der vielen Bewohner. Hin und wieder kamen ihnen einige Gendarmentrupps entgegen, die in der Menge Fahndungsbriefe verteilten, welche ihr Aussehen grob zeigte. An einigen öffentlichen Plätzen verkündeten sogar Herolde die Festnahme der gesuchten Eishexe und luden zur Hinrichtung auf dem Scheiterhaufen bei Sonnenuntergang am nächsten Tag ein.

Verdeckt liefen die drei an den Sprechern und der Miliz vorbei und kamen schließlich zu einem abgelegenen Viertel, wo Mercer vor einer Kanalbrücke Halt machte. Er wartete, bis ihm niemand entgegenkam, stieg dann eine schmale Treppe zum Wasser hinunter und öffnete dort eine alte Holztür, welche den Eingang zur Kanalisation versperrte. Junachel und Shep folgten ihm nur ungern und der Satyr beschwerte sich über den Gestank.

»Und hier sollen wir jemanden finden, der uns unterstützen wird?«, überlegte die Hinnd skeptisch und hielt die Augen auf den rutschigen Boden gerichtet.

»Abwarten. Das ist der schnellste Weg. Die Stadtkanalisation ist lang und verzweigt und der *Rattenkeller* ist tief in diesem Irrgarten versteckt. Wir müssen nur noch um eine Ecke, dann sind wir da«, beruhigte sie Mercer und bog an der nächsten Kreuzung nach links ab.

Hinter dem Abschnitt kamen sie in einem großen Raum an, in dem sich viel Kanalwasser in einem tiefen Becken sammelte. Über eine schmale Planke erreichte man die andere Seite, auf deren ebener Fläche eine Theke mit Fässern angerichtet war. Davor standen einige Tische und Stühle, an denen Leute saßen und tranken. Das plätschernde Schmutzwasser übertönte ihre Gespräche, und als Mercer an den Tresen kam, klingelte er an einer kleinen Glocke. Es dauerte einen Moment, dann öffnete sich hinter der Bar eine Holztür und heraus kam ein Gnom. Der kleine Mann hatte spitze und lange Ohren, zackige Zähne und ein zusammengedrücktes Gesicht.

»Willkommen im *Rattenkeller*. Wie kann ich Euch helfen?«, fragte er rau, nachdem er sich hinter dem Tresen auf einen Barhocker gestellt hatte, um mit Mercer auf Augenhöhe zu sein.

»Bist du Faucan?«, gab Mercer mit einer Gegenfrage zurück.

»Das kommt ganz darauf an, was Ihr denn von Faucan wollt«, sagte der kleine Gnom und faltete interessiert seine langen Finger mit aufgestützten Ellenbogen auf der Ablage, bis eine Antwort kam.

»Ich würde gerne etwas bestellen. Den Rum der blinden Dirne«, verlangte Mercer bestimmt und ließ sich nicht von Junachel und Shep beirren, die ihn ansahen, als ob er jetzt übergeschnappt wäre.

Der Gnom führte die Bestellung aus, hüpfte von dem Hocker herunter und schob ein großes Fass zur Seite, worunter sich eine Falltür verbarg. Er öffnete diese und sagte dann: »Ich hatte mir den Marder von Mitrizien etwas anders vorgestellt. Aber meinen Respekt. Der Baron schuldet nicht jedem einen Gefallen.«

Mercer bedankte sich bei dem kleinen Mann und kletterte hinter der Bar die Leiter herunter, bis er im Dunkeln stand.

»Jetzt kommt schon«, rief er zum Satyr hinauf, der vor der Falltür stehen blieb und Junachel den Vortritt gewährt hatte.

Nur widerwillig kletterte der Barde in den Keller, und nachdem sie alle unten waren, schloss der Gnom die Falltür. Einen kurzen Moment standen sie in absoluter Dunkelheit, bis schließlich ein Feuer entzündet wurde und der Raum sich aufhellte. Die drei standen in einem alten Gewölbe, das zu einem Weinkeller umgebaut worden war. An den Wänden waren riesige Fässer gestapelt und vor ihnen befand sich ein Schreibtisch hinter, dem ein kugelrunder Mann mit einem langen Bart saß. Seine Gewänder waren nobel und auf dem haarlosen Kopf trug er einen gefiederten Hut.

»Eure Waffen könnt Ihr an Eurem Gurt lassen. Ich fürchte mich nicht vor Euch«, sprach er mit seiner gedrückten Stimme und deutete hinter sie an die Wand, wo mehrere bewaffnete Wachen standen und bereit waren, ihren Herrn zu verteidigen.

Der Mann setzte einen letzten Schriftzug auf ein Pergament, legte dann den Federkiel zur Seite und schaute zu Mercer auf: »Ich bin Rumbaron Naiglar Ebengut. Vorstehender Kaufmann der riralischen Handwerkerzunft und Anführer des Rumsyndikats von Neu Puppien und Ihr seid also der Marder von Mitrizien. Euer Gildenmeister spricht immer in den höchsten Tönen von Euch, weshalb ich mir selbst einst überlegte, Euch in meine Dienste einzukaufen. Einen zuverlässigen Dieb könnte ich im Syndikat gebrauchen, und das mehr, als Ihr mir glauben würdet.«

»Nicht so schnell. Ihr wisst, was mit Verrätern einer Gilde passiert, und kein Geld dieser Welt wird mich dazu bringen«, machte Mercer seinen Standpunkt klar, aber der Mann lachte in seinen Bart hinein.

»Jeder Dieb ist käuflich. Einem wahren Schatz könntet nicht einmal Ihr widerstehen. Das Funkeln in Euren Augen verrät Euch und die Gier übersteht die Angst vor Euren Meistern«, erwiderte der Baron und lehnte sich selbstsicher zurück. »Wie dem auch sei. Ich bin ein viel beschäftigter Mann und morgen Abend findet eine Hinrichtung statt. Das Gaudium verlangt nach meinem Rum und deswegen muss ich viel organisieren ...«

»Genau deswegen sind wir hier«, unterbrach ihn Mercer. »Ihr schuldet mir noch einen Gefallen wegen dem Palazzo Seidelbast. Ich vermute, Ihr erinnert Euch und ich muss Euch nicht auf die Sprünge helfen. Die delinquente Hexe, welche morgen verurteilt wird, ist eine Bekannte von uns. Wir wurden an die Inquisition verraten und deswegen werdet Ihr, Rumbaron Ebengut, uns helfen, sie zu befreien.«

Der Baron streichelte seinen Bart und sagte dann: »Eine manipulierte Exekution wird meinem Geschäft nicht guttun. Normalerweise wird der meiste Trank danach ausgegeben, aber eine Hand wäscht die andere und daher werde ich Euch diesen Gefallen tun. Was aber die Inquisition angeht, bin ich kein Spezialist. Allerdings kenne ich einen Magier, welcher schon viele aus der eisernen Kutsche befreit hat. Gebt mir eine Stunde, ich werde ihn holen, damit er Euch helfen kann. Währenddessen werde ich meine Männer zusammenrufen, um sie Euren Händen zu übergeben.«

Mit diesen Worten verließen sie den Weinkeller und klopften in einem bestimmten Takt, den ihnen der Baron verriet, gegen die Falltür, die von dem Gnom geöffnet wurde. Die Zeit verbrachten sie in der Schenke vom *Rattenkeller* und warteten. Mercer bestellte beim Wirt zwei Schnäpse, die er schnell kippte, und grübelte dann vor sich hin.

Ein wenig später öffnete sich die Falltür und der Baron trat hindurch. Ihm folgten zwölf maskierte Männer und eine Gestalt, die einen weinroten Umhang trug und die Kapuze über das Gesicht gezogen hatte. Der Gnom stellte zwei Fässer auf den Boden und legte eine große Tischplatte darauf. Nachdem er genügend Stühle darum verteilt hatte, scheuchte er die anderen Gäste aus der Spelunke.

»Wie versprochen. Alles, was Ihr für die Befreiung der Hexe benötigt«, bot der Baron an und setzte sich knarzend auf einen Hocker. »Das hier ist Sefferi Golwyn, der Illusionsmagier, von dem ich Euch erzählt habe«, stellte Naiglar Ebengut die vermummte Person im roten Gewand vor, welche sich daraufhin an seine rechte Seite setzte und die Kapuze vom Kopf zog.

Zum Vorschein kam jemand mit kurzen dunklen Haaren und einem glatten Gesicht mit feinen Zügen. Mercer und die anderen setzten sich zu ihnen an den Tisch, stellten sich vor und warteten gespannt ab, dass jemand eine Ansprache hielt.

»Es ist gut, dass Ihr den Baron sofort nach den Ereignissen aufgesucht habt. Die Inquisition behandelt derartige Gefangene mit ihren grausamsten Mitteln, und wenn wir keinen funktionierenden Plan entwickeln, dann wird Eure Gefährtin brennen, während wir handlungsunfähig sind«, erklärte die zauberkundige Gestalt, welche als Sefferi vorgestellt wurde, mit ihrer sanften Stimme.

»Dann sollten wir sofort aufbrechen, damit wir Ysilda davor retten können«, warf Junachel dazwischen, aber der Zauberer brachte sie mit einer Handbewegung zum Schweigen und sah sie ernst an.

»Eiligkeit ist nicht der Schlüssel. Ysilda hat Glück im Unglück. Die Inquisitoren haben eine vorgegebene Quote zu erfüllen und eine derartige Exekution wird die Zahlen in die Höhe treiben. Daher wird diese so bald wie möglich erfolgen und der Delinquent verweilt nicht lange im Kerker. Es steht fest, dass wir nicht in die Festung der Hexenjäger hineinkommen. Zumindest nicht, um einen Gefangen von dort zu befreien. Der Kerker ist besser gesichert als die Schatzkammer der Kaiserlichen Hoheit und aus diesem Grund müssen wir während der Hinrichtung zuschlagen«, erklärte die fremde Gestalt und wies sie in das Vorhaben ein.

Der Plan sollte im selben Moment wie die Exekution ausgeführt werden. Es war einfach zu riskant, Ysilda aus dem Kerker oder einer Menschenmasse zu befreien. Daher bekam jeder teilnehmende Akteur einen fest zugewiesenen Standort in unmittelbarer Nähe des Schafotts.

Sefferi würde vor der Hinrichtung unbemerkt den Henker überwältigen und verkleidet als ein Scharfrichter Ysilda vom Scheiterhaufen befreien. Währenddessen musste Shep die Zuschauer ablenken und die Aufmerksamkeit des Pöbels auf sich ziehen. Die Rettung würde von den Langbogenschützen des Barons überwacht werden, die sich auf den nächstliegenden Hausdächern verschanzten, um im schlimmsten Fall einzelne Ziele auszuschalten. Junachel war für ihren Fluchtweg zuständig. Während die anderen an der Oberfläche ihre Freundin befreiten, würde sie sich mit den übrigen Männern des Barons in der Kanalisation unterhalb des Schafotts verbergen und musste im richtigen Moment den Zugang zur Zisterne öffnen.

Mercers Aufgabe begann mit der Infiltration der Inquisitionsfestung und endete mit der Begleitung der Delinquentin zum Scheiterhaufen. In der Bastion sollte er Ysildas Habe in der Verkleidung eines Inquisitors an sich nehmen und diese bis zum Hinrichtungsplatz bei sich bewahren, wo die Gegenstände einer Hexe im Anschluss verbrannt wurden.

»Wir schaffen das, wir werden Ysilda befreien«, versprach der Dieb Junachel und Shep, bevor er den *Rattenkeller* verließ und seinen Part begann.

»Ich hoffe es«, rief ihm Junachel hinterher, aber schien dabei eher weniger überzeugt zu sein.

»Das wird eine Heldentat, an die man sich noch lange erinnern und in den Tavernen auch noch nach vielen Jahren besingen wird«, träumte Shep, vor sich hin und schien schon einige Zeilen im Kopf zu kreieren.

Der Dieb kehrte dem *Rattenkeller* den Rücken und trat mit einer leuchtenden Fackel durch einen schmalen Ausgang der Zisterne. Vom Baron hatte er eine Karte erhalten, auf der die gesamte Kanalisation und auch die Katakomben von Neu Puppien verzeichnet waren. Die Tunnel verbanden einige Unterschlüpfe des Syndikats und durch einen wirren Irrgarten gelangte man zu den Abwassertunneln unterhalb der Inquisitionsbastion. Auf dem Weg durchquerte Mercer viele unangenehme und enge Gänge, watete durch niedrige Wasserbecken und hielt Abstand zu den heimischen Kanalratten.

Nachdem er unterhalb der Festung angekommen war, versperrte ihm ein Gittertor den Durchgang. Der Schurke rüttelte daran, doch das Hindernis war fest in der Wand verankert. Mercer rollte seine Tasche mit Diebeswerkzeug auf und entschied sich für einen feinen Dietrich, mit dem er nach einigen geschickten Bewegungen das Tor entriegelte.

Hinter dem Tunnel folgte ein rechteckiges Becken. Der fäkale Geruch war beinah unerträglich und Mercer bekam kaum noch Luft zum Atmen. Hastig schwenkte er die Fackel und suchte nach einem Ausgang. Dabei fielen ihm mehrere runde und lichtdurchflutete Löcher an der Decke auf, welche auf einer Linie nebeneinander gereiht waren.

Er warf die Fackel in das Wasser, woraufhin diese zischend erlosch, und begann dann, an einer groben Wand unterhalb eines Lochs hinaufzuklettern. Die Steine waren glitschig und Mercer merkte, dass seine Handschuhe mit Kot beschmiert waren. Der Geruch war abscheulich und brachte ihn zum Husten.

Als er schließlich seinen Körper durch das enge Loch zwängte und sein Kopf aus der Öffnung schaute, stellte er fest, dass er sich in einem Abort befand. Nach Luft schnappend stieß er die Klappe auf und stemmte sich hoch. Hastig stieg er heraus und sah sich um, wobei ihm übel wurde. Er befand sich in der Latrine der Bastion. Neben dem Loch, aus dem er gerade herausgestiegen war, reihten sich die anderen Aborte aneinander. Mercer bewegte sich leise durch den Raum und öffnete eine Tür.

Draußen nahm er den Geruch einer Waschküche wahr, was ihn sofort auf eine Idee brachte. Auf den Sohlen der Elfenschuhe schlich er weiter und betrat die leere Wäscherei. Seine eigene Kleidung zog er schnell aus und warf sie in einen Wassertrog, sodass der schlimmste Geruch von ihr entfernt wurde. Danach bediente er sich an der Leine, wo einige Roben der Inquisitoren aufgehängt waren, und zog sie über. Verkleidet und mit der Kapuze über dem Gesicht lief Mercer durch die Flure und suchte eine Treppe nach oben. Nachdem er eine Vorratskammer und verschiedene Lehrsäle auf seiner Suche gefunden hatte, kam ihm eine Gruppe Inquisitoren entgegen.

»Für den Heiligen Vater«, begrüßte ihn einer im Vorbeigehen.

»Für den Heiligen Vater«, gab Mercer vorsichtig zurück und bemerkte, dass die Robenträger stehen blieben und sich zu ihm umwandten.

Er befürchtete das Schlimmste und griff unter seinem Umhang nach dem Dolch. Aber der Fremde holte aus seiner Tasche ein Buch und drückte es dem Schurken in die Hand.

»Mein Bruder, es scheint so, als habe unser Herr es versäumt, Euch den neuen Hexenhammer von Elsor Gramar zukommen zu lassen. Gramar schreibt, dass die Worte ›für den Heiligen Vater‹, nicht mehr wiederholt werden sollen, sondern Ihr mit dem Satz ›so sei es, mein Bruder‹ antworten sollt. Der Kardinal gab dieser Änderung seinen Segen. Nehmt meinen Hexenhammer, ich werde den Erzinquisitor in Kenntnis setzen, dass manche Brüder übersehen wurden«, versicherte ihm der vermummte Mann und sprach wieder die Worte: »Für den Heiligen Vater«, woraufhin Mercer die richtige Antwort sagte.

Nach einigen Minuten fand der Meisterdieb endlich einen Aufgang, der ihn hinaus in den nächtlichen Hof der Bastion brachte. Der ganze Ort war ein mächtiges Bollwerk, umgeben von dicken Mauern und massiven Türmen. Auf den Zinnen waren stählerne Fangspieße angebracht, sodass ein Überwinden von außen unmöglich war. Vor dem Tor befand sich eine lange Zugbrücke, die über einen Wassergraben führte. Das bollwerkartige Torhaus wurde von zwei bemannten Ballisten geschützt und wie jeder Winkel der Bastion von mehreren Posten bewacht. An der Außenmauer waren Erker mit Schießscharten angebracht und im Innenhof patrouillierten schwer ausgerüstete Gardisten.

Diese versuchte der Meister der Täuschung zu meiden und schloss sich unbemerkt einer Inquisitorenschar an, die Vorräte in den Kerker brachte. Das Verlies war schlecht beleuchtet und daher war es leicht, sich ungesehen von der Gruppe zu trennen. Mercer gab sich als niederer Buchhalter aus und erfuhr von einigen Ordensbrüdern, wo Ysilda festgehalten wurde und wann sie zu ihrer Hinrichtung gebracht werden sollte. Da dies noch einige Stunden entfernt war, suchte er sich ein ruhiges Versteck. Wenn jemand vorbeikam, tat er so, als lese er den Hexenhammer.

Als die Abendstunden am nächsten Tag anbrachen, war es so weit. Mercer begab sich zu Ysildas Verlies und drängte sich unbemerkt in eine Gruppe von Inquisitoren, die davor warteten. Einer der Folterknechte trat zur Kerkertür.

»Seid Ihr die Eskorte für die Eishexe?«, fragte er und zählte durch. »Ich erinnere mich eigentlich daran, dass der Erzinquisitor mir sechs Männer zugesprochen hat und nicht sieben. Aber egal, je mehr, desto einfacher wird es, den Pöbel von der Delinquentin fernzuhalten«, stellte er fest und wählte zwei Männer aus, welche die Verurteilte aus dem Verlies begleiten sollten.

Mercer zwängte sich vor, als der Knecht die Habseligkeiten der Hexe übergab und wartete mit den Sachen draußen, während die Kerkertür aufgeschlossen wurde. Entsetzt blickte er auf seine misshandelte Verbündete und hielt den Blick von ihrem nackten Körper fern. Die Ordensbrüder banden sie los und zogen ihr ein schlichtes Kleid über. Danach wurden ihre Hände gefesselt und sie brachten sie hinaus zu dem Wagen, der sie zum Schafott auf den Hinrichtungsplatz beförderte.

Der Dieb trottete dem Gesindel hinterher, und nachdem Ysilda dem abscheulichen Pöbel vorgeführt worden war, konnte Mercer ihr Leiden beinah nicht ertragen. Aber er durfte noch nichts tun und musste abwarten, bis sie das Schafott erreicht hatten.

Am Scheiterhaufen angekommen, banden sie Ysilda an den Pfahl und warteten danach unterhalb des Podests hinter der Gendarmerie. Auf der Treppe kam Mercer der Henker entgegen und er hoffte, dass Sefferi seine Rolle übernommen hatte. Während der Bischof dem Volk die Anklage vortrug, legte der Dieb die Habe der Zauberin auf dem Wagen ab und blickte hinauf zu den Dächern, auf denen er die Silhouetten der Bogenschützen erkennen konnte. Shep war in der Menge nicht zu sehen, aber immerhin fand Mercer den Zisterneneingang, durch den sie gleich fliehen würden.

Schließlich war der Bischof am Ende seiner Rede angekommen und übergab dem Henker den Schauplatz. Unter seinem Umhang umklammerte Mercer den Griff seines Rapiers und hielt eine Rauchbombe bereit. Der Scharfrichter trat an den Scheiterhaufen, und nachdem er einen leisen Zauber gesprochen hatte, war sich Mercer sicher, dass es Sefferi war. Eine weite Rauchwolke breitete sich um das Feuer des Scheiterhaufens aus, sodass die beiden nicht mehr zu erkennen waren und die Zuschauer sich verblüfft ansahen. Von der Empore des Adels kam ein lauter Schrei und Mercer wusste, dass es das Zeichen zum Angriff war.

Die Inquisitoren vor ihm zogen ihre Waffen und noch nie war Mercer ein Meuchelmord einfacher gefallen. Nachdem er seine Tarnung aufgegeben hatte, zündete er die Rauchbombe, welche die Sicht zum Adel verbarg, schnappte Ysildas Sachen und half ihr mit Sefferi die Treppen hinunter. Dabei rannte Shep nach vorne und verscheuchte den Pöbel mit einem grässlichen Lied, sodass sie freies Geleit zur Zisterne hatten. Die Gendarmerie wurde von den Schützen des Barons überwältigt und Junachel öffnete im richtigen Moment den Eingang und so hatten sie Ysilda, die Hexe von Nesthalf, aus den Fängen der Inquisition befreit.

Die Zauberin

Ein sanfter Windhauch strich über Ysildas Handrücken und ließ die winzigen Härchen sich aufstellen. Daraufhin folgte die wärmende Kraft der Sonne und ihr Ohr nahm den Singsang der Vögel und ein plätscherndes Gewässer wahr. Sie öffnete die Augen und blinzelte mehrmals. Nachdem ihre verschwommene Sicht scharf wurde, erkannte sie, dass sie sich mit dem Rücken auf einer weichen Liege befinden musste.

Um sie herum war ein weitläufiger Garten. Ein Teich lag neben einer saftig grünen Wiese. Dahinter wuchsen verschlungene, moosbewachsene Bäume, in denen Vögel zwitscherten. Das Sonnenlicht fiel von oben auf das traumhafte Paradies und spiegelte sich im Bach, welcher in den Teich mündete.

Hinter Ysilda war eine steinerne Wand, die vom Garten durch eine niedrige Treppe erreicht wurde. Ein Atrium bildeten die Torbögen davor und an der Mauer konnte sie Junachel und eine weitere Person erkennen, die jetzt bemerkten, dass sie wach geworden war, und augenblicklich an ihre Seite kamen.

»Du bist wach, das ist sehr gut«, sagte die fremde Person und Ysilda erkannte, dass es der Magier war, der sie vom Scheiterhaufen losgeschnitten hatte. »Du hast ganze drei Tage durchgeschlafen. Aber keine Sorge. Du und deine Freunde seid unter meiner Obhut und damit in Sicherheit. Ich bin übrigens Sefferi, ein Illusionsmagier des Arkanen Tribunals«, stellte er sich vor.

Ysilda richtete sich auf und stützte sich mit den Ellenbogen auf der Liege ab. Sie blinzelte noch einige Male, überlegte, ob das ein Traum war, und sagte dann verwirrt: »Was ist passiert? Wo sind wir?«

»Das hier ist das Anwesen von Sefferi. Wir befinden uns im Königreich Vereda, direkt an der Grenze zu Riralien auf der anderen Seite des Flusses Anvir«, erklärte Junachel hastig und hielt ihre Hand. »Nachdem du von der Inquisition gefasst wurdest, hat Mercer das Syndikat aufgesucht und zusammen mit den Männern von Baron Ebengut und Sefferi haben wir einen Plan ausgearbeitet, um dich vor der Exekution zu retten. Es tut mir unendlich leid, dass wir dich nicht früher befreien konnten. Deine Wunden ließen uns nur erahnen, was sie dir im Kerker angetan haben«, versicherte ihr Junachel mit feuchten Augen und drückte ihre Hand so fest, dass es wehtat. »Ich dachte schon, ich würde dich verlieren. Aber glücklicherweise hatte die Aktion Erfolg, und nachdem wir die Stadt verlassen hatten, hat uns ein Trupp des Barons hierher begleitet.«

»Was ist das hier für ein Ort?«, fragte Ysilda und starrte verträumt in die friedliche Gartenanlage.

»Das ist mein Anwesen«, erklärte Sefferi erneut. »Hier bilde ich Schüler des Arkanen Tribunals aus, die sich für den Weg der Illusion entschieden haben, und diesen Zweig der Magie in ihrer Ausbildung primär lernen wollen. Ich unterrichte hier schon seit vielen Jahren verdeckt und habe mit den anderen Magiekundigen diverse Schutzzauber um das Gebäude gezogen, damit wir vom Kaiserreich unbemerkt bleiben. Fast alles, was du hier siehst, ist eine Illusion.«

»Wie meint Ihr das?«, fragte Ysilda, die vollkommen verwirrt war.

Der Zauberer richtete seinen Blick in den Garten und sprach die Worte: »*Expellere Magica!*«, woraufhin mit drei geformten Kreisen das Zwitschern schlagartig verstummte, der sonnige Himmel zu einer düsteren Wolkenbarriere wurde und der Teich sowie die Bäume verblassten und zu einer einfachen Wiese wurden. »*Illusio Magna*«, sprach der Zauberer und drehte sich mit ausgestreckten Armen einmal im Kreis, woraufhin der malerische Garten wieder erschien und alles wie zuvor aussah.

Ysilda runzelte die Stirn und brauchte einen kurzen Moment, um zu begreifen, was hier gerade passierte.

»Illusion ist der arkane Zweig der Täuschung. Was wir mit unseren Sinnen wahrnehmen, muss nicht immer das sein, was der Wirklichkeit entspricht. Und dennoch wünschen wir uns, dass unser Bewusstsein die Wahrheit widerspiegelt. Mit einfachen Zaubern lässt sich eine Traumwelt erschaffen, die jenseits der Grenzen unseres Vorstellungsvermögens liegt. Daher war es ein leichtfertiges Kunststück, das Feuer und den Rauch an deinem Scheiterhaufen zu erschaffen und die hohen Herren von Neu Puppien zu täuschen. Selbst dein bardischer Begleiter konnte mit dem Zauber *Timeo* dem umstehenden Volk die Illusion von Angst vermitteln und somit mit einem einzigen Liedtext den Weg für deine Flucht ebnen. Sei dir daher immer bewusst: Nicht alles, was du wahrnimmst, ist auch genau das, was der Wirklichkeit entspricht«, erklärte Sefferi und warf dann einen Blick zu Junachel. »Ich denke, du bist fürs Erste in guten Händen. Ich werde mich nun um andere Dinge kümmern. Das Abendmahl findet statt, wenn im Garten der Sonnenuntergang beginnt«, erklärte der Zauberer und öffnete die Tür zum Anwesen.

»Du bist jetzt sicher und wirst von mir beschützt«, versprach ihr Junachel, nachdem Sefferi das Portal hinter sich geschlossen hatte, drückte Ysildas Hand noch fester und zeigte ihre Zuneigung mit einem zärtlichen Kuss.

Als die Hinnd sich wieder aufgerichtet hatte, stellte sie einen Stuhl neben die Liege und setzte sich zu ihr. Ysilda starrte auf den Armreif an ihrem Gelenk und schlagartig fiel ihr wieder ein, was sie von Vitus, dem Berater der Kaiserin, erfahren hatte. Sie erklärte Junachel, dass ihre Familie aus der Stadt Nesthalf stammte und zum Teil anscheinend elfischen Ursprung hatte. Es war ein Witwer namens Jarachel gewesen, der ihre Familie ermordet hatte und dem das Armband gehörte. Junachel hörte gespannt zu und überlegte mit ihr zusammen, was das zu bedeuteten hatte.

»Dann bist du fortan Ysilda, die Eishexe von Nesthalf oder vielmehr die Zauberin von Nesthalf. Ich finde, das klingt besser, als wäre es auch auf dem Niveau deiner Fähigkeiten und nicht so plump wie eine Bauerngeschichte. Sollen die Menschen von Laraivil in Gegenwart deines Angesichts doch Schrecken und Furcht empfinden und hoffen, dass du das Arkane Tribunal niemals erreichen wirst, um die mächtigste Zauberin aller Zeiten zu werden«, witzelte Junachel und überlegte sich eine Geschichte, wie sie zukünftig Feinde verscheuchen könnten.

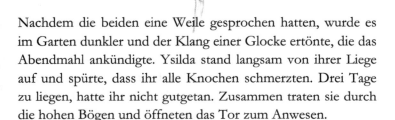

Nachdem die beiden eine Weile gesprochen hatten, wurde es im Garten dunkler und der Klang einer Glocke ertönte, die das Abendmahl ankündigte. Ysilda stand langsam von ihrer Liege auf und spürte, dass ihr alle Knochen schmerzten. Drei Tage zu liegen, hatte ihr nicht gutgetan. Zusammen traten sie durch die hohen Bögen und öffneten das Tor zum Anwesen.

Dahinter verbarg sich ein nobles Foyer. Der Fußboden war mit kleinen Keramikplatten versehen und verschiedene Pflanzen standen in fein verzierten Töpfen. An der Decke hing ein schwerer Kronleuchter, der warmes Licht in die Halle brachte. Vor einer verschlossenen Tür standen Mercer und Shep. Der Dieb hatte seine langen Haare fein nach hinten gekämmt und den Bart auf eine einheitliche Länge gestutzt. Seine Garderobe war vornehm und verbarg die Eigenschaften eines Schurken. Shep hingegen trug einen auffälligen Dreispitz mit Feder und Löchern für seine Hörner. Seine Hufe glänzten und sein Fell war nicht so struppig wie sonst.

»Wie seht ihr denn aus?«, lachte Ysilda, nachdem sie die beiden erkannt hatte.

»Wir hatten ein paar Tage Zeit, um uns von dem Reisen zu erholen, und Sefferi besitzt eine hochwertige Kleiderkammer«, erklärte Mercer verlegen und sah sie dann genauer an. »Es scheint mir, als hättest du dich ausreichend erholt. Freut mich, dass es dir besser geht«, meinte er erleichtert und lächelte.

Wieder vereint betraten die vier den Speisesaal. An einer Tafel saßen Sefferi und fünf andere Magier in ausgefallenen Roben. Ysilda ging davon aus, dass sie die Lehrlinge des Illusionszauberers waren. Der Saal war vom gleichen warmen Licht durchflutet wie das Foyer und an den Wänden befanden sich kleine Holztüren auf der Höhe des Tisches. Eine Decke besaß der Saal nicht, nur der klare Sternenhimmel war über ihnen zu sehen. Die Zauberin war sich jedoch sicher, dass dies wieder eine Illusion von Sefferi sein musste.

»Setzt euch, meine Freunde. Das Mahl wird gleich serviert. Speist und trinkt, so viel ihr könnt, damit ihr wieder zu Kräften kommt«, forderte der Meister sie auf, nachdem sie sich an die Tafel begeben hatten, dann öffneten sich kleine Türen an den Wänden und heraus kamen winzige fliegende Feen, die der Reihe nach silbernen Tabletts mit kulinarischen Kostbarkeiten auf dem Tisch anrichteten und dann wieder verschwanden, um weitere Gedecke zu holen.

Ysilda merkte erst jetzt, wie hungrig sie war. Sie hatte seit einigen Tagen nichts mehr im Magen gehabt und demnach freute sie sich umso mehr auf die Speisen und lud sich den Teller mit allem voll, was sie von ihrem Sitzplatz aus erreichen konnte.

Das Essen war köstlich und der schmackhafte Wein befeuchtete ihre trockene Kehle mit einem ausgezeichneten Genuss. Sobald die Speisen auf einem Tablett leer waren, brachten die kleinen Feen Nachschub und verschwanden dann wieder in den Wänden. Während dem Essen unterhielten sich Junachel und Mercer mit den Lehrlingen, die sie in den letzten Tagen näher kennengelernt hatten. Sefferi schwieg die meiste Zeit und hörte zu. Ysilda sprach kein Wort, da sie, damit beschäftigt war, ihren Hunger zu stillen. Nachdem Shep sich den Magen vollgeschlagen hatte, stand er auf, stimmte seine Lyra ein und bereitete eine Darbietung vor.

»Fortan, mein treues Publikum, erfüllt mein Gesang erneut

Eure Hallen und lässt Euch Teil meiner neusten Arie über die Geschichte einer wahren Hexe werden«, deklamierte der Troubadour und zupfte harmonisch an den Saiten des Instruments, während er den langsamen Singsang begann und nach jedem Absatz einige Töne spielte:

»Viele Monde reiste ich durch dieses Land
auf der Suche nach Geschichten von erster Hand,
und das gelang mir auch mit Fleiß,
ich fand sie nämlich zwischen Feuer und Eis.

›Brenn auf dem hohen Podest‹,
riefen die bösen Menschen, so riefen sie in jener Nacht,
aber nicht die Frosthexe,
denn sie hat das lodernde Feuer ausgemacht,
in jener Nacht.

Doch das Volk nennt sie Eishexe, Teufelsweib und Delinquentin,
aber begreifen nicht die Macht, mit der die Zauberin Elemente entfacht.
Und gelernt habe ich von dem Land fern dem Ost:
Eis ist nicht gleich Frost.

›Brenn auf dem hohen Podest‹,
riefen die bösen Menschen, so riefen sie an jenem Tage,
aber nicht die Frosthexe,
denn ihre eisige Kälte ist eine Plage.
An jenem Tage

So konnte sie nicht brennen, sodass sich das Volk doch erschreckte,
als sie sich zusammenschloss mit anderen Zauberern
und mit ihrem eiskalten Frost einen nach dem anderen niederstreckte ...«

»So war das nicht«, unterbrach Sefferi den bardischen Auftritt und verschränkte argwöhnisch die Arme. »Ihr solltet Euch an wahre Tatsachen halten. Wenn Ihr das unter das Volk bringt, wird es nur noch mehr Zwietracht zwischen Zauberern und Magieunkundigen geben.«

»Ihr solltet doch wissen, dass Erkenntnis und Wirklichkeit nicht immer dasselbe sind. Eine Geschichte basiert nicht immer auf der Wahrheit, sondern auf dem, was die Leute hören wollen«, erklärte ihm Shep und murmelte noch einige Zeilen vor sich hin, nachdem er sich wieder gesetzt und seine Lyra auf den Tisch gelegt hatte.

Nachdem ihre Mägen gefüllt waren und niemanden das lüsterne Verlangen nach Verzehrbahren noch plagte, beendete Sefferi das Mahl und forderte Ysilda zu einem Gespräch im Lehrzimmer auf. Dieser Einladung kam die Zauberin nach.

Der Lehrsaal befand sich auf der anderen Seite des Anwesens. Er war eine große Halle mit einer bescheidenen Bibliothek, in der das geschriebene Wissen der Magie verinnerlicht werden konnte. Auf der anderen Seite war genügend Platz für praktische Übungen.

»Da du nun hier bist, Ysilda, möchte ich dir auf deiner Reise etwas mitgeben«, begann Sefferi das Gespräch, nachdem sie sich in der Halle eingefunden hatten. »Deine Begleiter haben mir erzählt, dass ihr in Riralien meinen Zauberkollegen Tanitor Haferkorn vom Arkanen Tribunal getroffen habt. Ich gehe davon aus, dass du die Liste der Grundzauber eingehend auf deiner Reise studiert hast und sie bereits tadellos beherrscht. Wie wäre es, wenn du mir eine Kostprobe deines Talents darbietest? Auf diese Weise kann ich dich einschätzen und dich in die nächste Stufe einweisen.«

Mit diesem Vorschlag war Ysilda einverstanden. Für den Anfang prüfte Sefferi den Zauber *Magica Jaculum* ab, indem der Meister mit seiner Illusionsmagie drei Ziele erschuf, die auf den ersten Blick wie lebendige Gegner aussahen. Als die magischen Geschosse trafen, verschwanden die Gestalten und waren als Illusion eindeutig zu identifizieren. Die anderen Zauber konnte Ysilda ebenfalls vorführen. Mit *Magus Manus* trug sie mit der beschworenen Geisterhand eine Fackel durch den Raum, die Zauber *Scutum* und *Magus Armis* schützten sie vor Sefferis Angriffen und *Deprehendere Magica* verdeutlichte ihr, was im Saal alles durch eine magische Illusion ersetzt wurde. Sefferi beobachtete sie währenddessen mit einem strengen Blick. Am Ende war Ysilda erschöpft und brauchte einen kurzen Moment, um sich zu erholen.

»Ich bin beeindruckt«, gab der Meister zu. »Ich rate dir, die Formeln deiner Zauber selbstbewusster auszusprechen. Hierbei scheinst du noch etwas zögerlich zu sein. Zauber, die eine verbale Komponente benötigen, haben zwar eine festgelegte Formel, die vor vielen Jahren in der alten Magiesprache festgelegt wurde. Allerdings dient dies nur zur Vereinfachung, um die richtigen Worte parat zu haben. Grundsätzlich ist die

Zauberformel variabel und stützt sich auf das, was ihr Zauberwirker damit meint. Ob ich nun den Zauber mit den Worten *Magica Jaculum* oder *magisches Geschoss* hervorrufe, macht keinen Unterschied. Da eine feste Zauberformel aber einfacher ist, kann sich der Magier auf die anderen nötigen Schritte konzentrieren. Barden wie dein Freund Shep sind dabei sehr eigen. Sie besingen lieber ihre Zauber und bringen mit der Musik ihrer Instrumente und ihren Emotionen die verbale Komponente so ins Schwingen, dass sie dadurch Magie wirken können. Wenn du die Formel demnach selbstsicherer aussprichst, kannst du davon ausgehen, dass deine Zauber eine bessere Wirkung haben.«

Ysilda verstand und bestätigte es mit einem Nicken. Somit überreichte Sefferi ihr eine neue Liste mit Sprüchen der zweiten Stufe. Darunter war sehr nützliche Magie.

Der Illusionszauber *Invisibilitatem* konnte eine ausgewählte Person unsichtbar machen. Hierbei handelte es sich zwar nicht um wahre Unsichtbarkeit, da eine leichte Silhouette trotzdem noch erkennbar war, aber auf den ersten Blick war derjenige nicht mehr zu sehen. Der Spruch erforderte allerdings während der Wirkungsdauer eine so starke Konzentration, dass ein anderer, mental anstrengender Zauber gleichzeitig nicht möglich war. Weiterhin war diese Magie nur ausführbar, wenn der Wirker mit der Zauberbewegung die Wimper eines Menschen in der Hand hielt.

Der Gegenzauber *Invisibilitatem Vide* aus der Erkenntnisschule sorgte dafür, dass man genau so jemanden, der durch Magie unsichtbar geworden war, sehen konnte. Bei diesem brauchte der Zauberer eine Substanzmischung aus Talk und

Silberstaub, welche er während dem Wirken auf dem Boden verteilte.

Ein sehr nützlicher anderer Zauber war der Spruch *Speculum Imago*. Mit dieser Magie war es dem Wirker möglich, drei illusionierte Duplikate von sich selbst zu erschaffen, die alle seine Bewegungen nachahmten. Dies sollte einen Angreifer verwirren, sodass die Chance niedriger war, das echte Ziel zu attackieren. Leider verloren die Duplikate ihre Kraft nach einem Treffer und verschwanden dann.

Weiterhin standen noch der Zauber *Silentium*, welcher vorübergehend einem gewissen Bereich jegliche Laute und Töne nahm und auch keine hineinließ, sowie der Spruch *Tenere Persona* und *Nebulosus Pedites* auf der Liste. Mit Ersterem war es möglich, einen anderen derart zu verzaubern, dass er unfähig war, sich zu bewegen oder etwas zu sagen. Dafür musste man mit einem geraden Eisenstück auf das Ziel zeigen. Der Gegenüber befand sich damit in einer Art Schockzustand. Der andere Zauber war ein nützliches Mittel zur Flucht. Mit ihm konnte sich der Zauberer ein Stück von der Gefahr fortteleportieren, damit ein sicherer Abstand zwischen ihm und dem Angreifer entstand.

Nachdem Sefferi ihr die Zauberliste erklärt hatte, schenkte der Magier ihr einen Beutel, in dem einige materielle Komponenten enthalten waren, welche sie für die momentanen und auch späteren Zauber benötigte. Während sie den Beutel öffnete, begann Sefferi zu lehren: »Deine Materialien zum Zaubern solltest du stets griffbereit in diesem Beutel haben, um sie schnell in die Hand zu nehmen, wenn sie gebraucht werden.«

Anschließend wurde sie ins Foyer gebracht, wo ihre Begleiter bereit zur Abreise warteten. Die Feen überreichten ihnen noch einige Güter aus der Vorratskammer, die sie für die weitere Reise gut gebrauchen konnten. Des Weiteren erhielten sie von Sefferi noch ein weiteres Zelt, sodass die Übernachtungen angenehmer waren, da sie sich nicht mehr eines teilen mussten.

Der Illusionsmagier empfahl ihnen, entlang des Flusses Anvir weiterzureisen, damit sie nicht zu tief in das Königreich Vereda eindringen mussten und den weitesten Abstand zur Hauptstand des Kaiserreichs, Akapor, halten konnten. Sobald sie auf der Landkarte genau unterhalb der Honigburg waren, sollten sie nach Süden zur Stadt Nufrin reisen und von dort aus in den Samhin Wald. Hinter den Bäumen waren sie vor der Inquisition, die ihnen vermutlich auf den Fersen war, und auch dem Kaiserreich sicher. Sefferi bestätigte zum Schluss noch die Richtigkeit des markierten Standorts vom Tribunal auf Bertins Karte. Da Mercer sich gut im Samhin auskannte, konnte er sie ohne Schwierigkeiten hindurchführen.

»Jetzt reist weiter und bringt diesen Armreif zu meinen Kollegen, hütet euch vor den Veredanier und ihrem Hexenwahn«, rief Sefferi ihnen zum Abschluss hinterher, nachdem er sie zur Tür begleitet hatte.

»Das machen wir und danke für alles«, antwortete Ysilda und schulterte ihren Rucksack, damit sie weiterreisen konnten.

Es war ein wolkenloser Tag. In Vereda war es wärmer, als sie es gewohnt waren. Das war aber kaum zu spüren, denn die starken Windböen, die über die weiten veredanischen Ebenen wehten, kühlten die Gegend wieder ab. Vereda war im Allgemeinen sehr flach und die weiten Grasebenen waren nur spärlich bewaldet.

Nachdem sie eine Weile unterwegs gewesen waren, wurde es dunkel und Junachel fand einen schönen Lagerplatz zwischen drei Felsen, die eine hervorragende Deckung gaben. Sie legten ihre Reisetaschen ab und begannen die Zelte aufzubauen. Shep entzündete das Feuer und Junachel und Mercer kümmerten sich um die Vorräte.

Ysilda hingegen durfte wieder ihre neue Zauberliste abarbeiten und versuchte sich zunächst an den Zaubern *Speculum Imago* und *Nebulosus Pedites*. Ihre klare und selbstsichere Aussprache zeigte Wirkung und so hatte sie sich nach einigen Versuchen die Sprüche angeeignet, auch wenn sie sie sehr anstrengten. Eines ihrer Duplikate von *Speculum Imago* blieb manchmal erstarrt stehen und beinah hatte sie sich mit *Nebulosus Pedites* ins Lagerfeuer teleportiert. Junachel und Shep lachten darüber und auch Mercer schüttelte belustigt den Kopf.

Nachdem das Essen angerichtet war, stärkten sie sich für den nächsten Tag und der Barde übernahm die erste Wache für die Nacht. Da sie nun zwei Zelte hatten, teilten sich Ysilda und Junachel eins, in dem anderen schliefen Shep und Mercer.

Als sie wieder aufwachte, war es noch immer dunkel. Der Platz neben ihr war leer, daher ging Ysilda davon aus, dass Junachel im Moment Wache hielt. Als sie nach einem Grund suchte, der sie geweckt hatte, hörte sie schlagartig ein dröhnendes Heulen in ihrem Kopf und drückte vergebens die Hände auf die Ohren. Sie spürte den Armreif des Witwers an ihrem Handgelenk. Das Metall war dem Glühen nahe und vibrierte so stark, dass es an ihrem Arm zitternd sprang. Ysilda gab einen kreischenden Schrei von sich, als aus dem Armreif roter Schleim hervortrat und vor ihr auf den Zeltboden tropfte. Angeekelt sprang sie auf und verließ das Zelt.

»Was ist los? Ist dir was passiert?«, fragte Junachel besorgt und eilte mit dem Schwert in der Hand auf sie zu.

Shep und Mercer kamen ebenfalls aus ihrem Zelt und starrten entsetzt auf das Artefakt an Ysildas Arm. Die rote Masse tropfte weiterhin aus dem Schmuckstück. Schockiert stellte die Zauberin fest, dass sich die Klumpen am Boden bewegten und wie riesige Raupen über das Gras krochen. Junachel hob den Fuß und trat auf den Schleim, dieser wurde dadurch in zwei Teile getrennt, fügte sich sogleich wieder zusammen und kroch zwischen ihren Füßen umher. Panisch zog Ysilda das Armband von ihrem Handgelenk und warf es in die Dunkelheit. Die Schleimwesen glitten an ihren Beinen vorbei und folgten dem Aufprall des glühenden Artefakts.

»Macht euch bereit!«, warnte sie Mercer, nahm seinen Bogen in die Hand und spannte einen Pfeil in die Sehne.

Shep ergriff seine Lyra und Ysilda sprach den ersten Zauber, der ihr einfiel, und erschuf mit *Speculum Imago* drei perfekte Duplikate von sich selbst, die ihr alle Bewegungen nachahmten und sich schützend an ihre Seite stellten. In der Dunkelheit war das Geräusch von sich zusammenfügendem Schleim zu hören, und nachdem Shep mit dem Reim »Ich sehe das Monster nicht, bitte gib mir ein Licht« die dunkle Ebene magisch erhellte, war auch alles andere in der Umgebung des Metalls zu sehen.

Die gelatineartige Masse wurde ununterbrochen aus dem Schmuckstück gepresst und wuchs schnell zu einem Berg von Klumpen heran. Ysilda klappte der Mund auf und sie starrte wie gelähmt auf das heranwachsende Grauen, als die kriechenden Schleimwesen sich mit der größeren Geleemasse vereinten und zusammen so groß wie ein Haus wurden. Nachdem das fürchterliche Scheusal seine vollständige Größe erreicht hatte, kroch es bedrohlich auf die vier zu.

In seinem Inneren spiegelten sich geisterhafte und ausdruckslose Gesichter von fremden Personen. Ysilda starrte in ihre offenen Augen und merkte, dass sie in ihrem Verstand mit ihr kommunizierten und Erinnerungen sowie Gedanken teilten. Bewegungsunfähig tauchte sie in die Vergangenheit anderer Geschöpfe ein und versank immer tiefer in fremden Ansichten und Überlegungen. Ein spiralförmiger Schlund öffnete sich vor ihr, aber bevor sie in seine Tiefen gerissen wurde, zog Mercer sie wieder heraus, indem er ihr einen kräftigen Schlag gegen die Schulter gab und sie von der telepathischen Verbindung befreite. Ysilda war wieder Herrin über ihre Sinne und blickte auf das Monstrum, das sich weiterhin auf sie zubewegte und aus seiner Masse mehrere tentakelartige Fangarme formte.

Mercer schoss schnell mehrere Pfeile auf den Kontrahenten, die alle tief im Gelee stecken blieben, aber keinen großen Schaden anrichteten. Der Schurke sprang einem Hieb des Tentakels aus dem Weg und suchte Deckung hinter einem Felsen. Ysilda,

Shep und Junachel verteilten sich und wichen den Fangarmen aus, die über ihre Köpfe hinwegfegten und neben ihnen den Grund zertrümmerten.

Junachel tänzelte geschickt um das Biest herum und schlug mit ihrem kurzen Schwert in die Stellen, welche sie erreichen konnte. Jedoch übersah sie einen Arm, der sie seitlich am Kopf traf und mit Wucht auf den Boden schleuderte, auf dem sie bewusstlos liegenblieb. Der Barde überwältigte den Tentakel, welcher schließlich über ihrem regungslosen Körper zum Schlag ausholte und sie von oben zerquetschen wollte, indem er auf seiner Lyra einige Zeilen spielte. Ein lauter Knall ertönte, der den Arm und auch andere Teile des Wesens in Fetzen sprengte.

Der hauptsächliche Fokus des Wesens lag allerdings auf der Zauberin. Sie befeuerte das Geschöpf mit magischen Geschossen, duckte sich und wich nach hinten aus. Jedoch waren die Angriffe zu viel und allmählich zerstörte das Wesen alle Duplikate um sie herum, die an ihrer Stelle einen tödlichen Treffer erlitten. Nachdem ein Fangarm aus der Luft neben ihr einschlug und zum Glück nur die letzte Illusion zerschmetterte, konnte Ysilda einen weiteren Tentakel gerade noch mit dem Zauber *Scutum* abwehren, der einen magischen Schild zwischen sie brachte. Sie merkte, dass sie am Ende ihrer Kräfte und machtlos war. Der Tentakel umklammerte sie von hinten und hob sie problemlos in schwindelerregende Höhe.

»Helft mir, schnell!«, schrie sie in Todesangst, während das Monster sie durch die Luft wirbelte und ausholte, um sie auf den Boden zu werfen.

»Keine Sorge!«, rief Shep und sang heroisch: »Ich sag dir

hier und jetzt, ich werde mit dem Hufe scharren, dann sollst du sofort auf meine Worte erstarren!«

Das Spiel auf der Lyra hatte seinen Erfolg. Ähnlich wie beim Zauber *Tenere Persona* zuckte das Monster kurz und verlangsamte dann die Geschwindigkeit seiner Bewegungen auf das Minimum. Ysilda wurde in der Luft gehalten und der Klammergriff um sie lockerte sich. Sie fiel aus dem Fangarm in die Tiefe.

Kurz bevor sie aufschlug, sang Shep, daraufhin blieb sie in der Luft und wurde sanft auf dem Boden abgesetzt. Genau vor ihrem Gesicht lag das Armband. Ysilda wusste, was sie tun musste. Sie hatte es schon einmal bei Bertin gesehen und den Zauber auch schon selbst gewirkt. Sie stand auf, konzentrierte sich auf das Artefakt vor sich und sprach klar die Worte: »*Expellere Magica*!«

Während sie den Zauber wirkte, wurde sie wieder in die Gedanken der geisterhaften Fremden gezogen und durchlebte ihre Erinnerungen. Sie wurde angefleht, dass sie den Spruch abbrechen und die Unbekannten nicht wieder zurück in das Artefakt verbannen sollte. Sie sprachen mit ihr über die letzten Tage ihrer Reise und Ysilda durchlebte die bedrückenden Ereignisse. Sie versank immer mehr in diesen Gedanken und betrat die Spirale des Abgrunds, wo sie am Ende das magische Austreten der Gelatinemasse erlauben würde.

Ein nasses Gefühl unterbrach dieses Verlangen und sie erwachte aus ihrem Traum. Schleim regnete auf sie herab und neben sich erkannte sie Mercer. Der Dieb hatte beide Dolche in den Körper des Ungetüms gestoßen, und nachdem er sie wieder herausgezogen hatte, bekleckerte er Ysilda mit der schleimigen Masse.

Sie merkte, dass das Monstrum davon abgelenkt wurde und sie von ihrem Vorhaben nicht mehr abhalten konnte. Der Zauber wirkte und der rote Schleimberg zog sich zusammen und wurde zurück in das Armband gesaugt, das zu vibrieren aufhörte und still dalag. Ysilda atmete schwer und zögerte, als sie das kalte Schmuckstück wieder an sich nahm und es sicherheitshalber im Beutel der Ewigkeit verstaute.

»Was war denn das bitte?«, fragte Junachel, die vom Satyr gerade mit einem Lied geweckt worden war und sich den schmerzenden Kopf rieb.

Ysilda war erleichtert, dass ihr nichts Schlimmeres passiert war, und nahm die junge Hinnd in die Arme.

»Ich bin mir nicht sicher, aber das Ding sah aus wie ein Nozel. Das sind kleine amöbenartige Schleimhaufen, die häufig in Höhlen hausen und sich von Essensresten der Reisenden und kleinen Tieren ernähren. Das hier war allerdings um einiges größer und konnte mittels der Gedanken anderer Person kommunizieren. Ich habe das Gefühl, dass es in unseren Erinnerungen war und dadurch stärker wurde. Wahrscheinlich ist das Artefakt ein verzaubertes Gefängnis, das nur mit Magie geöffnet und wieder geschlossen werden kann. Ich bin mir ziemlich sicher, dass dieses Wesen gewisse arkane Kräfte besitzt und somit einen Weg gefunden hat, seinen Käfig zu verlassen und an die Oberfläche zu kommen«, teilte Mercer seine Überlegungen mit und lobte Ysilda für den Zauberspruch, der das Monster zurück in sein Gefängnis verbannt hatte.

Über Sheps Aktion wurde ebenfalls mit Anerkennung

gesprochen, denn ohne die Lähmung des Wesens wäre Mercer nie nah genug herangekommen, um Ysilda aus dem Bann zu befreien, und dann hätte sie den entscheidenden Zauber nicht durchführen können. Erledigt von dem Kampf gingen sie wieder zurück zu ihren Zelten und versuchten, trotz des Vorfalles noch etwas Schlaf zu bekommen. Dieser war allerdings nicht besonders erholsam, denn Ysilda hatte den Blick ständig auf ihren magischen Beutel gerichtet, in dem der Armreif lag, und blieb daher weiterhin wachsam.

Am nächsten Morgen herrschte eine bedrückte Stimmung. Die Gefährten verhielten sich sehr lakonisch und sogar Shep überkam nicht mal der Drang, irgendeinen Satz zu sagen. Wortlos aßen sie ihr Frühstück und packten dann ihre Sachen, um aufzubrechen. Nach ein paar Stunden, die sie am Anvir entlanggelaufen waren, legte sich das Schweigen, als dem Barden eine Melodie einfiel und er anfing zu summen. Junachel betonte dabei, wie schrecklich sie diesen Rhythmus fand, und lockerte dadurch die Situation auf, weshalb sie sich wieder normal miteinander unterhalten konnten. Die grauenvolle Nacht verblasste bald aus ihren Tagträumen und wurde nach und nach zu einem Heldenabenteuer, das sie sich abends gegenseitig an den Lagerfeuern erzählten und mit Sheps musikalischer Unterstützung zu einem heroischen Lied dichteten.

In diesen Tagen übte Ysilda akribisch die neuen Zauber von Sefferi und beherrschte diese schnell. *Invisibilitatem* eignete sie sich an, indem sie Mercer verzauberte, der daraufhin unsichtbar wurde und das Vergnügen auskostete, die anderen zu erschrecken. Im gleichen Zug gelang es Ysilda, das teure Pulvergemisch aus Silber und Talk am Boden zu verstreuen, um mit dem Konterzauber *Invisibilitatem Vide* den Dieb bei diesen Aktionen zu lokalisieren. *Silentium* fiel der Zauberin leicht und war ab und zu lustig, um Shep bei seinen theatralischen Darbietungen zum Schweigen zu bringen. Der Spruch *Tenere Persona* war hingegen der Schwierigste von allen. Die Macht, einen anderen in einen Schockzustand zu versetzen, beanspruchte Ysildas Konzentration enorm und gelang ihr nur, da der Satyr diesen Spruch in einer stärkeren Version, die auch mental andersdenkende Wesen verzauberte, bereits beherrschte und ihr beim Lernen half. Mercer und Junachel hingegen übten des Weiteren mit herkömmlichen Waffen und die Hinnd wurde mit ihrem kurzen Schwert und auch mit dem Bogen immer besser.

Nach einigen Tagen hatten sie die Flussgabelung erreicht, wo der Anvir in den längeren Herdowin überging. Dieser Strom reichte bis zur Westküste des Reiches und mündete schlussendlich im Travlirschen Meer. Junachel stellte nach einer Überprüfung fest, dass die Vorräte wieder knapp wurden, und da es schwierig war, in der kargen Landschaft Wild zu jagen, reisten sie weiter den Fluss runter, an dessen Ufer viele Fischerdörfer siedelten.

Die vier steuerten ein Dorf namens Solben an, das noch einige Meilen vor der Hauptstraße nach Akapor lag. Die Siedlung war einer der ärmeren Orte in der Umgebung. Viele der Stelzenhäuser wurden nah am Wasser gebaut und waren dort, wo der andauernde Strom sie berührte, ziemlich in die Jahre gekommen. An den langen Holzstegen ankerten Fischerboote und auch größere Transportschiffe, welche die Güter an einen Sammelposten von Vereda brachten. Die Reisenden wollten unbemerkt bleiben und versuchten es daher bei einem kleineren Händler. Das Haus lag mittig von Solben direkt am Wasser. Davor war der Marktstand errichtet, der von Mercer sofort in Augenschein genommen wurde.

»Meine Begleiter und ich sind hungrig und wir brauchen einige Vorräte für die nächste Zeit«, sprach der Meisterdieb einen älteren Mann an, der die Waren anbot. »Es sollte mindestens für die nächsten fünf Tage reichen.«

Der Alte ließ Mercer entscheiden, welche Fische er nehmen wollte, und verpackte sie daraufhin in einem Stofftuch, das er ihm verschnürt übergab und dabei sagte: »Das macht dann insgesamt zehn Mark.«

»Zehn Mark?«, wiederholte Mercer ungläubig. »Zehn Silbermark für die paar Fische? Das ist doch Wucherei!«

»Tut mir leid, aber der Fischerkönig hat seinen Anteil verdoppelt, und wenn ich die Preise nicht anhebe, dann kann ich meine Familie nicht mehr ernähren«, erwiderte der Händler.

»Es geht mir am Arsch vorbei, was dieser Fischerkönig von Euch verlangt. Soll er sich halt beschweren, wenn ich Euch den üblichen Preis bezahle und er sich heute kein neues Boot mehr leisten kann«, beanstandete Mercer aufgebracht und zog damit die Blicke der umstehenden Dorfbewohner auf sich.

»Wie Ihr meint. Dann gebt mir meine Waren zurück und sucht Euch einen anderen Händler, den Ihr einschüchtern könnt. Wenn Ihr Euch beschweren wollt, dann bitte, der Fischerkönig ist gerade angekommen«, verdeutlichte der Mann, indem er auf den Steg deutete, nachdem er Mercer das Päckchen wieder abgenommen hatte.

Am Hafen hatte ein Schiff angelegt, das größer war als die übrigen Kähne. Daraus stieg ein großer Mann mit feiner Kleidung und einem teuren Federhut. Begleitet wurde er von sechs grobschlächtigen Schlägern. Die Bürger wichen vor seiner Anwesenheit zurück, und nachdem er sich dem Marktstand genähert hatte, blickte er auf Shep herunter und sprach: »Du stehst mir im Weg, Ziegenbock.«

Der Satyr öffnete empört seinen Mund. Doch bevor er etwas sagen konnte, packte ihn einer der Schläger an den Schultern und stellte ihn wie ein leicht zu entfernendes Hindernis einfach zwei Meter nach rechts. Der Barde schien entrüstet zu sein und hatte vergessen, was er eigentlich sagen wollte. Der Fischerkönig trat vor den Marktstand und begann ein Gespräch mit dem Händler zu führen: »Antulus, Eure gelieferten Waren entsprachen nicht den neuen Vorschriften. Am Hofe der Kaiserin sind nur noch Fische ab einer Länge von zehn Zoll zugelassen. Euer Ramsch unterschreitet dieses Maß.«

»Tut mir leid, Baron Sorus. Ihr müsst verstehen, mein Augenmaß ist in diesem Alter nicht mehr so genau und meine Enkel sind noch jung und haben im Moment zu wenig Vorstellungen von einer derartigen Länge. Es kommt nicht mehr vor, verzeiht mir«, entschuldigte sich der Fischer und senkte den Kopf.

»Dir sei verziehen. Allerdings möchte ich deinen Lohn zurück und bis das Problem sich gelöst hat, wird dein Beitrag auf weitere fünfundzwanzig Prozent erhöht.«

»Aber mein Herr. Wie soll ich unter diesen Bedingungen meine Familie ernähren? So werden wir den Monat nicht überstehen«, versuchte der Fischer zu erklären, aber der Baron lachte nur.

»Das ist doch nicht mein Problem. Entweder du zahlst oder deine Familie wird demnächst ein Maul weniger zu stopfen haben. Nehmt ihm alles ab, was er hat«, befahl der Tyrann seinen Wachmännern, die einschüchternd an den Stand traten, als Mercer sich ihnen in den Weg stellte.

»Geh zur Seite, du Hänfling«, bedrohte ihn einer der Schläger und versuchte, den Dieb von sich zu stoßen, aber dieser wich geschickt seinen Händen aus und stellte dem Mann ein Bein, sodass er mit dem Kopf voraus auf die Thekenkante knallte und mit einer Platzwunde am Boden liegen blieb.

»Wenn Ihr diesem alten Mann etwas zuleide tun wollt, dann müsst Ihr erst an mir vorbei«, sprach er ernsthaft.

»Du wagst es, dich dem Fischerkönig zu widersetzen?«, fragte der Baron ungläubig und hetzte die anderen Leibwachen auf den Widersacher. »Macht ihn fertig!«

Mercer zwinkerte Ysilda kurz zu und sie verstand, was er andeutete. Sie zog aus ihrem vorbereiteten Materialbeutel eine der Wimpern, beugte sich nach vorne und berührte den Schurken beinah unmerklich an der Schulter, während sie das Haar fallen ließ, und die Zauberformel flüsterte: »*Invisibilitatem!*«

Mercers Gestalt verschwand gerade in dem Augenblick, als der erste Schläger ihn angreifen wollte, ihn verfehlte, nach vorn kippte und sich die Nase brach. Shep und Junachel stürzten sich ebenfalls ins Geschehen und griffen die Beine ihrer Kontrahenten an. Einer nach dem anderen wurde überwältigt, mittlerweile hatte sich das ganze Dorf um den Schauplatz versammelt und sah zu. Der Fischerkönig ergriff die Flucht, nachdem der letzte seiner Schläger gefallen war, und rannte zu seinem Schiff am Steg. Aus Reflex beschwor Ysilda mit *Magus Manus* eine fliegende Hand und gab ihm einen kräftigen Stoß von der Seite, sodass er das Gleichgewicht verlor und in den Fluss stürzte.

»Hilfe, helft mir, ich kann nicht schwimmen, bitte!«, flehte der Baron, während er im Wasser zappelte und hilfesuchend die Hände ausstreckte, während seine Kontrahenten vor ihm am Ufer standen.

»Bald seid Ihr nicht mehr der Fischerkönig, sondern der König der Fische«, lachte Shep mit den Fingern auf seinen Saiten und versetzte damit dem Mann einen magischen Hieb, sodass er aus den Ohren blutete und etwas Wasser schluckte.

»Wir helfen Euch, wenn Ihr dieses Dorf in Frieden lasst und von Euren Steuern befreit«, verhandelte Mercer, der plötzlich neben Ysilda auftauchte, da sie ihre Konzentration auf den Zauber fallen ließ und diesen damit beendete.

»Ja, ich mache alles, was Ihr wollt«, versicherte ihnen der Baron und gemeinsam retteten sie ihn vor dem Ertrinken.

Ängstlich versprach er ihnen, die Abmachung einzuhalten, sammelte seine Schläger und segelte auf dem Schiff weiter über den Fluss. Junachel und Shep winkten ihm grinsend nach und riefen hämische Sprüche.

»Wie ehrenhaft von dir, einem armen alten Mann zu helfen.

Hätte ich von einem Dieb gar nicht erwartet«, flüsterte Ysilda dem Schurken währenddessen zu und klopfte ihm Stolz auf die Schulter.

»Ungerechtigkeiten sind der Alltag von vielen Menschen. Ich selbst habe sie kennengelernt. Das muss kein anderer erleiden«, antwortete er und schaute dann zu den Dorfbewohnern, die erschrocken Abstand zu den Helden hielten. »Kommt nur zu uns. Ihr müsst keine Angst haben. Wir haben Euch gern geholfen«, rief Mercer ihnen freundlich zu, aber die Leute wirkten, als ob dies ihr Misstrauen nicht schmälerte.

»Das ist sie. Die, von der die Inquisition gesprochen hat. Ysilda, die Eishexe von Nesthalf. Ich habe gesehen und auch gehört, wie sie gerade gezaubert hat. Sie hat Unheil über unser Dorf gebracht und jetzt wird sie uns alle verfluchen«, rief der Fischhändler verängstigt und sprach dabei nur das aus, was alle anderen dachten.

»Was? Nein. Wir wollen Euch nichts tun. Wir haben Euch gerade gerettet«, versuchte Junachel klarzustellen, aber es half nichts.

»Ich würde sagen, wir machen sie kampfunfähig und übergeben sie dem Witwer, der neulich vorbeigekommen ist und nach ihr gesucht hat. Fasst sie und passt auf ihre Diener auf«, befahl ein Mann, nahm sich einen Fischerspeer vom Marktstand und kam bedrohlich auf sie zu.

Die vier stellten sich aneinander, während die Dorfbewohner sie umzingelten. Ysilda wollte sie nicht verletzen, aber sie musste etwas tun. Aus diesem Grund deutete sie mit dem Eisenstück auf den Bewohner und sprach: »*Tenere Persona*!«

Der Mann wurde daraufhin bewegungsunfähig und erstarrte. Die Umstehenden schrien auf und schraken zurück. Sie starrten die Zauberin angsterfüllt an. Ysilda trat einen Schritt nach vorne und bemerkte, dass die Bürger einen Schritt nach hinten machten. Dabei erkannte sie, dass sie sich vor ihrem Anblick fürchteten und begannen zu zittern. Zögerlich hob sie die Hände und zauberte ein magisches Geschoss vor die Menschenansammlung, welches absichtlich vor ihren Füßen nur auf den Boden traf, aber die Leute trotzdem in bittere Angst und Schrecken versetzte.

»Was hast du vor?«, fragte Mercer flüsternd und folgte der Zauberin langsam, nachdem sie sich entschlossen hatte, den Bürgern näher zu kommen.

»Ich habe eine Idee«, erklärte Ysilda und begann zu schmunzeln.

Sie trat direkt auf eine Personengruppe zu, streckte ihre Hände in die Luft und machte eine wilde Geste. Die Leute erschraken und zuckten zusammen. Einige von ihnen ließen ihre Waffen fallen und ergriffen die Flucht. Andere hielten schützend die Hände über den Kopf und machten sich klein, während sie um Gnade winselten. Ysilda gab nicht nach, deutete schließlich auf einzelne Personen und rief dabei irgendwelche ausgedachten Zaubersprüche. Manche von ihnen flehten sie an, den eben erschaffenen Fluch rückgängig zu machen, oder fielen vor Schreck in Ohnmacht, was die Übrigen wiederum das Fürchten lehrte. Der eine oder andere Mutige kam ihr zu nah und wollte sie packen, aber Ysilda fror sie dann in dicke Eisblöcke ein.

Auf diese Weise bahnten sich die vier einen Weg durch das Dorf, und als sie am äußeren Rand angekommen waren, rief ihnen einer der Fischer hinterher: »Diesen Tag wirst du noch bereuen, du Teufelsweib. Der Witwer wird dich finden und dich sowie deine Diener der Inquisition übergeben. Sei verflucht, Ysilda, Eishexe von Nesthalf!«

Die Zauberin hob das Haupt und kletterte auf einen Pferdekarren am Wegesrand. Sie richtete sich erhaben auf, sodass sie jeder sehen konnte, und verkündete: »Ihr wollt eine Hexe? Dann bekommt Ihr eine Hexe! Und ja, Ihr habt recht, ich bin diese Hexe. Merkt Euch diesen Namen. Ich bin Ysilda, die Zauberin von Nesthalf!«

Stolz nahm sie die Zügel, bedeutete den anderen, auf den Wagen zu steigen, und fuhr dann entlang der Straße nach Süden. Ihre Gefährten waren zuerst sprachlos, dann aber waren sie begeistert und lobten sie für diese Aktion. Es wurde über die Angst vor der großen Zauberin von Nesthalf gelacht und Geschichten erzählt, wie sie die Dörfer des Kaiserreichs heimsuchte.

Der weitere Weg war entspannt, und da sie nun einen Wagen mit einem Zugtier besaßen, nicht mehr so anstrengend. Sie hatten sich entschieden, die Fischerdörfer zu meiden, und waren wieder auf Mercers Jagdkünste angewiesen. Unterstützt wurde er dieses Mal allerdings von Junachel, der der Schurke das Spurenlesen beibrachte. Junachel zeigte ein gewisses Talent für die Fährtensuche und lernte schnell, die Umgebung des Waldes zu nutzen und sich einzuprägen. So kam es, dass sie beim Jagen irgendwann mehr Erfolg als der Dieb hatte und sich im Gestrüpp bald heimisch fühlte. Ysilda feilte derweil weiterhin akribisch an ihren Zaubern und ließ sich ab und zu von Shep unterstützen.

Während sie die Straße überquerten, welche zur Hauptstadt des Kaiserreichs führte, hielt Shep aufmerksam an einem großen Denkmal am Wegesrand. Der dunkle Stein war wie eine Pyramide geformt und auf seiner glatten Oberfläche mit eingemeißelten Worten gekennzeichnet. Der Satyr blieb davor stehen und las das Geschriebene laut vor: »*Wanderer aus Riralien. Sieh! Ihr reiset heut auf dem Kaiserweg in Richtung Akapor. Schauet dabei zu Eurer Linken und zu Eurer Rechten und Ihr werdet die alten Pfähle entlang der Straße von sechzehntausend Widersachern erkennen, die dort einst gekreuzigt wurden. Lasset Euch entlang der zwanzig Meilen von ihren Gräueltaten belgeiten. Es lebe die große Vereinigerin, Kaiserin Alexandra*«, las Shep zu Ende und drehte sich um. »Wie barbarisch«, stellte er fest, aber bevor er Fragen stellen konnte, zog Mercer ihn vom Denkmal weg, da sich ein anderer Wagen aus Richtung der Kaiserstadt näherte.

Nachdem sie ungesehen die Hauptstraße überquert hatten und einige Tage weitergereist waren, kamen sie zu einem Weg, der direkt nach Nufrin führte. Dies war die letzte Stadt vor dem Samhin und auch der letzte Halt vor dem Arkanen Tribunal.

Bevor sie allerdings die Tore der Stadt erreichen konnten, kamen sie mit einem reisenden Händler aus Cirad ins Gespräch, Francesco aus Seidelbast, welcher mit seltener Ware unterwegs war. Bei ihm kaufte sich Ysilda ein leeres Buch, in dem sie die Anleitungen für ihre Zaubersprüche niederschreiben wollte. Etwas Tinte und eine Feder durften dabei nicht fehlen. Mercer erwarb eine ciradische Maske, die im südlichsten Königreich üblicherweise an Bällen getragen wurde. Das Schmuckstück war schwarz wie die Nacht und verdeckte seine obere Gesichtshälfte, ausgenommen die Augen. Gemeinsam feilschten sie, um drei Heiltränke günstiger zu erhalten, welche sie dann untereinander aufteilten. Nachdem sie sich von Francesco verabschiedet hatten, fuhren sie die Straße weiter entlang und erreichten gegen Abend die Mauern von Nufrin.

Die Stadt war auf einer Anhöhe errichtet und hob sich von den veredanischen Ebenen ab. Der äußere Wall war nicht sehr hoch, aber dafür vollständig rund gebaut, sodass er die Häuser wie ein kreisrundes Gatter umgab. Am Fuße des Aufstiegs ragten allein die oberen Stockwerke des aristokratischen Herrenhauses vom nufrinischen Grafen heraus. Hinter der Stadt befand sich der Samhin. Dieser war ein dichter Wald, durch dessen Bäume wenig Licht kam.

Während die vier das Stadttor durchquerten, zogen sich dunkle Wolken am Himmel zusammen und es begann zu regnen, das Wetterleuchten war der Vorreiter für ein Gewitter.

»Heute kommen wir nicht mehr weit. Wir sollten uns eine Unterkunft suchen und morgen unseren Weg fortsetzen«, schlug Mercer vor und die anderen stimmten ihm zu, während sie ihre Rucksäcke über den Köpfen hielten, um vor dem beginnenden Regen trocken zu bleiben.

Sie fuhren ihren Wagen durch die leer werdenden Straßen unter eine Überdachung neben einer Taverne und luden ihre Sachen ab. Das Pferd bediente sich an der Tränke und dem Heu, während die vier das Gasthaus betraten und im Trockenen standen.

Die Schenke war mit Gästen gefüllt und die Stimmung auf ihrem Höhepunkt. Vor dem warmen Kamin spielten einige Musiker und brachten die Anwesenden dazu, mitzusingen und zu tanzen. An der Bar saßen Handwerker, die auf ihren Feierabend anstießen und eine Bergarbeitergruppe von Zwergen tummelte sich um einen großen Tisch und grölte mit den Bierkrügen in der Hand. Ysilda und ihre Begleiter setzten sich an eine freie Tafel am Rand und warteten darauf, dass sie bedient wurden. Nach kurzer Zeit erschien eine junge Wirtin und sprach sie freundlich an: »Willkommen Reisende in der *Roten Maid von Nufrin*. Was kann ich Euch bringen?«

Mercer antwortete ihr: »Wir hätten gerne etwas zu trinken, habt Ihr noch Zimmer für heute Nacht frei?«

»Natürlich. Ein Zimmer kostet zwei Mark pro Nacht«, meinte die Wirtin und nahm ihre Bestellung auf.

Ysilda, Junachel und Shep orderten einen starken neliwenischen Kartoffelschnaps. Nur Mercer beließ es bei weniger Alkohol und nahm einen sanften Lokalwein aus den Gärten von Ährenberg. Der Dieb wollte bei solch einer vollen Stube einen klaren Kopf behalten. Für zwei Zimmer und die Getränke zahlten sie insgesamt acht Mark. Als die Schankmaid ihnen die Getränke brachte, flüsterte sie ihnen etwas zu: »Ich soll Euch vom Wirtsmeister etwas ausrichten. Hier war ein Mann, der nach Euch gefragt hat. Er soll gesagt haben, dass er Euch zu irgendeinem Tribunal begleiten kann, und wartet im Hof hinter der *Roten Maid*.«

»Das hört sich gut an. Etwas Begleitschutz durch diesen finsteren Wald können wir sicherlich gebrauchen«, meinte der Satyr beschwipst.

»Bist du bescheuert?«, warf Mercer ihm vor und stieß ihm den Ellenbogen in die Rippen, nachdem die Maid zum nächsten Tisch gegangen war. »Wenn jemand uns seine Hilfe anbietet, dann würde er uns das direkt sagen und nicht um ein heimliches Treffen hinter einem Haus bitten. Außerdem brauchen wir keinen Schutz. Nach der Überquerung des Waldrands sind wir vor den Inquisitoren mehr geschützt als in ganz Laraivil. Hinter die Bäume wagt sich kein normaler Reisender. Allerdings würde es mich interessieren, wer der Kerl ist. Wie auch immer sein Name ist, er hat das schlau angestellt, denn leider müssen wir dem Treffen jetzt zustimmen. Wenn wir nicht wissen, wie der Typ aussieht, kann er uns ungehindert beschatten, ohne dass es jemand von uns merkt.«

»Das bedeutet, wir treffen uns jetzt mit dem Fremden und reden mit ihm?«, fragte Ysilda und nahm einen Schluck.

»Das werden wir«, antwortete Mercer und stand auf. »Ich bin mir aber sicher, dass dies kein erneuter Hinterhalt wie in Neu Puppien sein wird. Dafür müsste sich die Inquisition außerhalb unserer Wahrnehmung in die Stadt geschlichen haben, und das wäre bei ihrem üblichen Großaufgebot nur schwer möglich. Aus diesem Grund müsst ihr nichts befürchten, denn für solche Vorhaben sind sie zu eitel. Ihre Hexenjagd soll ein Publikum haben und nicht unter der Hand stattfinden.«

Sie leerten ihre Getränke und gingen mit dem Dieb durch die Vordertür nach draußen. Die Nacht war hereingebrochen und der starke Regen prasselte auf die umliegenden Dächer.

Über die nasse Straße kamen die vier am Wagen vorbei, wo Mercer das Pferd fürsorglich tätschelte und sie durch eine schmale Gasse in den Hinterhof der *Roten Maid* führte. Hier befanden sich ein alter Brunnen und mehrere Beete, in denen Kürbisse wuchsen. Unter einem Vordach lehnte eine düstere Gestalt, deren Äußerlichkeiten nur beim Aufblitzen des Wetterleuchtens zu erkennen waren. Es war ein bärtiger Mann mit dunklem Haar und ausdruckslosen grauen Augen. Auf seiner rechten Wange war eine große Brandnarbe zu erkennen und unterhalb seines Kapuzenmantels klimperten einige metallische Gegenstände.

»Seid Ihr derjenige, der sich als Begleitschutz angeboten hat?«, fragte Mercer und trat an den Brunnen.

Der Mann wandte seinen Blick zu ihm und trat unter dem Dach hervor in den Regen, wo er zu ihnen sprach: »Endlich habt Ihr Nufrin erreicht. Ich habe bereits auf Euch gewartet, vor allem auf dich, Zauberin von Nesthalf«, begann er mit seiner tiefen Stimme zu sprechen und starrte dann mit seinen sonderbaren Augen zu Ysilda.

»Wer seid Ihr und was wollt Ihr von mir?«, fragte sie eingeschüchtert und öffnete angespannt ihren Magiebeutel mit den Zauberutensilien.

Der Fremde schnaubte laut und zog seine Kapuze vom Kopf, wodurch sein langes und wirres Haar zu erkennen war. Er strich es aus dem Gesicht und beantwortete ihre Frage: »Man nennt mich Jarachel, den Witwer von Dornwiesen. Du besitzt seit fast zwanzig Jahren etwas, das mir gehört, und ich will es zurückhaben, jetzt.«

Ysilda verstand. Dieser Mann war der Witwer, von dem Vitus gesprochen hatte. Er hatte ihre Familie ermordet und ihren Hof niedergebrannt. Die Zauberin öffnete den Beutel der Ewigkeit und nahm aus dessen weiten Tiefen den Armreif des Witwers heraus, den sie Jarachel präsentierte.

»Meinst du diesen? Ist es nicht dieses Schmuckstück, was du suchst?«, rief sie laut und mit zusammengebissenen Zähnen, legte sich dann das magische Armband um ihr linkes Handgelenk.

»Ganz genau das ist es«, erwiderte der Witwer und nickte zustimmend. »Das Armband ist mit mir verbunden und meiner Macht ergeben. Nur ich kann seine Funktionen im vollen Ausmaß nutzen. Die letzten Jahre war es sicher an einem Ort versteckt, wo ich seine Anwesenheit nicht aufspüren konnte. Eine magische Barriere verwehrte mir den Zugang. Doch vor einigen Wochen konnten meine Geisterfüchse seine Fährte wieder aufnehmen. Jedoch wurden sie vernichtet. Nachdem ich weitere Suchende ausgesandt hatte, war das Artefakt bereits auf Reisen, aber die Spur wurde immer länger und verschwand irgendwann. Währenddessen hatte sich in Riralien eine neue Hexe einen Namen gemacht und ich bekam eine Nachricht vom judikativen Berater der Kaiserin, der mir vom geflüchteten Weib erzählte. Aus diesem Grund habe ich selbst Kontakt mit dem Armreif aufgenommen und herausgefunden, wo ihr seid. Leider konntet ihr vorrübergehend die Magie in ihm stilllegen. Dass ihr zum Arkanen Tribunal wollt, ist mir nicht entgangen. Deswegen habe ich euch hier in Nufrin, der letzten Stadt vor dem großen Wald, abgepasst und jetzt stehen wir hier, ohne den Schutz der Hochmagierfeste. Also gib ihn mir einfach.«

»Da muss ich dich leider enttäuschen. Du bekommst das Armband nicht zurück«, entgegnete Ysilda entschieden, aber ihr brannte noch eine Frage auf der Zunge. »Sag mir, Witwer. Warum hast du meine Eltern ermordet?«

»Ich bekam den Auftrag vom kaiserlichen Berater Vitus. Ich habe nie nachgefragt, warum er ausgerechnet die Familie Isard töten ließ. Aber da sich dabei zur Abwechslung eine wahre Hexe unter ihnen befand, bekam ich, ein Witwer, diesen Auftrag und nicht die Inquisition«, erklärte Jarachel und blickte zu den anderen und dann wieder zu der Zauberin. »Genug der Worte. Ich habe dich schon einmal entkommen lassen. Diesen Fehler werde ich nicht wieder begehen. Gib mir jetzt das Armband, dann wird dein Tod schnell und schmerzlos sein, andernfalls übergebe ich dich den Inquisitoren. Wie ich gehört habe, hast du deren Methoden bereits kennengelernt.«

»Niemals. Komm und hol es dir«, verneinte Ysilda erneut und zog das Eisenstück aus ihrem Zauberbeutel, das sie die ganze Zeit umklammert hatte und dann direkt auf den Witwer richtete, während sie mit klaren Worten »*Tenere Persona*!« sprach.

Doch der Zauber schlug fehl. Er prallte am starken Geist des Mannes ab, der seinen Umhang in den Matsch fallen ließ und aus seinem Gürtel ein Langschwert zog. Unter dem Schutz des Mantels hatte sich ein Kettenhemd verborgen, das er über einem Gambeson trug, und an seinem Gurt klimperten jetzt metallene Werkzeuge. Aus einer Tasche nahm er ein Fläschchen mit einer grünen Flüssigkeit und trank es in einem Zug leer. Das Glas warf er klirrend gegen den Brunnen, wo es zerschellte. Dann atmete er tief durch, woraufhin sich seine Augäpfel schwarz färbten und seine Haut grau wurde. Junachel nahm zitternd ihr Schwert in die Hand und Mercer schlich sich von hinten an den Witwer, ließ seine Dolche bereits zwischen den Fingern kreisen.

Es war Shep, der den Kampf mit einem Lied eröffnete und zischende Lichtblitze aus seiner Lyra schoss. Ihr Kontrahent wich dem Zauber aus und hob am Schluss die Hand gegen einen gleißenden Strahl, wodurch er die Energie einfach absorbierte. Mit einem Satz sprang er nach vorne und holte zum Schlag aus. Da drängte sich Junachel dazwischen und parierte den ersten Angriff mit ihrer Klinge. Ein kurzer Schlagabtausch folgte, bei dem der Witwer die Oberhand gewann, aber vor einem Treffer von Mercer abgelenkt wurde, der aus dem Hinterhalt auftauchte und ihn mit den Dolchen konfrontierte. An zwei Fronten hatte der Witwer keine Chance. Er tänzelte geschickt um Junachel herum und nutzte sie als Schutzschild vor dem Dieb.

Ysilda und der Barde schossen währenddessen magische Geschosse auf ihren Gegner, welche dieser im Gefecht mit seinen Kräften gleichzeitig abwehrte. Ihre Magie war zu schwach.

Unter diesem Feuer gelang es dem Hexenjäger, die Hinnd zu entwaffnen. Er gab ihr einen kräftigen Tritt ins Gesicht, dessen Wucht sie gegen den Brunnen schleuderte, wo sie benommen im Matsch liegen blieb. Mercer hinderte den Witwer daran, den Todesstoß auszuführen, und attackierte ihn mit den kurzen Klingen. Doch im Nahkampf war er dem Schwertkämpfer unterlegen. Dieser drängte ihn mit der langen Klinge durch den Hof und an die Mauer des Brunnens, während er im selben Moment einen singenden Blitzschlag von Shep auf den Satyr zurückschleuderte, der damit umgeworfen wurde.

In der Enge versuchte Mercer sich zu verteidigen, aber der Witwer schlug ihm die Dolche brutal aus der Hand und mit einem unerwarteten Tritt in seine Männlichkeit zog er dem Dieb die angesetzte Klinge einmal von der Schulter diagonal über die Brust. Geschlagen sank Mercer auf die Knie und drückte die Hand auf die Schnittwunde, wo der Regen das Blut verdünnte und seine Kleidung verfärbte.

»Nach und nach werden sie fallen. Ich habe dir gesagt, dass ich meinen Fehler heute nicht wiederholen werde«, erinnerte der Witwer mit verzerrter Stimme an die erstarrte Ysilda und holte mit dem Schwert aus, um Mercer die Kehle durchzuschneiden.

Instinktiv löste sich die Zauberin aus ihrer Starre und hechtete nach vorne. Sie ließ sich fallen und schlitterte über den Matsch, um mit ihrem ausgestreckten Arm Mercers Knie zu erreichen. Im letzten Moment warf sie eine Wimper aus ihrem Beutel und sprach zu ihm: »*Invisibilitatem*!«

Der Schurke verschwand vor ihren Augen, und als der Witwer den Streich ausführte, schlug er ins Leere. Er brauchte einen kurzen Moment, um zu verstehen, was gerade geschehen war, aber dann verlor er das Gleichgewicht und wurde von hinten über die Brüstung des Brunnens gestoßen. Der Jäger gab einen lauten Schrei von sich und verschwand in der Tiefe mit einem plätschernden Geräusch.

Ysilda löste den Zauber von ihrem Verbündeten und Mercer wurde wieder sichtbar. Er hatte beide Hände auf den Stein gestützt und atmete schwer. Das Blut strömte an ihm herunter und hastig entnahm Ysilda einen der Heiltränke aus dem

Beutel der Ewigkeit und zwang den Dieb, die Flüssigkeit zu trinken. Er wehrte sich erst, aber dann gab er nach und schluckte gehorsam. Seine Wunden schlossen sich sofort und er atmete auf und schaute sie dann entmutigt an.

»Danke, aber das wird nicht viel nützen. Witwer benetzen ihre Klingen mit Wyverngift. Dies ist zu stark, um von einem einfachen Trank geheilt zu werden, und in solch einer geringen Dosis wird der Tod lang und qualvoll hinausgezögert. Lasst mich hier, ich werde euch den Rücken decken, falls euch jemand folgt«, erklärte der Dieb und lehnte sich entschlossen und schwer atmend an den Brunnen, während der Barde wieder zu sich kam und sich um die Wunden von Junachel kümmerte.

»Nein. Du kommst mit uns. Ich lass dich nicht zurück. Es muss doch irgendjemanden geben, der dich heilen kann«, flehte Ysilda ihn unter Tränen an, nahm seine Hand in ihre eigene und drückte sie fest.

»Nur die Udin, Waldelfen des Samhin, haben Heiler, die stark genug sind, solch ein Gift zu behandeln, und sind gleichzeitig so nah, dass es möglich wäre, sie vor meinem Tod zu erreichen«, schilderte Mercer hoffnungslos, aber Ysilda gab nicht auf.

Nachdem Junachel wieder bei Sinnen war und mit einem der Tränke, eine genähte Platzwunde an der Stirn verhinderte, eilten die vier aus dem Hinterhof und stiegen auf ihren Karren, wo sie das Pferd in Bewegung brachten und die Stadt verließen. Ysilda trieb das Tier vorwärts und hoffte dadurch, etwas Zeit zu gewinnen. Mercer war bereits bleich im Gesicht und hielt sich verkrampft die Hand an den Magen. Das

Wyverngift durchströmte seine Adern und griff seine Organe an. Der Dieb wimmerte vor Schmerzen, weshalb der Barde ihm ein Schlaflied vorspielte und Mercer mit der Magie seiner Lyra ins Reich der Träume schickte.

Hinter Nufrin folgten sie einem holprigen Trampelpfad, der sie mitten durch den Wald brachte. Sie fuhren die ganze Nacht durch und am Morgen hörte der Regen auf und es wurde hell. Ysilda war müde und erschöpft und nickte ständig wieder ein. Sie benötigte dringend eine Rast, aber Mercers Leben lag in ihren Händen, und je mehr Zeit sie verschwendeten, desto schneller rann es zwischen ihren Fingern hindurch. In seinen Wachphasen murmelte der Dieb wirres Zeug und konnte ihnen unter schwierigen Umständen einen Ort beschreiben, der direkt am Wegrand lag, wo sie die Elfen antreffen würden. Wenn er wieder zusammenbrach oder von Sheps Magie betäubt wurde, sprach er im Schlaf über zusammenhanglose Erinnerungen und die Gilde in Mitrizien.

Nachdem sie die beschriebene Umgebung endlich erreicht hatten, war es bereits Mittag. Mercers Geist verließ immer mehr seinen Körper und er begann zu halluzinieren und sprach mit unwirklichen Bekannten. Sie hielten mit dem Karren neben einem kleinen Steinkreis am Wegesrand. In der Mitte befand sich ein großer Fels, in den feine Schriftzeilen gemeißelt waren. Nach der moosigen Überwucherung zu schließen, waren vor langer Zeit mehrere flache Steinplatten darauf gestapelt worden. Das alte Gebilde war durch drei

Steintore zugänglich.

Ysilda stoppte und sprang vom Wagen herunter auf den Waldboden. Mercer ließen sie liegen und betraten den Steinkreis, wo sie sich nach den Elfen umschauten. Als aber niemand auf sich aufmerksam machte, bestieg Junachel den Felsen in der Mitte und rief: »Ist hier irgendjemand? Udin, wir brauchen Eure Hilfe!«

Als keiner antwortete, ballte Junachel ihre Fäuste und ließ ihre Wut an dem Steinstapel aus. Sie trat dagegen, wodurch sich ein paar der Platten verschoben und Staub aufwirbelte. In diesem Moment raschelte es in den Büschen und Bäumen, einige Gestalten traten hervor, die sie sofort umkreisten und ihre gespannten Bögen auf sie richteten. Ihre Haut war grünlich und ihre Haare waren seidig glatt und lang. Auf dem Kopf wuchsen ihnen hirschartige Geweihe und ihre Spitzohren waren sehr lang. Die Fremden trugen braune Tarnbemalungen im Gesicht und auf dem Körper, welcher von knappen Lederharnischen geschützt wurde. Obwohl sie sich die ganze Zeit in der unmittelbaren Umgebung befunden hatten, waren sie eins mit der wilden Natur geworden und für Fremde unmöglich zu sehen.

»Seid Ihr die Udin?«, fragte Ysilda zögernd und zeigte mit ihren offenen Händen, dass sie nicht bewaffnet war.

»Ihr habt dieses friedliche Memorial beschädigt. Fremde haben hier eine Chance, sich zu beweisen, aber Ihr müsst jetzt die Konsequenzen für Euer Handeln tragen. Unruhestifter dulden wir in diesem Wald nicht. Kehrt diesem Ort den Rücken und geht dahin zurück, wo Ihr hergekommen seid«, rief einer der Waldelfen und richtete seinen Bogen genau auf

Ysildas Kopf.

»Nein. Wir wollten Euch nicht schaden. Es tut uns leid, dass dieser Stein verschoben wurde, aber unser Freund dort wurde vergiftet und benötigt die Hilfe Eurer Heiler. Bitte verzeiht uns«, erklärte Ysilda schnell und deutete auf den Wagen mit dem Pferd.

Der Elf wandte sich von ihnen ab und trat an den bewusstlosen Dieb. Er nahm seine Hand und spürte den Puls. Danach rief er zwei Verbündete zu sich, die den Schurken vom Karren zerrten und über den Boden hinter die dunklen Stämme schleiften.

»Bringt ihn zu Nakrobil. Sie wird sich um ihn kümmern«, befahl er und zog dann einen gebogenen Dolch aus der Scheide, womit er das Geschirr vom Wagen trennte und somit das Pferd befreite. »Kein Tier sollte in Gefangenschaft dienen. Das Leben und die Natur sind unmittelbar miteinander verbunden. Wenn es noch eine Chance gibt, das Leben Eures Freundes zu retten, dann müssen wir es versuchen«, erklärte der Udin, als er wieder in den Steinkreis trat und den beiden Elfen hinterherschaute.

»Ich danke Euch«, versicherte ihm Ysilda.

»Bedankt Euch nicht bei mir, sondern bei diesem Wald. Er lehrte uns alles, was wir wissen, und die Kostbarkeit eines Lebewesens. Die Natur schenkt den Bewohnern dieser Welt ihre Ernte und erwartet im Gegenzug eine Saat. Alles, was wir nehmen, ist von ihr geliehen und deswegen müssen wir es auch wieder zurückgeben«, begründete der Elf seine Entscheidung und deutete dann mit seinem entspannten Bogen auf Ysilda. »Ihr kommt mit uns. Da Ihr Euch aggressiv gegenüber diesem

Wald gezeigt habt, wird Oberhaupt Irannvir über Euren weiteren Verbleib entscheiden.«

Ohne dass sie widersprechen konnten, banden die Udin ihre Hände mit Seilen zusammen und führten sie durch die Bäume. Ihre Sachen wurden vom Karren genommen und hinter ihnen mitgetragen. Je tiefer sie hineingingen, desto dichter wurde die Umgebung und umso weniger Licht schien hindurch. Nach wenigen Minuten erreichten sie einen Ort, an dem riesige Bäume standen, zwischen denen ein kleiner Bach den Hügel hinunterlief. Schmale Wendeltreppen ermöglichten einen Weg auf die hohen Baumkronen, wo Hütten und breite Plattformen errichtet waren. Versteckt auf den Ästen verbargen sich Späher der Udin und beobachteten sie.

Die drei wurden hinauf in die schwindelerregende Baumhöhe gebracht, wo sie auf einer großen Plattform auf die Knie gezwungen wurden. Um sie herum versammelten sich die Bewohner des Waldes. Die Udin trugen Gewänder aus Material, das ihnen der Wald zur Verfügung stellte. Nur sehr wenige von ihnen schienen uralt zu sein, noch weniger wiederum waren noch Kinder. Aus ihrer Mitte trat eine hochgewachsene junge Waldelfe mit einem prächtigen Geweih und smaragdgrünen Augen. Ihr Gewand war lang und in ihrer Hand hielt sie einen fein verzierten Holzstab, an dem kleine Kiesel klimperten. Der Udin, welcher sie gefangen genommen hatte, flüsterte der jungen Elfe in einer unverständlichen Sprache ins Ohr.

»Ich bin Irannvir, die Beschützerin der Udin des Samhins. Ich habe von Velandir erfahren, was Ihr getan habt, und ich gewähre Euch die Freiheit, Eure Taten zu rechtfertigen«, beschuldigte sie die Drei und bewegte sich vor ihnen auf und ab.

»Verzeiht«, unterbrach Junachel sie verwirrt. »Ihr seid Irannvir? Ich habe nicht erwartet, dass die Anführerin der Elfen eine Frau ist.«

»Dem rückständigen Patriarchat haben wir schon lange den Rücken zugewandt. Hier im Wald sind wir alle gleich«, erklärte die Elfe unmissverständlich und wartete auf eine Erklärung ihrer Taten.

»Wo ist Mercer?«, fragte Ysilda schnell.

»Euer Freund ist bei unserer Heilerin. Das Wyverngift hat sich bereits in seinem Körper ausgebreitet und seine Organe geschädigt. Nakrobil wird alles tun, was sie kann, um ihn zu retten, aber einen großen Schritt davon muss er selbst schaffen. Wäre das Gift noch nicht so lange in seinem Körper, könnten wir mehr tun«, beantwortete Irannvir die Frage und forderte sie nun zu ihrer Rechtfertigung auf.

»Ich war es. Ich habe aus Wut und Unachtsamkeit Eure Steine verschoben. Wenn es eine Schuld gibt, dann trifft sie mich. Es tut mir leid, ich wollte Eure Stätte nicht beschädigen. Ich wollte nur einen Freund retten und habe mich unter dem Druck fehlverhalten«, gab Junachel aufrichtig zu.

Die Udin nickte ihr zu und stellte sich direkt vor die Hinnd. Sie streckte ihre Hand nach ihr aus, als würde sie etwas greifen wollen und schloss die Augen. Ihre Lider zitterten und ihre Mundwinkel waren leicht geöffnet. Nachdem sie ihre Sicht wieder freigegeben hatte, sprach sie das Urteil: »Ihr habt die Wahrheit gesprochen und Reue gezeigt. Eure Schuld ist klar, aber ich erkenne die Reinheit in Eurem Herzen, in den Herzen aller Beschuldigten. Ihr gehört nicht zu jenen, die diesen Wald seiner Ressourcen aus Habgier berauben. Ihr sollt frei sein und dem Wald beweisen können, dass Ihr auf ihn achten werdet«, entschloss Irannvir und bedeutete ihnen, dass sie aufstehen durften.

Die Elfen schnitten ihre Fesseln durch und verließen die Plattform. Velandir kam an die Seite seiner Herrin und sprach zu ihr: »Ihr lasst sie laufen, ohne dass ihr Fehlverhalten bestraft wird? Schließlich sollen auch andere lernen, was die Konsequenzen dieser Taten sind.«

»Der Wald lehrt uns nicht Abschreckung, sondern Güte und Gnade. Ein Leben, das an einem Tag einen Fehler begangen hat, kann diesen schon am nächsten mit einer barmherzigen Tat wiedergutmachen. Wir werden nicht an unserem fehlerhaften Verhalten gemessen, sondern daran, wie wir dieses ins Reine bringen. Ein volles Gefäß kann auch weiterhin gefüllt werden. Man muss es davor nur leeren«, begründete Irannvir ihre Entscheidung und sah den Elfen ernst an. »Gebt ihnen Obdach und genügend zu essen. Sie sollen sich bei uns ausruhen, bis sie gestärkt sind, um weiterzureisen.«

Der Elf nickte, obwohl er offensichtlich nicht damit einverstanden war, und bedeutete ihnen, zu folgen.

»Eines noch«, sagte die Anführerin und sah Ysilda an, die daraufhin ihren Namen sagte, da ihr einfiel, dass sie sich noch gar nicht vorgestellt hatten. »Ysilda. Wenn du dich ausgeruht hast, dann komm bitte zu mir in den Hain. Ich schicke dir jemanden, der dich dort hinführt. Ich will mit dir sprechen.«

Die Zauberin nickte, um zu zeigen, dass sie sie verstanden hatte, und folgte dann Velandir, welcher sie durch die Siedlung führte und zu einer leerstehenden Hütte brachte. Ihre Sachen wurden von zwei Elfen getragen und im Eingangsbereich abgelegt. Die Behausung war auf einer Plattform direkt am Baum gebaut. Von außen führte eine Wendeltreppe in die obere Etage und auf den Balkon. Der Eingang wurde von einem Rankenschleier aus Blumen verdeckt. Im Inneren war das Haus gemütlich und warm. Die Betten sahen bequem aus und die Möbel kamen von handwerklicher Meisterkunst. Die drei waren erschöpft von der Reise und beschlossen daher schlafen zu gehen, was Ysilda nicht besonders schwerfiel, da sie sofort einschlief.

Später wurde sie unsanft geweckt. Als sie aufwachte, blickte sie in die grünen Augen von Velandir. Der Elf stand neben ihrem Bett und sprach zu ihr: »Komm. Irannvir will dich im Hain sehen«, erklärte er genervt und wartete gestützt auf einen langen Holzstab in der Hand vor dem Haus.

Ysilda brauchte einen Moment, um wach zu werden, setzte sich dann aber auf und zog die Wanderschuhe ihres Großvaters an. Sie nahm alle wichtigen Sachen, die sie brauchte, mit und folgte dem Elfen im Anschluss über die Plattformen und Hängebrücken.

Nachdem sie den bedeckten Waldboden erreichten und am Bach entlang den steilen Hügel hinuntergingen, stützte sich der Elf zur Sicherheit mit dem Stab ab. Es war tiefste Nacht und der Boden war von dichtem Nebel verhüllt. Das silberne Mondlicht strahlte durch die Baumkronen und hellte den weißen Schleier auf. Der Wind rauschte durch die Bäume und wirbelte die Blätter durch die Luft. Am Rande des Dorfes floss der Bach in eine tiefe Schlucht. Die beiden folgten einem schmalen Abgang direkt neben dem Strom. Die steilen Felswände waren feucht und einzelne Topfen fielen von ihnen herunter. Das Gewässer floss über mehrere Abhänge und verwandelte sich dann immer kurz in einen kleinen Wasserfall, welcher dann nur das nächste Becken füllte.

Am Ende des Pfades erkannte Ysilda einen großen Baum direkt an einer Klippe, wo sich der Wasserlauf in ein tief unten liegendes Tal ergoss. Vom Stamm wuchs ein Ast, so groß wie eine Brücke, zur anderen Seite eines runden Plateaus, das von Ranken und großen Felsen umgeben war. Der Bach floss unter dieser Brücke hindurch und endete als sprudelnder Regenfall über dem weitläufigen Kessel.

»Das ist der Hain der Udin. Unsere verbindlichste Stätte zum Wald und Heimat der Druiden im Samhin. Betritt diese Brücke. Nur mit wahrer Reinheit wirst du sie überqueren können – oder du wirst fallen«, sprach der Elf warnend und wandte sich ohne ein weiteres Wort von ihr ab.

Ysilda sah ihm nach und richtete ihren Blick dann auf den breiten Ast. Als sie den Fuß daraufsetzte, spürte sie Energie, welche durch ihren Körper strömte und sie sanft auffing. Langsam trat sie über das wacklige Holz und achtete darauf, nicht nach unten zu sehen. Nachdem sie die andere Seite erreicht hatte, ging sie durch ein Tor, das aus verschlungenen Ranken und Wurzeln zusammengesetzt war, und sprang dann von dem Ast herunter in den Hain.

Hier landete sie auf einem weichen Boden, der ebenso vom

dichten Nebelschleier verdeckt wurde. Inmitten des runden Hains lag ein glatter Felsbrocken, in dem sich ein Becken mit Wasser befand. Von oben plätscherten einzelne Tropfen in das sonderbare Gefäß und erschütterten die ruhende Oberfläche, sodass kreisförmige Wellen entstanden und sich bis zum Rand ausbreiteten.

»Du bist meinem Ruf gefolgt, Ysilda?«, fragte eine sanfte Stimme aus dem Nebel und zum Vorschein kam die makellose Gestalt von Irannvir, welche neben sie an den Stein trat und mit ihren Smaragdaugen durchbohrte. »Das hier ist der Druidenhain der Udin. Vor langer Zeit haben unsere Ahnen die Macht des Naturreichs an diesem Ort vernommen und gaben sich seinem Klang vertraut hin. Die arkanen Kräfte befinden sich allgegenwärtig um uns herum, in jedem kleinsten Grashalm, in jedem Blatt, auch in der Bewegung des Windes. Diese Kraft nutzen Druiden, um sie in Magie umzuwandeln. Damit auch andere Naturkundige zu diesem Hain finden, haben wir vor unserem Heim einen Schrein erbaut und dort Steinplatten aufgestellt. Druiden können daraus den Weg zu diesem Ort lesen, weshalb es schade war, dass deine Freundin sie verschoben hat. In dir spüre ich diese arkane Macht ebenso fließen und bin mir sicher, dass du etwas Großes erreichen wirst. Dabei will ich dir helfen. Das, was wir hier tun, geht tief in den Bereich der Mystik. Ich will dich deinem späteren Schicksal näherbringen.«

»Ihr könnt also meine Zukunft voraussagen?«, fragte Ysilda überrascht und schaute der Elfe in die Augen.

»Nein. Der Wald, die Natur und all das uns Umgebende kann dein Schicksal erahnen. Es muss einen Grund dafür geben, dass du den Armreif des Witwers bei dir tragen kannst, ohne dass dein Verstand wahnsinnig wird«, überlegte Irannvir und deutete auf den Beutel der Ewigkeit, wo das Artefakt versteckt war.

»Ihr wisst davon?«, gab Ysilda überrascht zurück und griff sofort nach dem Beutel, als würde er gleich abhandenkommen.

»Das Schmuckstück beherbergt die gestohlenen Gedanken vieler Udin. Nach der Geburt des Kaiserreichs begann die Jagd nach Zauberern und Magiekundigen. Die Witwer und die später entstandene Inquisition verfolgten unser Volk und nahmen die mit, welche der arkanen Energie nicht fern waren. Der Wald erwählte immer mehr Udin zu seinen Beschützern und kurz darauf wurden die Angreifer zurückgeschlagen, sodass sie sich nie wieder hierher zurücktrauten. Obwohl wir uns siegreich gewehrt hatten, konnten wir gleichzeitig nicht verhindern, dass dieser eine Witwer die Gedanken seiner Getöteten in dem Armreif einsperrte und ihre Fähigkeiten für sich selbst nutzte.«

»Da kann ich Euch zumindest beruhigen. Der Witwer, dem das Armband gehörte, ist tot«, sagte Ysilda und vernahm den verwunderten Ausdruck der Elfe, die dazu nichts weiter erwiderte und sie stattdessen zum Rand des Hains brachte, wo auf einem Steintisch mehrere kleine Kiesel lagen.

»Das wird der erste Schritt sein, um deine Wahrsagung zu bestimmen. Nur zu, suche dir einen dieser Steine aus«, forderte sie die Zauberin auf und trat zur Seite, sodass Ysilda ihren Arm ausstrecken konnte.

Die junge Frau entschied sich für einen Kiesel, den sie besonders schön fand. Er war oval, auf der einen Hälfte glatt und auf der anderen rau.

»Sehr gut. Jetzt bring ihn zum Becken und beträufele ihn mit der Menge an Wasser, die du für nötig hältst«, erklärte die Elfe weiter und führte sie zum Felsen, wo Ysilda ihre Handflächen zu einer Schale formte und den Stein unter das Wasser hielt. »Geh weiter zum Schrein und platziere ihn in einer Vertiefung«, setzte Irannvir fort und zusammen gingen sie über den weichen Boden zu einer Steinplatte.

Diese besaß unterschiedlich große Einkerbungen und Ysilda wählte eine Stelle, die glatt und rund wie ihr Kiesel war, und legte ihn dort hinein. Irannvir schloss die Augen und breitete ihre Handflächen über dem Stein aus, während sie sprach: »Ein steiler Steg der Demut steht dir bevor. Ein Feind wird sich dir offenbaren, während die Tore zur Vergangenheit offen stehen. Das Bündnis eines machtbesessenen Herrschers wird den Schmerz des Verlustes schmälern und die Aussicht auf Heilung bestärken. Deine Taten werden alle deine Vorgänger in den Schatten stellen und künftig wirst du die Macht besitzen, den Erdboden dieses Landes nach deinen Vorstellungen zu formen. Doch die Erkenntnis fällt mit deinem Untergang, und wofür du eingestanden bist, wird in Vergessenheit geraten. Einzig und allein die Erinnerung an dein zerstörerisches Feuer wird auf ganzen Landstrichen erhalten bleiben und niemals vollständig von dieser Welt verschwinden.«

Irannvir öffnete die Lider und starrte Ysilda an. Sie war erschüttert über den angeblichen Verlauf ihres Lebens und überlegte, ob sie dieser Voraussagung Glauben schenken sollte.

»Und was soll das jetzt bedeuten?«, meinte sie verwirrt.

»Das weiß ich auch nicht. Vielleicht ist es eine Warnung,

vielleicht auch eine Anweisung. Der einzige Weg, um das herauszufinden, wird sich in deinem tiefsten und innersten Selbst befinden. Ich bin lediglich das Mittel, das dir die Weisheit des Waldes überreicht hat. Er hat mir gezeigt, dass er dir etwas sagen will, und daher musste ich dich hierherbringen, wo die arkane Energie am stärksten ist und du seine Botschaft erhältst«, antwortete die Elfe.

Nachdenklich verließ Ysilda den Hain, stieg am Bach den Hügel hinauf und kam zurück an ihre Unterkunft. Beim Einschlafen stand für sie fest, dass sie nicht allzu viel auf diese Prophezeiung geben sollte. Wie sollte die Macht des Waldes auch über ihr Schicksal bestimmen können und voraussehen, was ihr künftig bevorstand. Nachdem sie ihre Gedanken sortiert hatte, konnte sie endlich einschlafen und dachte daran, dass sich ihre Reise dem Ende zuneigen würde, sobald sie das Arkanen Tribunal erreicht hatten und den Auftrag von Bertin bald abschließen konnten.

Am nächsten Morgen wurden sie und ihre Begleiter wieder von Velandir geweckt. Er übergab ihnen eine Mahlzeit und berichtete, dass Mercer die Behandlung überstanden hatte und nur noch etwas Ruhe benötige, bevor er weiterreisen konnte. Zum Überbrücken dieser Zeit übte Ysilda weiter an ihren Zaubern und schrieb das Gelernte in ihrem Buch nieder. Shep eignete sich neue Reime und Liedzeilen für seine Magiekünste an, und Junachel begann den Umgang mit dem Bogen zu trainieren. Dabei wurde sie von Jägern der Udin beobachtet und schließlich brachten sie ihr die elfische Schießkunst bei. Gleichzeitig lehrten sie sie noch das rasche Vorgehen im Wald und im unebenen Gelände und sogar die Kunde über unterschiedliche Pflanzen.

Natürlich fragten die anderen irgendwann Ysilda, was Irannvir am ersten Abend mit ihr besprochen hatte, aber sie log und erklärte, dass die Elfe nur etwas über ihre Reise zum Tribunal erfahren wollte. Mit der Prophezeiung musste sie jetzt nicht auch noch ihre Freunde belasten. Es reichte schon, wenn sie sich die Mühe machte, diese Gedanken zu vertreiben und als unwirklich anzusehen.

Während sie unter den Udin lebten, erfuhren sie mehr über deren Ansicht zum Kaiserreich. Das große Imperium benötigte von Jahr zu Jahr immer mehr Rohstoffe, um seine Macht aufrechtzuerhalten. Doch diese wurden im eigenen Territorium langsam knapp und daher erhielt jeder Baron, der mit Holz, Erz oder Stein Geschäfte machte, von der Kaiserin einen Distrikt außerhalb des imperialen Einflussbereichs, wo noch reichlich Ressourcen vorhanden waren. So leitete unter anderem ein erfolgreicher Holzbaron das große Sägewerk am Rand des Samhin. Aus der Sicht der Udin ernähren sich die Menschen gierig und ohne das Verständnis, dass die Natur Zeit benötigte, um Rohstoffe wieder bereitzustellen. Doch eines Tages würden sie die Fußabdrücke ihrer Unersättlichkeit hinter ihren Fersen bemerken und erkennen, wer für dieses rücksichtslose Verhalten verantwortlich ist, während sich die Natur schon wieder erholt hat.

Nach zwei Tagen war es so weit und Mercer war bereit weiterzureisen. Sein Zustand zeigte, dass er lange nicht mehr gut geschlafen hatte, und außerdem wirkte er schwach. Die Behandlung der Udin machte ihn für einige Zeit immun gegen das Wyverngift. Trotzdem würde es noch eine gewisse Zeit brauchen, bis er vollständig genesen war. Das hinderte den Dieb allerdings nicht an einem Aufbruch und daher packten sie ihre Sachen zusammen und verabschiedeten sich bei Irannvir und den Elfen, die sie in den letzten Tagen kennengelernt hatten.

Zum Dank für ihre Gesellschaft schenkten sie Junachel einen elfischen Bogen sowie einen vollen Köcher mit Pfeilen. Geschmeichelt nahm sie das Geschenk entgegen und zusammen verließen sie die Siedlung und kehrten zurück auf die Straße, wo ihr alter Wagen stand. Sie ließen das Gefährt stehen und reisten zu Fuß weiter in Richtung des Arkanen Tribunals.

Die Reise war lang und auf eigenen Beinen, ohne die Möglichkeit sich auf dem Karren zu entspannen, ziemlich anstrengend. Sie wanderten mehrere Tage durch den Samhin und begegneten niemandem. Ysilda hätte zwar schwören können, dass sie in den Ästen immer wieder die Gestalten von anderen Udin gesehen hatte, aber diese zeigten sich nicht und blieben in ihren Verstecken. Junachel überragte Mercer mittlerweile im Navigieren und führte sie gekonnt durch unebene und überwucherte Stellen, wie sie es bei den Elfen gelernt hatte. Auf diese Weise konnten sie den Wald schnell durchqueren und mussten nur dreimal übernachten, bevor die Abstände zwischen den Bäumen größer wurden und sie sich schließlich bei Sonnenuntergang auf einer Landzunge vor dem Travlirschen Meer befanden.

Der Schein des rötlichen Himmels fiel auf die Wellen des Ozeans und die steilen Felsklippen, welche hinunter zum Wasser führten. Hinter dem Hügel der längsten Zunge erblickte Ysilda eine gigantische Festung. Sie ragte aus dem Meeresboden über der Landeshöhe empor. Das schwarze Bollwerk besaß acht gewaltige Türme, die symmetrisch um ein exorbitantes Kuppeldach angeordnet waren, und eine schmale Brücke führte von der Klippe zum großen Eingangsportal.

»Wir haben es geschafft. Vor uns ist es, das Arkane Tribunal!«, rief Junachel erfreut und sprang vor der Brücke auf und ab, bevor sie diese überquerte.

Mercer blieb wie angewurzelt stehen und schaute sie besorgt an, als fürchte er, sie wolle von der Klippe springen. Er blickte sich skeptisch um, wobei er offenbar etwas suchte, und fragte dann: »Arkanes Tribunal, wo soll das sein? Hier ist nichts, nur eine tiefe Klippe und die Aussicht auf das Meer.«

Sie sahen ihn an, als wäre er verrückt geworden.

»Bist du blind? Genau vor deinen Augen«, lachte Shep und deutete mit beiden Händen auf die Festung.

Mercer wirkte so, als wollte man ihn auf den Arm nehmen, da fiel Ysilda etwas ein. »Vielleicht kann nicht jeder das Tribunal sehen. Eine mächtige Illusion könnte so etwas bestimmt bewirken«, überlegte sie laut und stellte sich neben Junachel, allerdings mit dem Rücken zum Brückenanfang, und sah nach, ob hinter ihr etwas war, über das sie stolpern konnte.

»Was hast du vor?«, fragte der Dieb und wollte gerade auf

sie zukommen und sie festhalten, als Ysilda einen Schritt zurückmachte und als Erste den Fuß auf dem Steingebilde absetzte.

Für einen kurzen Moment geriet der Schurke in einen Schock, aber starrte dann verdattert auf die Zauberin, welche sich vollständig auf den Übergang gestellt hatte. Wenn er das ganze Gebäude nicht sehen konnte, dann musste das für ihn gerade ein sehr merkwürdiger Anblick sein. Der Barde und Junachel liefen an Ysilda vorbei und warteten hinter ihr. Mercer verstand langsam und näherte sich der Klippe. Vorsichtig schob er den Fuß nach vorn und verlor beinah das Gleichgewicht, als er die Augen schloss und überrascht vom festen Steinboden aufgefangen wurde. Beide Arme zur Seite ausgestreckt, balancierte er ein paar Schritte auf dem unsichtbaren Pfad und starrte dann schließlich mit offenem Mund auf die große Festung. Er rieb sich die Augen und blickte die anderen an.

»Kannst du es jetzt sehen?«, fragte Ysilda und hielt ihn sanft an den Handgelenken fest, sodass er ihre Anwesenheit bemerkte.

Mercer sagte nichts, was Ysilda allerdings als Zustimmung deutete, und folgte ihnen immer noch überwältigt über die gewaltige Brücke. Das gesamte Bauwerk bestand aus glattem, feinem schwarzen Marmor.

Am Ende des Übergangs erwartete sie ein riesiges rechteckiges Tor, das vollständig aus schwerem Eisen gefertigt war. Ysilda überlegte, wie sie sich Zugang verschaffen sollten. Da ihr nichts Besseres einfiel, versuchte sie es mit Klopfen. Der wiederhallende Metallklang überschallte das Geräusch der peitschenden Wellen und am Tor bewegten sich winzige Elemente, die es verschlossen hielten. Mit einem harten Geräusch öffnete es sich in der Mitte nach außen und offenbarte ihnen den Ausblick auf eine prunkvolle Eingangshalle. Auch hier war der glänzende Marmor präsent. Die hohe Decke wurde von massiven Stützen gehalten. Sanfte Lichtstrahlen fielen durch das Glas der Kuppel und ließen den Boden schimmern.

Aus dem Dunkeln trat ein älterer Mann mit einem rötlichen Satingewand, das im Licht golden schimmerte. Er hatte einen rundlichen Kopf, auf dem nur noch wenige Haare wuchsen, dafür aber einen dichten Vollbart. Die Hände hinter dem Rücken verschränkt, blieb er in der Tür stehen und beäugte sie.

»Seid gegrüßt. Ich bin Ortefan Ulgrid, der Portier des Arkanen Tribunals. Seid Ihr einer Immatrikulation zum Studium gefolgt oder hat Euch das Portal aus anderen Beweggründen hereingelassen?«, empfing er sie freundlich und verneigte sich.

»Ich bin Ysilda von Nesthalf. Ich erfülle die Aufgabe meines Onkels, Bertin Fruchtfuß, und bringe Euch den Armreif des Witwers. Er ist zu gefährlich, um ihn in der Welt da draußen zu behalten, deswegen verwahrt ihn bitte für mich«, erklärte die Zauberin schnell und bot dem Portier das Artefakt aus ihrem Beutel an.

Dieser wich einen Schritt nach hinten, tat dies mit einer Handbewegung ab und sprach dann: »O nein. Ich werde das nicht annehmen, aber Ihr habt recht. Das Armband des Witwers ist im Reich Laraivil nicht sicher. Bitte, tretet ein und ich werde alles weitere in die Wege leiten«, wies er sie an und machte einen Schritt zur Seite.

Ysilda musste sich eingestehen, dass sie nicht erwartet hatte, das Arkane Tribunal betreten zu dürfen. Aber diese Einladung ließ sie sich nicht nehmen und folgte dann den anderen in die Eingangshalle. Das imposante Foyer war rund und acht Seitengänge führten aus ihm heraus. In der Mitte gab es im Marmor eine Vertiefung. Ein Achtstern deutete mit seinen Zacken jeweils auf einen Durchgang. Jedes Ende einer Spitze war mit einem anderen Symbol gekennzeichnet. Stumm bedeutete Ortefan ihnen, anzuhalten, und präsentierte den Anreisenden die Halle.

»Ich habe Erzmagierin Astea Bescheid gegeben. Sie wird Euch demnächst empfangen. Bis dahin kann ich Euch etwas über diesen Ort erzählen«, informierte sie der Portier, nachdem er zwei Finger von der Schläfe nahm, die er während dem Hereintreten angelegt hatte, und begann dann mit seiner Vorstellung.

»Das Arkane Tribunal ist seit langer Zeit die zentrale Institution in Laraivil, um Zauberer auszubilden. Unsere Mystiker spüren allgegenwärtig potenzielle Magienutzer im Kaiserreich auf und lassen ihnen eine Immatrikulation zukommen, damit sie unserem Zirkel beitreten können. Nachdem das Kaiserreich neue Gesetze entworfen hatte, die das Nutzen von arkaner Macht verbieten, müssen wir unter der Hand arbeiten. Aus diesem Grund ist das Arkane Tribunal durch einen Illusionszauber geschützt, um den Magieunkundigen den Einlass zu verwehren.

Nachdem die Lehrlinge das Grundverständnis der Zauberei erlernt haben, können sie sich für einen der acht Magiezweige entscheiden und werden demnach zu einem der acht Hochmagier entsandt, von denen jeder ein Großmeister der arkanen

Schule ist. Eine andere Variante besteht auch darin, im Tribunal zu bleiben und alle Schulen gleichermaßen zu erlernen. Hier am Boden könnt Ihr den arkanen Achtstern sehen. Die Zacken deuten auf einen Turmeingang, in dem die unterschiedlichen Schulen während des Grundstudiums gelehrt werden. Der erste Turm beinhaltet die Schule der Bannzauber. Der zweite Turm steht für die Schule der Beschwörung. Im Anschluss folgen die Illusionsmagie, die Schule der Hervorrufung, der Verwandlung und Erkenntniszauber. Die siebte Schule ist die der Verzauberung und die letzte die der Nekromantie.

Die lokale Leitung des Arkanen Tribunals wechselt in diesem Zyklus nach acht Jahren. Nach dieser Ära übernimmt ein anderer Hochzauberer die Verantwortung und versucht als Erzmagier unseren Zirkel möglichst den äußeren Umständen anzupassen.«

»Und zu welcher Schule gehört die momentane Erzmagierin?«, fragte Junachel interessiert und betrachtete die Symbole an den Sternzacken.

»Meisterin Astea ist die begabte Großmeisterin der Verzauberung. Demnach befinden wir uns momentan im zweiten Jahr der Ära der Verzauberung«, erklärte der Portier stolz und wandte bei diesen Worten den Kopf zur Seite, als der hallende Klang von Absätzen über den Marmor hallte.

Das Foyer betrat eine jung wirkende Frau. Sie war groß und hatte lange Spitzohren, welche mit Sichelmondohrringen geschmückt waren, und strahlend blaue Augen. Ihr feines Zaubergewand war aus schwarzem Satin genäht und am Hals zugeschnürt. Der Stoff des Umhangs beinhaltete mystische

Ornamente und glitzernde Perlen. Ihre dunklen Haare fielen ihr wehend in den Nacken und ihre freien Oberarme waren von onyxfarbenen Ringen umschlungen. Die exzentrische Frau kam in einem eleganten Gang auf sie zu und betrachtete sie für einen Moment schweigend. Ysilda war sich durch Erzählungen aus ihrer Kindheit sicher, dass dies von ihrem Aussehen her eine Hochelfe sein musste.

»Seid dem Arkanen Tribunal genehm. Das Antlitz so hochbegehrter Konföderierter des Magierkults frohlockt unseren bescheidenen Zirkel. Ich erlaube mir die impertinente Äußerung, Eure Ankunft als ein vages Vorhaben zu bezichtigten«, sprach sie eloquent und verneigte sich mit gesenktem Kopf.

»Wie bitte?«, fragte Ysilda schnell, da sie kein Wort verstanden hatte, und schaute dann die anderen an, deren Irritation der ihren ähnelte.

»Einfaches Hofjargon im Zirkel der Zauberei und auch am kaiserlichen Hofe angemessen. Etwas, das Ihr noch lernen werdet. Bis dahin werde ich versuchen, es in niederer Form auszudrücken, und werde mich zügeln, vor Euch zu parlieren. Ich beginne mit einer Vorstellung. Ich bin Astea Sunalis, Großmeisterin der Verzauberungsmagie und momentane Erzmagierin des Arkanen Tribunals von Laraivil. Ich erkenne hier den Meisterdieb Mercer, den Marder von Mitrizien. Ich muss sagen, die Steckbriefe ähneln sehr Eurer Gestalt. Demnach seid Ihr Ysilda Isard, die Zauberin von Nesthalf?«, schlussfolgerte die junge Frau und durchbohrte sie mit ihren blauen Augen.

»Das ist richtig. Woher kennt Ihr mich?«, erwiderte Ysilda und bemerkte, dass der Blick ihr unangenehm war und sich ihre eigenen Augen abwandten.

»Die Kunde über die Eishexe von Rilidid hat sich über das ganze Reich ausgebreitet. Vom südlichsten Hügel in Cirad bis hoch zur letzten Küste von Neliwen seid Ihr die Inkarnation des zaubernden Feinds des Kaiserreichs. Es freut mich allerdings, dass Ihr es wohlbehalten zu uns geschafft habt. Mein Kollege, Tanitor Haferkorn, der Großmeister der Verwandlung, hat mir die Information über Euer Anliegen bereits zukommen lassen. Euer Onkel überließ Euch den Armreif von Axodün, den der Witwer Jarachel nutzte, um die Gedanken seiner Beute zu fangen und sich an ihnen zu nähren«, erklärte die Hochelfe und gewährte Ysilda Raum für eine Frage.

»Wer ist Axodün und was werdet Ihr mit dem Armreif machen?«, meinte sie aufmerksam und wartete die Antwort ab.

Astea sagte: »Axodün ist ein mächtiger Dämonenfürst und Herr der Nozelen. Ein Witwer bekommt in seiner Ausbildung die Möglichkeit, einen Pakt mit einem machtvollen Wesen zu schließen, und muss dann nach dessen Bestreben agieren. Im Gegenzug erhält er übermenschliche Kräfte oder einen gleichgestellten Gegenstand. Jarachel sammelt für Axodün die Seelen seiner Jagd und nimmt sie in dem Armreif auf. Der darin beherbergte Nozel ernährt sich von ihren Gedanken und gibt dem Träger dieses Schmuckstückes außerordentliche Kräfte. Dies macht den Nozel zu einem gefährlichen Oxigol, eine Kreatur, welche weit außerhalb der geringfügigen Stärke seiner Verwandten steht und mit seiner Nahrung telepathisch kommuniziert. Jarachel hat das Armand mit einem Zauber versiegelt, damit der Oxigol nur auf seinen Wunsch austreten kann.«

Ysilda verstand. Sie erzählten der Zaubermeisterin von der Nacht, als das Monster ausgebrochen war und sie es mit einem einfachen Spruch wieder zurück in das Armband verbannen konnte. Von dieser Tatsache schien die Hochelfe beeindruckt zu sein und hielt das für eine kluge Intuition. Nachdem sie die Hintergründe von Ysildas Geschichte erfrag und vernommen hatte, dass sie den Witwer getötet hatten, verstand sie, weshalb das Artefakt nur von der Zauberin berührt und getragen werden konnte.

»Die Ermordung der nesthalfer Familie Isard habe ich damals mitbekommen. Deine Mutter, Irena Isard, kannte ich nur flüchtig, aber sie war eine begabte Zauberin unter den Hochelfen. Leider erfuhr das Kaiserreich von ihrer Macht und schickte den Witwer, um sie und ihre Nachkommen zu vernichten. Die Fähigkeit zur Magie bildet sich bei jedem auf andere Weise. Die meisten Begabten, wie deine Mutter, müssen Jahre studieren, um die arkane Kraft richtig nutzen zu können. Andere, wie du, Ysilda, erleiden ein beträchtliches Unglück, wodurch die allumgebende Magie sich einem hilfesuchenden Wesen als Beschützer anbietet. Im Augenblick deiner tiefsten Stunde hat dich die arkane Macht auserwählt und aus Gründen, die selbst ich nicht verstehe, an das Artefakt gebunden und es zum Zentrum deiner magischen Ressourcen gemacht. Ihr seid in gewisser Weise miteinander verbunden«, stellte Astea überzeugt fest.

»Und der Oxigol wird auch weiterhin versuchen, den Armreif zu verlassen?«, fragte Ysilda.

»Das nehme ich an«, versicherte ihr die Großzauberin. »Die Herrschaft über das Artefakt wird ein ewiger Kampf zwischen euch beiden bleiben und ein Oxigol, der nur auf einen verstorbenen Witwer hört, ist eine zu große Gefahr für das ganze Land. Aus diesem Grund werden wir ein arkanes Ritual durchführen, bei dem du dich mit all deiner Macht gegen das Monster wehren musst. Der Sieger wird die Herrschaft über das Artefakt erlangen und der Verlierer wird aufhören zu existieren. Bei deinem Erfolg erkläre ich dir, wie es weitergeht. Das Armband ist zu gefährlich, um noch länger auf dieser Welt zu bleiben, und muss zerstört werden. Aber darüber sprechen wir, wenn es so weit ist.«

»Hört sich gefährlich an«, erwiderte Ysilda eingeschüchtert und wurde ganz bleich. »Wann habt Ihr vor, dieses Ritual zu beginnen?«

Die Hochmagierin zählte stumm einige Sachen zusammen und meinte dann: »Das wird noch seine Zeit benötigen. Zuallererst brauchen wir die anderen sieben Zaubermeister, um überhaupt eine Chance auf Erfolg zu haben. Die Zeremonie halten wir dann hier inmitten des Achtsterns ab, dort, wo die Magie des Arkanen Tribunals am stärksten ist. Bis alles vorbereitet ist, wird euch Ortefan einquartieren. Es soll euch an nichts fehlen.

Während wir warten, könntest du an unseren Zauberklassen teilnehmen, Ysilda. Dort würden wir dich ein wenig auf das bevorstehende Ritual vorbereiten. Es wäre mir eine Ehre, eine so mächtige Zauberin in den arkanen Künsten zu unterweisen und dich die Zweige der Magie zu lehren. Ich denke, die oberste Anfängerklasse, also die Klasse der Stufe drei, wird deinen Fähigkeiten für den Anfang gerecht werden.

Ihr anderen habt natürlich auch die Möglichkeit, einen Platz zum Üben zu suchen, solange Ihr keinen anderen stört. Aber wagt es ja nicht, etwas hier zu stehlen. Wir werden das mitbekommen«, warnte sie und schaute dabei Mercer an, der das Augenmerk unschuldig auf den schwarzen Marmor richtete. »Belasse das Artefakt bis zum Ritual stets bei dir und verlier es nicht aus den Augen«, beendete sie das Gespräch mit Ysilda und wartete, bis sie ein zustimmendes Nicken erhielt.

Die Hochmagierin wünschte ihnen einen angenehmen Aufenthalt und beschrieb der jungen Zauberin den Weg und den Beginn der ersten Lehrstunde am nächsten Morgen. Danach kehrte sie ihnen den Rücken und verließ die Halle in einem der acht Türme.

Der Portier wies sie an, ihm nachzulaufen, und brachte sie zum Turm der Illusion, wo er eine steile Wendeltreppe nach unten stieg und einen langen Korridor entlangging, in dem die Türen mit Nummern beschriftet waren. Jeder von ihnen bekam sein eigenes nobel eingerichtetes Zimmer und deshalb sprachen sie sich ab, wie sie den morgigen Tag beginnen würden, und werteten noch die Unterhaltung mit der Hochmagierin aus. Ysilda würde sich in die Lehren der Magie einweisen lassen, während die anderen sich später am Tag treffen wollten, um gemeinsam an ihren Fertigkeiten zu üben.

Da die Sonne mittlerweile untergegangen war, beschlossen sie, schlafen zu gehen, um am nächsten Morgen ausgeruht zu sein. Obwohl das Bett ihres Zimmers bequem und hervorragend für einen angenehmen Schlaf geeignet war, grübelte Ysilda noch lange vor sich hin. Eigentlich hatte sie damit gerechnet, das Armband beim Tribunal abzugeben und damit wäre ihre Aufgabe beendet. Aber sie befürchtete, dass vor diesem Ende noch ein weiter Weg lag und sie immer tiefer in die Angelegenheiten der Magier verwickelt werden würde.

Am nächsten Tag wurde Ysilda in den frühen Morgenstunden wach. Ein schriller Klang hallte in ihrem Zimmer, der verstummte, sobald sie sich aufrichtete. Von ihrem Fenster konnte sie auf die steile Küste des Festlandes sehen und bemerkte, dass es draußen noch vollständig dunkel und daher sehr früh war.

Müde stand sie von ihrem Bett auf und bewegte sich in dem blau eingerichteten Zimmer zum Kleiderschrank. Außerhalb des schwarzen Marmors hielten sich die Wandteppiche, die Zierde des Schranks sowie der gemusterte Teppich gemeinsam in dem blauen Ton.

Ysilda öffnete den gefüllten Kleiderschrank, welcher ihr vom Tribunal zur Verfügung gestellt worden war. Das meiste darin waren unterschiedliche Zauberroben, die an normalen Tagen und bei gewöhnlichen Vorlesungen getragen wurden. Zwei von ihnen waren Festumhänge. Weiterhin besaß die Garderobe noch Bekleidung mit einer Schutzfunktion, wenn sie in der Alchemie oder anderen gefährlichen Lehren unterwiesen wurde.

Die junge Zauberin entschied sich für eine Robe, die eng an ihrem Körper anlag. Die schwarzen Ärmel waren leicht durchsichtig, genauso wie der tiefe Rücken. Ysilda fühlte sich in diesem Kleid etwas unwohl und kam sich extravagant vor. Jedoch war es das Schlichteste in ihrer Auswahl. Mittlerweile vermutete sie, dass diese anmutige Präsentation der eigenen Eleganz normal unter Zauberern war und auch erwartet wurde. Sobald sie bereit war, entnahm sie ihrem Rucksack die nötigen Sachen zum Zaubern und verließ das Zimmer.

Sie ging den leeren Korridor entlang in Richtung des Illusionsturms und traf erst in der Haupthalle auf andere Zauberschüler, die sie abfällig beäugten und untereinander anfingen zu tuscheln. Ysilda vermied ein Gespräch und folgte nur der Wegbeschreibung zum Turm der Bannzauber. Dort wartete sie allein im Lehrsaal. Dieser war, ähnlich wie das Foyer, eine runde Halle, deren hohe Decke von mächtigen Säulen umgeben war. In der Mitte war genügend Platz, um die Zauber zu üben.

Nachdem sich der Saal mit einigen Lehrlingen aus der Eingangshalle gefüllt hatte, schloss eine alte Gnomenfrau das Eingangstor und sammelte die Schüler im Zentrum zusammen. Die kleine Zauberin richtete ihr Augenmerk auf Ysilda, die sich mit etwas Abstand am Rand aufhielt.

»Ich bin Swasvilda Seferun. Meisterin Astea hat mich in deine Geschichte bereits eingewiesen und mir von deiner Bekanntheit im Kaiserreich erzählt. Es freut mich, dass ich die Ehre bekomme, eine hochtalentierte Zauberin in der obersten Anfängerstufe unterrichten zu dürfen«, sprach die Gnomenfrau sie freundlich an und Ysilda spürte, wie sie errötete.

»Es ist auch kein Wunder, wenn man mit diesem Talent geboren wird, dass man gleich zum bevorzugten Schüler aufsteigt. Warum sie wohl nicht direkt die Fortgeschrittenenklasse besuchen darf?«, tuschelte eine elfische Schülerin den anderen zu, ohne sich auch nur zu bemühen, dass man sie nicht hörte.

Die anderen kicherten mit der Hand vor dem Mund, aber Swasvilda unterbrach sie sofort: »Eine vorurteilende Zwietracht kann ich in meinem Unterricht nicht brauchen, Sybilla. Zügele deine Zunge.«

»Verzeiht mir, Mentorin, aber jeder, der mit der Teilnahme an der dritten Zauberklasse belohnt wird, damit die langweiligen Anfängerstunden überspringen darf und sich im Gegenzug nur unbeliebt beim Kaiserreich machen oder einen mächtigen Gegenstand zur Akademie bringen muss, sollte die Zwietracht auch als lehrreiche Erfahrung empfinden«, vertrat die Schülerin Sybilla ihre Meinung und verschränkte die Arme.

»Wenn das ein Problem für dich darstellt, kannst du mit diesem Anliegen gerne die Studien der Hochmagierin unterbrechen und ihre Entscheidung infrage stellen. Ich kann mir aber vorstellen, dass ihr beide wisst, wie ein solches Verhalten auf eurer gemeinsamen Heimatinsel gesehen wird, und daher rate ich dir davon ab. Im Moment will ich davon nichts mehr hören«, belehrte sie Swasvilda und schweifte zu ihrem Unterricht über.

Mit einem Zauber reihte sie in der Luft leuchtende Buchstaben aneinander, welche die Worte der acht Magieschulen ergaben, und verlor darüber ein paar Worte: »Da ihr die dritte Stufe der Ausbildung bald abgeschlossen habt und euch demnächst für eine Zauberschule entscheiden dürft, sollte ich die acht Zweige erklären. Viele von euch werden die drei weiteren Stufen bei einem Hochmagier im Außendienst verbringen und das Studium mit der siebten Stufe an der Akademie abschließen. Nur die wenigsten von euch werden die achte Stufe zum Meister erreichen und noch weniger die neunte Stufe zum

Großmeister oder anders gesagt Hochmagier. Nach eurer Graduierung entscheidet das Arkane Tribunal, wo und wie es euch in Laraivil einsetzen wird. Sicher ist nur, dass ihr eine Anstellung erhalten werdet, solange die siebte Stufe erreicht wurde.«

Die Gnomenzauberin hielt für einen Moment inne. Danach wandte sie sich an ihre geschriebenen Buchstaben und machte zu jedem Wort eine Handbewegung. Dadurch begannen diese heller zu leuchten, und während sie dazu etwas erzählte, machten sich die Schüler Notizen.

»Fangen wir mit der ersten Schule der Magie an. Dies ist die Schule der Bannzauber. Mit diesem Zweig der arkanen Kunde ist es möglich, sich vor magischen oder physischen Attacken zu schützen oder auch bereits bestehende Zauber zu entfernen. Dies ist eher ein Weg zur defensiven Magie.

Die zweite Schule ist der Zweig der Beschwörung. Hierbei sprechen viele vom Antonym der Bannzauber. Mit dieser Art der Zauberei werden magische Schutzbarrieren erschaffen, Effekte, welche den Alltag erleichtern und auch Wesen, die uns untergeben dienen. Aus diesem Grund nennen manche Zauberer dies auch die Schule der Bequemlichkeit.

Für die dritte Schule entscheiden sich Zauberer eher selten. Die Macht der Illusion wird von vielen weit unterschätzt. Diese Magie täuscht die Wahrnehmung eines anderen. Es ist die Kunst der Überzeugung, um ein illusioniertes Objekt so real darzustellen, dass es vom Gegenüber als wahrhaftig empfunden wird. Wer dies sehr akribisch studiert, wird sogar in der Lage sein, selbst den größten Realisten mit seiner Illusion zu täuschen, weshalb einige hierbei auch von einem Verhalten sprechen, das jedem Konflikt ausweicht. Gibt es an dieser Stelle schon Fragen?«

Die Schüler sahen von ihren Notizen auf und schüttelten den Kopf. Auch Ysilda ahmte diese Bewegung nach und hörte weiter interessiert der Lehrmeisterin zu, welche fortfuhr.

»Damit kommen wir zur vierten Schule. Dies ist die Hervorrufung. Es ist eine der begehrtesten Zweige der Zauberei. Dieser beinhaltet die Kunst, arkane Energie zu formen und sie auf einem Ziel zu entladen. Genauer gesagt, sind dies größtenteils Angriffszauber, welche auf unterschiedliche Weise dem Punkt der Entladung Schaden zufügen. Magier wählen diesen Weg, wenn ihnen die Offensive zusagt.

An der fünften Stelle steht die Verwandlung. Diese ermöglicht dem Zauberwirker, die physischen Eigenschaften eines Objektes oder auch von Lebewesen zu verändern. Gegenstände, die normalerweise am Boden liegen, erreichen auf einmal die Kraft zu fliegen, verfärben sich oder werden größer. Andere verwandeln Objekte in Tiere. Hochmagier schaffen dies sogar dauerhaft. Zauberer, die Veränderung in ihrem Leben suchen, sind designiert für diesen Zweig.

Die sechste Art der Magie sind die Erkenntniszauber. Dies ist der Weg des Wissens, denn durch diese arkane Macht erhält der Zauberwirker Informationen über Lebewesen, Gegenstände und auch Geschehnisse. Es ist sehr nützlich, um die Kräfte einflussreicher Personen zu erkennen oder magische Artefakte zu untersuchen«, erklärte Swasvilda und richtete ihre Aufmerksamkeit auf Ysilda, die so tat, als wäre sie in ihren Notizen vertieft.

Die Gnomenfrau unterbrach den Kontakt und führte ihren

Unterricht fort: »Der siebte Magiezweig ist die Schule der Verzauberung. Diese gibt dem Ziel verschiedene Eigenschaften und Attribute, die es entweder stärker oder schwächer machen. Zum anderen kann damit auch die psychische oder physische Kontrolle eines Lebewesens übernommen werden, was gleichzeitig eine große Verantwortung bedeutet. Ihr verändert also die inneren Eigenschaften sowie Gedanken und Einstellungen. Daher fällt dieser Zweig denjenigen schwer, die wenig Selbstbewusstsein haben und denen es an charismatischer Stärke, Kontrollverlangen oder Egoismus mangelt.

Für die achte Schule entscheiden sich die wenigsten und es gibt auch nach der Entscheidung viele Abgänger, die im Nachhinein einen anderen Zweig einschlagen. Nekromantie ist die Schule, welche es euch ermöglicht, über das Leben und den Tod eines Wesens zu entscheiden. Sie kann Lebenskraft entziehen und das Ziel zum Sterben zwingen, aber sie auch wiedergeben oder an eine andere Person weiterreichen. Manche Nekromanten verfallen der Habgier, indem sie zwar Leben geben, allerdings kein vollkommenes. Die auferstandenen Wesen besitzen oft keinen freien Willen und verbleiben als ewige Dienerkreaturen. Aus diesem Grund ist dieser Zweig stark umstritten und wird auch akribisch kontrolliert. Er ist etwas für Zauberer, die vage an ihrem Dasein hängen und risikobereit sind«, schloss Swasvilda die Lehre ab und wartete auf die Fragen der Schüler.

»Wann bekommen wir denn die Möglichkeit, uns für einen Zweig zu entscheiden, und wie lang dauert es, bis feststeht, ob unsere Wahl akzeptiert wurde?«, fragte ein Schüler, den Ysilda wieder den katzenähnlichen Marps zuordnen konnte.

»Nach dem Unterricht werdet ihr ein Antragsformular erhalten. Ihr bekommt danach drei Tage Zeit, um euch zu entscheiden, dann gebt ihr das Schreiben beim Portier ab. Die Hochmagier werden euch dann schnellstmöglich eine Rückmeldung geben, ob ihre Kapazitäten ausreichen«, erklärte die Dozentin und wartete ab, ob noch mehr Fragen gestellt wurden.

Als dies nicht der Fall war, führte sie die Lehrstunde mit dem Üben zweier Sprüche der Bannzauber fort, welche die Schüler bereits am Anfang dieser Klassenstufe gelernt hatten. Für sie war es Wiederholung, für Ysilda gehörten die beiden Zauber zu einer weiteren Lehrstunde und deswegen nahm Swasvilda sie zur Seite.

Die Zauber hießen *Expellere Magica*, welchen Ysilda bereits kannte und auch selbst schon gewirkt hatte, und *Contra Magica*, der ohne verbale Formel gesprochen werden konnte und nur eine kleine Handbewegung benötigte. Beide Sprüche waren dazu da, andere Zauber zu beseitigen. Der Unterschied bestand lediglich darin, dass *Contra Magica* im Moment gewirkt werden musste, in dem der zu beseitigende Zauber erschaffen wurde. Dies konnte der Wirker mit einem einfachen Handstreich reaktiv unterbinden. *Expellere Magica* hingegen machte schon bestehende Zauber und magische Effekte dem Erdboden gleich.

Als Ysilda begann, war es für sie ein Leichtes, *Expellere Magica* auszuführen. Sie beherrschte diesen Zauber sehr schnell, was das Augenmerk der anderen Schüler auf sie zog. Einige von ihnen schüttelten die Köpfe, tuschelten darüber, dass sie nur wegen des Artefakts so begabt war, und konzentrierten sich dann wieder auf ihre Übungen.

»Sehr schön, das war richtig gut. Außerdem muss ich dich für deine korrekt ausgeführten somatischen Bewegungen loben und deine klare Aussprache ist wirklich grazil und selbstbewusst. Du bist wahrhaftig ein Naturtalent«, motivierte die Gnomin sie, da Ysilda *Expellere Magica* überzeugt beherrschte und dann im Anschluss *Contra Magica* versuchte, welchen sie auf Anhieb wirken konnte, und Swasvildas Übungszauber mit einer schneidenden Handbewegung in Nichts auflöste.

Leider zog sie damit noch mehr Augenmerk auf sich und kam sich dabei unangenehm bevorzugt vor. Aber davon merkte die begeisterte Dozentin nichts, sondern erklärte ihr noch etwas über die Zaubergestik: »Die Handbewegung eines Zaubers wurde von seinen Entdeckern über die Zeit der Erforschung in Perfektion studiert und an unsere Körpereigenschaften angepasst. Sie wird bei den meisten Sprüchen benötigt und lässt bei diesen die arkane Macht im Körper fließen, sodass sie eine geschliffene Feinheit erreichen. Umso feiner die Energie ist, desto korrekter und wirksamer werden die Zauber in ihrer Aktion sein.«

Ysilda nickte zum Zeichen, dass sie verstanden hatte. Swasvilda führte die Lehrstunde mit rotierenden Paarübungen fort und Ysilda merkte, dass sie von ihren Gegenübern entweder verbissen angestarrt oder beinah ignoriert wurde. Einige Kommilitonen schauten sie ehrfürchtig, ja sogar ängstlich an.

Nachdem die Lektion beendet worden war, nahmen die Studenten ihre Formulare zur Wahl der Zauberschule mit und verließen den Saal. Ysilda war sich nicht sicher, ob sie das ebenfalls betraf, aber nachdem sie den Raum ohne ein Schrei-

Ben verlassen hatte, wurde sie nicht zurückgerufen.

Sie folgte den anderen Schülern in die Haupthalle, die aufgeregt über ihre Vorstellungen der Zauberschulen redeten. Sybilla verkündete stolz, dass sie in die Schule der Verzauberung gehörte und direkt unter der aktuellen Erzmagierin Astea unterwiesen werden sollte.

Ihre Kommilitonen waren weniger selbstsicher mit ihren Wünschen. Die Halbelfe Velantis wollte bei der Hochmagierin für Erkenntniszauber, Minoutte Izisar, in die Lehre gehen, und wenn das nicht möglich war, die Schule der Bannzauber besuchen, was die anderen belächelnd kommentierten. Yukai und Ferndival waren sich noch nicht sicher und Käilith wollte unbedingt die Illusionsmagie von Sefferi Golwyn erlernen. Eosys wusste nicht sicher, ob sie sich auf einen Zweig der Magie spezialisieren sollte und überlegte, in der Akademie zu bleiben und das Zaubern vielseitig zu erlernen. Der Marp Karygrun war der Einzige, der seine Vorstellungen nicht freiwillig erzählte und sein Interesse an der Nekromantie erst auf Nachfrage preisgab, was ihm sofort versucht wurde auszureden. Ysilda wollte nicht, dass sie von den Lehrlingen ins Gespräch aufgenommen wurde, und hielt daher immer einen großen Abstand.

Nachdem sie das zentrale Foyer erreicht hatte, war sie froh, Mercer, Shep und Junachel zu sehen, die gerade vom Haupttor hereintraten und miteinander tratschten. Da es bereits Mittag war, zogen sie sich auf eines ihrer Zimmer zurück und ließen sich Speisen bringen. Während sie ihre Mägen füllten, erzählte Ysilda von ihrem ersten Unterricht und vertraute ihre Sorgen den anderen an. Ihre beruhigenden Worte taten gut und die junge Zauberin fühlte sich danach etwas besser. Es war vermutlich eine gewisse Art von Neid, die ihr Steine in den Weg legte.

Im Anschluss erzählten ihre Freunde von ihrem Tag. Sie hatten das Arkane Tribunal verlassen und draußen an den Klippen geübt. Der Barde war die ganze Zeit damit beschäftigt gewesen, mal wieder seine Stimmbänder zu beanspruchen, und Mercer und Junachel hatten das Schleichen und den Umgang mit dem Bogen geübt.

Nach einigen Stunden waren sie zufällig auf einen Zaubermeister des Tribunals getroffen, der Junachel tatsächlich die Anfänge zweier Zauber beibringen konnte. Diese wurden *Oculus Venatoris* und *Invenire Impedimentum* genannt. *Oculus Venatoris* ermöglichte es dem Wirker, ein ausgewähltes Wesen immer im Blick zu haben, sodass ein Angriff einfacher war und es sich gleichzeitig schlechter verstecken konnte. *Invenire Impedimentum* hingegen konnte angewandt werden, um versteckte Hindernisse wie Abhänge oder niedrige Stolpermöglichkeiten sowie Fallen von Jägern ausfindig zu machen.

Ysilda war genauso überrascht wie die anderen, dass Junachel ein unentdecktes Talent für Magie besaß, und auch, dass der Zauberer dies erkannt hatte. Da sie momentan die besten Möglichkeiten und Mittel zum Üben hatte, nahm sich Junachel vor, diese Zauber für die nächsten Tage einzustudieren.

Nachdem die Freunde fertiggegessen hatten, machte sich Ysilda auf zur nächsten Unterrichtsstunde im Verwandlungsturm. Hier lernten die Kommilitonen den besonders anspruchsvollen Zauberspruch *Volare.* Diese Magie beanspruchte Ysildas vollständige Konzentration, was ihren

Geist vor wahre Herausforderungen stellte. Allerdings gelang es ihr mit dieser Magie, für eine kurze Zeit über dem Boden zu schweben, während sie mit einer Feder in der Hand die Richtung angab. Höher als ihre Körpergröße traute sie sich allerdings nicht mehr, nachdem Käilith auf den harten Marmor fiel und sich dabei den Fuß verknackste. Die aufmerksame Dozentin dieser Stunde, Axila Welsruth, flößte ihr schnell einen Trank ein, welcher die Verletzung besänftigte. Dennoch schickte sie die Schülerin für den Rest des Tages in ihr Gemach und ließ ihr ärztlicher Hilfe zukommen.

Die nächsten Tage verliefen routiniert. Ysilda wurde morgens früh von dem schrillen Geräusch geweckt und kam verschlafen zu ihrem Unterricht. Am Abend fiel sie erschöpft ins Bett und schlief sofort ein. Das angeleitete Lernen war eine Umstellung für sie und fiel ihr schwer.

Davon abgesehen, musste sie zugeben, dass sie sich in kurzer Zeit schon mehr angeeignet hatte als in den letzten Wochen. Schon bald beherrschte sie mächtige Zauber wie *Glacias Sphera*, der eine große Fläche in Eis hüllte, oder den Spruch *Communicare*, der es ihr ermöglichte, kurze Nachrichten in die Gedanken von ihr bekannten Personen zu übermitteln. Allerdings wollte sie auf diese Weise keinen Kontakt mit ihrer Familie aufnehmen, um ihnen einige Sätze mitteilen. Magieunkundige würden eine unerwartete Stimme in ihrem Ohr eher als ein schlechtes Omen wahrnehmen oder wahrscheinlich einfach ignorieren und für eine Einbildung halten.

Ob ihr der viele Unterricht für das anstehende Ritual nützlich war, konnte Ysilda nicht sagen.

Ihre Begleiter sah sie in dieser Zeit jedenfalls immer weniger, da sie einen ganz anderen Tagesablauf hatten. Aus diesem Grund war Ysilda anfangs oft allein, wurde aber von den anderen Lernenden schon bald in ihren Reihen aufgenommen und freundete sich mit ihnen an. Dies verdankte sie vor allem Velantis und Käilith, die sie nach einer Unterrichtsstunde in ein Gespräch verwickelten und bemerkten, dass sie sich gut verstanden.

Zum ersten Mal in ihrem Leben fühlte sich Ysilda nicht wie die Außergewöhnliche. Hier war sie weder das große oder tapsige Mädchen noch die talentierte Zauberin. Sie fühlte sich lediglich als Studentin des Arkanen Tribunals wie jeder andere hier. Mit der Unterstützung der beiden Kommilitoninnen wurde sie in der Zauberklasse vollständig integriert und selbst Sybilla unterließ ihre hämischen Kommentare.

Außerhalb der Unterrichtsstunden verbrachten sie die Zeit miteinander und Ysilda erfuhr, dass Velantis bei ihrer elfischen Mutter auf den Elfeninseln aufgewachsen war. Ihren Vater hatte sie nie kennengelernt und wurde in ihrer Heimat nur von ihrer menschlichen Seite betrachtet, weswegen sie diesen Ort nie vollständig als Zuhause empfinden konnte. Unter den Hochelfen galt sie aufgrund der geteilten Herkunft als Außenseiter und daher war es ihr nicht besonders schwergefallen, das Eiland für die Immatrikulation zum Arkanen Tribunal zu verlassen. Das konnte Ysilda nachvollziehen und erzählte an dieser Stelle ihre eigene Geschichte, welche gewisse Parallelen aufwies.

Käilith hingegen stammte aus einer armen Großfamilie in Cirad und sah als ausgebildete Zauberin die Möglichkeit, für sie zu sorgen. Allerdings würde dieses Vorhaben auch bei Erfolg ein schwieriges Unterfangen bleiben, denn die Inquisition durfte von ihren Zauberfähigkeiten nichts erfahren. Davor fürchtete sich jeder Student beim Arkanen Tribunal.

Nur Sybilla und die anderen Elfen nicht. Die Inselkette der Hochelfen war der einzige Ort in ganz Laraivil, wo die Inquisition und das Kaiserreich keinen Einfluss besaßen und daher unabhängig blieben. Aus diesem Grund gingen die dort lebenden Elfen offen mit ihren arkanen Künsten um und unterrichteten ihre Lehrlinge bereits in jungen Jahren, damit sie von den Mystikern des Tribunals frühzeitig entdeckt wurden und eine Einschreibung zur Akademie erhielten.

Ein paar Tage nach Abgabe der Anträge zur weiteren Bildung erhielten die Schüler eine Antwort. Jedem wurde sein Wunsch erfüllt, bis auf Velantis. Weder die Schule der Erkennungszauber noch der Bannzauber hatte im Moment die Kapazitäten, neue Schüler aufzunehmen. Dafür wurde sie aber in die Schule der Verwandlung von Tanitor Haferkorn aufgenommen. Ysilda munterte sie auf, indem sie erzählte, dass der Zauberer ein hervorragender Mentor sei.

Karygrun hatte sich bei seiner Entscheidung nicht umstimmen lassen und bekam Einlass in die Schule der Nekromantie in Cirad. Sybilla wurde ihr Wunsch für die Schule der Verzauberung erfüllt und sie durfte den Lehren der Erzmagierin nachgehen. Dies stand auch für Yukai fest. Ferndival erhielt Zugang zur Schule der Hervorrufung und Käilith durfte bei dem Illusionsmagier Sefferi unterkommen. Zu guter Letzt wurde es Eosys tatsächlich ermöglicht, alle Wege der Magie gleichermaßen zu lernen und auch weiterhin in der Akademie zu bleiben.

Als eines Abends der Unterricht für Ysilda zu Ende war, bog sie vertieft in ihren Aufzeichnungen an der falschen Abzweigung ab und lief einen Korridor entlang, in dem sie noch nie gewesen war. Dies fiel ihr allerdings erst auf, nachdem sie Mercer erblickt hatte, der vor einem riesigen Tor stand und gedankenversunken durch seinen Bart strich.

»Noch nie habe ich solch eine Vorrichtung gesehen. Schau sich einer diese vielen Hindernisse und Barrieren an, welche den verstärkten Stahl an jeglicher Bewegung hindern. Selbst der größte Meisterdieb würde eine Ewigkeit brauchen, um ein einzelnes dieser Elemente aufzubrechen. Was sich dahinter verbirgt, wird mindestens so wertvoll sein wie der Reichtum der kaiserlichen Schatzkammer«, sprach er in einem Monolog und wandte dann den Kopf mit freundlicher Miene zu Ysilda.

Diese starrte ihn aus zwei Gründen an. Zum einen hatte sie nicht damit gerechnet, dem Dieb hier über den Weg zu laufen, zum anderen war die Situation sehr seltsam. Da sie ihren gemeinsamen Blickkontakt unangenehm empfand, sah sie zu dem Tor. Dieses war beinah so groß wie das Eingangsportal vom Tribunal, aber um einiges robuster. An seiner Öffnung waren hunderte Schlösser und Zahnräder angebracht, die vermutlich einen Mechanismus besaßen, der das Tor öffnete. Ysilda vermutete, dass ein starker Zauber, aber auch andere physische Lösungen nötig waren, um den Raum dahinter zu enthüllen und seine Geheimnisse aufzudecken.

»Ich dachte, wir waren uns einig, hier nichts zu stehlen?«, fragte sie den Dieb ermahnend und schaute ihn auffordernd an.

»Das ist wahr«, antwortete er und senkte hoffnungslos die Arme. »Natürlich werde ich die Zauberer nicht bestehlen. Das wäre für deinen Ruf nicht angemessen und würde uns nur Probleme bereiten. Abgesehen davon ist es mir nicht möglich, in der verfügbaren Zeit den Mechanismus zu knacken. Davor würde hier irgendjemand vorbeikommen und mich bemerken. Aber leider kann ich meine Faszination für solch ein meisterhaftes Rätsel nicht einfach so beiseiteschieben und meinen Drang zum Öffnen lösen. Daher muss es mir genügen, vor verschlossenem Tor zu stehen und meinen Plan, wie ich das Meisterwerk öffne, immer wieder in Gedanken durchzugehen und gleichzeitig eine Vorstellung zu erschaffen, was sich wohl dahinter verbirgt.«

Ysilda wusste nicht ganz, was sie mit Mercers Gedanken anfangen sollte. Sie vertraute ihm so weit, dass sie sich sicher war, er würde hier keinen Schaden anrichten. Trotzdem beschloss sie, dieses Gespräch für sich zu behalten, um den Schurken nicht zum Verdächtigen zu machen.

»Übrigens«, fiel dem Dieb im Anschluss noch ein. »Die Erzmagierin verlangt nach dir. Es scheint so, als würde das Ritual kurz bevorstehen, weswegen sie dich jetzt in ihrem Studienzimmer sehen will.«

Die junge Zauberin bedankte sich für die Nachricht und ließ Mercer mit seinen Mutmaßungen über den verborgenen

Schatz allein. Sie ging wieder zurück in die Eingangshalle, wo der Portier ihr erklärte, wie sie den Turm der Verzauberung im obersten Stockwerk betreten konnte. Nachdem sie die lange Wendeltreppe erklommen hatte, war sie außer Atem und lief einen leeren Korridor entlang, wo am Ende eine einfache Mauer auf sie wartete. Die Zauberin legte ihre Handfläche auf den Stein, den ihr der Portier beschrieben hatte, und trat zurück. Die Wand spaltete sich in der Mitte und öffnete sich. Nach dem Eintreten schloss sich der Eingang hinter ihr wieder.

Ysilda stand nun in einem großen Raum. Die Zierde auf dem schwarzen Marmor war hier in einem dunklen Grün gehalten. Lange Banner hingen als Dekor an der Wand und der Teppich vor dem prasselnden Kaminfeuer verschaffte ein heimisches Gefühl. Davor konnte man sich auf bequeme Kissen und Sessel setzen und sich vom Feuer wärmen lassen. Weiter hinten im Raum führten zwei parallele Treppen in ein weiteres Stockwerk hinauf, wo sich Bücherregale, ein Schreibtisch und viele verschiedene Vitrinen mit seltsam aussehenden Dingen befanden. Zwischen den Aufstiegen war ein Durchgang, der vermutlich in die Gemächer der Erzmagierin führte.

»Sehr schön, dass du gekommen bist«, begrüßte sie Astea, die sich im oberen Stockwerk zeigte und die Treppe zu ihr hinunterkam.

»Ihr habt mich zu Euch rufen lassen, Erzmagierin?«, gab Ysilda ihren Anlass an und verschränkte die Arme hinter dem Rücken.

»Ja. Das ist richtig. Komm, setz dich«, antwortete die Hochmagierin freundlich und bot ihr einen Sessel an, während sie selbst auf einem Platz nahm. »Du bist jetzt seit einigen Tagen hier und ich höre von meinen Zauberern, dass du wahres Talent besitzt und dich offen und fleißig im Unterricht präsentierst. Noch nie habe ich gehört, dass ein Schüler solche schnellen Fortschritte in dieser beschränkten Zeit gemacht hat. Es ist wirklich bedauernswert, dass die Mystiker dein Können nicht schon früher entdeckt haben. Ansonsten hätten wir dich schon vor Jahren im Arkanen Tribunal aufgenommen und dich zu einer wahrhaft mächtigen Zauberin ausgebildet. Ich bin mir sicher, dass du die Klassen mit Bravour abgeschlossen hättest und vermutlich über die siebte Stufe hinausgekommen wärst. Möglicherweise hättest du sogar Potenzial zur Hochmagierin gehabt. Vielleicht können wir noch mal über deine Immatrikulation sprechen, wenn du deine Aufgabe erfüllt hast.«

»Wann genau seht Ihr meine Aufgabe denn als erfüllt? Sobald wir das Armband mit dem Ritual unschädlich gemacht haben?«, fragte Ysilda und wollte hören, dass sie dem Arkanen Tribunal schon bald zugehören durfte.

Die Hochelfe überlegte einen Moment und sagte dann: »Ja. Das Ritual ist der erste Schritt, den wir gehen müssen, um den Armreif gefahrlos zu machen. Mit diesem Vorgehen werden wir die Magie des Schmuckstückes von der Macht des Oxigol trennen und demnach auch von deiner Verbindung. Wenn wir dies geschafft haben, dann muss das Artefakt allerdings noch zerstört werden, da es auch im Nachhinein noch andere mächtige Wesen oder andere Magie in sich aufnehmen kann und wir dann wieder am Anfang wären. Dazu aber Weiteres, wenn wir das Ritual abgeschlossen haben. Wir sollten uns erst einmal auf diesen Schritt konzentrieren. Die anderen sieben Hochmagier sind bereit und werden anreisen, um dem Zaubererkonklave beizuwohnen. Lass uns in das Foyer gehen und sie empfangen.«

Die Erzmagierin erhob sich von ihrem Sessel und verließ mit Ysilda das oberste Stockwerk. Zusammen kamen sie in die große Eingangshalle, wo sich die Nachricht über die Ankunft der Hochmagier bereits herumgesprochen hatte, und deshalb viele Schüler und Dozenten dort als Schaulustige versammelt waren. Ysilda versuchte alles, um keine Aufmerksamkeit zu erregen, und erkannte auch ihre Freunde, die im Gedränge standen und wie alle anderen gespannt warteten.

Die Erzmagierin trat in die leere Mitte des Achtsterns und hob ihre Hände, wodurch sich ein kreisförmiges Portal öffnete, welches, wie durch heiße Flammen berührt, flimmerte. Die Hochelfe trat ein paar Schritte zurück, als aus dem Portal ein lauter Knall ertönte und ein hochgewachsener Mann mit einem blauen Ornamentgewand und einem langen Bart durch den Kreis kam und Astea wie eine alte Freundin begrüßte. Dies war Hochmagier Nefaniel Wyrngard, der Meister der Bannzauber.

Ihm folgte ein dunkelhäutiger Mann mit einem goldgesteiften Kopftuch. Am strammen Körper trug er nur eine weiße Schärpe und hielt einen langen Schlangenstab in der Hand. Er war Midas Surakys, der Nekromant. Danach erschien Isobel Taratum, die Hochmagierin der Schule der Hervorrufung. Sie war eine Hinnd und sogar kleiner als die meisten Bewohner von Pepritin. Allerdings war ihr Gewand um einiges feiner, als Ysilda es von dem Volk gewohnt war, und sorgte daher für ein elegantes Auftreten.

Die nächsten beiden Zauberer waren Ysilda bekannt, aber sie kamen nicht durch das Portal, sondern reisten auf fliegenden Teppichen an. Tanitor Haferkorn, der Verwandlungsmagier, und Sefferi Golwyn, Hochmagier der Illusion. Der nächste Gast war die Zauberin Minoutte Izisar, Meisterin der Erkenntniszauber. Sie kam von weit her aus dem nördlichen Neliwen und war deshalb in einen dicken Mantel gehüllt, die Haare unter einer Fellmütze verborgen. Unter der wärmenden Garderobe war sie allerdings in einen aristokratischen Zaubererumhang gekleidet, der mit Perlen und Ketten verziert war und glänzte.

Nach ihr schloss sich das Portal, da der letzte Zauberer auf einem schwarzen Greif durch das Eingangstor flog und neben seinen Kollegen landete. Der Zauberer besaß einen rabenschwarzen Bart und trug einen langen Ledermantel, der bis zum Boden reichte. Als er von dem Greif abstieg, ließ er das Wesen mit einer Handbewegung verschwinden und lief mit einem edlen Gehstock zu den anderen. Sein Name war Aribor Gudwarken, der Beschwörungsmeister.

Da sich nach dieser Ankunft alle Hochmagier von Laraivil im Arkanen Tribunal eingefunden hatten, rief die Erzmagierin Ysilda zu sich und stellte die junge Zauberin ihren Kollegen vor. Sie wurde begrüßt und nickte Meister Tanitor sowie Sefferi zu, die sie bereits kannten.

Die neun Zauberer verließen die Eingangshalle und setzten sich im großen Sitzungssaal des Arkanen Tribunals zusammen. Das Konklave befand sich in den tiefsten Gewölben des

Tribunals. Einzig und allein die Kammern der Mystiker lagen noch tiefer unter dem Meeresspiegel. In der Mitte des großräumigen Saals stand ein langer Tisch, um den sich die Magier platzierten und sich vom Portier Speis und Trank servieren ließen. Sie füllten sich schlemmend die Bäuche und plauderten dabei über ihre Fortschritte und die momentanen Geschehnisse. Ysilda hörte heraus, dass eine derartige Versammlung aller Hochmagier eine Besonderheit war und die letzte große Zusammenkunft einige Jahre zurücklag. Nachdem ihre Mägen gefüllt waren, erhob sich Astea und positionierte sich am Ende der Tafel.

»Geehrte Kollegen. Ich rechne es Euch hoch an, dass Ihr uns Eure kostbare Zeit zur Verfügung stellt und für dieses Vorhaben Eure Studien unterbrecht«, verkündete die Erzmagierin. »Wie ich bereits zum Verständnis gegeben habe, beriefen wir dieses Zaubererkonklave ein, um den Armreif des Dämonenfürsten Axodün unschädlich zu machen. Der erste Schritt wird das arkane Ritual der Befreiung sein, in dem sich Ysilda dem innewohnenden Oxigol stellen muss. Allein sie besitzt die Voraussetzungen, um das Armband zu kontrollieren. Dies beweist, dass sie selbst Trägerin des Armreifs ist«, schloss Astea ab und bedeutete Ysilda, das Schmuckstück vorzuzeigen, woraufhin die anderen Magier untereinander zu reden begannen.

»Und wie genau stellt Ihr Euch dies vor, Erzmagierin? Jeder, der kein Diener des Erzdämons war, konnte bislang nichts an dem Ding bewirken oder es auch nur annähernd berühren. Wie sollen wir Ysilda dabei unterstützen?«, fragte der Zauberer Nefaniel und schaute seine Kollegen an, denen die gleiche

Frage auf der Zunge brannte.

»Dies ist natürlich ein berechtigter Zweifel, Kollege Nefaniel«, antwortete ihm Astea. »Wir Hochmagier haben bei diesem Ritus zwei Aufgaben: Primär unterstützen wir Ysilda mit all unserer magischen Kraft, wodurch sie ausreichend Ressourcen besitzen sollte, um den Oxigol zu vernichten. Sekundär werden wir eine magische Barriere aufrechterhalten, die verhindern soll, dass einer von beiden entkommt und im schlechten Ausgang das Wesen zurück in sein Gefängnis gedrängt wird. Alles andere ist von unserer jungen Zauberin abhängig. Ich kann es mir selbst nicht erklären, aber in dem Moment, als die Magie in ihr geboren wurde, haben sich die arkanen Kräfte aus irgendeinem Grund über den Armreif von Axodün gestellt und eine absonderliche Macht gebildet, die stärker als der Erzdämon selbst ist. Ysildas Magie ist mit der Kraft des Artefakts entstanden und die einzige weltliche Energie, die es beherrschen kann.«

»Damit ist es also beschlossen und wird so umgesetzt«, verkündete Meisterin Isobel und stand auf. »Heute Abend werden wir das Missgeschick dieses Dämonenfürsten aus der Welt schaffen und unsere arkanen Fähigkeiten dem Schutz von Laraivil und seinen Bewohnern zur Verfügung stellen.«

Mit diesen Worten erhoben sich alle Zauberer und gemeinsam verließen sie den Saal, um sich später in der Eingangshalle wiederzufinden. Diese war leer, da es während des Rituals niemandem außer den Hochmagiern gestattet war, sie zu betreten. An jedem Zugang hatte sich einer der Dozenten aufgestellt, um keinen anderen vorbeizulassen, weshalb sich die schaulustigen Studenten in den Korridoren sammelten und gespannt auf den Beginn warteten. In der Menge erkannte Ysilda auch ihre Freunde, was ihre Nervosität, die sie beim Anblick der vielen Zuschauer bekam, nicht beruhigte.

Die acht Hochmagier nahmen die Positionen auf den Ornamenten ihres Magiezweiges am Achtstern ein und baten die junge Zauberin in die Mitte, wo sie den Armreif am Boden ablegen sollte. Die hochrangigen Zauberer bereiteten sich angespannt auf das Ritual vor, indem sie Sprüche und Formeln vor sich hin dichteten und sich für die somatische Bewegung lockerten. Manche versanken kurzweilig in eine tiefe Meditation, andere gingen nachdenklich auf und ab. Astea füllte ihre Brust mit einem langen Atemzug und ließ die Luft schließlich kontinuierlich sanft herausfließen, wodurch sie in eine innerliche Ruhe verfiel.

»Wenn ihr alle so weit seid, dann lasst uns anfangen«, forderte die Erzmagierin die Zauberer auf, nachdem sie ihre Vorbereitungen abgeschlossen und ihre Positionen eingenommen hatten. »Beginnen wir mit dem Bannzauber und gewähren dem Oxigol keinen Ausweg. Sobald wir den Schutz erschaffen haben, lassen wir Ysilda unsere gesamte arkane Energie zukommen, mit der sie das Artefakt konfrontieren wird. Der Oxigol wird von alleine herauskommen und versuchen, sich zu verteidigen. Dabei müssen wir unsere gesamte Kraft aufrechterhalten. Bist du bereit?«, fragte die Hochmagierin direkt an Ysilda gewandt und gab ihr das Gefühl, dass sie diese Aufgabe bewältigen konnte.

Ysilda nickte überzeugt, auch wenn sie Angst vor dem Bevorstehenden hatte. Die Magier hoben synchron ihre Arme und begannen damit das Ritual. An den Ecken des Achtsterns bildeten sich verschwommene Wände. Sie waren durchsichtig und wirkten wie eine glitzernde Mauer aus Wasser. Die Barriere wurde größer und schloss sich an den offenen Stellen. Nachdem um Ysilda ein Kreis entstanden war, wuchs die magische Mauer in die Höhe und bildete über ihrem Kopf eine Kuppel.

Da sie mit dem Artefakt jetzt vollständig eingeschlossen war, senkten die Zauberer ihr Augenmerk zum Boden. Während über ihr blitzartige Wellen von reiner arkaner Energie entlang der konvexen Barriere schossen, füllten sich die vertieften Linien des Sterns mit hellem Licht und auch hier floss magische Kraft hindurch. Als die Strahlen das Zentrum des Oktogramms umschlossen, spürte Ysilda die Kraft von acht begabten Zauberern, welche durch ihren Körper strömte und ihr die nötigen Mächte verlieh. Ihre Konzentration festigte sich und daher gelang es ihr, die Energie gebündelt auf das Armband vor ihren Füßen zu übertragen.

Das Schmuckstück begann zu vibrieren, sodass es am glatten Boden metallisch klackerte und den Oxigol mit seiner gesamten Stärke schlagartig entfesselte. Die rote Masse brach aus dem Material und formte sich zu einem gigantischen Berg. Ysilda hob ihre Arme, allerdings hielt sich der Oxigol dieses Mal zurück und schlich wabernd um sie herum. Die junge Zauberin folgte wie paralysiert seiner Bewegung und wurde von den verschwommenen Gesichtern gefesselt, deren Gedanken das Monstrum bereits verschlungen hatte.

»Endlich haben wir dasselbe Niveau erreicht und können miteinander kommunizieren. Dein Intellekt ist sehr viel komplexer und hochwertiger als alles andere, was ich bisher gefunden habe«, sprach eine ominöse Stimme in ihrem Kopf und sie starrte gebannt in das Gesicht, das ihr am nächsten war.

»Ysilda, hör nicht auf den Oxigol! Wende deine Gedanken ab und vernichte ihn!«, rief Astea durch die Barriere. Die junge Magierin kam wieder zu sich und konzentrierte sich auf den Besitz ihre Sinne.

»Wenn du nicht mit mir reden willst, dann werde ich dich eben dazu zwingen«, dröhnte die fremde Stimme in ihrem Bewusstsein und übernahm wieder ihr Denkvermögen.

Ysilda drückte ihre Handflächen so stark auf die Ohren, dass es wehtat, aber konnte den Oxigol nicht aus ihrem Geist verbannen. Sie begann laut zu schreien und sank dabei auf die Knie: »Lass mich in Ruhe. Verschwinde aus meinem Kopf. Nein, bitte, geh weg von mir. Lass mich in Ruhe!«

Doch es half nichts. Die Zauberer hinter der Barriere unterstützen sie mit Hinweisen zum weiteren Vorgehen, aber sie hörte sie nicht. Der Oxigol hatte ihren Geist übernommen und drängte sich ohne Zustimmung in ihre Gedanken. Die Stimme begann zu flüstern: »Den Großteil deines Daseins stand ich unter deinem Bann. Aber das werde ich jetzt ändern. Das Spiel nimmt einen anderen Verlauf, denn ich weiß, wie ich dich manipulieren kann. Ich kenne deine Gefühle, deine Sorgen und dein Erkenntnisvermögen. Einzig fremde Magie hat mich die letzten Jahre davon abgehalten, und nachdem dieser Bann gebrochen war, bin ich täglich stärker geworden. Davor warst du nur eine selten wiederkehrende Hülle, die sich unwissend meiner Kraft bediente und wilde Magie versehentlich und unkontrolliert an ihrem Heimatort verbreitete.«

»Du meinst die Jahre in Pepritin? Du warst für das alles verantwortlich. Wegen dir sind diese unerklärlichen Dinge passiert, welche ich mir selbst nicht erklären konnte?« Ysilda wollte sich voller Furor lösen, aber der Oxigol umklammerte ihre Gedanken und hielt sie fest.

»Wenn du den Ort, an dem ich diese Jahre gefangen war, so nennst, dann stimme ich deiner Aussage zu«, antwortete ihr die Stimme. »Dort gab es keine Möglichkeit, mit meinem wahren Träger Kontakt aufzunehmen. Deswegen war dies das Erste, was ich getan habe, sobald sich die Gelegenheit ergab. Seine Schergen wurden aber an der Bergung gehindert und meine Hülle auf die Reise zu dieser Festung übergeben. Sieh sich das einer an, das junge Mädchen, ausgewählt von der arkanen Macht im Moment ihrer dunkelsten Stunde, wurde zu meiner aufgezwungenen Trägerin. Natürlich habe ich versucht, dein Wesen in riskante Situationen zu verwickeln, damit ich gefunden werde, aber das alles hat nichts gebracht. Ich blieb auch weiterhin dein Sklave. Die einzige Möglichkeit bestand darin, den passenden Moment abzuwarten und auszubrechen, aber du hast meine Hülle bereits verstanden und mich auch hierbei gehindert.«

»Wieso hast du mich dann nicht sofort unterworfen, nachdem ich das Artefakt in die Finger bekam? Wieso besaß ich in diesem Moment die Kontrolle über dich und nicht umkehrt?«, fragte Ysilda herausfordernd.

»Magie breitet sich unterschiedlich in den Wesen dieser Welt aus. Die einen eifern ihr über die Jahre nach und studieren akribisch ihre Vorgehensweise. Andere wiederum bieten den Mächtigen unter uns einen hochwertigen Preis ihres Individuums für diese Macht an. Du hingegen hast einen Moment durchlebt, welchen du in deinem jungen Alter nicht einmal begreifen konntest. Alle, die du kanntest, waren von einem Augenblick auf den nächsten nicht mehr da. Manchmal erwählt die überall vorhandene arkane Kraft einen Wirt, der über sie verfügen kann, und innerhalb dieses schlichten Atemzugs ist der Außerwählte unbesiegbar. Das ist der Grund, warum ich deinem Bann unterlegen war und dich nicht sofort beseitigt habe«, schrie die Stimme in ihrem Kopf. »Genug der Worte. Dieser Fehler wird mir nicht noch einmal passieren. Ab jetzt bin ich der Meister und werde deinen Geist unterwerfen und deine Gedanken wie ein wohlschmeckendes Festmahl verschlingen, bis von dir nur noch eine leere Hülle übrig ist.«

Ysilda begann zu weinen und schrie, als sich ein unbeschreiblicher Schmerz in ihrem Kopf ausbreitete. Ihre Erinnerungen und Gedanken hingen an einem seidenen Faden und wurden an einem eisernen Haken aus ihrem Bewusstsein gezogen. Die Zauberin versuchte, sich dagegen zu wehren und den Kontakt abzubrechen, aber der Oxigol zerstörte in seiner Rage alles, was in ihr vorging, und versenkte die Überreste erbarmungslos in einem endlosen Strudel.

Zum Schluss blieben ihr nur noch die Erinnerungen an ihre engsten Bekannten. Das Monster zeigte keine Gnade. Mit einem starken Sog vernichtete er ihre Brüder Knut und Finn. Die Erinnerungen an ihre kleine Schwester verblassten. Ihr Vater, Bertin und ihre Mutter wurden unter der Gewalt des Oxigols zerquetscht. Shep und Mercer verschwanden und zum Schluss blieb nur noch Junachel. Sie war das Letzte, das ihre Gedanken noch wahrnahmen. Aber dann verschwand die

Erinnerung an ihr Aussehen, ihre Berührungen und ihren Charakter. Das Einzige, was blieb, war ihre Stimme, welche zu ihr sprach: »Ysilda! Ysilda, wach auf. Löse den Kontakt und komm zu uns zurück!«

Der Klang hallte in ihrem Kopf, und als sie verstand, dass er echt war, tat sich am Ende des Strudels ein Licht auf. Dieses wurde immer heller und die Zauberin tauchte ein in die Gedanken des Oxigols, welche sich hinter den Gesichtern befanden. Als Ysilda eines von ihnen berührte, zerfiel es zu Asche und ließ das in ihm gefesselte Licht frei. Dies tat die Zauberin auch mit den anderen Gesichtern im Strudel und befreite sie von ihren Ketten.

»Nein. Nein, hör auf. Das kannst du nicht machen. Stopp, ich bin dein Meister, bitte tu es nicht, nein!«, schrie das Monstrum verzweifelt, aber Ysilda hörte nicht darauf und erkannte, dass die entkommenden Bewusstseins die Hülle verließen und frei wurden.

Sie selbst nährte sich von dem hellen Licht, und als sie es berührte, zerbrach die Existenz des Oxigols und wurde von ihrer eigenen arkanen Macht aufgesaugt. Das Licht brannte mit jedem aufgenommenen Funken heller und wurde langsam zu einem tosenden Feuersturm. Als sie das letzte Fragment in sich aufgenommen hatte, wurden die Strahlen so hell, dass ihre Sicht verschwamm, dann erblindete sie und nahm schließlich wahr, wie sich alles um sie herum im lodernden Licht auflöste.

Die Waldläuferin

In erster Linie waren Waldläufer Spezialisten der Wildnis. Durch natürliches Erkunden setzten sie sich exzellent mit ihrer Umgebung auseinander und konnten die Spuren von Feinden über Meilen verfolgen. Während sich der eine schnell und lautlos durch den dichtesten Wald bewegte, war der andere Überlebensexperte in eisigen Tundren oder sengenden Wüsten. Waldläufer waren dort zu Hause, wo die Natur am rausten war. Manche von ihnen waren in der Lage, die Rufe von Tieren und das Singen der Vögel zu deuten, und versuchten, das natürliche Gleichgewicht zwischen Beute und Jäger aufrechtzuerhalten. Als das Letztere verstanden sie sich ebenfalls. Ein Weidmann war bestrebt darin, seine Beute zu kennen, und studierte über die Jahre das Verhalten und die Schwächen verschiedener Monsterarten. Damit war er fähig, diese aufzuspüren und lautlos zu erlegen. Einige Waldläufer waren sogar in der Lage, die arkanen Kräfte der Magie zu nutzen, und konnten mit ihr die benötigten Fähigkeiten eines Jägers verstärken. Doch egal, wo oder auf wen ein Waldläufer seine Jagd richtete, er war ein ausgezeichneter Experte, der seine Umgebung respektierte und stets im Einklang mit der Natur lebte.

Im Laufe ihrer Reise wurde Junachel zu solch einer Waldläuferin. Alles begann unterwegs, da die Vorräte zur Neige gingen und Nachschub beschafft werden musste. Mit Mercers Unterstützung entdeckte sie ihr Talent in der Jagd und bemerkte, dass ihr die Orientierung im unwegsamen Gelände leichtfiel. In der weiteren Zeit lernte sie immer mehr, die Umgebung des Waldes zu lesen und ihre Begleiter vereinfacht durch das verzweigte Territorium zu führen. Das Bogenschießen zeigten ihr die Udin und ihre Lehrmeister der Magie befanden sich im Arkanen Tribunal. Mit diesen Fähigkeiten war sie in der Lage, andere Wesen aufzuspüren und sie gezielt zu eliminieren. Allerdings benötigte es noch viel Erfahrung, bis sie sich als Experte auszeichnen konnte.

Dieses Ziel stand momentan aber nicht an oberster Stelle. Junachel war, wie so viele andere auch, Zeugin vom Ritual der Hochmagier geworden. Ysilda war es gelungen, den Oxigol zu besiegen und den verschlungenen Gedächtnissen freies Geleit zu ihren Besitzern im Jenseits zu gewähren.

Die extremen Anstrengungen hatten allerdings ihren Preis verlangt. Am Ende des Ritus verließ Ysilda das Bewusstsein und sie blieb regungslos auf dem harten Boden liegen. Seitdem war sie in einer Trance gefangen, welche sie nicht so schnell verlassen konnte. Die Hochmagier brachten die junge Zauberin zu den lokalen Medizinern, wo sie bereits seit einer Woche vor sich hin schlummerte und immer wieder Ausbrüche von arkaner Energie verursachte. Die Heiler des Tribunals waren sich zwar einig, dass dies kein dauerhafter Zustand sei. Aber darüber, wann Ysilda wieder zu sich kommen würde, gingen die Vermutungen auseinander.

Aus diesem Grund blieb Junachel und ihren Begleitern nichts anderes übrig, als auf diesen Tag zu warten. Bis dahin hielt Astea die nächste Aufgabe bereit und würde ihnen schließlich erklären, wie das Artefakt des Erzdämons unschädlich gemacht werden konnte. Für diesen Moment sicherte ihnen das Arkanen Tribunal jede Unterstützung zu.

Somit bekam Shep Einzelunterricht von einem Zauberer, der schon einmal Barden unterwiesen hatte, und lernte dabei viel über Magie. Mercer hingegen lehnte jede Unterstützung ab und verblieb im Selbststudium seiner Fähigkeiten. Abends kam er allerdings nicht auf das Zimmer, sondern schlich lieber durch die Korridore des Tribunals. Junachel würde nur zu gern wissen, was er dort trieb. Jedoch war es sogar mit ihrem Wissen unmöglich, den Dieb aufzuspüren, und sie befürchtete, dass er irgendwas Unüberlegtes anstellte.

Die Erzmagierin begünstigte die junge Hinnd, indem sie ihr Zugang zur arkanen Bibliothek gestattete. An diesem Ort erweiterte sie ihren Horizont mit Büchern und Erkenntnisberichten von Monstern und anderen Kreaturen auf dieser Welt und las auch viel über die Umgebung des gesamten Kaiserreichs. Junachel schätzte dieses Angebot sehr und verbrachte jeden Abend im Eigenstudium, nachdem sie ihre täglichen Übungen abgeschlossen hatte. Danach konnte sie ruhig schlafen gehen. Das Lesen und Erlangen von Wissen über die Welt und alles, was es da draußen gab, nährte ihren Hunger nach Abenteuer und lenkte sie von den Gedanken an Ysildas Zustand ab.

So lernte sie unter anderem auch viel über die Natur der verschiedenen Königreiche von Laraivil. Während sich Rilidid,

Riralien und Vereda von Landschaft und Klima sehr ähnelten, war Mitrizien dicht mit Wald bewachsen. An den wenigen kahlen Stellen stachen hohe Felsengipfel aus dem sonst flachen Land oder große Sümpfe und Flussauen hinderten die Pflanzen am Wuchern.

Cirad hingegen war äußerst mager mit dem Wachstum. Im Norden des Königreichs verlief das Grasland zu einer unfruchtbaren Steppe. Abgesehen von einigen Berggegenden bestand das Reich ansonsten aus einer kargen Wüste. Neliwen war dabei das genaue Gegenteil. Das hügelige Land teilte sich in zwei Gebiete. Das rohstoffreiche Talgebiet und das gewaltige Hochgebirge, wo das ganze Jahr über eisige Temperaturen herrschten und immer wieder Schnee fiel. Weiter im Norden begann eine größtenteils unentdeckte Tundra. Die Großinsel Daranien war dagegen viel wärmer. Im Süden befanden sich die sandigen Strände, welche das Foyer zum unbändigen Dschungel bildeten. Im Norden war die Insel von Asche, Schwefel und seltenen Gesteinssorten überwuchert, denn dort brodelte ein riesiger Vulkan.

Abgesehen von dieser Literatur begeisterte sich Junachel vielmehr für die Lehrbücher über Monster. Hier fand die Hinnd auch Berichte über die Kauzbären, welche ihr aus dem Bärental bekannt waren. Diese Wesen entstanden vermutlich aus den Experimenten eines Hexenmeisters, der hierbei versuchte, Käuze und Bären zu kreuzen. Anstatt es bei einem Versuch zu belassen, expandierte der Zauberkundige mit seinen Erfolgen und die Forschungen gerieten außer Kontrolle, wodurch Kauzbären sich auf der ganzen Welt verbreiten und fortpflanzen konnten.

Was weiterhin noch ihr Interesse erweckte, waren die Monsterarten Anzurg und Krunif. Beides waren insektenartige Riesenwesen. Während Anzurge im Wald lebten und sich dort Tunnelbauten gruben, waren Krunife in den verlassenen Minen und den tieferen Höhlen anzutreffen. Anzurge besaßen abgesehen von den sechs Hinterbeinen zwei große Fangarme und ein paar kräftige Zangen, mit denen sie ihre Beute packen und fressen konnten. Da sie langsam waren, verstanden sie es, ihre Speise zu lähmen, indem sie mit Säure spuckten, welche Muskeln zum Erstarren brachten. Krunife waren im Gegensatz dazu in Schwärmen unterwegs. Die Monster wuchsen in einer Kastenkolonie auf, welche von einer Königin regiert wurde. Sobald sie ihr Nest in einem unterirdischen Tunnel eingerichtet hatten, verbreiteten sie sich schnell und konnten sogar zur Plage einer ganzen Stadt werden. Krunif griffen auch nie alleine an, sondern blieben stets an der Seite ihrer Nestbewohner. Ihre sechs Beine waren an den Enden mit dolchartigen Spitzen und kleinen Widerhaken versehen. Weiterhin besaßen sie noch einen Giftstachel am Hinterleib, der als letzter Ausweg genutzt wurde.

Aber egal wie unterschiedlich diese Kreaturen auch waren, sobald sie in Kontakt mit Landarbeitern oder Reisenden kamen, waren sie deren Ende. Genau dafür benötigte man Waldläufer, die Experten in solchen Angelegenheiten. Genau das wurde zu Junachels Wunsch. Wenn sie das Armband des Dämons unschädlich gemacht hatten, würde sie nicht nach Pepritin zurückkehren. Sie wollte weiterhin mit Ysilda durch die Welt streifen und Abenteuer erleben, womit sie den Leuten gleichzeitig helfen konnte.

Da Junachel diesen Abend wie auch die bisherigen in der Bibliothek verbrachte, um ihre Kenntnisse zu erweitern, war es draußen bereits dunkel, als Regentropfen gegen die Fenster prasselten. Der Sturm war allerdings nicht das, was sie vom Lesen abhielt. Es waren näherkommende Schritte, und nachdem sie sich umgedreht hatte, erkannte sie zwischen zwei dunklen Bücherregalen die düstere Gestalt von Mercer. Er machte seiner Bezeichnung als hinterhältiger Dieb immer wieder Ehre und besaß das Talent, auf solch eine Weise den Leuten Angst einzujagen. Wenigstens trug er im Tribunal nicht seine elfischen Stiefel, mit denen er beim Laufen überhaupt keinen Laut machen würde.

»Gut, dass ich dich gefunden habe«, begrüßte sie der Schurke und trat ins Licht von Junachels Kerze. »Die Erzmagierin will mit dir sprechen. Ich vermute, es geht darum, dass Ysilda immer noch nicht erwacht ist und Astea das weitere Vorgehen nicht länger für sich behalten will. Fühl dich als Anführerin unserer Gruppe auserkoren, denn ich bin nur als Laufbursche erwählt worden. Vermutlich will sie, dass ich so wenig wie möglich unbeaufsichtigt und vor allem nicht alleine im Tribunal herumschnüffle.«

»Wonach schnüffelst du denn?«, fragte die Hinnd belustigt, schlug das Monsterbuch zu und stellte es zurück ins Regal.

»Wenn du es so explizit wissen willst«, begann Mercer, aber Junachel hörte gespannt zu. »Na gut. Wie ich schon am Anfang unserer gemeinsamen Reise erwähnt habe, gibt es im Arkanen Tribunal eine Schatzkammer. Ich weiß zwar nicht, welche Kostbarkeiten sich dahinter verbergen, aber ich habe mir das versiegelte Tor angeschaut und bin mir sicher, dass ich den Verschlussmechanismus mittlerweile verstehe. In der Theorie könnte ich es also öffnen, sofern der darauf liegende Bannzauber aufgehoben wird.«

»Wir haben uns doch ausdrücklich geeinigt, dass hier nichts gestohlen wird. Wenn deine Kleptomanie nicht anders zu verhindern ist, als dass ich dich eigenhändig und gegen deinen Willen in deinem Zimmer einsperre, dann werde ich das auch tun«, warnte ihn Junachel mit vorgehaltenem Finger.

»Nein. Das verstehst du völlig falsch«, verteidigte sich der Dieb. »Mir ist doch klar, dass wir hier nur Schwierigkeiten bekommen, wenn ich etwas mitgehen lasse. Außerdem würde die Öffnung der Schatzkammer viel mehr Zeit in Anspruch nehmen, als ich dort ungesehen verbringen könnte. Ich bin lediglich fasziniert von dieser außergewöhnlichen Mechanik.«

»Das will ich hoffen«, verdeutlichte Junachel noch einmal und ging zusammen mit dem Schurken zum Ausgang, wo sich ihre Wege trennten.

Die Hinnd folgte den Korridoren zum großen Foyer. Dort ließ sie sich vom Portier die Erlaubnis erteilen, im Turm der Verzauberung die Gemächer der Erzmagierin zu betreten. Junachel stieg die Wendeltreppe bis nach ganz oben hinauf, wo sie die Handfläche auf einen Stein an der Mauer legte und somit durch den geöffneten Eingang treten konnte. Vor ihr sah sie das opulente Studienzimmer der Erzmagierin. Diese wartete bereits hinter einem Schreibtisch auf sie und setzte den letzten Federstrich auf ein Pergament, welches sie danach einrollte und zur Seite legte.

»Ich sehe, meine Botschaft wurde erfolgreich überbracht. Wie geht es mit dem Zauberstudium voran? Konnten dir meine Dozenten etwas beibringen?«, begann Astea die Konversation und bot ihr einen Stuhl an.

»Ich werde auf jeden Fall immer besser durch Eure Unterstützung und das Zaubern fällt mir immer leichter. Weshalb habt Ihr mich zu Euch gerufen?«, fragte Junachel schließlich und spielte unsicher mit ihren Fingern, nachdem sie auf dem teuren Stuhl Platz genommen und sich bequem in die Lehne gedrückt hatte.

»Es gibt zwei Dinge, die ich mit dir besprechen will. Ich fange mit dem primär Wichtigsten an«, sprach die Erzmagierin, als sie die Antwort der Hinnd mit einem nichtssagenden Ausdruck aufgenommen hatte. »Da Ysilda bereits immer noch nicht erwacht ist und die Zeit weiterhin drängt, muss ich jemand anderen mit der Aufgabe vertraut machen, das Artefakt des Erzdämons zu vernichten. Mit der Tatsache, dass du Ysilda über die gesamte Reise begleitet und die Mächte des Armreifs ebenso mit eigenen Augen gesehen hast, halte ich dich für designiert und übertrage dir diesen wichtigen Auftrag.«

Junachel hielt für einen Moment inne und sagte dann: »Das ist eine ehrenvolle Mission, die ich dankend annehmen würde. Allerdings werde ich nicht ohne Ysilda von hier fortgehen und außerdem kann ich das Artefakt, wie vermutlich jeder andere auch, nicht berühren.«

»Darüber solltest du dir keine Gedanken machen. Nachdem der Oxigol seine Hülle verlassen hat, ist das Armband vorerst unschädlich. Unsere Mystiker konnten es an sich nehmen. Lediglich die Möglichkeit, dass es erneut mit einer dunklen Kreatur oder anderen Mächten gefüllt wird, bereitet mir Sorge und genau aus diesem Grund muss es so schnell wie möglich zerstört werden. Ich vertraue dir, du wirst diese Aufgabe bestehen und danach werden wir unser Augenmerk auf Ysildas Zustand legen«, versuchte Astea, die Hinnd zu überreden, aber diese blieb skeptisch.

»Mal angenommen, ich willige ein. Wie würde das weitere Vorgehen aussehen?«, erwiderte sie, ohne konkret zuzustimmen, und verhielt sich weiterhin neugierig.

Als Antwort erhob sich die Erzmagierin von ihrem Stuhl und entnahm einem nahestehenden Regal eine Pergamentrolle. Diese breitete sie auf dem Tisch aus und offenbarte damit eine Karte von einem Küstenbereich in Laraivil. Mit ihrem Finger deutete sie auf einen Punkt, wo das Arkane Tribunal eingezeichnet war, und begann zu erklären:

»Wenn ihr abreisebereit seid, dann übergeben wir euch ein Schiff. Mit diesem könnt ihr von hier entlang der Singenden Küste fahren und die stürmischen Fluten des Travlirschen Meeres umgehen. Ihr segelt dann vorbei an der Stadt Faun und erreicht hinter der Burg Vantilflax bei Udschlin die Küsten des Omerions. Dort legt ihr am Hafen von Nesthalf an und sucht den Gnom Conspir Gnarun. Ihr könnt ihm vertrauen, denn er ist schon lange im Auftrag des Tribunals in der Stadt tätig. Conspir ist ein erfahrener Seemann und wird euch durch die unwegsamen Gewässer zur Grauen Insel bringen. Auf dieser Anhöhe befindet sich der längst vergessene Schrein von Axodün, dort, wo seine Anhänger Geschenke in Form von Artefakten erhalten. Ich vermute stark, dass es da ein Portal in die Ebene des dämonischen Abgrunds gibt, und genau dort gebt ihr das Armband an seinen rechtmäßigen Besitzer zurück und verbannt es für immer aus dieser Welt.«

»Hört sich sehr abenteuerlich an«, stellte Junachel fest und gestand sich ein, dass dieser Plan einen aufregenden Reiz hatte, dem sie nicht widerstehen konnte. »Das bedeutet, dass wir das Armband gar nicht zerstören, oder habe ich etwas falsch verstanden?«

Astea nickte und meinte dann: »Das ist wahr. Ich rede zwar die ganze Zeit vom Zerstören, aber grundsätzlich werdet ihr den Armreif nur aus dieser Welt bringen. Wenn er einmal an den Erzdämon zurückgegeben wurde, dann kann er auch nicht mehr von einem anderen Wesen empfangen werden. Das Ergebnis bleibt identisch.«

Junachel überlegte für einen Moment und sagte dann: »Gut. Ich werde darüber nachdenken und mich mit meinen Freunden beraten. Wir werden Euch unsere Entscheidung mitteilen«, erklärte sie und wollte gerade aufstehen, als die Magierin sie zurückhielt.

»Du hast noch etwas vergessen, Junachel«, meinte sie mit einem falschen Lächeln, das ihren Ärger überdecken sollte. »Dies war nur die primäre Angelegenheit, die ich mit dir besprechen wollte. Das andere ist ein Geschenk, das ich dir vor deiner Abreise noch geben möchte.«

»Ein Geschenk?«, antwortete die Hinnd skeptisch und wandte sich zu ihr um, bevor sie das Zimmer verließ.

»Richtig«, antwortete die Elfe und trat näher an sie heran. »Du hast von einigen Zauberern im Tribunal etwas über Magie gelernt und beherrschst nun selbst einige Sprüche. Jemanden, der kein Zauberer ist, aber hier doch etwas über die arkanen Künste gelernt hat, gab es in der Geschichte der Akademie nur wenige Male. Aus diesem Grund möchte ich dir dieses

Geschenk übergeben, womit bereits jeder dieser Einzelfälle das Tribunal verlassen hat. Es ist ein kleiner Ritus, den unsere Mystiker ausführen, um deine Zauberkraft zu festigen. Du wirst in der Lage sein, deine Zauberei auch außerhalb dieser magischen Hallen zu deinem Vorteil zu nutzen und weiterhin neue Sprüche zu lernen und zu festigen.«

Die Hinnd überlegte und meinte dann: »Es gibt bei diesem Ritual aber keine Nachteile für mich? Schließlich will ich nicht auch in einer ewigen Trance versinken, aus der ich nicht mehr aufwachen kann.«

»Natürlich nicht. So viel kann ich dir versichern. Es kann lediglich passieren, dass sich deine Magiefähigkeit nach außen zeigt, aber das ist nichts Schlimmes«, erklärte Astea und Junachel konnte daran keinen Haken erkennen.

Nachdem sie zugestimmt hatte, verließen sie gemeinsam das Zimmer und folgten der Turmtreppe nach ganz unten. Die Kammern der Mystiker waren die tiefste Etage, welche das Arkane Tribunal besaß. Hier unten war es düster und kalt und Junachel war sich sicher, dass sie sehr viel tiefer als der Meeresspiegel waren. Fackeln mit hellblauem Feuer erleuchteten die dunklen und glitschigen Felswände, während sie durch die mysteriöse Unterebene der Akademie gingen.

Die Mystiker waren ominöse Gestalten mit langen purpurnen Kapuzenmänteln und verstanden es, ihr Gesicht mit einer Maske zu verbergen. In manchen der unterirdischen Räume sah Junachel merkwürdige Dinge wie ein obskures Alchemielabor, wo ein Mystiker an seltsamen Gebräuen tüftelte. Immer wieder traten sie durch schmale Höhlengänge, wo es vernebelte Seen gab. Das Wasser glitzerte in einem unnatürlichen Blau und unter seinem Spiegel schwammen dicke Larven. Junachel lief ein Schauer über den Rücken und begann zu zittern.

»Beachte sie gar nicht«, erklärte Astea, als die Hinnd am Wasser stehenblieb, und deutete auf die Tiere. »Die haben ihren guten Grund, warum sie hier sind, was dich aber nicht zu kümmern hat.«

Eigentlich fielen Junachel spätestens jetzt zweifelhafte Fragen ein, aber die Hochmagierin lief weiter durch die Tunnel und ignorierte sie, bis beide an ihrem Ziel ankamen. Dies war eine rundliche Kammer, für die es nur einen Zugang gab. An der Decke schimmerte blaues Licht, als würde es von den Seen reflektiert werden. In der Mitte befand sich das mystische Arkanasymbol, eine Triskele. Davor wartete ein Mystiker auf sie, der von Astea mit dem Namen Gyrellur Grundark vorgestellt wurde.

»Bitte, nimm in der Mitte Platz«, sprach der Mystiker zu Junachel, welche die Situation mittlerweile kritisch beäugte. Falls es ihr zu viel wurde, konnte sie dieses Geschenk noch immer ablehnen.

Wie aufgefordert nahm sie Platz, während Astea die Kammer verließ und hinein sah. Der Mystiker trat vor die Hinnd und fragte sie: »Bist du bereit?«

Junachel nickte.

Der Mann hob seine Arme und das Symbol zu ihren Füßen begann eisblau zu leuchten. Die schimmernden Spiegelungen am Stein flimmerten, wodurch sie ihr verschwommenes Abbild erkennen konnte. Als Junachel sich umsehen wollte, war sie gelähmt und konnte sich nicht mehr bewegen. Selbst ihre

Mundwinkel blieben starr, daher brachte sie kein Wort heraus. Willenlos musste sie den Ritus über sich ergehen lassen.

»Junachel Ankrim«, rief der mysteriöse Mann ihren Namen und sie spürte, dass ihr Körper wärmer wurde. »Deine arkanen Fähigkeiten wurden vom Tribunal geschult und in die richtige Form geschliffen. Zur Verfestigung deiner Sinne und Mächte wird dein altes Leben bedeutungslos erfrieren, du wirst aus dem kältesten Traum auferstehen und wiedergeboren werden.«

Die Hinnd spürte, dass unter ihr der Boden vibrierte, und das Knacken von Eis war zu hören. Um ihre Füße bildeten sich Kristalle und wuchsen an bis zu ihren Knien. Junachel fühlte die Kälte und ein stechender Schmerz schoss durch ihren Kopf. Die glasige Materie hüllte ihren ganzen Körper langsam ein, wodurch sie es mit der Angst zu tun bekam, aber nichts dagegen unternehmen konnte.

Als ihr die Sicht genommen wurde und sie von einem undurchdringbaren Eisblock umschlossen war, spürte sie eine Kraft in ihrem Körper, die sich erst langsam, dann immer mehr regte. Um sie herum wurde es immer dunkler, die arkane Energie hielt sie am Leben, und nachdem sie durch ihre Füße entlang des Rückens die Nasenspitze erreicht hatte, brach sie aus und das Eis zersplitterte. Die Hinnd war frei. Der Mystiker hob entgeistert die Arme, aber Astea betrat mit einem zufriedenen Lächeln den Raum.

»Deine arkane Kraft ist mächtig. Du hast sie durch diesen Ritus in dir gefestigt, das kannst du hier im Spiegel sehen«, erklärte die Hochmagierin und deutete auf die reflektierende Wand.

Junachel war sich nicht sicher, ob sie ihre Zufriedenheit für bare Münze nehmen sollte, aber sah dann auf ihr Abbild auf dem Felsen. Fürs Erste bemerkte sie keinen Unterschied. Als sie allerdings ihr Gesicht betrachtete, sah sie schräg auf ihrer linken Wange die Zeichnungen von drei kleinen fliegenden Vögeln, die in der arkanen Umgebung leuchteten.

»Das meintet Ihr also, als Ihr davon spracht, dass sich der Ritus auch außerhalb meines Körpers zeigen könnte«, stellte Junachel fest und betrachtete ihr neues Aussehen aus verschiedenen Blickwinkeln.

»So ist es. In deinem Antlitz spiegelt sich der Wunsch nach Freiheit und diese wirst du mit deinen hier erlangten Zauberkräften auf deinem weiteren Weg selbst bestimmen können«, erklärte die Hochmagierin.

»Das gefällt mir«, meinte Junachel zufrieden und gemeinsam verließen sie die tiefste Ebene des Tribunals und wollten sich gerade im Foyer voneinander trennen, als Mercer ihnen eilig entgegenkam.

»Gut, dass ich euch antreffe«, erklärte der Dieb hastig. »Wir haben die Nachricht von den Medizi erhalten. Ysilda ist erwacht.«

Die Zauberin

Ysilda spürte ein Kribbeln in ihrer Hand. Es war nicht unangenehm, sondern fühlte sich energiereich und kraftvoll an und ließ ihre Fingergelenke zucken. Die sonderbare Ressource floss hoch in ihre Handknochen und entlang des Armes zu ihren Halswirbeln. Als sie an ihrem Hinterkopf ankam, brach die Energie in ihrem ganzen Körper aus und Ysilda öffnete die Augen. Das Erste, das sie wahrnehmen konnte, war das verschwommene Abbild einer fremden Frau, die neben ihr stand und sie etwas fragte, was Ysilda nicht verstehen konnte. Sie richtete ihr Augenmerk auf die Umgebung und stellte fest, dass sie auf einem Bett in einem kleinen Zimmer lag.

»Schnell. Schick jemanden zur Erzmagierin. Die junge Zauberin ist wach«, rief die Frau, nachdem sie den Kopf zur Seite gedreht hatte. Langsam wurde Ysildas Gehör wieder klarer und sie sah wieder scharf.

»Wo bin ich?«, fragte sie undeutlich und stotterte, während die Frau sie begutachtete.

Die Fremde trug eine lange schwarze Robe und hatte eine sehr dunkle Haut. Ihr Haar war lang und ihr Gesicht zierten feine Tätowierungen. Sie nahm sich einen Stuhl und setzte sich neben Ysilda an das Bett. Auf Augenhöhe nahm sie ihre Hand und drückte an ihren Gelenken, während sie einige ruhige Worte murmelte. Die Zauberin erkannte einen bläulichen Schimmer an der Stelle und spürte, wie ihr Puls langsamer wurde und sie kontinuierlich zu atmen begann.

»Keine Sorge. Du bist hier in guten Händen. Ich bin Sjonna Eviglen, eine Klerikerin von Azuro und Medizi des Arkanen Tribunals. Du warst eine Woche lang ohne Bewusstsein«, erklärte die Frau und hielt auch weiterhin ihre Hand fest.

»Eine Woche?«, wiederholte Ysilda ungläubig. »Was ist passiert? Ich erinnere mich an nichts mehr.«

»Die acht Hochmagier haben mit dir das Ritual erfolgreich abgeschlossen und den Oxigol aus dem Artefakt entfernt. Kannst du dich daran erinnern?«, versuchte die Klerikerin, ihr Gedächtnis zu reaktivieren, und Ysilda konnte sich lückenhaft an das Geschehene erinnern. »Am Ende dieser gefährlichen Zeremonie bist du zusammengebrochen und in eine Trance gefallen. Das passiert manchmal bei Ritualen, bei denen eine solch enorme arkane Energie im Spiel ist. Sie bringt sogar die stärksten Magier in einen derartigen Zustand. In den allermeisten Fällen bleiben dem Betroffenen auch keine weiteren Schäden. Stattdessen erlangt er vielmehr das genaue Gegenteil. Wer unter solchen Umständen von der arkanen Magie berührt wird, fühlt sich in der Regel zunehmend stärker und selten wird die Macht des Zauberers sogar um ein Vielfaches gesteigert. Ein sehr geringer Anteil erhält sogar die Chance, unnatürliche Chaoskräfte zu erlernen. Dies sind Eigenschaften, welche gewöhnlicher Magie weitaus überlegen, aber nur äußerst selten ein Resultat von solch einer arkanen Berührung sind und noch viel seltener entdeckt werden. Aus diesem Grund frage ich dich, ob du irgendwas spürst oder ob sich irgendwas verändert hat.«

Ysilda pustete überfordert Luft durch ihre Lippen und versuchte, ihren Körper und ihre Magie wahrzunehmen. Als sie nichts bemerkte, beantwortete sie die Frage schlicht und meinte: »Nein. Ich merke nichts dergleichen. Ich denke, ich bin keiner dieser seltenen Fälle.«

»In Ordnung. Ich werde es der Erzmagierin mitteilen«, gab die Klerikerin zurück und konnte die Enttäuschung in ihrer Stimme nicht verbergen.

Nach diesem Gespräch stand sie auf und wies Ysilda an, ruhig liegen zu bleiben, während sie zu einem Tisch ging und dort Notizen in ein Buch schrieb. Nach kurzer Zeit öffnete sich die Tür des Zimmers und herein kam die Erzmagierin in Begleitung von Junachel und Mercer. Sie sprach einige leise Worte mit der Klerikerin, kam dann kurz an Ysildas Bett und sagte: »Es freut mich sehr, dass du deine Trance überwunden hast und zu uns zurückkehren konntest. Ruh dich noch ein wenig aus. Falls du im Nachgang noch irgendwas Ungewöhnliches merken solltest, dann teile es bitte mit. Nur so können wir dir helfen. Ich denke, dass du morgen bereit sein wirst, deine Aufgabe zu beenden. Ich habe schon mit Junachel über das weitere Vorgehen gesprochen, weswegen sie dich in die Einzelheiten einweisen und dir alles weitere erklären wird.«

Mit diesen Worten schritt die Elfe aus dem Zimmer. Junachel nahm ihre Freundin in die Arme und Mercer klopfte ihr zufrieden auf die Schulter. Nachdem die Hinnd wieder von ihr abgelassen hatte, erkannte Ysilda eine Art Tätowierung auf ihrer Wange, die merkwürdig leuchtete. Junachel erklärte ihr von dem Ritus bei den Mystikern, was der Schurke mit einem Kopfschütteln beantwortete. Er meinte, dass sie verrückt sei, wenn sie sich auf so was einlassen würde. In diesem Bezug versicherte er ihnen, dass man den Magiern dieser Akademie nicht trauen könne. Junachel tat all die Anschuldigungen mit einer Handbewegung ab und bekundete, dass sie dadurch nur verstärkt zaubern konnte.

Nachdem die Hinnd ihrer Freundin von den letzten Tagen erzählt hatte, erklärte sie ihren beiden Begleitern das weitere Vorgehen ihrer Mission und sprach über den nächsten Halt in der Hafenstadt Nesthalf. Mercer hielt dies für einen ausgezeichneten Plan, da es die passende Gelegenheit war, das Tribunal so schnell wie möglich zu verlassen. Für Ysilda fühlte sich die Vorstellung jedoch seltsam an. Sie kehrte zurück in die Stadt, wo alles begann, wo ihre eigentliche Heimat war und auch ihre dunkelste Stunde. Sie wusste allerdings, dass daran kein Weg vorbeiführte, und aus diesem Grund verließen die drei das Zimmer und trafen sich in ihren Gemächern mit Shep, um dem Barden alles mitzuteilen.

Den restlichen Tag verbrachte Ysilda entspannt und musste sich tatsächlich bemühen, nichts Lehrreiches zu tun. Junachel half ihr dabei, denn die junge Hinnd ließ sie nicht aus den Augen und lockte sie mit wohltuenden Massagen in ihr Zimmer, wenn sie draußen den Drang verspürte, Magie zu üben.

Zur Abwechslung besuchten sie auch einige Studenten aus der Zauberklasse und überbrückten die Zeit mit Tratschen. Am morgigen Tag würden die meisten von ihnen das Tribunal ebenfalls verlassen und die Lehren bei einem der anderen

Hochmagier beginnen, bis ihre Studienzeit dort auch wieder zu Ende ging und sie den letzten Teil ihrer Ausbildung in der Akademie absolvierten.

Ysilda machte es traurig, dass sie diesen Lehrweg nicht mit den anderen teilen konnte, denn eigentlich hatte ihr das Studium der Zauberei am Institut gefallen und sie hätte sich gerne wie jeder andere immatrikuliert. Allerdings lag es auf der Hand, dass für sie ein anderer Weg vorgesehen war, und diesen akzeptierte sie.

Am Abreisetag waren die vier zeitig wach. Auf Wunsch der Erzmagierin wurde Ysilda angehalten, die Zauberroben vom Tribunal aus ihrer Garderobe mit auf die Reise zu nehmen und sie auch außerhalb der Akademie zu tragen. Jedoch sollte sie sich in den belebten Städten des Kaiserreichs mit schlichterer Kleidung bedeckt halten. Mit den wertvollen Samtstücken in ihrem Gepäck versammelten sich die Gefährten im großen Foyer, wo sie von Astea empfangen wurden. Sie fasste ihnen noch einmal den Auftrag zusammen und gab Ysilda das Armband zurück, das sie während der Trance verwahrt hatte. Dazu bekam die Zauberin eine weitere Liste mit Sprüchen der vierten Stufe, für die Astea sie nun bereit hielt und die Ysilda auf der Schifffahrt üben sollte.

»Halte das Artefakt stets bei dir. Nur in deinem Besitz ist es sicher. Bringt es zum Schrein von Axodün und verbannt seine Kraft und alle seine gefährlichen Eigenschaften aus dieser Welt«, trug Astea ihnen zum Abschied auf und ließ sie mit diesen Worten das Portal des Arkanen Tribunals passieren.

Am Ende der Brücke warteten drei Fischer, welche mit den Zauberern vertraut waren und aus einem versteckten Dorf mitten im Samhin kamen, das dem Kaiserreich unbekannt war und daher nicht unter seine Gesetze fiel. Den Fischern wurde eine hohe Bezahlung für die Übersetzung nach Nesthalf versprochen und deswegen befürchtete Ysilda auch nicht, dass sie ihr auf der Reise etwas antun wollten. Ihnen war Zauberei immerhin nicht fremd und auch kein Werk des Teufels.

Aus diesem Grund stiegen sie mit den Fischern einen steilen Pfad an den Klippen hinunter und konnten am Ufer das kleine Schiff betreten, das sie entlang der Küste zur Hafenstadt bringen sollte. Die drei Männer lösten die Leinen und das Schiff wurde von Wind und Wellen auf die offene See getragen. Das sich reflektierende Licht auf dem Wasser und die schier unendlich weite Aussicht faszinierten Ysilda. Sie und Junachel waren noch nie am Meer gewesen und aus diesem Grund betrachteten sie auch weiterhin die bezaubernde Aussicht, während sie sich an den Händen hielten und die gegenseitige Wärme spüren konnten.

Die nächsten Reisetage verliefen weniger schön. Das dauerhafte Schaukeln des Kahns wurde langsam zu einer echten Qual. Vor allem Mercer litt darunter und deshalb verbrachte er die Fahrt an der Reling, um sich jederzeit übergeben zu können. Den anderen ging es etwas besser, aber festes Land unter den Füßen wäre Ysilda trotzdem lieber. Shep konnte die Zeit immerhin mit Singen und Musizieren überbrücken und erfreute damit zumindest die Fischer, welche irgendwann mit ihm grölten und während der Fahrt bei guter Laune blieben.

Die drei Männer stellten sich ihnen als Sabrax, Kornhag und Neuffinn vor. Das unbekannte Dorf, aus dem sie kamen, hieß Thingsten und lag tief versteckt im Tal des Samhin. Kornhag war einer der Ältesten im Dorf und der erste Bewohner, welcher zur Küste aufbrach, um dort zu fischen. Nach seinen anfänglichen Erfolgen schloss sich ihm Sabrax an, der eigentlich Holzfäller war und damit seine Frau und den Nachwuchs versorgte. Er hatte das Fischerboot gebaut und es mit Netzen ausgestattet, was die Anzahl ihrer Fänge damals stark in die Höhe getrieben hatte. Neuffinn war der Jüngste im Bunde und noch nicht lange bei der Fischerei. Trotzdem war er für die beiden ein unverzichtbarer Kamerad, denn kein anderer konnte das Boot so präzise steuern.

Schon von Anfang der Fahrt an begann Ysilda, ihre neuen Zauber zu üben. Hierbei war sie allerdings etwas eingeschränkt, da das Schiff nicht besonders viel Platz bot. Vor allem der Zauber *Formare Saxum* machte ihr auf dem wackligen Boot Probleme. Um den Spruch zu wirken, wurde ein wenig feuchter Lehm benötigt, der im Beutel mit den Zauberutensilien nicht hart wurde. Schon in einer ruhigen Lage war es eine Kunst, sich beim Werkeln mit solch einem Material sauber zu halten, aber hier stellte sich das als unmöglich heraus. Das Schlimmste daran erkannte Ysilda aber erst, als es schon zu spät war. Lehm blieb einfach überall hängen und war vor allem unter den Fingernägeln nur schwer, herauszubekommen, wenn er erst einmal verhärtete. Selbst in den feinen Rillen des goldenen Armreifs blieb er kleben, und als Ysilda ihn mit Wasser herauszubekommen versuchte, ließ sie es auch wieder schnell sein. Es war einfach erfolglos.

Trotz dieser ungünstigen Umstände beherrschte sie den Zauber schnell und hielt ihn für sehr nützlich. Mit *Formare Saxum* war es möglich, Felsen und Gesteine in ihrer Form zu verändern oder auch zu teilen. Dies versuchte Ysilda anfangs erst an kleinen Kieseln, die sie während ihrer Übernachtungen am Strand fand, bis sie schließlich zu großen massiven Felsbrocken überging, welche sie bald mit einem einzigen Streich in zwei oder noch mehr Hälften schneiden konnte. Ein weiterer brauchbarer Spruch war *Imperum Aqua*, welcher es ihr ermöglichte, die Kontrolle über Wasser zu erlangen und dieses nach ihren Wünschen zu formen, zu teilen und in eine Richtung zu lenken.

Bei all diesen höherstufigen Zaubern musste Ysilda die Formeln mittlerweile beinahe schreien, während bei den niederen Sprüchen eine einfache Lautstärke ausreichte. Dies lag daran, dass das Wirken von mächtigeren Zaubern mehr Enthusiasmus von seinem Magier verlangte und bei jeder weiteren Stufe immer anspruchsvoller wurde. So konnten Zauber der ersten Stufe geflüstert erschaffen werden, indessen die hochrangigsten Sprüche über die Grenzen mancher dynamischen Fähigkeiten hinausragten.

Um diese komplexe Magie zu verinnerlichen, beließ es Ysilda fürs Erste bei den beiden Zaubern und widmete sich wieder den niederen Sprüchen. Insgesamt befanden sich noch zwei weitere Formeln auf Asteas Liste. *Cito Ostium* war perfekt für eine Flucht, denn durch diesen Zauber wurde kurz ein magisches Portal geöffnet, wodurch die Fliehenden an einen nicht allzu weit entfernten Ort teleportiert wurden.

Der andere Zauber hieß *Oculus Arcanum*. Dieser war ein

sehr schwer auszuführender und vor allem komplizierter Zauber, der ein winziges und unmerklich zu sehendes Auge erschuf, welches der Wirker dann umherfliegen lassen konnte und dabei die Sicht durch die Linse erlangte.

Während sie weitersegelten, kam das Boot an der Singenden Küste vorbei. Sabrax erzählte ihnen, dass diese ihren Namen von dem Klang bekommen hatte, der an ihren konkav geformten Felsklippen hallte. Dies waren die Töne des rauschenden Meeres und auch der vielen Tiere am Ufer, und als Ysilda genau hinhörte, konnte sie tatsächlich ein singendes Spiel vernehmen.

Hinter der Küste wurden die Klippen immer niedriger, und als sie auf Höhe der Stadt Faun segelten, war das Land beinahe eben mit dem Meeresspiegel. Die raschen Winde brachten sie schnell voran, sodass sich Neuffinn entspannt zurücklehnen konnte und das Schiff nur noch zu seinem Ziel lenken musste. Kornhag nutzte die Gelegenheit, um Junachel das Fischen mit der Harpune beizubringen, da sie sich bereits am Anfang der Reise dafür interessiert hatte. Sie lernte ziemlich schnell und behalf sich immer wieder mit einem ihrer Zauber, *Oculus Venatoris*, welchen sie nutzte, um die Fische aufzuspüren und dann nicht mehr aus den Augen zu verlieren.

Nachdem das Schiff die Küsten des Omerions erreicht hatte, war von weitem schon ihr Ziel zu erkennen. Im dichten Nebel lag der Hafen von Nesthalf. Die angrenzende Stadt war eine der größten. In Ysildas Erinnerung wurde sie nur von Neu Puppien übertroffen, allerdings um ein Vielfaches. Trotz dieser Tatsache war Nesthalf eine mächtige Metropole mit einem riesigen Hafen. Dies machte sich vor allem an der Küste bemerkbar. Je näher sie den Anlegestellen kamen, desto mehr Schiffe und Boote segelten an ihnen vorbei, um Waren in die Stadt zu bringen, oder in alle Welt zu verschiffen. Die Schiffe umfassten jede Größe – vom kleinen Fischerkahn bis hin zu gewaltigen Handelsschiffen aus fernen Ländern oder dem Kaiserreich.

Nachdem sie sich mit ihrem kleinen Kahn einen Weg durch das geschäftliche Treiben am Pier gebahnt hatten, legten sie an einem freien Steg an. Mercer sprang sofort von Bord und bekam auf der Stelle wieder Farbe ins Gesicht, als er festen Boden unter den Füßen spürte. Während die Fischer das Boot festbanden, trat ein fein gekleideter Mann mit einem Klemmbrett und einem Federkiel an ihre Anlegestelle. Hinter ihm standen zwei Wachen, die ihn als Leibgarde umgaben.

»Seid gegrüßt in der großen Hafenmetropole Nesthalf. Ich heiße Euch im Namen von Gräfin Marina willkommen und möchte Euch so kurz und schmerzlos, wie es nur geht, mitteilen, dass Euer Schiff eine Mark am Tag kostet, wenn es hier an unserem Hafen ankert«, sprach sie der Mann an und rückte seine Sehhilfe zurecht.

»Hier. Nehmt diese. Ich gehe sicherlich nicht noch einmal auf dieses Schiff und füttere die Fische mit meinem Mittagessen«, meinte Mercer und zog ein Silberstück aus seiner Tasche, das er sogleich dem Hafenmeister überreichte.

»Sehr schön«, gab sich dieser zufrieden und notierte etwas auf seinem Klemmbrett. »Des Weiteren muss ich noch Eure Namen wissen und vermerken, welche Geschäfte Euch in die Stadt getrieben haben.«

Sie teilten ihm genau das mit, was er wissen wollte. Ysilda

verschwieg allerdings, dass sie aus Nesthalf kam, und benannte sich demnach mit ihrem Hinndnamen Kurzfuß. Als der Aufseher sich an Mercer wandte, hielt dieser kurz inne und antwortete dann: »Marcus Velontius aus Cirad.«

»Interessant. Ihr seht gar nicht aus wie ein Cirader«, überlegte der Mann und beäugte den Dieb näher. »Irgendwoher kenn ich Euch. Ihr kommt mir sehr bekannt vor, aber ich komm nicht darauf woher.«

»Nicht doch«, log der Schurke und legte den Arm um die Schultern des Mannes, während er ihm mit der anderen Hand ein paar Silberstücke anbot. »Das Einzige, das Euch an mir bekannt vorkommt, ist meine Großzügigkeit. Einem so fleißigen Beamten muss doch der eigene Geldbeutel gefüllt werden. Die Stadtkasse bezahlt Euch sicherlich nicht ausreichend für Euren Aufwand«, meinte er zwinkernd und klimperte mit den Geldstücken in der offenen Hand.

»Legt noch eine Goldmark für meine Leibgarde drauf und dann denke ich, dass Ihr recht habt«, forderte der Hafenmeister und seine Augen funkelten, nachdem Mercer seinen Wunsch erfüllt und eine weitere Münze auf den Stapel gelegt hatte. »In Ordnung. Ich wünsche einen erfolgreichen Aufenthalt in Nesthalf«, verabschiedete sich der Mann und ging mit seiner Leibwache weiter an die anderen Stege, um Geld einzutreiben.

»Marcus Velontius der Cirader also. Was sollte denn das bitte? Das hätte auch schiefgehen können«, schimpfte Junachel mit dem Schurken, aber nur so leise, dass es keiner hören konnte.

»Hätte ich mich etwa als Marder von Mitrizien vorstellen

sollen? Die Fahndungsplakate von mir lassen sich immer häufiger finden und werden meinem Äußeren auch gerechter«, erklärte Mercer sein Handeln und zog dann seine Kapuze über den Kopf. »Aus diesem Grund habe ich mir einen Decknamen ausgedacht. Außerdem hat diese Bestechung nichts gekostet außer ein wenig Überredungskunst und einige lange Finger.«

»Was meinst du damit? Du hast dem Kerl doch gerade Münzen im Wert von zwanzig Mark in die Hand gedrückt«, stellte die Hinnd noch einmal sicher und verschränkte zweifelnd die Arme.

»Richtig, und zwar aus seiner eigenen Börse, und soweit ich richtig schätze, befinden sich hier drin noch mindestens doppelt so viele«, erklärte Mercer grinsend und klimperte mit dem gestohlenen Geldsack.

Junachel versuchte, etwas zu erwidern, aber sie konnte dem Dieb nichts vormachen und begann zu lachen. Schließlich sagte sie: »Aber dann lass uns schnell von hier verschwinden, bevor der Kerl seinen Verlust bemerkt und sich dann doch an deine abstoßende Visage erinnert.«

Bevor sich der Dieb für diese vexierende Bemerkung revanchieren konnte, verabschiedeten sich die anderen hastig von den drei Fischern und bedankten sich für die rasche Überfahrt. Danach eilten sie gemeinsam über die Stege und verwischten ihre Spuren, sobald sie ins überfüllte Stadtzentrum gelangten.

Im dichten Gedränge war es unmöglich, sie wiederzuerkennen. Die Menschenmassen zwängten sich durch die Straßen und tummelten sich dicht an den beliebten Marktständen. Ein Herold verkündete auf einem erhobenen Podest die aktuellsten Nachrichten und berichtete, dass durch einen Erlass der

Gräfin keine Zwerge mehr in der Stadt geduldet würden. Verantwortlich sei eine diplomatische Verhandlung gewesen, bei der die Zwergenkönige den Botschafter der Kaiserin vergiftet hätten, weshalb noch abgeklärt werden müsse, ob eine Kriegserklärung folgen würde.

Ysilda zweifelte daran, dass sie den Gnom in der überfluteten Stadt irgendwo finden konnten. Doch Mercer war sich ziemlich sicher, dass er an einem offensichtlichen Ort warten würde, und steuerte daher die Taverne des *Nesthalfer Schwertfisches* an, welche einen beliebten Anschein machte.

Dieser wurde sogleich auch bestätigt. Das Gasthaus war vollständig überfüllt. An der Bar saßen reisende Kaufleute und Seemänner und verzehrten kräftigen Rum. Der allgemeine Pöbel war ebenfalls anwesend, verteilte sich auf die vielen Tische und unterstützte die spielenden Barden mit Gesang.

Die vier setzten sich an einen freien Tisch, der durch eine Wand von der Lautstärke abgeschottet wurde, und bestellten bei der Schankmaid etwas zu trinken und eine Speise, welche sich Nesthalfer Spezialität nannte. Zurück kam sie mit vier Birnenweinen aus den rilididischen Rebenbergen und servierte ihnen auf einem Silbertablett ein opulentes Gericht mit einem großen Fisch als Hauptgang. Nachdem sie für alles fünf Mark bezahlt und von der Mahlzeit gekostet hatten, bemerkte Ysilda, dass niemand von ihnen sein Lob an die Küche aussprach, was normalerweise kein Zeichen für einen guten Geschmack war.

»Sehr eigensinnig. Ist wohl eher etwas für lokale Genießer, aber dir muss es ja munden«, beurteilte Mercer die Speise und schaute dann zu Ysilda, nachdem er sein Besteck bei Seite gelegt und den Geschmack mit Wein überdeckt hatte.

»Daran müsst Ihr Euch gewöhnen. Die Nesthalfer sind eben eigenartig«, sprach auf einmal ein kleiner Mann, der wohl schon länger unbemerkt neben ihrem Tisch stand und dem Gespräch lauschte.

Ysilda erkannte, dass er ein Gnom war, und fragte dann: »Seid Ihr Conspir Gnarun, der Gnom, den wir in Nesthalf treffen sollen?«

Der kleine Mann nahm sich von einem anderen Tisch einen Hocker und setzte sich an ihre Runde. Er senkte die Stimme, sodass sie in der lauten Taverne nur an ihrem Tisch zu vernehmen war. »Das habt Ihr richtig erkannt. Ihr seid also die vier von der Akademie, die ich zur Grauen Insel und zum Schrein von Axodün bringen soll?«

»Ganz genau die sind wir. Wir wurden von Astea geschickt, um das Artefakt zu vernichten, und sollten so schnell wie möglich lossegeln«, erklärte Junachel und verlieh ihrer leisen Stimme einen fordernden Ton.

»Ich merke schon, dass Ihr es eilig habt. Allerdings kann ich Euch nicht so schnell auf die Insel bringen. Das muss noch ein wenig warten«, meinte der Gnom und tippte seine langen Finger aneinander.

»Jetzt hör mal zu, du Winzling«, fing Mercer aufgebracht an. »Wir sind seit Wochen unterwegs und haben alles gegeben, um diese Akademie zu erreichen. Wir haben uns durch Höhlen von schrecklichen Monstern gekämpft, mussten mehrmals vor dem Gesetz fliehen und haben uns gegen Kreaturen aus der Unterwelt bewiesen und jetzt sind wir endlich am Ende der Reise angekommen und warten nur darauf, dass du uns auf diese Insel bringst, damit wir endlich Ruhe haben.«

Der Gnom sagte dazu erst einmal nichts, sondern lachte hämisch. Danach sprach er: »Ich kann Euch nicht übersetzen, da mein Boot beschlagnahmt wurde. Gräfin Marina hat vor einer Woche den Erlass verabschiedet, dass der Betrag für länger anliegende Schiffe verdoppelt werde, und das konnte ich mir bei meinem Budget nicht mehr leisten. Aus diesem Grund wurde die Urkunde des Schiffes als Sicherheit beschlagnahmt und Wachen um den Kahn aufgestellt.«

»Dann müssen wir wohl die Zeche für dich begleichen. Wie viel Mark sind dabei angefallen?«, fragte Shep.

»Das wird nicht nötig sein«, meinte der Gnom und tat diesen Vorschlag mit einer Handbewegung ab. »Ich habe bereits Hilfe von einem alten Bekannten angefordert, der herausgefunden hat, dass sich die Urkunde im Lagerhaus befindet. Er hat auch eingewilligt, sie zu besorgen, aber bisher ist er noch nicht zurückgekommen, und ein anderes Schiff zu stehlen, wäre keine gute Idee. Alle Schiffe, die ich bisher am Hafen gesehen habe, sind nicht seetauglich außerhalb der seichten Gewässer oder einfach zu groß, um durch die Gefahren der Grauen Insel zu navigieren.«

»Gut. Dann sehe ich keine andere Möglichkeit, als deine Urkunde zu stehlen. Schließlich hast du deinen Bekannten schon hineingezogen und du verlässt den Hafen bestimmt auch nicht, solang dir unklar bleibt, was mit ihm geschehen ist«, schlussfolgerte Mercer und bekam von dem Gnom ein bestätigendes Nicken. »Dann werden wir dieses Kinderspiel mal erledigen«, entschloss sich der Meisterdieb, knackste entspannt seine Fingerknochen und bestellte noch einen weiteren Birnenwein.

Sie warteten, bis es Abend wurde und die Sonne untergegangen war. Die Taverne füllte sich weiter und dies war der passende Moment, den Plan in die Tat umzusetzen. Die fünf zogen sich Mäntel mit Kapuzen über, liefen im schnellen Schritt durch die nächtliche Stadt und versuchten, so wenig wie möglich aufzufallen. Ihre restlichen Sachen hatten sie im Zimmer der Taverne eingeschlossen, das sie für die Nacht gemietet hatten.

Nachdem sie das Hafenviertel erreicht hatten, versteckten sie sich an einem Häusereck, welches einen geschützten Ausblick auf das Lagerhaus bot. Vor der großen Holzhütte waren zwei Wachposten stationiert, die aufmerksam mit ihren Fackeln am Eingang standen und ab und zu um das Haus patrouillierten. Dabei wurde der Zugang nie außer Acht gelassen.

Mercer hatte sofort eine Vorgehensweise parat und schickte Shep und Junachel hinter den Häusern zu einer gegenüberliegenden Gasse. Unbemerkt erreichten sie diese, und als einer der Männer sich hinter das Lagerhaus an die Seite des Hafenstegs begab, gab der Barde einen magischen Singsang von sich, dessen Klang der übrige Wachmann verzaubert folgte und damit seinen Posten verließ.

»Perfekt. Los, mir nach«, befahl der Dieb und zu dritt schlichen sie zum Eingang des Gebäudes, wo Mercer zur Überprüfung fast unmerklich am verschlossenen Tor zog und dieses dann kurzerhand mit einem Dietrich öffnete.

Heimlich gingen sie hinein und verriegelten lautlos den Eingang. Sie fanden sich in einem dunklen Raum wieder, welcher nur vom Mondlicht erhellt wurde, das durch die schmale

Spalte der Holzwände fiel. Das Lagerhaus war gefüllt mit Kisten und hohen Regalen, in denen Dokumente aufbewahrt wurden. Der Schurke sah sich um und fand auf einem Tisch ein Verzeichnis, in dem alle lagernden Gegenstände aufgelistet waren. Er blätterte die Seiten hastig durch und überprüfte das Datum vom Tag der Beschlagnahmung.

»Hier. Ich habe es. Die Urkunde befindet sich im zweiten Korridor, sechstes Regal, vierzehnte Etage und in der dritten Spalte«, schloss er aus den Zeilen und machte sich auf die Suche.

Von draußen hörte Ysilda einen dumpfen Ton und hetzte den Dieb mit einer zackigen Geste voran. Dieser murmelte den Standort weiter vor sich hin und zog dann aus dem Regal ein Schriftstück. Er zeigte es dem Gnom, der daraufhin nickte und sagte: »Du hast sie, das ist die Urkunde.«

»Dann nichts wie weg hier«, entschloss sich der Dieb, eilte mit dem zusammengerollten Pergament in der Hand zur Tür und wollte diese gerade öffnen, als sie von außen aufschwang und sich vor ihm eine kleine, dunkle Gestalt offenbarte, deren Gesicht in der Nacht nicht zu erkennen war.

Es verging ein Augenblick, dann schnappte der Fremde nach der Pergamentrolle und zog daran. Mercer versuchte, ihn davon abzuhalten, sie packten sich gegenseitig an den Armen und versuchten das Schriftstück gleichzeitig zu erlangen. Der Schurke stellte seinem Kontrahenten ein Bein, der daraufhin das Gleichgewicht verlor, aber ihn mit zu Boden riss, sodass beide in den Schein des Mondlichts fielen.

»Bertin?«, riefen Ysilda und der Gnom gleichzeitig und zeigten ihre Gesichter im silbernen Licht.

»Ysilda? Was machst du hier?«, fragte ihr Onkel und ließ Mercer auf der Stelle los, aber hielt die Arme weiterhin zum Schutz über seinem Kopf.

Der Dieb war verwirrt und unsicher, ob er den Hinnd weiter am Boden festhalten sollte. Schließlich kam er zur Vernunft und half ihm auf, nachdem er selbst aufgestanden war und sich den Dreck von der Kleidung geklopft hatte.

»Ich dachte, du wärst bei der Bergung der Urkunde erwischt worden und befändest dich momentan im Gewahrsam der Gräfin«, rechtfertigte sich Conspir und sah dabei Bertin an. »Aus diesem Grund habe ich mir Verstärkung besorgt.«

Ysilda war verwirrt und sagte: »Das beutet also, dass Bertin, mein Onkel, dein alter Bekannter ist, Conspir? Und ihn hast du gebeten, die Urkunde für dein Schiff aus dem Lagerhaus zu holen, damit du zur Grauen Insel übersetzen kannst?«

»Das ist richtig«, übernahm Bertin die Antwort. »Ich habe meine eigene Aufgabe und musste sowieso etwas aus dem Lagerhaus besorgen. Somit konnte ich gleichzeitig noch einem alten Freund helfen. Nachdem einer der Wachen auf einmal seinen Posten verlassen hatte, sah ich die Gelegenheit und so, wie ich das jetzt erkenne, habe ich auch schon das gefunden, wonach ich suchte«, sagte er mit einem Blick in das Verzeichnis und nahm ein Dokument aus demselben Regal. »Was das ist, erzähle ich euch später. Jetzt sollten wir aber erst mal verschwinden.«

Gemeinsam verließen sie das Lager. Vor dem Eingang lag ein überwältigter Wachmann, den Bertin niedergeschlagen hatte. Mercer zog den Bewusstlosen hinter das Tor und verschloss es wieder. Zusammen gingen sie zum Standort von

Junachel und Shep. Auch zu ihren Füßen lag ein gefesselter Wachposten, der vom Satyr in den Schlaf gesungen war und laut schnarchte.

»Keine Aufmerksamkeit erregen hat aber nicht so gut funktioniert«, meinte Mercer streng und schloss kopfschüttelnd die Augen.

»Es ging nicht anders«, entschuldigte sich Junachel und legte das Augenmerk auf den bekannten Hinnd. »Bertin? Was machst du denn hier?«, fragte sie überrascht und begrüßte ihn.

»Nachdem wir uns in Pepritin getrennt hatten, bin ich meinen eigenen Aufgaben nachgegangen und habe in der Zeit einiges über Nesthalf herausgefunden. Es scheint so, dass Gräfin Marina ein Abkommen mit der Kaiserin schließen will, das zu ihren Gunsten ausfallen und ihr eine höhere Stellung als allen anderen Grafen von Rilidid zusichern soll. Aus diesem Grund hat sie eine Belohnung für gefangene Barden erteilt, welche zu ihr gebracht werden sollen. Ich vermute, dass sie deren Künste benötigt, um die Kaiserin von ihren Vorstellungen überzeugen zu können, und dieses Schriftstück hier ist der Beweis«, erklärte Bertin, nachdem er das Pergament geöffnet hatte.

»Das erklärt vieles«, sprach Shep zu sich selbst, aber bemühte sich nicht zu erklären, was er damit meinte.

»Das bedeutet also, dass ihr beim Arkanen Tribunal wart und das Armband abgegeben habt?«, fragte Bertin an seine Nichte gewandt.

Ysilda schlug vor, ihm alles zu erklären, während sie zurück zur Taverne gingen. Bertin hörte den Abenteuern gespannt zu und interessierte sich vor allem für ihr Leben, bevor sie von ihm gefunden wurde, und für ihre Herkunft. Als Ysilda ihm den lehmbesudelten Armreif zeigte und über das erfolgte Ritual und die anstehende Aufgabe sprach, wirkte der Hinnd einen Zauber auf das Artefakt, der ihm die Leere in der Hülle offenbarte.

»Wirklich faszinierend. Ich habe das Schmuckstück all die Jahre unter einem Schutzzauber versteckt und nicht geahnt, was in ihm verborgen war. Ich spürte eine mächtige Kraft, aber wäre nie darauf gekommen, dass sich darin ein Oxigol niedergelassen hat«, stellte Bertin für sich selbst fest und begann zu überlegen. »Wisst ihr was? Da ich ehrlich gesagt verantwortlich für den ganzen Schlamassel bin, werde ich euch zur Insel begleiten und die Zerstörung des Artefakts unterstützen. Meine Aufgabe hat noch Zeit und kann warten«, bot der Hinnd ihnen an, was sie dankend annahmen.

Sie beschlossen, sofort abzureisen, bevor die Wachen bei Sonnenaufgang den Diebstahl im Lagerhaus bemerkten, und packten schnell ihre Sachen. Als sie alles zusammen hatten, trafen sie sich am Schiff mit dem Gnom, der bereits die Wachen mit seiner Urkunde vertrieben hatte und alles für die Überfahrt vorbereitete. Das Schiff war ähnlich groß wie der Fischerkahn, aber hatte ein großes Segel und weniger Tiefgang. Schließlich waren sie bereit, die Abreise anzutreten, ließen den Hafen von Nesthalf hinter sich und fuhren hinaus auf die offene See.

Nach nicht mal mehr als einer Stunde lag die Metropole so weit hinter ihnen, dass sie nur noch als kleiner Fleck an der Küste Rilidids erkennbar war. Der Mond war in dieser Nacht von den grauen Wolken verborgen und das Meer wirkte düster. Je weiter sie hinausfuhren, desto stärker und kälter blies der Wind und schob das Schiff voran. Mercer hatte sich unterhalb des Mastes platziert, da das Boot hier am wenigsten schaukelte, und verdeckte seine Aussicht mit der Kapuze, die er tief über das Gesicht gezogen hatte. Shep und Junachel lehnten sich auf dem Boden des Kutters an ein paar Kisten und deckten sich zum Schlafen mit einem dicken Stofflaken zu.

»Bist du gar nicht müde?«, fragte Bertin an seine Nichte gewandt, während er im Schneidersitz auf dem Holzboden saß und seinen schweren Hammer mit einem feinen Tuch polierte.

»Doch, schon«, meinte Ysilda gähnend.

»Dann solltest du dich etwas hinlegen. Ich bin mir nicht sicher, was uns auf der Insel erwartet, aber du solltest auf jeden Fall bei vollen Kräften sein, wenn wir den Schrein des Erzdämons erreichen. Außerdem ist das Abenteurerleben nicht an eine begrenzte Zeit gebunden. Eine Aufgabe dauert so lange, wie sie dauert, und der Beauftrage sollte sich immer genügend Zeit nehmen, um sie mit seinem Können zu bewältigen, und dazu gehört auch das Schlafen«, erklärte Bertin freundlich und klopfte ihr sanft auf die Schulter.

»Keine Sorge. Die Graue Insel erreichen wir nicht so schnell, dass du den Aufenthalt verschlafen kannst«, rief Conspir, der das Steuer bediente und ihrem Gespräch aufmerksam und interessiert gelauscht hatte. »Spätestens morgen muss ich den Kahn sehr viel langsamer lenken. Die Graue Insel schnell zu erreichen, ist unmöglich.«

»Woran liegt das?«, fragte Bertin den Gnom und rubbelte eine schmutzige Stelle seines Hammers intensiver, bis der

Dreck entfernt war.

»Die Insel ist komplett umgeben von spitzen Felsen, die zum Teil weit und gut sichtbar aus dem Wasser ragen, aber es gibt auch heimtückische, die man nur schlecht oder knapp unterhalb des Meeresspiegels sehen kann«, erklärte Conspir dem Hinnd. »Schon viele Schiffe, die aufgrund ihrer Größe und des Gewichts tief im Wasser lagen, haben dort ihr Ende gefunden und sind an den Felsen zerschellt. Ich kenne nur wenige Seefahrer, welche diesen Strand betreten haben und auch wieder zurückgekommen sind. Abgesehen von Expeditionen einiger Erkunder gibt es keine Schifffahrten zu dieser Insel. Dort ist nichts von Wert oder Schönheit. Es ist eine kleine Insel inmitten des Omerions mit einem grauen Felsstrand und einer kleinen Höhle.«

»Wie oft seid Ihr schon dort gewesen?«, fragte Ysilda erschrocken und hoffte, dass der Gnom etwas erfahrener war als die gescheiterten Seemänner.

»Bislang einmal. Ich habe einen der Magier des Arkanen Tribunals an das Ufer gebracht und auch wieder zurück. Ich denke, dass die Zauberer damals den Schrein dieses Erzdämons untersuchen wollten, weil sie befürchteten, dass dieses Ding irgendwann dort hingebracht werden muss. Seitdem versorge ich die Magier regelmäßig mit Informationen über Nesthalf und verdiene mir damit ein zusätzliches Einkommen«, gab der Gnom zu und widmete sich wieder der Navigation des Schiffes.

Ysilda wurde allmählich müde, machte es sich neben Junachel bequem und teilte sich mit ihr eine Decke. Darunter eingekuschelt fielen ihr die Augen zu und durch die angenehme

Wärme schlief sie auf der Stelle ein.

Am nächsten Tag wurde sie von den warmen Sonnenstrahlen geweckt. Es war früh und Ysilda merkte, dass sie noch müde war. Das Schaukeln des Schiffes machte es ihr allerdings unmöglich, wieder einzuschlafen. Aus diesem Grund beschloss sie aufzustehen und sah zu Bertin, der das Ruder für den Gnom übernommen hatte. Conspir hatte sich auf dem Deck eingerollt und schnarchte vor sich hin. Ysilda schaute zu ihrem Onkel und meinte: »Warum hast du das in deinen Geschichten nie erwähnt? Ich wusste gar nicht, dass du segeln kannst.«

»Kann ich auch nicht«, lachte Bertin und richtete das Steuer aus. »Zumindest habe ich das noch nie zuvor gemacht, aber Conspir wurde irgendwann schläfrig und dann habe ich übernommen, bevor wir noch vom Kurs abkommen. Aber du kannst ihn wecken. Ich glaube, da vorne ist es«, sagte der Hinnd und deutete in Fahrtrichtung.

Die Zauberin wandte sich um und erkannte in der Ferne eine Felsformation mitten im Meer. Um das Gebilde herum war weit und breit nichts außer Wasser zu erkennen. Der große Brocken ragte aus der nassen Oberfläche und bildete eine kleine Insel. Um ihn befanden sich hunderte spitze Felshindernisse, welche nur einen schmalen Zwischenraum boten, um hindurchzufahren. Tatsächlich lagen auch einige versteckt, knapp unterhalb der Wasseroberfläche.

»Conspir, du alter Gnom, wach auf!«, rief Bertin. Als sich der kleine Mann nicht rührte, begann der Hinnd ihn mit dem

Fuß zu treten, während er weiterhin am Steuer stand und angespannt nach vorne blickte.

»Was, was ist denn los?«, stotterte Conspir verschlafen und öffnete die Augen, woraufhin er sich erst einmal strecken musste.

»Wenn du nicht sofort aufstehst, dann prallen wir gegen einen Felsen und gehen unter. Soweit ich mich erinnere, kannst du gar nicht schwimmen«, warnte ihn Bertin und erreichte damit sein Ziel.

»Du hast recht«, rief Conspir auf einmal hellwach, sprang auf die Beine und stieß Bertin weg vom Steuer. »Bertin, du verrückter Kauz! Wir sind schon viel zu nah an den Felsen, um den perfekten Winkel zu bekommen!«

Der Gnom riss an dem Ruder und manövrierte sie mit zackigen Bewegungen durch die ersten gefährlichen Hindernisse. Auf seiner Stirn bildeten sich Schweißperlen und tropften vor ihm zwischen die Füße. Ysilda bekam es mit der Angst zu tun, aber Bertin setzte sich entspannt auf das Holz und begann zu frühstücken. Durch den Lärm wurden Shep und Junachel wach und hielten sich am Mast fest. Das Schiff schwankte in scharfen Kurven an den Felsen vorbei und ab und zu stieß es gegen ein Hindernis und ruckelte dann stark. Mercer war das zu viel. Er entleerte seinen eben gefüllten Magen auf der Wasseroberfläche, ließ sich danach eingerollt auf das Deck fallen und klammerte sich mit übergezogener Kapuze an die Reling.

»Haltet euch fest und zieht das Segel ein, wir sind viel zu schnell!«, befahl der Gnom und deutete auf die langen Seile.

Ysilda und Shep folgten seiner Aufforderung und zogen an

den Seilen, wodurch sich das Segel einrollte und das Schiff an Geschwindigkeit verlor. Junachel hingegen bekam einen Geistesblitz und wirkte den Zauber *Invenire Impedimentum*. Somit offenbarten sich vor ihr die Hindernisse und sie konnte Conspir vor den Felsen warnen.

Dem Gnom gelang es dadurch und mithilfe der niedrigen Geschwindigkeit, das Schiff stabiler zu halten, was nun umso wichtiger war. Denn die inneren Felsen befanden sich viel näher beieinander und wären bei der vorherigen Schnelligkeit unmöglich zu passieren gewesen. Nach einigen halsbrecherischen Manövern und kleinen Anstößen gelang es dem Gnom, beinahe unbeschadet an das Ufer zu kommen, wo er ein Seil um einen Felsen warf und den Kahn daran festband.

»Bitte, Bertin, weck mich das nächste Mal, bevor wir an einem Stein zerschellen«, forderte Conspir den Hinnd auf.

Dieser erhob sich mit einem zufriedenen Grinsen aus seinem Schneidersitz und klopfte ihm auf die Schulter. Danach ging er an das Ufer und sagte: »Ist doch alles glatt gelaufen. Du hast uns zum Ziel gebracht.«

Mit diesen Worten sank der Gnom auf den Boden und blieb dort erschöpft sitzen. Die anderen gingen vom Schiff und auf den Felsen zu Bertin. Mercer brauchte einen kurzen Moment, um zu begreifen, dass sie die Insel erreicht hatten, und verließ den Kutter auf der Stelle, sobald ihm das klar wurde.

»Dann erledigt mal eure Aufgabe. Ich werde hier warten und das Schiff bewachen, bis ihr zurückkommt«, beschloss Conspir und machte es sich mit einer angezündeten Pfeife auf dem Kahn bequem.

Die anderen wandten sich ab und richteten ihren Blick auf

die Insel. Sie war ein einziger grauer Felsen. Weder Pflanzen noch irgendein Zeichen von Leben war hier zu erkennen. Trotzdem spürte Ysilda, dass sie sich in einer stark arkanen Umgebung befanden, und als sie diesem Gefühl mit ihrem Blick folgte, erkannte sie einen fast unmerklichen Höhleneingang am Felsen.

»Da muss es sein. Dort ist der Eingang zum Schrein«, rief sie erfreut und überprüfte mit der Hand, ob das Armband noch an ihrem Gelenk war.

Sie fühlte das kühle Metall und spürte immer noch, dass es verdreckt mit Lehm war. Mercer nutzte wieder die Lautlosigkeit seiner elfischen Stiefel und betrat als Erster die Höhle. Hinter dem Eingang fanden sie sich in einem schmalen Gang wieder. Es roch stark nach Schwefel und von der Decke fielen kleine Wassertropfen herab.

Nachdem sie ein Stück durch die engen Tunnel gegangen waren, wurde der Raum größer und eine Treppe führte in die Tiefe. Unten angekommen offenbarte sich ihnen eine bemerkenswerte Halle. Die Wände waren grau wie der Fels und die hohe Decke über ihnen befand sich in der Dunkelheit. Vor ihnen erstreckte sich ein breiter Gang, der wie eine Brücke über den felsigen Boden führte. Sein Ende bildete ein Felsvorsprung, der über einen tiefen Abgrund ragte. Aus dem Schlund schien ein hellrotes Licht, das die gesamte Halle erleuchtete.

Aufmerksam überquerten die fünf die Brücke und hielten beim Abhang an. Ysilda wurde ganz heiß und Schweiß bildete sich auf ihrem Körper. Vorsichtig näherte sie sich der Kante des Abgrunds und beugte sich über den Felsvorsprung. Sie blickte auf einen Magmasee, der weit unter ihr lag. Das flüssige

Gestein zischte kochend und wurde von einem gewaltigen Strudel in die infernalischen Tiefen der Unterwelt gezogen.

»Ich denke, das ist das Portal, das wir suchen. Hier kann ich den Armreif an diesen Erzdämonen zurückgeben«, erkannte Ysilda und sah die anderen an, die entweder nur verunsichert dreinschauten oder wie Bertin entschlossen wirkten und ihre Erkenntnis mit einem Nicken bestätigten.

»Dann werde ich es jetzt seinem Besitzer zurückgeben und von dieser Welt verbannen«, beschloss Ysilda, atmete tief durch und wandte sich ab, um an den Rand des Felsvorsprungs zu gehen.

Sie zog den verschmutzen Reif von ihrem Arm und trat nach vorne, sodass sie in den Schlund des brodelnden Sees sehen konnte. Die Dämpfe vernebelten ihr die Sinne, sie nahm das Schmuckstück entschlossen mit beiden Händen in einen festen Griff und streckte es von sich über die Kante. Im heißen Dampf schimmerte das goldene Metall und spiegelte in seinen feinen Rillen das helle Licht. Ysilda machte sich ihre Aufgabe bewusst und lockerte ihre Finger.

Gerade als sie loslassen wollte, spürte sie eine unsichtbare Kraft, welche sie an den Schultern zurückzog und dann auf der Brücke verschwand. Die Zauberin blickte sich verwundert um und erkannte am Abhang eine bekannte Gestalt, die aus dem Schatten ins Licht trat. Es war der Witwer.

»Endlich seid ihr angekommen. Ich dachte schon, ihr findet diese Insel nie«, begrüßte er sie mit seiner tiefen Stimme und ließ seinen Umhang fallen.

»Du? Was machst du hier, Witwer? Du bist tot!«, rief Mercer verwirrt und zückte sofort seine Dolche.

Der Witwer tat es ihm gleich, schnallte seinen Gürtel von der Hüfte und zog aus der Scheide sein Langschwert. Den Lederbund ließ er achtlos auf den Boden fallen und begab sich in Kampfstellung. Dann sprach er weiter: »Es braucht schon mehr als ein Sturz aus einer solchen Höhe, um einen Witwer zu töten. Außerdem gibt es noch etwas, das ich mir zurückholen muss, und genau das befindet sich in deiner Hand, Ysilda. Ich spüre, dass du den Oxigol entfernt hast, aber ich werde es direkt hier am Schrein meines Meisters aufladen und mit einer anderen Macht versorgen. Ich bin gespannt, welche übernatürlichen Kräfte er mir dieses Mal verleiht.«

Ysilda zeigte ihm den Armreif und antwortete: »Du meinst den hier? Den Armreif von Axodün? Diesen werde ich dir niemals überlassen. Wenn du ihn willst, dann hol ihn dir«, rief sie und legte das Armband um ihr Gelenk.

Der Witwer griff unter seinem Kettenhemd den Gambeson und zog dann zwei kleine Fläschchen heraus, die er öffnete und in einem Zug leertrank. Die alchemistische Substanz färbte seine Augen in ein tiefes Schwarz und seine Haut wurde aschgrau. Darunter begannen die Adern zu pulsieren und auffällig rot zu leuchten. Er öffnete seinen Mund und sprach dann mit einer dämonischen Stimme: »Wenn du mir den Armreif nicht freiwillig gibst, dann werde ich ihn mir zusammen mit meinen Verbündeten holen.« Er hob die Hände und neben ihm entbrannten zwei große Stichflammen.

Das Feuer wuchs über seine Größe hinaus und formte zwei menschliche Gestalten mit riesigen Hörnern. Die Flammenkreaturen bewegten sich nach vorne und griffen Bertin an. Der Hinnd wich nach hinten aus und blockte ihre brennenden

Schläge mit seinem Hammer. Der Witwer stürmte mit erhobenem Schwert los und attackierte Mercer. Junachel zielte mit ihrem Bogen und traf den Witwer an der Schulter. Das Geschoss durchbohrte seinen Körper, aber er schien es in seiner Rage nicht zu bemerken. Wie ein rachsüchtiger Berserker drängte er den Dieb zurück und versetzte ihm ein paar schnelle Schnitte.

Der Satyr kam Bertin zu Hilfe und nahm unter seinem Gesang die Feuerwesen ins Visier. Ysilda konzentrierte sich auf den Witwer und beschoss diesen mit arkaner Energie. Doch er blockte sie mit einem kleinen Schildzauber und schleuderte gleichzeitig Pfeile aus Feuer auf sie zurück, weswegen Ysilda hinter einem Felsen Deckung suchen musste.

Shep und Bertin wurden von den Feuerkreaturen an den Abhang gedrängt. Bertin taumelte an der Kante, rutschte dann unter einem ausgeholten Schlag hindurch, sodass er hinter dem Wesen stand und dann sprach: »*Exsilium*!«

Seine Hand begann blau zu leuchten und in ihrer Mitte bildete sich ein kräftiger Sog. Das Feuer der Kreatur erlosch und ihre aschigen Überreste wurden in Bertins Handfläche gezogen. Der Witwer schrie erzürnt auf und versetzte Mercer einen kräftigen Tritt, sodass dieser rückwärts gegen eine Wand taumelte und sich den Kopf stieß. Bewusstlos sank er an dem Felsen herab und blieb regungslos liegen.

Junachel schmiss augenblicklich den Bogen weg und rannte von hinten auf den Witwer zu. Gerade als dieser zum Todesstoß ansetzen wollte, sprang sie auf seine Schultern und zog ihn mit dem Rücken voraus auf den harten Boden. Im gleichen Moment packte das verbliebene Feuerwesen Shep am Arm und riss ihm die Lyra aus der fixierten Hand.

»Nein!«, schrie der Barde, als wären es seine letzten Worte, und sah zu, wie das Instrument in Flammen aufging und vor seinen Augen verbrannte.

Der Kontrahent durchschnitt den unbewaffneten Satyr mehrmals mit seinem brennenden Arm und auch Sheps Fell begann in Flammen aufzugehen. Der Barde schrie vor Schmerz und wurde von Bertin gerettet, der zuerst das Wesen mit seinem Hammer zur Seite drängte und dann das Feuer mit einem Zauber zum Ersticken brachte.

Der Witwer und Junachel standen sich mittlerweile mit ausgestreckten Schwertern gegenüber und warteten, bis der andere zuerst angriff. Schließlich ergriff Jarachel die Initiative und holte mit seinem Langschwert aus. Junachel fiel es schwer, die wilden Hiebe mit ihrer kurzen Waffe zu parieren, und konnte ihm nicht standhalten.

Ysilda warf alle Zauber, die ihr einfielen, auf ihren Gegner. Gerade als dieser mit der einen Hand Junachels Schwertarm packte und ihr mit der anderen den Kopf einschlagen wollte, gelang Ysilda der Zauber *Tenere Persona* und der Witwer erstarrte für einen Moment. Die Hinnd nutzte die Chance, um sich aus dem Griff zu befreien, und stieß dem Witwer ihr Schwert in die Brust. Die Klinge konnte den Gambeson und das darüberliegende Kettenhemd allerdings nicht durchdringen, weswegen Junachel den zweiten Schnitt über den ungeschützten Oberschenkel zog, sodass sich ihre Schneide einen Weg durch das blutige Fleisch bahnte. Sie wich einige Schritte nach hinten, während ihr Gegner sich wieder besann und sich aus Ysildas Verzauberung löste. Er taumelte auf dem verletzten Bein, schien den Schmerz aber nicht zu spüren. Gezielt richtete er seine Waffe wieder auf Junachel und drängte sie mit einigen schnellen Schlägen zurück auf die Brücke.

Ysilda versuchte die Hinnd mit all ihrer Macht zu unterstützen und zauberte magische Schilde zwischen Hieben, welche sie ansonsten getroffen hätten. Die beiden standen jetzt genau in der Mitte der Brücke. Jarachels Schläge waren wild und unvorhersehbar, und als der Witwer seine Gegnerin mit einem geschickten Streich entwaffnete, drückte er sie mit der flachen Hand nach hinten und stieß sie rückwärts von der Brücke. Im freien Fall begann Junachel zu schreien. Sie fiel mit dem Rücken voraus nach unten und landete mit einem knackenden Geräusch auf einer Felsenkante.

»Nein!«, brüllte Ysilda außer sich und schrie sich die Seele aus dem Leib, während sie auf den Körper ihrer regungslosen Freundin starrte.

»Sieh es ein«, rief ihr der Witwer zu und kam mit gesenktem Schwert zu ihr. »Du und deine Freunde habt keine Chance. Gib mir das Armband, dann werde ich dir einen möglichst schmerzlosen Tod schenken.«

»Niemals werde ich das tun«, entschloss sich Ysilda und konfrontierte den Witwer ohne Vorwarnung mit allem, was sie parat hatte.

Sie war mit Zorn geladen und eröffnete den Kampf mit *Glacias Sphera*. Riesige Eiskristalle schossen auf den Mann zu. Dieser sprang zur Seite, konnte aber nicht allen Geschossen ausweichen und erlitt einige Schnitte in seinen Armen und Beinen. Das Eis auf seiner Brust zersplitterte in tausend Einzelteile. Nun war er an der Reihe. Mit dem Schwert in der

Hand rannte er auf die Zauberin zu, die daraufhin zurück zum feurigen Abgrund floh und sich zur Verteidigung bereit machte.

Bertin befand sich noch immer im Kampf mit dem übriggebliebenen Feuerwesen und beschützte den Satyr, der ohne seine Lyra nutzlos war. Er schwang seinen Hammer leichtfertig gegen die Kreatur und versetzte ihr einen unerwartet schnellen Hieb mitten in den Korpus. Der Hammer leuchtete auf und zerstörte das Wesen, was daraufhin zu Asche zerfiel.

Jetzt wandte sich der Hinnd an den Witwer. Sie rasten gezielt aufeinander zu und verwickelten sich in einen schnellen Kampf. Bertin nutzte seine geringe Größe und schlüpfte mehrmals unter den Schwüngen seines Gegners und auch zwischen seinen Beinen hindurch und holte dann zu weiteren mächtigen Hieben aus. Der Witwer konnte den kraftvollen Schlägen des Hammers nicht standhalten. Sein Schwert sirrte beim Aufprall und glitt ihm fast aus der Hand.

Bertin drängte seinen Gegner an den Felsvorsprung, bis der Witwer nicht weiter nach hinten ausweichen konnte. Gerade als Bertin zum finalen Schlag ansetzen wollte, öffnete Jarachel rasant eines seiner Fläschchen und schüttete ihm die Flüssigkeit in die Augen. Ein lautes Zischen ertönte und Bertin war nicht mehr in der Lage zu sehen. Der Witwer brachte ihn mit einem kräftigen Tritt zu Fall und der Hammer fiel aus seiner Hand. Mit dem Rücken zum Abgrund gewandt strecke Jarachel seine Klinge aus und hielt sie bereit zum Stoß an Bertins Kehle. Entgeistert stand Shep da und blickte auf den Hinnd.

»Warte. Nicht so schnell«, rief Ysilda, trat an die Kante des Abgrundes und zog den lehmverschmutzten Armreif von ihrem Gelenk, den sie über dem feurigen Schlund präsentierte. »Wenn du nicht willst, dass ich es fallen lasse, dann verschone meinen Onkel und lass ihn gehen.«

Der Witwer lachte und hielt seine Klinge weiterhin an Bertins Kehle. Im Hintergrund erlangte Mercer wieder seine Sinne und kam mit seinen beiden Dolchen in der Hand an Ysildas Seite.

»Ich glaube, du bist nicht in der Position, Forderungen zu stellen«, rief der Witwer laut. »Du hast die Wahl, Ysilda. Entweder lässt du das Armband fallen und ich kann währenddessen diesen Hinnd töten oder du nutzt den Moment lieber und attackierst mich mit einem Zauber, sodass er entkommen kann. Entscheide dich.«

Ysilda rang mit sich. Der schmutzige Armreif war im Rauch der tosenden Magma nicht weit von seiner Zerstörung entfernt. Sie musste ihn einfach nur loslassen, dann war es vorbei. Doch schließlich blickte sie auf Bertin und rief dann ihren Entschluss zu Jarachel: »Du willst den Armreif, Witwer? Hier hast du ihn!«, schrie sie und warf ihm in einem Bogen das Schmuckstück zu.

Der Witwer ergriff es in der Luft und hielt es triumphierend in seinen Fingern. In diesem Moment hob Ysilda ihre Hand und sprach laut: »*Formare Saxum!*«

Der festsitzende Lehm in den Schmuckrillen begann zu leuchten und brachte die Magie zur Wirkung. Unter den Füßen des Witwers bröckelte der Fels und auf dem Vorsprung entstanden Risse. Jarachel verlor das Gleichgewicht, als der Fels unter seinen Füßen nachgab, und stürzte mit ihm und dem Armreif in der Hand in die Tiefe. Schreiend erreichte er die kochende Lava und versank mit dem Artefakt im Flammenmeer des Magmasees.

»Du hast es geschafft. Du hast ihn besiegt und den Armreif vernichtet«, rief Mercer und nahm sie in die Arme, was er wegen seinen Schnitten sogleich bereute und sich seine Wunden verband.

»Das war genial«, lobte sie Shep und kam dazu.

Bertin stand auf und rieb sich die Augen. Aber Ysilda schob die anderen von sich weg und eilte zur Brücke. Von dort konnte sie auf die reglose Junachel sehen. Mit angewinkelten Armen und dem Rücken auf dem Felsen lag sie da und hatte den Kopf zur Seite geneigt. Hastig kletterte Ysilda über die Felsen zu ihr hinunter und kniete sich neben ihren Körper. Als sie ihre Haut berührte, fühlte sie Kälte und die Zauberin konnte keinen Puls ertasten. Sie hob den schweren Kopf mit der Hand und bemerkte, dass er stark blutete. Ysilda spürte, wie ihre Augen feucht wurden und Tränen über ihre Wangen liefen.

»Nein. Nein«, sprach sie weinend und drückte die Hand ihrer Freundin, so fest sie nur konnte.

»Hier, versuch diesen«, überlegte Shep, der zu ihnen heruntergekommen war, und zog aus seinem Rucksack den letzten Heiltrank, den sie noch im Besitz hatten.

Ysilda öffnete die Flasche und schüttete den Inhalt in Junachels Kehle. Für einen Augenblick geschah nichts, doch dann schloss sich die blutende Wunde am Hinterkopf und Junachel öffnete nach Luft schnappend die Augen. Ysilda begann noch stärker zu weinen, drückte ihre Hand wieder fester und küsste sie. Der Schmerz in Ysildas Brust verwandelte sich in schmetterlingsartige Gefühle und ihr Herz begann schneller zu schlagen. Nachdem sie den Kuss gelöst hatten, fragte die Hinnd: »Ist es vorbei? Hast du das Artefakt zerstört und den Witwer besiegt?«

»Ja, das hat sie. Niemand wird sie jemals besiegen können, nicht einmal ein Witwer, nicht die Zauberin von Nesthalf«, antwortete Mercer heldenhaft und verband seine letzte Wunde, während die anderen Junachel beim Aufstehen halfen.

Aber sie konnte ihre Beine nicht bewegen und hing kraftlos auf ihren Schultern. Mercer fragte: »Was ist los? Bist du zu schwach?«

»Ich kann meine Beine nicht mehr spüren. Ich kann sie nicht bewegen«, antwortete ihm Junachel und verstand schlagartig ihren Zustand.

»Manche Verletzungen können selbst von einem Heiltrank nicht gerettet werden. Komm, ich helfe dir zum Schiff«, sagte Bertin und hob Junachel auf seinen Rücken, die sich dort an seinen Schultern festhalten konnte.

Gemeinsam verließen sie die Höhle und kamen wieder nach draußen, wo der Gnom auf sie wartete und ihnen zurief: »Das hat aber lange gedauert. Ich nehme an, ihr habt es geschafft? Das Armband ist zerstört?«

»Das haben wir. Jetzt bring uns zurück auf das Festland, damit wir unseren Sieg feiern und unsere Heldentaten mit den Taverneninhabern besingen können«, antwortete ihm Shep dichtend.

»Und wie willst du das ohne Lyra anstellen?«, fragte Mercer scherzend und verpasste ihm einen freundschaftlichen Stoß mit dem Ellenbogen in die Rippen, sodass der Satyr nichts erwiderte.

Gemeinsam bestiegen sie das Schiff und Conspir legte vom Ufer ab. Sicher führte er sie durch die Felsenformation und segelte in Richtung der Hafenstadt Nesthalf. Unterwegs dachte Bertin nach und gesellte sich dann zu Ysilda und der liegenden Junachel, die sich an den Händen hielten und sich tief in die Augen sahen.

»Ich weiß, dass ihr euch nach diesem Erfolg am liebsten gleich ins nächste Abenteuer stürzen würdet«, meinte er und setzte eine ernste Miene auf. »Das hört sich vielleicht etwas erwachsen an, aber auch die mutigsten Helden brauchen irgendwann eine Pause. Außerdem solltet ihr euch erst einmal von den ganzen Ereignissen erholen und du musst dich um dein Wohlergehen kümmern, Junachel. Es gibt ein paar Möglichkeiten, das wieder in Ordnung zu bringen, aber es wird nicht einfach werden. Bleibt erst einmal für ein paar Monate in Pepritin. Dort können wir uns am besten um euch kümmern und ich werde sehen, was ich machen kann«, schloss Bertin ab und klopfte ihr mitfühlend auf die Schulter.

Junachel und Ysilda sahen einander an und waren sich sicher, dass kein Weg daran vorbeiführte. Eigentlich hatten sie nicht vorgehabt, so schnell wieder in Pepritin aufzutauchen. Nachdem sie aber den Hafen von Nesthalf erreicht hatten, verabschiedeten sie sich von Conspir, der den Kontakt mit den Hafenwachen vermeiden wollte, und begaben sich mit einem geliehenen Wagen über die Karnickelebenen auf den Weg zum Hinnddorf.

»Wenn ich etwas finde, was deine Verletzung heilen kann, dann werde ich alles tun, um es dir zu beschaffen. Weiterhin werde ich nie aufhören, danach zu suchen, das verspreche ich dir, Junachel«, erklärte Ysilda ihrer Freundin.

»Ich werde jedenfalls geduldig auf diesen Tag warten und hoffe, dass wir die Zeit bis dahin anderen Dingen widmen können«, antwortete Junachel lächelnd und strich dann mit ihrer Hand über Ysildas Wange.

Ysilda setzte sich neben die Hinnd auf den Wagen und gemeinsam blickten sie über die weiten Ebenen von Rilidid. Der glühende Schein der Mittagssonne schien auf die Gräser und schenkte ihnen eine wohltuende Wärme. Ysilda blickte in den wolkenlosen Himmel und spürte, wie der Wind durch die Luft sauste und die vielen Halme in eine Richtung bog.

Sie würde eine Lösung finden und eines Tages würden sie wieder gemeinsam in die Welt hinausziehen und weitere Abenteuer erleben. Nichts konnte sie davon abhalten und sie würde ihr Versprechen halten, auch wenn es das Letzte wäre, was sie tat.

DANKSAGUNG

Danke an alle, die mich in meinem Leben unterstützen und immer für mich da sind.

Insbesondere

Danke an meine Pen-&-Paper-Gruppe, vor allem an Dirk und Elias für Bertin und Shep,

danke an Melanie, dass du ein offenes Ohr für meine Einfälle hast und mich darin bestärkst,

danke an Verena und Gabi für das Testlesen mit einer ehrlichen Rückmeldung und hilfreichen Vorschlägen,

danke an Anna, dass ich durch deine Augen die Welt bunt gesehen habe und wir inspirierende Orte besucht haben,

danke an meine Familie, dass ihr immer einen Rat für mich habt,

danke an den VAJONA Verlag und an alle, die an dem Roman gearbeitet haben.

Folge uns auf:

Instagram: www.instagram.com/vajona_verlag
Facebook: www.facebook.com/vajona.verlag
TikTok: www.tiktok.com/vajona_verlag
Website: www.vajona.de
Shop: www.vajona-shop.de